Katja Wilhelm

DAME VERNICHTET

BAND 2
DER KRIMIREIHE

»BEWEIS_LAST«

tredition

© 2023 Katja Wilhelm
Umschlag, Illustration: Katja Wilhelm
Korrektorat: Mona Jakob, Textfein

@katja_wilhelm_autorin

Druck und Distribution im Auftrag der Autorin: tredition GmbH, Halenreie 40-44, 22359 Hamburg, Deutschland

ISBN
Paperback   978-3-347-95738-1
e-Book   978-3-347-95739-8

Das Werk, einschließlich seiner Teile, ist urheberrechtlich geschützt. Für die Inhalte ist die Autorin verantwortlich. Jede Verwertung ist ohne ihre Zustimmung unzulässig. Die Publikation und Verbreitung erfolgen im Auftrag der Autorin, zu erreichen unter: tredition GmbH, Abteilung "Impressumservice", Halenreie 40-44, 22359 Hamburg, Deutschland.

Kapitel 1: Endstation Prunktreppe

Die Waffe lag schwer in seiner Hand. Tonnenschwer. Sie glühte förmlich in einer Sekunde, in der nächsten war sie kalt wie ein Klumpen Eis. Er hatte schon viel zu lange gezögert. Opfer oder Täter? Das war es doch immer, worauf es im Leben hinauslief, oder? Wollte er immer noch das Opfer sein? Eher nicht. Er hob die Hand, die die Pistole hielt, und warf noch einen flüchtigen Blick darauf. Sie zitterte. Doch er musste es tun, ob er wollte oder nicht. »Was ist da los?«, rief plötzlich eine Männerstimme. Er zuckte zusammen. Fast hätte er die Waffe fallen lassen. »Was soll das werden, wenn's fertig ist?« Der Mann kam nun näher, stand plötzlich dicht hinter ihm. »Ich kann nicht«, sagte Major Cornelius Metz und legte die Waffe weg. Er nahm die Brille und den Gehörschutz ab und legte sie zu seiner Dienstpistole. »Immer noch traumagebeutelt was, Conny?«, fragte der Schießtrainer wenig mitfühlend. Alle Polizist*innen kannten das. Jeder kam früher oder später an einen Punkt, wo die Waffe nicht mehr dein Freund war, sondern dein schlimmster Feind. Der erste tödliche Schuss war so ein Punkt. Nur den wenigsten Kolleg*innen war es vergönnt, diese Erfahrung niemals machen zu müssen. Es veränderte einen, wenn man ein Leben ausgelöscht hatte. Wenn die eigene Frau sich mit deiner Dienstwaffe das Leben genommen hatte, veränderte das alles. Metz wollte gerade unverrichteter Dinge von dannen ziehen, als der Trainer ihn aufhielt. »Was soll das, Conny? Du weißt, dass du darum nicht herumkommst, wenn du wieder Teil der Truppe sein willst.« Metz nickte. Natürlich wusste er das. Dieser Termin heute war schon die Nachfrist. Leo Katzinger würde nur darauf warten, dass der Schießstand rotes Licht für Metz und das Tragen einer Dienstwaffe meldete. »Weißt du noch, der Einsatz damals in dem Einkaufszentrum? Amoklauf in der Wiener City. Wer hätte das gedacht?« Metz nickte. Natürlich wusste er das noch. Sie beide waren damals im Einsatzteam ganz vorne mit dabei gewesen. »Es war schon cool, wie du die jungen Leute da einfach aus der Schusslinie geholt hast.« Metz schüttelte nur leicht den Kopf. »Das war der Job. Da hat man nicht großartig darüber nachgedacht.« »Ich habe darüber nachgedacht. Jeden Tag fast, seitdem«, führte der Schießwart aus. »Meine Tochter war damals im selben Alter. Wenn ich dran denke, dass sie genauso gut unter den Opfern hätte sein können …« Und mit diesen Worten blickte der erfahrene Polizist mit den grauen Schläfen und der Figur eines Profi-Schwimmers kurz nach links und rechts und aus alter Gewohnheit noch schnell in den toten Winkel, nahm Metz' Dienstwaffe und feuerte mehrmals kurz hintereinander auf den Bogen mit dem Fadenkreuz. Er holte ihn heran. »Treffer versenkt, würde ich sagen. Du hast es immer noch drauf, Conny. Ich schick meinen Bericht gleich an die Chefetage. Wird dem Katzbuckler nicht gefallen, dass du wieder ›on Stage‹ bist.« Und mit diesen Worten gab er Metz die Waffe zurück und schickte sich an, zu gehen. »Wieso machst du das?«, fragte dieser. »Das kann dich deinen Job kosten, wenn das jemand erfährt.« »Muss ja keiner erfahren. Gibt viel zu wenig Gute wie dich in dem Laden. Ich finde, es ist höchste Zeit, dass du wieder unter den Lebenden weilst.« Noch bevor Metz etwas entgegnen konnte, war der Herr des Hauses schon wieder verschwunden. Metz hatte eigentlich vorgehabt, an diesem Vormittag noch eine Hürde zu nehmen, oder besser gesagt, es zu versuchen und dem Friedhof einen Besuch abzustatten. Doch auch vor diesem Canossagang bewahrte ihn das Schicksal. Sein Handy klingelte. »Guten Morgen, Chef«, meldete sich Gruppeninspektorin Hilde Attensam, knapp wie immer. »Was gibt's, Kollegin?«, fragte Metz, doch er konnte es sich schon denken. Ein Anruf um die Uhrzeit bedeutete Arbeit. Er ließ sich die Adresse schicken und fuhr los. Der Friedhof und die Rückkehr in sein Leben würden warten müssen. Am Weg zum Tatort warf er einen Blick in den Rückspiegel seines Dienstwagens. Er war noch immer eine stattliche Erscheinung für einen

Mittfünfziger. Stahlblaue Augen, blondes Haar, das von gerade so viel Grau durchzogen war, dass es die Frauenwelt ausreichend verrückt machen konnte. Seine Nase war ein wenig zu lang, aber genau das bewahrte sein Gesicht vor dem Prädikat ›langweilig‹. Die Lachfältchen um seine Augen herum verrieten, dass er jenseits seines Berufes ein angenehmer Mensch gewesen war, jedenfalls bis vor zweieinhalb Jahren. Doch auch zu seinen Bestzeiten hatte er nie in dem Ruf gestanden, ein Frauenheld zu sein. Über sein Privatleben war außer dem Drama, in welchem es geendet hatte, nie viel bekannt geworden, und das sollte auch so bleiben. Alle, die je mit ihm gearbeitet hatten, schätzten seine professionelle Art inklusive der kunstvoll gewahrten Distanz sehr. Seine Arbeit zeichnete ihn aus, mehr gab es über ihn nicht zu wissen. Die weiblichen Polizeibeamten jedenfalls bissen sich die Zähne an ihm aus, für die männlichen Interessenten war er eindeutig zu hetero, fast ein Macho, aber eben auch wieder nicht. Er passte in keine Schublade, dabei war es aus seiner Sicht genau umgekehrt. Die passende Schublade war nur noch nicht erfunden worden. Natürlich kursierten die wildesten Gerüchte über ihn, als er vor einigen Monaten nach zweijähriger Abstinenz wieder zurück in den aktiven Dienst berufen worden war. Das merkwürdige Team, dem er seit damals vorstand, hatte schon bald den Beinamen Soko ›Reha‹

erhalten. Es bestand aus ihm mit seinem ›Dachschaden‹, seiner Gruppeninspektorin, die wegen gefährlicher Körperverletzung an einem Kollegen fast suspendiert worden war, und dem Neffen des Sektionschefs im Innenministerium, Kevin Wiesinger. Dieser war bei Tag Polizist, bei Nacht ein Hacker von zweifelhaftem, wenn auch internationalem Ruf. Seine Recherchen waren nicht immer legal, aber bislang hilfreich und zielführend gewesen. Der Deal, den Cornelius Metz mit der Chefetage hatte schließen müssen, glich ein wenig dem Pakt mit dem Teufel. Er bekam die ›heiklen‹ Fälle zugeteilt. Im Insiderjargon bedeutete das, dass es nicht immer erwünscht sein würde, diese auch zu lösen. Wien war ein Dorf. Die Schickeria, zu der sich auch das mittlere und höhere Beamtentum zugehörig fühlte, führte das eigentliche Regiment. Seine tadellosen Umgangsformen und sein nicht minder tadelloser Ruf als integrer Polizist machten ihn zum perfekten Ermittler für Fälle, die Fingerspitzengefühl und Diskretion bedurften, aber nicht unbedingt einer Lösung. Früher hätte er so einem Arrangement niemals zugestimmt. Doch angesichts seiner Lage hatte er keine Wahl. Am Ermitteln konnte ihn niemand hindern. Was die Staatsanwaltschaft dann mit seinen Ergebnissen tat, lag ohnehin außerhalb seines Wirkungskreises.

Am Tatort angekommen, stieg er aus seinem Dienstwagen aus und trat durch das imposante, schwarz lackierte schmiedeeiserne Gartentor in eine gepflegte Parkanlage. Ein gepflasterter Weg führte direkt zum Haus. Wobei Haus die Untertreibung des Jahrhunderts war. Die weiße Jugendstilvilla mit zwei Türmchen links und rechts, wo bei anderen Menschen maximal ein Dachfenster für Licht sorgte, ragte wie ein Felsen aus dieser grünen Idylle. Die Industriellenfamilie Ledec zählte zu den Big Playern, wenn es um große Namen und große Bedeutung ging. Den Namen hielten die Süßwarenfabrikanten jedoch gekonnt aus sämtlichen Medien heraus. Jedenfalls bis heute. Hilde Attensam, wie fast immer in Uniform, erwartete ihn an der Haustür. Sie kam sich vor wie ein törichter Teenager, der seinem Schwarm die Haustür öffnete, der zum ›Lernen‹ zu ihr nach Hause kam, verdrängte den dummen Vergleich aber sofort wieder. Auch sie hatte die 50 schon ein Weilchen hinter sich gelassen. Ihre stämmige Statur mit den farblosen, schulterlangen dunklen Haaren und ihrem ›Topfgesicht‹ – wie ihre Mutter es immer genannt hatte – war nicht ihr Kapital, und das wusste sie. Allerdings hatte sie in all den Jahren eine halbwegs passable Polizistin abgegeben. Bis zu ihrem ›Ausrutscher‹ eben. Die Stelle bei Metz in der Soko ›Reha‹ war ihre allerletzte Chance, wenn sie ihre Tage nicht für einen privaten Wachdienst schuften oder auf dem elterlichen Bauernhof im Burgenland dahinfristen wollte. »Was haben wir?«, fragte Metz sie knapp wie immer. Sie antwortete: »Linda Ledec, die Schwiegertochter des Hauses. Ihr Mann hat sie in den frühen Morgenstunden tot am Treppenabsatz liegend vorgefunden.« »Endstation Prunktreppe«, dachte Metz. »Professor Hagedorn und sein Team sind schon hier. Im Moment gilt noch: Alles ist möglich«, fuhr Hilde fort. Sie betraten das Haus durch die imposante weiße Haustür mit den bunten Bleiglasfenstern und einem Löwenkopf aus Messing, der zweifelsohne die Funktion eines Türklopfers innehatte. Im Eingangsbereich der Villa wimmelte es von Polizist*innen, Mitarbeiter*innen der Gerichtsmedizin, aber auch Sanitäter*innen waren noch vor Ort. Die Beleuchtung hier im Inneren raubte einem fast das Augenlicht. Die Kollegen kannten ihn und begrüßten ihn mit einem respektvollen, flüchtigen Kopfnicken. Der Gerichtsmediziner, ein hünenhafter Riese mit schneeweißem wehenden Haar, nickte ihm, so freundlich es die klamm sitzende Kapuze seines Schutzanzuges zuließ, zu. Professor Gunter Hagedorn stand streng genommen schon seit Jahren kurz vor dem Ruhestand, den er mangels Privatleben allerdings niemals antreten würde. Stattdessen kniete er augenblicklich neben der Leiche, die ausgestreckt und bäuchlings auf dem makellosen Fliesenboden der beeindruckenden

Eingangshalle lag. Cornelius Metz musste unweigerlich an Walhalla denken, als er sich kurz in dem riesigen Eingangsbereich umsah. Die Liebe zu Bleiverglasungen von künstlerischem Seltenheitswert dominierte den gesamten Treppenaufgang. Das Sonnenlicht wurde von den bunten Scheiben in allen Farben des Regenbogens gebrochen. Die tote Frau am Boden wirkte grotesk, nahezu störend, wie ein Objekt, das nicht hierhergehörte.

Der Gerichtsmediziner besah sich gerade ihre Hände. »Abwehrverletzungen?«, fragte der Kommissar. »Guten Morgen, und nein, keine Spur davon«, antwortete der Pathologe. Er fuhr fort, da er zum einen ein alter Fuchs in diesem Geschäft war, zum anderen so schnell wie möglich frühstücken wollte. »Es schaut auf den ersten Blick nach einem ganz klassischen Unfall aus. Hohe Absätze, die sich auf der obersten Treppenstufe an der Teppichleiste verfangen haben. Im Anschluss: Sturz über die komplette Galerie und Exitus.« Der Kommissar deutete auf das Smartphone, das in einigem Abstand zur Leiche am Boden lag, bereits perfekt nummeriert und mit einer gelben Nummer 2 versehen. 1 war so gut wie immer die Leiche. »Was hat es damit auf sich?« »Nichts, soweit wir das bis jetzt feststellen können.« Der Pathologe richtete sich auf und stemmte die behandschuhten Hände in seine schlanken Hüften. »Er könnte problemlos den weißen Magier in einer Fantasy-Saga spielen«, dachte Metz für einen flüchtigen Moment. Doch er schätzte ihn als Fachmann, und er war erfreulich wenig an persönlichem Kontakt interessiert. Das kam beiden Seiten sehr gelegen. »Könnte sie gestoßen worden sein?«, fragte er, kannte die Antwort aber bereits. Der Winkel des Aufpralls und die Lage der Toten waren klassisch für einen Sturz ohne Fremdeinwirkung. Der Pathologe bestätigte diese Vermutung. »Außerdem gibt es keinerlei Anzeichen für Kampfspuren oder verdächtige Wunden am Hinterkopf, keine Hämatome in den Kniekehlen. Wie es auf ihrem Rücken aussieht, kann ich nach der Obduktion sagen, ich würde aber klar dagegen wetten, und ich wette bekanntlich nie.« Mehr gab es dazu nicht zu sagen. Dennoch ergänzte er seine kurzen Ausführungen noch mit einem Fingerzeig Richtung Obergeschoss: »Auch den Ball spielenden Hund können wir ausschließen, wie es aussieht. Der Flur wird die ganze Nacht über beleuchtet, um potenzielle Einbrecher abzuschrecken.« Der Kommissar war überfordert mit dieser Wortmeldung, nicht so seine Kollegin. Die Vorliebe des Mediziners für Krimis von Agatha Christie war legendär. Und Hilde Attensam teilte sie uneingeschränkt. Sie klärte ihren Chef daher auf: »Das ist ein Roman von Agatha Christie. Eine alte Dame wird darin mit einem fingierten

Treppensturz getötet. Der Mörder hat oben am Treppengeländer eine dünne Schnur gespannt und die Glühbirne herausgedreht. Die Frau stürzt in den Tod, anschließend wurde die Schnur entfernt und die Glühbirne wieder korrekt montiert. Es gibt keine Spuren am Treppenabsatz, die auf verräterischen Stolperdraht oder Ähnliches hinweisen würden. Die weißen Randleisten sind makellos und weisen keine Löcher auf, in denen man einen Nagel oder eine Schraube hätte versenken können.« Metz nickte. Ein Unfall also. Nichtsdestotrotz würde er mit der Familie sprechen müssen. Das verlangte sein Job, aber auch der allgemeine Anstand. Polizeipräsident Leo Katzinger war bestimmt schon im Bilde über den prominenten Fall. Solche Familien wie jene der Ledecs waren nie gleich wie alle anderen, sie waren gleicher. Wer das leugnete, lebte nicht in Wien, ja, nicht einmal in Österreich.

Kapitel 2: Stille Reserve

Die Mitarbeiter*innen der Gerichtsmedizin machten jede Menge Fotos, und die Leiche konnte schließlich abtransportiert werden. »Die Frau Gräfin lässt bitten«, ertönte es plötzlich ganz formvollendet. Die Hausangestellte im grauen Kleid stand in der Tür, welche in den angrenzenden Salon führte. Der Kommissar wandte sich Hilde zu, die ihn mit einer kaum wahrnehmbaren Kopfbewegung in das Zimmer lotste. Ihr Metier waren diese Kreise und ihre Menschen absolut nicht. Man bekam das Kind aus dem Dorf, aber nicht das Dorf aus dem Kind heraus. Im Salon, einem hellen, lichtdurchfluteten Raum voll historisch anmutendem Schnickschnack, hatte sich die Familie der Toten versammelt. Es war nicht ganz das übliche Bild, das sich nach einem plötzlichen Todesfall bot, aber fast. Ein Mann saß in sich zusammengesunken auf einem sehr teuer wirkenden Biedermeiersessel und hatte den Kopf in beide Hände gestützt. Er trug eine Uniform des Roten Kreuzes, daher schlussfolgerte Metz sogleich, dass es sich bei ihm um den Ehemann der Toten handeln musste. Am Weg hierher war er von Hilde am Telefon kurz gebrieft worden, welche einflussreiche und auch sonst sehr reiche Familie hier vom Schicksal – oder eben nicht – heimgesucht worden war. Der Mann der Toten, der einen ehrlich betroffenen Eindruck machte, war Stefan Ledec, zweiter Sohn der legendären Süßwarenmanufaktur von Weltruf. Er arbeitete einmal im Monat ehrenamtlich als Notfallsanitäter beim Roten Kreuz und hatte seine Frau in den frühen Morgenstunden tot im Eingangsbereich der Villa gefunden. Mit ihm und seiner Familie wohnten noch die alte Gräfin, die eigentlich keine mehr sein durfte, aber dennoch darauf bestand, seine beiden Brüder Martin und Amon Junior sowie dessen Frau Chantal in der riesigen Villa am Stadtrand von Wien. Die alte Gräfin saß im Rollstuhl, was ihrer Noblesse und ihrem Pflichtbewusstsein als Gastgeberin – selbst in dieser tragischen Situation – aber keinen Abbruch tat. »Ganz alte Schule«, dachte der Kommissar, als er den Raum betrat und die zerbrechlich wirkende alte Dame sofort das Wort an sich riss. Ihrem messerscharfen Verstand schien die körperliche Gebrechlichkeit nichts anhaben zu können. »Guten Morgen, Herr Kommissar. Wir sind alle erschüttert. Darf ich Ihnen eine Tasse Tee anbieten?« Eine andere Dame, einfach gekleidet mit altmodischem grauen Dutt am Hinterkopf schickte sich an, den Herrschaften von der Polizei eine Tasse Tee einzuschenken. Es war ein halbherziger Versuch. Niemand im Raum nahm ernsthaft an, dass Fußvolk wie die Polizei so etwas Elegantes wie Tee trinken würde. Metz lehnte dankend ab und entbot der Frau Gräfin und der Familie sein aufrichtiges

Beileid. Er hatte Übung darin. Eine Aufforderung zum Tanzen käme ihm schwerer über die Lippen als das. Ein eleganter Mann um die 50 stand neben der Dame im Rollstuhl. Sie übernahm gekonnt die Vorstellrunde, als ob es sich tatsächlich um ein Teekränzchen handelte und man nicht soeben die Leiche ihrer Schwiegertochter in einem Leichensack Richtung Gerichtsmedizin abtransportiert hätte. »Das ist mein ältester Sohn und Erbe, Martin Ledec, Stefan, unsere stille Reserve, wie mein Mann immer zu sagen pflegte, und Amon Junior, die Notlösung.« Bei Letzterem deutete sie flüchtig auf den schmächtigen jungen Mann, der auf einem Biedermeierzweisitzer saß und kalkweiß wie die Wand war. Die Seitenhiebe seiner Mutter war er offensichtlich gewohnt. Eine Reaktion abringen konnten sie ihm jedenfalls nicht. Neben ihm saß seine Frau, die fast in dem schmalen Spalt zwischen ihm und der kunstvoll geschnitzten, mit Blattgold überzogenen Armlehne zu verschwinden drohte. Trotz der frühen Morgenstunde wirkte sie – ähnlich wie die elegante Frau Gräfin – perfekt in Schale und trug – was Hildes geschultes Auge sofort erkannte – von Kopf bis Fuß namhafte und teure Designer. Sie hatte rot geweinte Augen, was ihr ausgesprochen hübsches Gesicht aber nicht zu entstellen vermochte. Ihre langen blonden Haare fielen ihr in perfekt geformten Wellen über die Schultern. Sie sah aus wie eine dieser

Porzellanpuppen, die spät nachts im Fernsehen verkauft wurden, und wirkte auch ähnlich zerbrechlich. Die alte Gräfin stellte sie als »meine Schwiegertochter Chantal« vor und entschuldigte sie auch gleichzeitig mit: »Sie spricht unsere Sprache leider immer noch sehr schlecht, n'est pas, Chérie? Du siehst mitgenommen aus, meine Liebe.« Ihr Mann – offensichtlich darin geschult– ging sofort in den Verteidigungsmodus über. »Die ganze Sache ist ihr auf den Magen geschlagen.« »Wohin sonst?«, gab die alte Gräfin spitz zurück. Und murmelte dann noch, gerade so laut, dass es alle hören konnten: »Um ihr zu Kopf zu steigen, müsste sie erst einen haben.« Der Kommissar hatte in seinem Berufsleben schon ausreichend reizende alte Damen vom Schlag der Frau Gräfin kennengelernt, um zu wissen, mit welchem Kaliber er es hier zu tun hatte. Dennoch las er zwischen den Zeilen ihrer hämischen Bemerkungen noch etwas anderes heraus, was ihre Schwiegertochter betraf: »Finger weg von unserem zerbrechlichen, kleinen Vögelchen!« Er respektierte diese unausgesprochene Warnung, zumindest vorerst. So lange Professor Hagedorns erster Eindruck ›Tod durch Unfall‹ nicht widerlegt wurde, war er hier als Freund und Helfer, nicht als Ermittler in einem Todesfall. Der elegante Sohn und Erbe ergriff nun das Wort. Er war anscheinend seit dem Tod des Seniors das unfreiwillige Familienoberhaupt der Ledecs. »Wir stehen Ihnen natürlich für Fragen zur Verfügung, auch wenn ich Sie bitten würde, meine Mutter und meine Schwägerin sich noch ein wenig sammeln zu lassen. Es war für uns alle ein Schock, als Stefan Alarm schlug.« Dieser, seinen Namen aus dem Mund des älteren Bruders hörend, hob erstmals den Kopf, seit der Kommissar und seine Kollegin den Raum betreten hatten. Er weinte, anscheinend war seine Trauer echt, oder zumindest sein Schock. »Es tut mir leid, Herr Ledec, dass ich Sie mit meinen Fragen belästigen muss. Aber je eher wir Ungereimtheiten ausschließen können, desto eher kann Ihre Familie sich der Trauer widmen. Wann haben Sie Ihre Frau gefunden?« Stefan schniefte vernehmlich. Die vornehme Linie der Familie schien an ihm insgesamt ein wenig vorübergegangen zu sein. Auch optisch ähnelte er seinen beiden Brüdern nicht. Diese waren blond und von schmaler, sehniger Statur. In den 1930er-Jahren hätten sie perfekte NS-Athleten abgegeben. Martin, der ältere, war schon vornehm ergraut, was seiner Attraktivität jedoch keinen Abbruch tat. Hilde erkannte einen feschen Mann, wenn er vor ihr stand. Ihn umspielte dieselbe traurige Aura, wie sie sie bei ihrem Chef bisweilen entdeckte, wenn dieser sich unbeobachtet fühlte. Der jüngste der Ledec-Brüder war vielleicht Anfang 30 und ein ›halbes Hemd‹, wie man es in ihrer Kindheit genannt hätte. Beide hatten blaue Augen, auch wenn

Junior bei der Verteilung symmetrischer Gesichtszüge nicht in der ersten Reihe gestanden hatte. Seine Ehefrau – eine Trophy Wife par excellence – hatte sicher seine inneren Werte im Sinn gehabt bei der Heirat. Zumindest jene seines Aktiendepots. Stefan hingegen, die stille Reserve, war mittelgroß, stämmig und breitschultrig. Sein Kopf mit den dichten schwarzen Haaren war fast quadratisch, und seine dunklen Augen lagen tief in ihren Höhlen. »Attraktiv geht eindeutig anders«, dachte Hilde Attensam bei sich, konzentrierte sich jedoch mehr auf die Antwort. Wie immer notierte sie alles fleißig. Man konnte nie wissen. Außerdem waren ihre Hände so beschäftigt. Im Angesicht des Todes wusste sie nie recht, wohin mit ihren ›Klodeckeln‹, wie ihre Mutter sie immer genannt hatte. Der frisch verwitwete Fred Feuerstein antwortete: »Ich kam wie immer nach meinem Nachtdienst gegen 6:30 Uhr nach Hause. Als ich die Tür aufschloss, sah ich sie sofort. Ich überprüfte ihre Vitalfunktionen, konnte aber nichts mehr für sie tun. Sie war tot.« Der Kommissar ließ ihn kurz durchatmen und vernahm dabei eine deutliche Ungeduld, die sich bei den anderen Anwesenden im Raum breitzumachen schien. Er ignorierte es. Dass der Tod von Angehörigen nicht immer ein schmerzvoller Verlust war, wusste man nach über 30 Jahren im Polizeidienst mehr als einem lieb war. Auch hier schien sich die Trauer insgesamt stark in überschaubaren Grenzen zu halten. Das junge Pärchen war noch am ehesten erschüttert, aber vielleicht war das auch nur die Wirkung einer Leiche im noblen Haus, von der Polizei ganz abgesehen. »Wann haben Sie Ihre Frau zum letzten Mal lebend gesehen?« Die stille Reserve schniefte erneut vernehmlich, dann antwortete er: »Gestern Abend beim Essen. Wir aßen noch gemeinsam, ich brachte die Kinder ins Bett und fuhr dann zum Dienst. Alles war wie immer.« Nun ergriff der kühle Martin das Wort. »Können wir die Befragung nicht so lange aussetzen, bis die Todesursache klar ist? Ich meine, wir sind uns hier alle sicher, dass es ein Unfall gewesen sein muss. Ein Fremder hätte sich keinen Zutritt zum Haus verschaffen können. Alles ist alarmgesichert. Und wir sind so einiges, Herr Kommissar, aber sicher keine kaltblütigen Mörder.« Der gewagte Scherz am Schluss misslang. »Er ist nicht der Typ für lockeren Small Talk«, dachte Metz. Oder irgendetwas Lockeres. Und auch Hilde malte sich im Geiste aus, wie lähmend und langatmig wohl ein ganzer Abend mit Martin Ledec sein musste. Nicht dass Frauen wie sie Chancen bei einem wie ihm gehabt hätten. Aber ein geborener Alleinunterhalter war der Erbe definitiv nicht. »Wieso sind Sie sich so sicher, dass kein Fremder im Haus gewesen sein könnte? Kameras in der Einfahrt oder am Tor habe ich keine bemerkt.« Nun antwortete der Junior mit leiser Stimme, aber bestimmt: »Unsere Außentüren sind nur mit unseren Fingerabdrücken zu öffnen. Das ist die neueste Technik und ausgesprochen sicher. Und nein: Wir haben keine Kameras. Mein Vater war immer der Meinung, dass diese Dinger zwielichtige Gestalten eher einladen als fernhalten würden.« Damit hatte der Herr Papa vermutlich sogar recht gehabt, mutmaßte der Kommissar im Stillen und blickte ein letztes Mal in die Runde. »Wir melden uns, sobald wir Näheres wissen. Im Moment können wir noch nicht mit Sicherheit sagen, ob es sich um einen Unfall handelt. Ihre Schwägerin war nicht gerade im typischen Alter für einen Treppensturz.« ›Alter‹ war vermutlich das Stich- oder eher Reizwort für die alte Dame gewesen. Einen ›Trigger‹ nannte es Metz' Therapeutin immer. Sie schien sich berufen zu fühlen, mit dem starken Arm des Gesetzes ein wenig zu ringen. »Sie sollten auf jeden Fall mich zuerst verhören, Herr Kommissar. Die Schwiegermütter haben schon seit jeher keine guten Karten, wenn es um tote Schwiegertöchter geht.« Metz konterte amüsiert, aber um Ernsthaftigkeit bemüht: »Hätten Sie denn einen Grund gehabt, Ihre Schwiegertochter zu ermorden?« Das Gesicht der Gräfin glich dem einer Sphinx, als sie antwortete: »Wahrscheinlich nicht nur einen. Aber wie Sie sehen können«, und bei diesen Worten hob sie ihre arthritischen Hände, »ist Handarbeit nicht mehr meine Stärke. Das Alter macht einem vieles unmöglich, auch das Morden, Herr Kommissar.« Der Sohn des Hauses geleitete ihn mit einer eleganten Handbewegung in Richtung Tür und bedankte sich. »Wenn wir Ihre Arbeit irgendwie unterstützen können, sind wir natürlich gerne behilflich. Aber im Moment sind wir Ihnen ausgesprochen dankbar, wenn wir uns mit der Situation erst einmal vertraut machen können. Wir wissen Ihre Bemühungen zu schätzen. Wenn wir irgendwie helfen können, lassen Sie es mich bitte wissen.« Und zu Junior gewandt ergänzte er, wieder ganz der gefasste und gediegene Unternehmer: »Wir sollten ein kurzes Statement für die Presse vorbereiten, bevor die Gerüchteküche zu brodeln beginnt.« Amon Junior nickte. Für Widerspruch gab es in dieser Familie anscheinend wenig Raum. Am Weg Richtung Tür ergänzte Metz noch: »Wir bräuchten Ihre Aussagen noch schriftlich. Wer außer Ihnen wohnt noch im Haus?« Martin Ledec erwiderte: »Die beiden Kinder von Stefan und Linda natürlich. Außer uns nur noch unsere Hausdame Ida Wagner. Sie haben sie bereits kennengelernt.« Cornelius Metz drehte sich ein letztes Mal zu den Versammelten um, konkret zur Dame des Hauses, der der Rollstuhl aber auch nicht einen Funken ihrer Würde und Eleganz zu nehmen vermochte. »Frau Ledec, haben Sie vielen Dank. Und nochmals: mein aufrichtiges Beileid.« Und genau, wie er gedacht hatte, traf er damit den nächsten wunden

Punkt der alten Dame. »Wahrscheinlich erinnert sie mich zu sehr an meine Mutter, und ich kann es deshalb nicht lassen, sie zu ärgern«, dachte er. Prompt rief sie ihm nach: »Mein Name ist Charlotte de la Warenne. Ich habe nach dem Tod meines Mannes wieder meinen Mädchennamen angenommen. Und ja, ich scheue mich mit meinen mehr als 80 Jahren nicht, es wieder so zu nennen. Mädchennamen. Sehr modern und gewagt, finden Sie nicht, Herr Kommissar?«

Der Abschied aus der eleganten Villa, die nun vermutlich für immer den Beinamen ›Todesvilla‹ oder ähnlich Geschmackvolles tragen würde – der Presse sei Dank –, zog sich noch ein wenig hin, hauptsächlich weil die Spurensicherung noch mit ihrer Arbeit beschäftigt war. Die Tür zum Salon jedoch wurde geflissentlich geschlossen. Sein Instinkt sagte Cornelius Metz, dass es sich – Unfall oder nicht – auf jeden Fall extrem lohnen würde, dort in diesem Raum eine Fliege an der Wand zu sein. Solche Familien hatten immer etwas zu verbergen. »Hinter jedem großen Vermögen steht ein großes Verbrechen«, dachte Metz bei sich. Dieses Zitat aus dem »Graf von Monte Christo« hatte ihm schon immer gefallen. Die Leichen im Keller der Familie Ledec waren sicher vorhanden. Man wurde nicht zum ›Chocolatier du Monde‹, ohne potenzielle Konkurrenten aus dem Weg zu räumen oder andere moralische Missgriffe billigend in Kauf zu nehmen. Fraglich war nur, ob es ihm oblag, die Leichen auszugraben. Fürs Erste musste er sich mit jener vom Treppenabsatz befassen. Sein Instinkt sagte ihm, dass sich hinter der kühlen und noblen Fassade dieser Familie schon so einige Dramen ereignet hatten. Wo viel Geld im Spiel war, waren Neid und Missgunst niemals weit. Mord auch nicht. Und genau danach schrie gerade alles in dem erfahrenen Ermittler, der er war. ›Unfall‹ schrie hingegen außer der derzeitigen Beweislage gar nichts.

Sie fuhren zurück ins Präsidium. Dort würden sie Kevin mit Hintergrundrecherchen zur Toten und zur illustren Familie beauftragen. Er war schnell in solchen Dingen, auch wenn die Wege, die ihn ans Ziel führten, nicht immer ganz legal waren. Bis der Un-Fall offiziell vom Tisch und geschlossen war – und danach sah es im Moment verdächtig aus –, würden sie ermitteln. Das war schließlich ihre Aufgabe. Leo Katzinger würde mit seinem Pfiff in die Chefetage nicht lange auf sich warten lassen. Metz wusste schon jetzt, dass die Soko ›Reha‹ bei diesem Fall an der ultrakurzen Leine hängen würde, sofern es überhaupt zu Ermittlungen kommen sollte. Doch das kümmerte ihn nicht. Alle Toten hatten das Recht auf Gerechtigkeit. Wenn Linda Ledec einem Unfall zum Opfer gefallen war,

war dies ebenso zu klären wie das düstere Gegenteil davon.

Kevin Wiesinger war nicht untätig gewesen. Hilde Attensam hatte ihm vom Tatort aus schon eine Textnachricht mit dem Namen der Toten zukommen lassen. Der Endzwanziger mit den wilden schwarzen Locken und der Vorliebe für schwarze Kleidung war in seinem Element, wenn er recherchieren konnte. Die Arbeit als Polizist hatte ihn nie wirklich gefordert. Zu einfach war es in der heutigen Zeit, alles über jeden innerhalb kürzester Zeit in Erfahrung zu bringen. Sogar auf halbwegs legalem Weg. Seine Ortskenntnis, was die weniger legalen Wege betraf, hatten sich im Revier schon herumgesprochen. Er weigerte sich standhaft, die vielen Anfragen, die auf dem kleinen Dienstweg an ihn herangetragen wurden, zu beantworten. Einige der jungen Kolleginnen scheuten sich nicht einmal davor, ihn um Backgroundchecks ihrer jüngsten Eroberungen zu bitten. Wo kämen wir denn da hin, für solchen Unfug Steuergelder zu verschleudern? Kevin zeigte ihnen lieber, wie sie das selbst bewerkstelligen konnten. Das Internet war wie das Schaufenster der Welt. Alle Menschen stellten ihr Leben darin aus. Man musste nur hinsehen und das Bild auf sich wirken lassen. Es war schon fast erschütternd, wie leichtfertig die Leute mit ihren Daten und mit ihrem Privatleben umgingen. Doch ihm konnte das nur recht sein. Seine Arbeit ging schneller von der Hand, je durchsichtiger die digitalen Menschen sich Tag für Tag präsentierten. Er begann wieder mit dem Aufbau der Tafeln. Die Übersicht konnte nicht schaden, egal ob dieser Fall sich zu einem entwickelte oder nicht. Spannend würden die Recherchen allemal werden. Die Familie Ledec war ein gut gehütetes Geheimnis inmitten der illustren und mediengeilen Schickeria von Wien. Kaum jemals drang irgendetwas an die Öffentlichkeit. Hier wurde nicht nur die Schmutzwäsche hinter verschlossenen Türen gewaschen, sondern alles im Komplettpaket. Mehr als der alljährlich fällige Bericht für die Aktionär*innen kam niemals in die Zeitung, vom Netz ganz zu schweigen. Kevin nahm das zwischen den Zeilen solcher digitalen Verschwiegenheitserklärungen stehende Motto ›Message Control‹ sehr persönlich. Eine bessere Motivation gab es für jemanden wie ihn gar nicht. Es wirkte viel mehr wie ein Fehdehandschuh, den man ihm vor die Füße warf. Und er verfehlte seine Wirkung nicht. Niemand konnte sich seiner digitalen Spürnase entziehen. Niemand.

Kapitel 3: Tafelrunde

Im Salon der Villa Ledec war es ruhig geworden, nachdem Major Metz und seine Kollegenschaft von Spurensicherung und Gerichtsmedizin abgezogen war. Die Frau Gräfin zog sich auf ihr Zimmer zurück, Martin in sein Büro. Amon Junior und seine Ehefrau Chantal saßen in ihrem privaten Wohnzimmer in einem der oberen Stockwerke. Eines der Turmzimmer war das Schlafzimmer des jungvermählten Paares. Viel Glück hatte ihnen dieses märchenhafte Ambiente bislang aber nicht beschert. Bis jetzt. Chantal hatte den Kopf an die Schulter ihres Mannes gelehnt. Ihre rot umrandeten Augen starrten in die Ferne, während er mechanisch ihren goldblonden Lockenkopf streichelte. Die Geste wirkte hilflos, und vermutlich war er es auch. »Es wird alles gut werden, du wirst sehen«, sagte er irgendwann. Sie schloss die Augen. Für einen kurzen Moment konnte sie durchatmen und die Zukunft vor sich liegen sehen. »Wo ist eigentlich dein Ring?«, fragte Amon Ledec seine Frau und griff nach ihrer linken Hand. Sie zuckte zusammen und entriss sie ihm, als ob sie sich verbrannt hätte. »Beim Juwelier. Ich lasse ihn enger machen«, antwortete sie. Amon Ledec seufzte vernehmlich. »Hast du schon wieder abgenommen? Warum, Chantal? Warum tust du dir das wieder an?« Er sah sie kummervoll an, sie drehte sich zu ihm. So fröhlich und locker, wie es ihr möglich war, antwortete sie: »Es ist alles gut, versprochen. Ich hatte nur Angst, ihn zu verlieren. Du weißt doch, dass er immer locker gesessen hat.« Nun musste er lächeln. Der Kauf des Verlobungsringes und sein stümperhafter Antrag waren wie ein festes Band zwischen ihnen. Eine Art romantischer Running Gag, der immer funktionierte, um sie aufzuheitern. Er hatte sie ausgerechnet im Außenbereich einer luxuriösen Therme um ihre Hand gebeten, dort wo sie sich zwei Jahre zuvor kennengelernt hatten. Er fand die Idee romantisch. Gemeinsam hatten sie im wohltemperierten Becken spätabends unbeschwerte Stunden verbracht. Als sie endlich allein waren, stellte er die bewusste Frage. Statt einer Antwort seiner Geliebten ertönte im selben Moment aus den Lautsprechern: »Sehr geehrte Badegäste, wir schließen in 20 Minuten.« Auch diesen Wink des Schicksals nahm keiner von ihnen ernst. Wieso auch? Alles war rosarot und perfekt. Sie gehörten zusammen, und diese Geschichte war ein Teil von ihnen. Es war ihre Lovestory, die konnte ihnen niemand nehmen. Dass der Ring der zarten Braut fast vom Finger gefallen war, werteten sie ebenfalls nicht als schlechtes Zeichen. Chantal attestierte ihrem Bräutigam damals höchstens ein bescheidenes räumliches Vorstellungsvermögen. Damals sah die Zukunft noch golden aus.

Das änderte sich Wochen später schlagartig mit einem Anruf von zu Hause.

Martin Ledec saß allein in seinem Arbeitszimmer am anderen Ende der Villa. Er verfügte – im Gegensatz zu seinen beiden Brüdern – nur über ein Schlafzimmer und dieses Büro, mehr brauchte ein Junggeselle nicht, pflegte seine Mutter zu sagen. Er war allein. Würde er jemals seine Autobiografie veröffentlichen, würde sie diesen Titel tragen: »Allein«. Er hatte telefonisch in der Firma Bescheid gegeben, dass heute niemand von der Familie dort sein würde. Die tragischen Umstände geboten so viel demonstrativ zur Schau getragene Trauer. Seine persönliche Assistentin Margot, die treue Seele, hatte angemessen pietätvoll reagiert. Genauso mochte Martin die Menschen: angemessen, aber nicht emotional. Margot war seit 1985 im Unternehmen. ›Inventar‹ hatte sein Vater seine Privatsekretärin immer leicht abschätzig genannt. ›Stütze‹ nannte Martin sie. Nach dem plötzlichen Ableben seines Vaters war sie es gewesen, die den Laden im Grunde genommen am Laufen hielt. Er war damals gerade Mitte 30 gewesen und hatte weder von der Welt noch vom Leben oder der Wirtschaft viel Ahnung gehabt. Natürlich war er mit dem Unternehmen groß geworden. Kein Ledec kam auf den Chefsessel, ohne nicht vorher alle Bereiche kennenzulernen. Dazu zählten auch die

Lieferanten, die Mitarbeiter*innen erst recht und jeder nützliche politische Kontakt in Wien und Umgebung, der das Schokoladenimperium stützen oder stürzen konnte. Zwischen diesen beiden Worten unterschied nur ein einzelner Buchstabe über Sein oder Nichtsein, im echten Leben war die Luft in der Todeszone noch sehr viel dünner. Gewinnzone hieß sie dann allerdings korrekt. Erfolg. Umsatz. Zufriedene Aktionär*innen und ein Business, das unter Martins Führung zu ungeahnten Höhenflügen aufstieg. Amon zeigte außerordentliches Geschick für das Marketing. Sein Babyface mit der leichten Schieflage machte ihn zum geborenen Medienstrategen und Verhandlungspartner mit gierigen Werbeagenturen. Schneller, als die es sich versahen, zog sie der hilflos wirkende Jungspund über den Verhandlungstisch. Er handelte Konditionen aus, die kleinere PR-Firmen über Jahre an den Rand des Ruins bringen konnten. Doch das Gegengeschenk war einfach zu verlockend: ›La Warenne Schokoladen – Chocolatiers du Monde‹ als Referenz im Portfolio zu haben, war praktisch nämlich unbezahlbar. Und genau dort setzte Amon Junior die Daumenschrauben an. Ihre Werbekampagnen waren legendär. Martin, der die Finanzen im Auge behielt, hatte oft gezögert, solche Summen in schnöde Werbung zu pumpen. Doch bald schon entstand so nicht nur Schokolade, die das Superior-Segment auf dem Weltmarkt dominierte, sondern eine Marke mit einem Image und einem Wiedererkennungswert, der es in sich hatte. Der wohl größte Coup des jüngsten Sprosses der Süßwarendynastie waren die legendären ›Cœrs d'Amour‹. Martin hatte sich mit Händen und Füßen dagegen gewehrt, Herzpralinen auf den Markt zu bringen, die in einer pinkfarbenen, herzförmigen Schachtel mit echten Rosenblättern als Füllmaterial bei den Beschenkten ankamen. Den hochprozentigen und hochpreisigen Inhalt aus bestem französischen Cognac hätte er Amon ja noch durchgehen lassen. Aber die Aufmachung erschien dem kühlen Strategen wie ein schlechter amerikanischer Valentinsscherz. Er gab der Sache eine Chance als Limited Edition. Sie wählten das Weihnachtsgeschäft dafür aus – das Fest der Liebe konnte bekanntlich gar nicht genug Herzlichkeit aufs Auge gedrückt bekommen. Der Erfolg war durchschlagend gewesen. Damit hatte der ›Kleine‹ sich seinen Platz an der Tafelrunde der Ledecs verdient. Ob er ihn auf Dauer würde halten können, stand auf einem anderen Blatt geschrieben. Ihr Vater hatte an Härte nichts vermissen lassen, als sie Kinder waren. Seine ›Fußsoldaten‹ hatte er sie immer genannt. Er, Martin, hatte alle Erwartungen erfüllen können. Menschliche Gefühle waren ihm fremd, unpopuläre Entscheidungen zu treffen, machte ihm nichts aus und die Firma kam stets an erster Stelle. Stefan, die arme Haut, war da schon ein anderer Fall. Es tat Martin leid, dass dieser sich nun, garantiert unter der Fuchtel der strengen Frau Mama, um Dinge wie Beerdigung und das familiäre Drama kümmern musste. Das Business war nie Stefans Welt gewesen. In einer anderen hätte man ihn Arzt werden lassen, und alles wäre anders gekommen. Doch ein großes Erbe brachte nun einmal große Verantwortung mit sich. Und selbst Stefan, das gute Herz, hatte erkannt, dass Martin jede Hilfe brauchen konnte, die es gab auf dieser Welt. Er war ihm zeitlebens überaus dankbar dafür gewesen, dass er ihn nicht mit allem allein gelassen hatte. Sie drei waren ein ungewöhnliches Brüder-Trio und gaben für Außenstehende eine noch viel ungewöhnlichere Führungsriege eines Unternehmens ab. Doch das Ergebnis sprach für sich. Um sich selbst machte Martin Ledec sich die wenigsten Sorgen. Er hatte die harten Gene gleich aus zwei Richtungen mitbekommen. Doch Familie war schließlich dazu da, um auf die Schwächeren achtzugeben. Der sensible Stefan würde nicht allein im Regen stehen, so viel stand fest. Allzu schwach sollte man sich in einer Familie wie jener der Ledecs allerdings auch nicht erweisen. Seine Schwägerin Chantal wäre fast unter die Räder der eisernen Familienmitglieder gekommen, die gemeinsam unter diesem Dach wohnten. Doch nun war alles zu einem guten Ende gekommen. Man musste dem Schicksal manchmal einfach nur dankbar sein für die charmanten Lösungen, die es aus dem Ärmel zauberte. »Was schadete es da schon, wenn man noch ein wenig Feenstaub hinzufügt?«, dachte Martin. Jeder anständige Zauberer tat das, um vom eigentlichen Trick abzulenken. Und wie jeder andere Magier auch würde Martin Ledec sich hüten, seine Zaubertricks zu verraten.

Hofrat Leo Katzinger war ›not amused‹. Metz stand nun schon eine gefühlte Ewigkeit in seinem protzigen Büro, ein Stuhl war ihm heute nicht angeboten worden. »Das Kind war böse«, dachte Metz. »Jetzt darf es in der Ecke stehen.« Das Gesicht des Polizeichefs war dunkelrot angelaufen. Die Rothaarigen mit der hellen, papierdünnen Haut profitierten nicht unbedingt davon, wenn ihre Gefühle sie übermannten. »Irgendwann platzt ihm tatsächlich der Kragen«, sinnierte Metz weiter. Doch Leo Katzinger beschränkte sich auf heftiges Atmen, während er versuchte, Metz den Ernst seiner Lage zu verdeutlichen. »Diese Familie ist sakrosankt, haben Sie mich verstanden?«, keuchte er irgendwann. Bis zu dieser Wortmeldung hatte Metz auf Durchzug geschaltet. Das autogene Training, das seine Therapeutin ihm seit zwei Jahren vergeblich versucht hatte, ans Herz zu legen, war nun doch für etwas gut. Er nickte verständnisvoll. Im Geiste dachte er an den Friedhof. Ob er es wohl heute schaffen würde? »Sie können gehen!« Fast hätte er den Abschiedsappell überhört. »Und denken Sie daran, mein lieber Metz: kein Mordfall, keine Ermittlungen! Haben Sie mich verstanden?« Metz nickte und wollte sich schon zum Gehen umdrehen, als Leo Katzinger ihn noch ein letztes Mal zurückbeorderte. »Gratulation zur Schießprüfung übrigens. Ein sauberes Ergebnis, nach all der langen Zeit.« Täuschte sich Metz, oder hörte er Zwischentöne? Doch Leo Katzinger war nicht der Typ für Understatement oder Ironie. Vermutlich nagte nur das schlechte Gewissen an ihm, und seine Wahrnehmung diesbezüglich war selektiv. »Das ist wie Fahrradfahren«, antwortete Metz daher und ging.

Die Kinder waren erstaunlich gefasst. Unglaublich, wie erwachsen die beiden Kleinen in ihren weißen Pyjamas wirkten, als Stefan Ledec zu ihnen ins Zimmer kam. »Schläft Mami noch?«, fragte Louisa, seine achtjährige Tochter. »Mama schläft nicht, du dummes Mädchen«, konterte ihr zehnjähriger Bruder Paul. »Wir wollen jetzt nicht böse miteinander sein, in Ordnung?«, versuchte Stefan die Wogen im Kinderzimmer zu glätten. »Eure Mama hat einen schlimmen Unfall gehabt. Sie ist von der Treppe gefallen und hat sich sehr wehgetan.« »Sie ist tot, oder?«, fragte Paul. Er besaß bereits jetzt die nötige Härte, die die Ledecs ihren Sprösslingen abverlangten. Sein Weg im Leben war vorgezeichnet und würde ihm nicht besonders schwerfallen. »Ja, Paul, sie ist jetzt im Himmel.« »Es gibt keinen Himmel, sagt die Oma«, meldete sich jetzt Louisa zu Wort. »Nur eine Hölle. Die ist dafür überall.« Stefan seufzte lautstark. Dass dieses Gespräch nicht einfach werden würde, war ihm klar gewesen. Doch eigentlich fassten die Kinder das Ableben ihrer Mutter ganz gut auf. Erstaunlich gut, um genau zu sein. Andererseits: Wie viel hatten sie von ihr schon gehabt? Eine ganze Armada an Au-pairs und Nannys hatte sich um sie gekümmert, seit sie auf der Welt waren. Er selbst hatte wahrscheinlich mehr Zeit mit ihnen verbracht als Linda zu Lebzeiten. »Bekommen wir jetzt eine neue Mama?«, fragte Paul ernst. »Wie kommst du darauf?«, entgegnete Stefan. »Jetzt sind wir erst einmal zu dritt hier mit Oma und allen anderen. Wie die drei Musketiere. Wie findet ihr das?« Pauls Gesicht erhellte sich schlagartig. Die Geschichte von den drei Musketieren gefiel ihm ganz besonders. Nur Louisa war nicht einverstanden. »Ich möchte eine Prinzessin sein. In der Geschichte gibt es aber keine.« Stefan war einmal mehr erstaunt darüber, wie Kindergehirne arbeiteten. »Wir schreiben eine Prinzessin in die Geschichte hinein, Louisa, extra für dich, in Ordnung?« Das schien sie milde zu stimmen. »Vielleicht hat Mama ja von einem giftigen Apfel gegessen?«, mutmaßte Louisa, die Märchenexpertin nun mit ernster Miene. »Das glaube ich eher nicht«, antwortete ihr Vater und umarmte beide Kinder so kräftig, wie seine stämmige Fülle und ihre zarten Körper es zuließen. »Das hätte der giftige Apfel nicht überlebt«, dachte er bei sich.

Kevin Wiesinger blickte erwartungsvoll von seinem Bildschirm auf wie ein Hund, der ein Geschenk für Herrchen in petto hatte. »Fehlt nur noch, dass er sabbert«, dachte Hilde mürrisch. Ihr Verhältnis zu Kevin – so man ihre gegenseitige Zwangsbeglückung als Kollegen so nennen konnte – hatte sich von spontaner Abneigung zu einer Art notgedrungenem Burgfrieden weiterentwickelt. Sie traute dem schleimigen kleinen Mistkerl kein Stück weit über den Weg. Viel zu verlockend war die unendliche Flut an Informationen, zu denen Menschen mit seinen Fähigkeiten Zugriff hatten. Mit Schaudern dachte sie daran, was Kevin vor einem halben Jahr noch über sie in Erfahrung hätte bringen können. Dabei war sie ohnehin ein sehr vorsichtiger Mensch. Über 30 Jahre im aktiven Polizeidienst hinterließen Spuren, machten etwas mit einem. Hildes Instinkte arbeiteten auf Hochtouren, aber eben auch, was den lieben Kevin betraf. Cornelius Metz hatte sich mit seinem Team wider Willen arrangiert. Ihren ersten gemeinsamen Fall hatten sie gelöst, und das unter widrigsten Umständen. Dass es zu keiner

Anklage gekommen war – jedenfalls nicht für den eigentlichen Mord –, war nicht ihrer mangelhaften Arbeit geschuldet gewesen. Manchmal war der Mangel an Beweisen einfach nicht zu leugnen. Metz bemerkte Kevins Gier nach Aufmerksamkeit natürlich, brühte sich zuvor aber noch einen Espresso. Die Maschine hatte sich zu einem echten Segen für ihn entpuppt. Er hauste immer noch unter höchst fragwürdigen Bedingungen in seiner Gartenlaube, die seine hochwohlgeborene Mutter wahrscheinlich eher als Geräteschuppen tituliert hätte. Sein Paralleluniversum, welches er sich nach dem Tod seiner Frau erschaffen hatte, funktionierte aber. Und solange es das tat, gab es weder Frühstück noch Dusche zu Hause, sondern das Leben wurde ausgelagert. Eine Etappe davon spielte sich hier in seinem Büro ab. »Was gibt es, Kevin?«, erlöste er diesen schließlich von seinem Mitteilungsdrang. »Haben wir nun einen Fall oder haben wir keinen?«, fragte dieser als Einstieg. Metz witterte Unheil, denn Kevin war – einmal auf den Datenautobahnen des World Wide Web unterwegs – wie eine entfesselte Naturgewalt. Diese Frage bezog sich eher darauf, ob er ALLE ihm zur Verfügung stehenden Mittel und Wege ausreizen durfte, um an Informationen zu gelangen, oder nur diejenigen, die der Staatsanwalt vor Gericht verwenden konnte, sollte es zu einer Anklage und Verhandlung kommen. Doch dafür bräuchte man zuerst einen Fall. »Wir haben einen Maulkorb von ganz oben bekommen. Die ehrwürdige Familie Ledec ist tiefrotes Sperrgebiet, solange Professor Hagedorn nichts findet, das die Unfalltheorie entkräftet.« Hilde hob eine Augenbraue. Kevin war sichtlich enttäuscht. Doch ganz am ausgestreckten Arm verhungern lassen wollte Metz sein jüngstes Teammitglied doch nicht. »Warum fragen Sie, Kevin?« Dieser schien zu überlegen. Doch er war viel zu gerne als Rechercheur tätig, um mit seinem Fund hinterm Berg zu halten. »Es hat nicht konkret mit unserem Fall oder Nichtfall zu tun. Aber die Familie Ledec ist aus polizeilicher Sicht ziemlich interessant, würde ich meinen.« Metz musste schmunzeln. Keine Ahnung, wann Hilde Attensam ihm die Namen zugespielt hatte, die es zu überprüfen galt, aber er war echt von der schnellen Truppe. »Sagen Sie mir erst, ob es Informationen sind, die wir auch haben und verwenden DÜRFEN. Sonst interessiert mich bis auf Weiteres nichts, in Ordnung?« Metz wusste, dass es schlimmere Aufgaben für einen Vorgesetzten gab, als den Enthusiasmus seiner Mitarbeiter*innen zu bremsen. Doch leere Kilometer würden ihnen nichts bringen. Und Spuren, denen sie nicht folgen durften, waren doppelte Nieten. »Alles legal, alles aktenkundig aus dem digitalisierten Polizeiarchiv und diversen Zeitungen, die inzwischen ebenfalls online abrufbar sind.« Kevin bekam fast rote Wangen, was angesichts seiner wächsernen Blässe, die den langen Nächten vor dem PC und seinem Hauptnahrungsmittel, den Energydrinks, zu gleichen Teilen geschuldet war, schon bemerkenswert erschien. Seine Vorliebe für schwarze Kleidung machte in dieser Hinsicht die Lage nicht besser für ihn. Metz blickte zu Hilde. »Noch einmal in aller Deutlichkeit: Wir haben keinen Fall, verstanden? Unter diesem Aspekt und weil wir um diese Uhrzeit noch nicht nach Hause gehen dürfen (›oder wollen‹, dachte er): Schießen Sie los, Kevin!«

Kapitel 4: Stille Post

Konstantin Schöpf blickte aus dem Fenster seines Arbeitszimmers. Für ein Büro in der City reichte das Geld nicht. Doch Geld war ihm egal. Er hatte sich irgendwann einmal im Leben dazu entschlossen, der Wahrheitsfindung zu dienen und die Aufdeckung von Unwahrheiten und vor allem Unrecht jeglicher Art zu seiner Berufung zu machen. Für einen Beruf hatte es nicht gereicht. Hauptsächlich deswegen, weil die Zeitschriften allesamt am Gängelband der Politik und ihrer einflussreichen Geldgeber*innen hingen. Da konnte eine Pressemeldung oder ein allzu kritischer Bericht schnell das Aus für eine Karriere bedeuten, bevor diese begonnen hatte. Er betrachtete sich im Spiegelbild seines Bildschirms. Er war alt geworden, nicht nur älter. Seine Geheimratsecken reichten inzwischen fast bis zum Scheitel. Die einstmals dunklen Haare waren ergraut, ebenso sein Gesicht. Über 30 Jahre als Enthüllungsjournalist und ›Aufdecker der Nation‹, wie gnädige linksgerichtete Medien in gelegentlich genannt hatten, hinterließen Spuren. Eine zerbrochene Ehe, komplette Kontaktsperre zu seinen beiden Kindern und ein Leben, das mehr einem Existieren glich, waren der Preis dafür gewesen. Doch es hatte sich alles gelohnt. Einige Coups waren ihm durchaus gelungen im Laufe der Jahre. Er hatte bei gar nicht so wenigen politischen Erdbeben seine Finger im Spiel gehabt und so manche hoffnungsvolle Jungkarriere auf dem glatten politischen Parkett Österreichs beendet, bevor sie begonnen hatte. Seine Entdeckungen waren grundsätzlich immer wasserdicht, bevor er mit ihnen an die Öffentlichkeit ging. Die gute alte Journalistenregel ›Check, Re-Check, Double-Check‹ war stets sein oberstes Credo gewesen. Inzwischen war es einfacher geworden, Dreck am Stecken der Menschen zu lokalisieren. Die ganze Welt war mittlerweile digital. Die Menschen verfrachteten freiwillig ihr halbes Leben ins Internet und hielten ihren Kopf noch viel bereitwilliger in jede Kamera, die irgendwo auf sie gerichtet wurde. Die politisch eingefärbten Medien des Landes straften ihn, so gut es eben ging, mit Ignoranz. Wenn sie gar nicht umhinkamen, eine Meldung über ihn oder eine seiner Enthüllungsstorys zu bringen, verschwiegen sie seinen Namen tunlichst. Maximal der ›Blogger‹ wurde er genannt. Jeder in Österreich wusste, wer gemeint war, und diese Tatsache allein genügte schon, um ihm ein Lächeln abzuringen. Die Lügenpresse war noch nie besonders kreativ gewesen. Und er war nicht nur der Stachel im Fleisch all jener, die ihre Macht und ihr Geld benutzten, um noch mehr davon anzuhäufen. Er legte vor allem den Finger in die Wunde der medialen Landschaft der Republik. Diese hing zu einem besorgniserregenden Gutteil an der kurzen Leine der

Politik und ihrer Lobbyist*innen. Die Zeiten waren vorbei, wo die besten Deals abends im Wirtshaus verhandelt wurden oder am Wochenende in irgendwelchen schicken Villen im In- und Ausland. Seit jeder Mensch mit einem Handy und somit einer Kamera und einem Aufnahmegerät ausgestattet war, wehte ein rauer Wind, was heimliche Treffen und noch viel heimlichere Absprachen und Gegengeschäfte betraf. Konstantin Schöpf konnte sich glücklich schätzen. Sein Ruf war tadellos geblieben in all den Jahren, obwohl sämtliche große Zeitungen des Landes ihr Möglichstes versucht hatten, ihn in den Schmutz zu ziehen. Sein Geheimrezept war neben penibelster Recherche mit einem Wort zu umschreiben: Diskretion. Nie war es vorgekommen, dass Informant*innen und Quellen um ihre Sicherheit oder ihr Image fürchten mussten. Wenn es zu Gerichtsverhandlungen kam – und zu denen war es häufig gekommen in den letzten Jahren –, fanden sich dennoch genügend Zeug*innen, die bereit waren, zu ihrer Geschichte zu stehen. Das hatte Neid geweckt im Land. Was Medienvertreter, Politiker und Wirtschaftsbosse jedoch am allermeisten auf die Palme brachte, wenn sein Name fiel, war eine ganz andere Tatsache. Konstantin Schöpf war Publizist und Enthüllungsjournalist aus Leidenschaft und Überzeugung. Seine Geschichten hätten Bücher und Talkshows über Jahre hindurch mit Stoff versorgen können. Er hätte Millionär werden können. Allein: Er tat es nicht. Keinen einzigen Cent hatte er verdient mit seiner Arbeit im Namen der Gerechtigkeit. Das machte ihn nicht nur unbestechlich, was an sich schon eine ungünstige Eigenschaft an jemandem wie ihm war. Es machte ihn quasi zum Heiligen und Märtyrer und in der öffentlichen Meinung überdies über jeden Zweifel erhaben. Dass er viele Feinde hatte, störte ihn nicht. »Neid muss man sich verdienen«, hatte seine Mutter immer gesagt. Mitleid hingegen bekam man geschenkt. Er konnte mit beiden Gefühlen nichts anfangen. Sein Fokus war auf Fakten gerichtet. Die menschlichen Tragödien dahinter ließen ihn zwar nicht unberührt, doch was für seine Mission zählte, waren nur Tatsachen. Diese Einstellung hatte ihn von den unzähligen Gerichtsverfahren, denen er sich im Laufe seines Lebens schon hatte stellen müssen, auch so gut wie alle gewinnen lassen. Mit seinem Anwalt war er inzwischen befreundet. Wenn Menschen also Geschichten und potenzielle Skandale an ihn herantrugen, war die erste Frage, die er sich stellte, nicht jene nach der Publikumswirkung. Mediengeil durften andere sein. Nein, seine primäre Überlegung war stets: Welches Unrecht muss hier korrigiert werden? Gibt es überhaupt eines? Erst dann folgten seine üblichen Basisrecherchen zur Quelle und zu ihrer Vertrauenswürdigkeit. Sobald sich der Verdacht erhärtete, dass es die vermeintlichen

Opfer nur auf Geld abgesehen hatten, war er raus aus der Sache. Entgegen der landläufigen Meinung mancher Medien und Politiker*innen ging es ihm auch nicht darum, Menschen an den Pranger zu stellen oder Karrieren zu zerstören. Diese Kollateralschäden musste man billigend in Kauf nehmen, aber sie waren nicht das primäre Ziel seiner Nachforschungen. Ihm ging es um Gerechtigkeit und darum, dass Machtmenschen und Meinungsmacher sich nicht alles erlauben durften. Davonkamen sie ohnehin noch zur Genüge, trotz seiner Bemühungen. Er blickte auf den braunen Umschlag, der ihn heute ganz altmodisch per Briefpost erreicht hatte. Kein Absender, der Poststempel von Bratislava war jedoch deutlich zu erkennen. Solche Dinge waren nichts Ungewöhnliches. Die halbe Welt, jedenfalls die halbe von Österreich, suchte Rat und Hilfe bei ihm oder hatte die noch nie da gewesene Story für ihn auf Lager. Das kleine Büchlein, das nun vor ihm lag und mit dieser Sendung den Weg zu ihm gefunden hatte, könnte tatsächlich so ein Fall werden. Er blätterte vorsichtig darin. Das Papier war vergilbt und fleckig, das Foto der jungen Frau darin aber noch gut zu erkennen. Die Eintragungen, die die akribischen Aufzählungen dokumentierten, waren gut leserlich, sehr gut sogar. Die Echtheit würde er überprüfen lassen müssen. Das Fälschen von Dokumenten aus der NS-Zeit hatte schon so einige Blüten getrieben. Er musste auf Nummer sicher gehen, wenn er sich dieser Sache annehmen wollte. Dass er wollte, hatte der Fährtensucher in ihm schon beschlossen, als er den letzten Eintrag in dem Arbeitsbuch der jungen Polin sah. ›Chocolatiers du Monde‹ bekam da plötzlich eine ganz neue Bedeutung.

Im Büro war es still geworden. Cornelius Metz und Hilde Attensam hatten Kevins Ausführungen gelauscht bis zum Schluss. Er würde es wahrscheinlich nie lernen, sich kurzzufassen, doch seine Talente lagen definitiv ohnehin woanders. »Respekt«, quittierte Metz den kurzen Vortrag zur Familie Ledec. Hilde Attensam nickte anerkennend. Doch Kevin war noch nicht am Ende angelangt. »All diese Informationen stammen nur aus den Medien. Die Familie ist zwar extrem bedacht darauf, sich jegliche Presse zu ersparen, aber manchmal war es eben doch nicht möglich. Wenn wir nun einen Fall hätten, was wir ja nicht haben, könnte ich eine Abstimmung mit den Polizeiakten zu diesen Vorfällen durchführen.« Hilde mischte sich nun ein: »Wer sagt denn, dass diese Fälle aktenkundig sind? Eine so einflussreiche Familie hat sicher Freunde in höchsten Kreisen, und das wahrscheinlich seit jeher?« Metz nickte. Sein Maulkorb, den Leo Katzinger ihm verpasst hatte, saß noch immer festgezurrt und war überdeutlich spürbar. »Im Fall von

Amon Senior mag das stimmen. Er starb zu Hause in seinem Bett und war auch schon sehr betagt mit seinen 85 Jahren. Der Moped-Unfall des Herrn Wagner aber hat damals sicher zu Ermittlungen geführt. Das Waldstück war seit jeher Zankapfel zwischen den Bundesforsten und der Familie Ledec gewesen. Ein Unfall mit Todesfolge hätte die Diskussion um die Eigentümerschaft und somit die Haftung erneut entfacht.« »Worum genau ging es bei dieser Waldsache?«, fragte Hilde und nippte ein letztes Mal an ihrem köstlichen Espresso. Wie immer wusste Kevin die Antwort auf alle Fragen, die im Zuge seiner Recherchen anfielen. Gründlich war der Junge, das musste selbst Hilde ihm neidlos zugestehen. »Die Vorfahren der heutigen Eigentümer Martin, Stefan und Amon Ledec waren väterlicherseits mit dem böhmischen Adelshaus der Grafen von Ritschau verwandt. Ihr Großvater hatte aus Protest gegen die Abschaffung des Adels 1919 den Namen seiner Frau, Ledec, angenommen. Im Zuge der Enteignung fielen jede Menge Ländereien an Österreich, die über Jahrhunderte im Privatbesitz derer von Ritschau gewesen waren. Das besagte Waldstück war für die Familie seit jeher von besonderem Interesse gewesen. Angeblich, weil es ein Geschenk von Kaiserin Elisabeth an ihre Hofdame aus dem Geschlecht derer von Ritschau gewesen war, also aus rein ideellen Gründen.« Hilde verdrehte die

Augen, und auch Metz konnte sich ein Schmunzeln nicht verkneifen. »Solche Familien können sich vieles leisten. Sentimentalität gehört meiner Erfahrung nach aber nicht dazu«, honorierte Metz Kevins Bericht. Kevin nickte so heftig, dass seine schwarzen Locken förmlich zu tanzen schienen. Metz stand auf. Es wurde langsam Zeit für ihn, wenn er seinen Canossagang noch antreten wollte. »Ich fasse also zusammen: In der noblen Familie Ledec kam es in den letzten Jahren bereits zweimal zu Todesfällen, die unnatürlich erschienen, aber als natürlich beziehungsweise Unfall eingestuft wurden. Außerdem musste sich Amon Senior in den letzten Jahren seiner Regentschaft in der Firma mit Erpressung und mehreren Anschuldigungen herumschlagen, die über die Medien an ihn herangetragen worden waren.« Kevin nickte. Hilde blickte in Richtung Tür. Auch sie wollte heim. Wobei ›heim‹ nicht ganz der Wahrheit entsprach. Alles, was Kevin ausgegraben hatte, wäre sicher ungewöhnlich für normale Durchschnittsfamilien gewesen. Für ein Imperium wie jenes der Familie Ledec aber waren ein paar Leichen im Keller vermutlich nur lästige Erbstücke.

Stefan Ledec quälten inzwischen die üblichen Herausforderungen, die das plötzliche Ableben eines Familienmitglieds mit sich brachten. Alle zerrten und zogen an ihm, jeder wollte eine Entscheidung, und das am liebsten sofort. Er hatte beschlossen, die gute Seite seines Neodaseins als Witwer auszuschlachten und ein paar Tage zu Hause bei den Kindern zu bleiben. Martin und Amon würden die Firma schon am Laufen halten, daran bestand für ihn kein Zweifel. Den trauernden, am Boden zerstörten Witwer würde man ihm zwar nicht abkaufen, aber ein wenig Schockstarre durfte sein. So viel Mitgefühl brachte sogar seine Familie unter diesen Umständen auf. Er hatte alle Details zur Beerdigung, für die es noch nicht einmal ein Datum gab, an seine Mutter delegiert. Die hatte Erfahrung in so was. Reichlich Erfahrung, um genau zu sein. Ihm war es einerlei, in welchem Sarg und unter welchem Stein Linda ihre ewige Ruhe finden würde. Solange er und die Kinder nun endlich Ruhe vor ihr hatten, war ihm alles recht. Der äußere Schein würde gewahrt werden, und Zeichen von Schwäche oder Erleichterung müsste man sich für die eigenen vier Wände aufheben. So war das eben: noblesse oblige. Er war mit Louisa und Paul zu einem Spielplatz gefahren, den sie besonders gerne mochten. Ihn kannte dort sicher niemand. Viel Zeit auf Spielplätzen war ihm in den zehn Jahren seit seiner Familiengründung nicht geblieben. Paul lieferte sich einen filmreifen Zweikampf mit dem Klettergerüst. Louisa, wie immer in einem adretten Kleidchen, sogar am Spielplatz, schaukelte verträumt vor sich hin. Beide Kinder genügten einander völlig. Sie hatten von klein auf eine Art unsichtbaren Pakt miteinander geschlossen. Paul und Louisa gegen den Rest der Welt. Er war Ehrenmitglied in ihrem exklusiven Klub. Und Frau Wagner, die gute Seele, natürlich ebenfalls. Stefan wusste, dass er eigentlich erstaunt darüber sein sollte, dass die Kinder einen Tag nach dem Ableben ihrer Mutter keine Anzeichen von Trauer oder zumindest Niedergeschlagenheit oder Verwirrung zeigten. Sie spielten, als wäre nichts passiert. Als ausgebildeter Sanitäter kannte er sich aus mit Trauer. Er wusste, dass jeder Mensch solche Schicksalsschläge anders handhabe. Durch die fünf Phasen der Trauer mussten aber alle durch. Er hatte es diesbezüglich gut: Das Leugnen, die Wut, die Verhandlungen und die Depressionen hatte er schon während seiner Ehe hinter sich gebracht. Louisa winkte ihm fröhlich von der Schaukel aus zu. Paul hing kopfüber vom Klettergerüst und schnitt Grimassen in seine Richtung. Die Liebesbeweise seines Zehnjährigen rührten ihn immer wieder. Doch sie hatten ja recht: Nun war es Zeit für Akzeptanz.

Cornelius Metz hatte es immerhin bis zum Friedhofstor geschafft. Näher an Violantes Grab war er in den letzten zweieinhalb Jahren nicht gekommen. Wie er ihre Beerdigung überstanden hatte, wusste er nicht. Vermutlich war er einfach mit dem Strom mitgerissen worden, den Todesfälle an Bürokratie und gut gemeinten Ratschlägen mit sich brachten. Er hatte es immerhin versucht, das zählte. Nun war es Zeit für den Heimweg. Er stieg in seinen Dienstwagen und peilte das Fitnessstudio an, in welchem er seit dem Tod seiner Frau duschte und die Kleidung wechselte, die eine Reinigung für ihn in Schuss hielt. Er hätte so ein Leben als Nomade früher verabscheut. Nun stellte sich heraus, dass dieses Leben auf der Flucht vor seinen Erinnerungen ihn wahrscheinlich vor dem totalen Kollaps bewahrt hatte. Die beiden Jahre unfreiwilliger Auszeit waren notwendig und gut gewesen. Doch die Routine und das Arbeiten an einem Fall waren letztendlich die Rettungsanker gewesen, die ihn zurück in ein zivilisiertes Dasein katapultiert hatten. Sein Haus betreten hatte er immer noch nicht. Der Winter in der Gartenlaube war nicht angenehm gewesen, auch wenn sie mit Strom und einem kleinen Heizstrahler immerhin das Nötigste an Komfort bot. In besonders kalten Nächten oder wenn die Erinnerungen wieder übermächtig wurden, hatte er im Fitnessstudio auf der Holzbank in der Umkleide genächtigt. Niemanden hatte es gestört. Die Welt des Sports forderte ständig Opfer. Da kam es auf eines mehr wohl nicht an. Bei ›Opfer‹ musste er an Linda Ledec denken. Es war fraglich, ob der Staatsanwalt überhaupt eine Obduktion anordnen würde. Und wenn ja: Was würde man finden? Manchmal war ein Unfall eben wirklich nur das: ein tragischer Unfall. Doch Cornelius Metz war zu lange schon Polizist, um an seiner Intuition zu zweifeln, wenn sie sich meldete. Und das tat sie, seit er die Leiche dort in der Eingangshalle hatte liegen sehen. Eine Hand weit ausgestreckt, als wollte sie nach dem Handy greifen, das gerade weit genug von ihren Fingerspitzen entfernt am Boden lag, um nicht greifbar zu sein. So nahe und doch so fern. Gerade weit genug entfernt, um nicht verdächtig zu wirken. Gerade weit genug, um es die Schwerverletzte sehen zu lassen, die dort, am Treppenabsatz liegend, möglicherweise stundenlang versucht hatte, danach zu greifen. Gerade weit genug entfernt von Linda Ledec, um keine Hilfe rufen zu können.

Kapitel 5: Hilf dir selbst

Am nächsten Tag fuhr Martin Ledec, das Familienoberhaupt und seit dem Tod seines Vaters Vorstandsvorsitzender von ›La Warenne Schokoladen‹, wieder in die Firma. Mehr als einen Tag freigenommen hatte er sich seit der Übernahme ohnehin nie. Das letzte Mal war gewesen, als sein Vater, der Patriarch, das Zeitliche gesegnet hatte. Er nahm den ›Schleichweg‹ durch das Lager und die Lieferantenzufahrt und fuhr dann mit dem Lift ganz nach oben in die Chefetage. Sein Vater hatte damals, als dieses Gebäude in den 1970er-Jahren errichtet worden war, noch keinen Wert auf Demokratie gelegt. Der Chef residierte ganz oben, der Pöbel ganz unten. Auf diesem Weg traf er wenigstens niemanden. Betroffenheitsgetue war ihm an guten Tagen schon zuwider. Margot, die treue Seele, saß wie immer schon an ihrem Schreibtisch und hielt die Fäden in der Hand. Sie waren fast gleich alt, auch wenn sie ihm immer eher wie die Mutter erschienen war, die er gern gehabt hätte. Ihre kurzen dunklen Haare umrahmten das runde Gesicht mit den vollen Wangen und den zahllosen Lachfalten um die Augen. Sie war gerade einmal 1,60 Meter groß und – wie sein Vater stets abfällig bemerkt hatte – gleich breit wie hoch. Er hatte sie nie zu schätzen gewusst, in all den Jahren nicht. Doch Margot hatte ihr Dasein als ›Inventar‹ der

Firma nichts ausgemacht. Im Gegenteil: Sie liebte ihre Arbeit, und sie liebte vor allem die Vorstellung, unentbehrlich zu sein. Denn auch wenn es nie jemand zugeben würde, war es genau das, was sie war. Sie beendete ihr Telefongespräch und blickte Martin an. »Es tut mir so leid wegen Linda«, sagte sie nur. Er nickte und machte sich dann einen Espresso. Und einen für Margot gleich mit. Diese seltene Geste der Zuneigung gönnte er ihr nicht allzu oft. Doch heute schien er das mehr zu brauchen als sie selbst. »Gibt es noch etwas, was ich tun kann? Für die Beerdigung oder die Presse?«, fragte sie, stets korrekt und nie lange um den heißen Brei herumredend. Martin schüttelte den Kopf. »Darum kümmert sich Mama. Amon übernimmt die Presse.« Und damit war das Gespräch über den privaten Teil erledigt. »Wenn nur alle Menschen so einfach gestrickt wären«, dachte Martin, während er sich in sein Büro zurückzog. Seine Tür blieb auch heute offen. Das war die erste Neuerung gewesen, die er nach dem Tod seines Vaters eingeführt hatte. Die Mitarbeiter*innen sollten das Gefühl haben, willkommen zu sein. Wer mit ihm sprechen wollte, brauchte keinen Termin. Auch das war ein Novum gewesen, welches seinen Vater vermutlich im Grab hatte rotieren lassen. Er sah den Poststapel durch, den Margot ihm auf seinem Schreibtisch bereitgelegt hatte. Noch so ein Anachronismus, den der Juniorchef, der er mit seinen 35

Jahren gewesen war, abgeschafft hatte. Er hatte zwei gesunde Hände und keine Papierschnitt-Phobie. Seine Post konnte er genauso gut selbst öffnen und sortieren. Er hatte es immer peinlich gefunden, Margot sie in eine elegante Mappe mit Fächern schichten zu lassen, den Eingangsstempel pflichtschuldigst darauf zu platzieren und sie ihm dann zu präsentieren wie die Speisekarte eines abgehobenen Lokals. Sein Vater hatte dieses Schauspiel genossen. Dieses und jedes andere, welches nur einem einzigen Zweck diente: die Leute auf ihre Plätze zu verweisen. Außerdem hatte das selbstbestimmte Öffnen der wenigen Briefpost, die im 21. Jahrhundert noch so hereintrudelte, einen weiteren Vorteil: Dinge, die besser diskret behandelt werden sollten, würden dies zu 100 Prozent. Er vertraute Margot blind. Sie arbeitete seit ihrem ersten Ausbildungsjahr als Azubi in der Firma. Doch immer wieder geschah es, dass unschöne Briefe und kleine Pakete auf seinem Schreibtisch landeten, die am besten niemand außer ihm zu Gesicht bekam. So wie die linkischen Erpresserschreiben, die es seit einem halben Jahr regelmäßig in seine Post schafften. Er hatte den Reißwolf mit ihnen gefüttert. An diesen Vorwürfen war nichts dran, absolut nichts. Dass er angreifbar war, wusste er schon sein halbes Leben lang. Die einzige Waffe dagegen war, sich nicht angreifbar zu machen. Er war menschliches Teflon geworden. Einige

Mitarbeiter hatten ihm den Spitznamen ›Prinz Eisenherz‹ verpasst. Er fand ihn passend. Seit seinem ersten Sommer im Betrieb, als sein Vater ihn gezwungen hatte, ganz unten anzufangen, so wie es sich gehörte, hatte er sich gewappnet. Keiner der Mitarbeiter hatte damals in ihm etwas anderes als den Sohn vom Chef gesehen. Sie hatten ihn mit Skepsis beäugt, ihm kritische Blicke zugeworfen, wenn sie dachten, er würde es nicht merken. Geredet wurde hinter seinem Rücken ohnehin viel. Doch damals hatte er sich gefühlt wie ein hilfloses Versuchskaninchen in einem Labor. Der goldene Löffel hing wie ein Damoklesschwert über seinem Kopf. Bereits der Junge, der er damals war, wusste, dass er dieses Spiel nicht gewinnen konnte. Jedenfalls nicht, solange der ›Senior‹ noch fest im Chefsessel saß. Also lernte er und gab sich bescheiden und fleißig. Die Distanz blieb gewahrt, doch einige der Mitarbeiter waren immerhin bereit, ihm eine Chance zu geben. Der Rest wartete nur auf sein Scheitern. Er war relativ jung gewesen, als er schließlich übernehmen musste. Sein Vater starb plötzlich. Trotz seiner schweren Krankheit hatten ihm die Ärzte noch ein paar Jahre gegeben. So konnte man sich irren. Martin Ledec betrachtete das Erpresserschreiben, das ihn heute erreicht hatte, fast amüsiert. In linkisch ausgeschnittenen Zeitungsbuchstaben – wie aus einem schlechten Film – stand da zu lesen: »Deine Shanghai

Surprise wird dich einholen, Ledec, du Dreck!« Den Reim fand er dabei fast noch am besten. Auch dieser Zettel samt Kuvert mit Poststempel aus Wien fand den Weg alles Irdischen in den Reißwolf. Irgendetwas sagte ihm, dass es der Letzte seiner Art sein würde.

Selbsttherapie war das neue Lieblingswort von Cornelius Metz. Die letzten Wochen und Monate, seit er wieder dem aktiven Polizeidienst beigetreten war, hatten schon viel Gutes für seine Psyche bewirkt. Dieser Fortschritt war jedoch weder der Verdienst der Polizeipsychologin, zu der er nach wie vor einmal pro Woche gehen musste, noch jener der viel gepriesenen Routine, der er wieder unterworfen war. Was seinen Verstand viel eher davon abhielt, durchzudrehen und ständig an das Blutbad in seinem Wohnzimmer zu denken, das seine Dienstwaffe angerichtet hatte, war seine wiedererwachte Neugier. Sie war die Triebfeder jedes Polizisten. Ein Mensch ohne Neugier konnte unmöglich in der Lage sein, Verbrechen zu lösen und ihre Protagonist*innen zur Strecke zu bringen. Oder wenigstens hinter Schloss und Riegel. Er wälzte sich auf dem improvisierten Bettsofa herum, das Violante und er eigentlich schon längst hätten entsorgen wollen, es dann aber nur bis in die Gartenlaube damit geschafft hatten. Seit zweieinhalb Jahren schlief er darauf, oder besser: Er versuchte es. Selbst die

Schlaftabletten, die man ihm verschrieben hatte, verfehlten ihre Wirkung. Inzwischen nahm er sie nicht mehr. Er mochte die Veränderung, die sein Dasein mit seinem letzten Fall genommen hatte. Ob es wohl falsch war, sich Morde und ähnlich Grausames zu wünschen, um sich selbst ein wenig besser zu fühlen? Seine Bandscheiben jedenfalls fühlten inzwischen kaum mehr etwas. Das mörderische Sofa war schick und elegant gewesen, als sie es zu Beginn ihrer Ehe gekauft hatten. Er musste fast schmunzeln bei dem Gedanken, dass sein Leben einmal schick und elegant gewesen war. Das Dahinvegetieren in diesem Schuppen war damit nicht zu vergleichen. Doch die Enge gefiel ihm. Der modrige Geruch beruhigte ihn. Das Chaos, das er nur notdürftig beseitigt hatte, um sich einigermaßen bewegen zu können, verschaffte ihm eine Art von Seelenfrieden. Trotzdem fühlte er sich zunehmend unwohl mit diesem fragwürdigen Arrangement. Sein persönlicher Therapieplan, den er mit sich selbst erarbeitet und wie einen Pakt beschlossen hatte, sah als Schritt 1 den Besuch von Violantes Grab vor. Schritt 2 würde der ultimative Glaubenssprung für ihn werden. Doch früher oder später würde er in das Haus zurückkehren müssen. Vielleicht hatten schon die Ratten das Regiment dort übernommen? Oder die Wasserleitungen waren tot? Bei ›tot‹ musste er sofort wieder an Linda Ledec im Leichenschauhaus denken. Es gab Tote und Tote. Manche schauten friedvoll aus und so, als ob sie an ihrem Bestimmungsort endlich angekommen wären. Violante war so eine Tote gewesen. Inmitten von all dem Blut und der Gehirnmasse, die der gezielte Kopfschuss souverän auf dem Eichenparkett und den weißen Möbeln verteilt hatte, war die Botschaft zwischen den Zeilen ›Endlich Frieden!‹ gewesen. Der Gedanke, dass Violantes schreckliche Tat für sie eine Befreiung gewesen war, war ihm so noch nie in den Sinn gekommen. Erst jetzt, angesichts des direkten Vergleichs mit der toten Linda Ledec, fiel ihm diese Erkenntnis wie Schuppen von den Augen. Alle Leichen waren tot. Doch im Tod gab es Unterschiede, die mit dem Verstand nicht zu begreifen waren. Plötzlich setzte Metz sich auf. Schlafen würde er heute sowieso nicht können. Er blickte auf die Uhr. Es war Mitternacht. Noch acht Stunden, bis er im Büro erscheinen und Normalität tanken konnte. Die Zeit bis dahin konnte er genauso gut nutzen, um am Fall zu arbeiten. Und ja: Es gab einen Fall.

Der nächste Arbeitstag begann für Professor Hagedorn mit einer Überraschung. Auch wenn er geglaubt hatte, in seinem Leben schon viel erlebt und gesehen zu haben, traf ihn diese Wendung doch wie eine frische Brise, die die heiligen und sterilen Hallen seiner Wirkungsstätte beehrte. Er liebte seinen Beruf, auch wenn er sehr gerne einmal jemanden getroffen hätte, der das verstanden und ihm aufrichtig geglaubt hätte. Eine Frau wäre natürlich die Krönung dieses Wunsches gewesen. Elegant, gut gekleidet und charmant wie er hätte sie natürlich sein müssen. Musikliebhaberin und Gourmet waren zwei weitere Kriterien, die der erfahrene Gerichtsmediziner mit dem pointierten Sinn für Humor geschätzt hätte. Allein: Es hatte nicht sollen sein. Er hätte problemlos schon vor geraumer Zeit in Rente gehen können. Doch einerseits hätte ihm dann jegliche Perspektive gefehlt, und der Stadt Wien ein weiterer Gerichtsmediziner und Gutachter, und diese waren ohnehin schon dünn gesät dieser Tage. Professor Gunter Hagedorn hatte die Nachwuchsprobleme nie verstanden. Wer sich für Medizin und Naturwissenschaften begeistern konnte, für die Menschen dafür aber eher weniger, war in der Pathologie bestens aufgehoben. Er sah sich als eine Art Dienstleister an den Toten und an ihren Hinterbliebenen. Jeder Mensch hatte das Recht verdient, nicht umsonst gestorben zu sein. Geschätzt jeder vierte Todesfall, der als ›natürlich‹ eingestuft wurde, hätte Erhebungen zufolge eine nähere Betrachtung verdient. Nicht immer war es logisch, wenn fitte 80-Jährige, die Berge bestiegen und die Organe eines 30-Jährigen in sich trugen, plötzlich einem Herzinfarkt zum Opfer fielen. Doch wo kein Verdacht, da keine Obduktion. Wo kein

Kläger, da kein Richter. Es brauchte schon offensichtliche Auffälligkeiten, um die Staatsanwaltschaft dazu zu bringen, eine Obduktion anzuordnen. Der erfahrene Rechtsmediziner war stets der Auffassung gewesen, dass sie dies viel öfter hätte tun sollen. Den aktuellen Sachverhalt hingegen hatte er in all den Jahrzehnten seiner beruflichen Tätigkeit noch nie erlebt. Dass reiche und prominente Familien intervenierten, wenn die Frage nach einer Autopsie auf Messers Schneide stand, kannte er sehr wohl. Ein Anruf genügte meistens, und die Leiche wurde dann ›durchgewunken‹. Auffallend oft wurden diese im Anschluss von einem Bestattungsunternehmen direkt in ein Krematorium überführt. Ein Schelm war, wer Böses dachte! Dieser aktuelle Lauf der Behördenwege war jedoch auch für Professor Hagedorn eine Premiere. Selten genug, dass das Büro des Staatsanwalts sich direkt und höchstpersönlich bei ihm meldete. Dass die Familie auf einer Obduktion bestand, war ein Novum, das seinen wachen Verstand sofort auf den Plan rief. »Die Familie Ledec möchte über jeden Zweifel erhaben sein«, hieß es vonseiten der Staatsanwaltschaft. Man hoffe auf entsprechendes Entgegenkommen und würde dem Ergebnis mit Wohlwollen entgegensehen. Der Mediziner war sich bei diesem letzten Satz nicht ganz sicher gewesen, ob nicht doch eine versteckte Drohung darin verborgen war. Eher glaubte er an das Böse im

Menschen als an das Gute. Berufskrankheit, wenn man so wollte. Doch er entschied sich, das Zwischenmenschliche, das ihm ohnehin nicht sonderlich lag, anderen zu überlassen. Wenn die Familie Ledec eine Autopsie wollte, sollte sie diese bekommen. Sein Forschergeist war ohnehin kaum zu bremsen, wenn es um Tod durch Treppensturz ging. Diese Fälle waren zahlreich, knifflig und manchmal tatsächlich unlösbar. Professor Hagedorn schätzte eine echte Herausforderung fast so sehr wie ein Glas perfekt temperierten Sauvignon Blanc zu einem guten Essen.

Für Cornelius Metz begann ein guter Tag damit, mühelos aus dem Bett zu kommen und von der Gartenlaube direkt zum Fitnessstudio zu fahren. Dort duschte er und zog sich um. In seinem Spind war immer Kleidung für mindestens eine Woche vorrätig und alles, was ein Mann, der den Anschein von Normalität erwecken wollte, brauchte. Eine Runde auf dem Laufband sah ihn neuerdings an. Er war früher regelmäßig gelaufen, allerdings im Freien, und das bei jedem Wetter. Anschließend fuhr er – perfekt gerüstet für den Tag – ins Präsidium. Ein guter Tag würde das heute nicht werden, dämmerte ihm, als er die Telefonnotiz auf seinem Schreibtisch sah. »Bitte zu Katzinger!«, stand da zu lesen. Wer auch immer das geschrieben hatte, war wenigstens mit guten Manieren gesegnet. Er überlegte, ob sich noch ein Kaffee ausginge, entschied sich dann aber dagegen. Die Kröte musste zuerst geschluckt werden, sonst würde ihm der Genuss versagt bleiben. Manche Menschen waren auf nüchternem Magen leichter zu ertragen. Und die Gefahr, sich übergeben zu müssen, war deutlich geringer. Er meldete sich im Vorzimmer von Polizeichef Katzinger an, die Dame dort meldete ihn formvollendet weiter. Keiner kam zum Chef ohne dieses Prozedere. Ausnahmsweise thronte der Herr Hofrat nicht hinter seinem Schreibtisch und täuschte Vielbeschäftigung vor. Er stand am Fenster und drehte Metz den Rücken zu, als dieser den Raum betrat. »Das neueste Machtspielchen«, dachte dieser und seufzte innerlich. Vermutlich hatte er wieder einen neuen Ratgeber geschenkt bekommen zum Thema ›Führen und Leiten‹. Oder ›Die Macht der Körpersprache‹. Leo Katzinger drehte sich gnädig um und wies mit der Hand auf den Besucherstuhl vor seinem Schreibtisch. Metz setzte sich. Wenn man sich setzen musste (oder durfte), bedeutete dies: Aufenthalt auf unbestimmte Zeit. »Es gibt Neuigkeiten zu Linda Ledec«, begann Leo Katzinger seine Ausführungen. Metz nickte. Mit einer Intervention der Familie hatte er schon gerechnet. »Nicht, was Sie denken«, entgegnete der Polizeichef und runzelte die Stirn. Besorgnis war eine Gefühlsregung, die man selten bei ihm sah. Spitznamen wie ›das Gummibärchen‹

oder ›der Glückskeks‹ waren ihm aus diesem Grund schon verpasst worden. In seiner Welt schien immer die Sonne. Ein Zustand, der für die meisten Polizeibeamt*innen purer Luxus war. »Die Familie besteht auf eine Obduktion. Man möchte Gerüchten auf diese Weise zuvorkommen.« Metz war erstaunt. Diese Wendung hätte wohl niemand erwartet, der schon länger in diesem Business tätig war. »Was genau bedeutet das nun für uns?«, fragte er. Leo Katzinger setzte sich nun doch hinter seinen opulenten weißen Schreibtisch mit dem fingierten Blattgoldüberzug an den kunstvoll gedrechselten Kanten und Tischbeinen. Die nachgemachte Biedermeiermonstrosität fand Metz fast noch schlimmer als ihren Besitzer. »Wir warten die Ergebnisse der Obduktion ab. Professor Hagedorn wird sie persönlich durchführen, inklusive einer ausführlichen Toxikologie. Wenn die Familie Ledec Gewissheit möchte, soll sie diese auch bekommen. Bis dahin haben wir nach wie vor keinen Fall, haben Sie mich verstanden, Metz?« Dieser nickte. In seinem Kopf allerdings begann es bereits, zu arbeiten. Welche Strategie verfolgte die Familie, allen voran vermutlich das Oberhaupt, Martin Ledec? Zweifelsohne kam der ›Wunsch‹ aus seiner Richtung. »Mir ist klar, Metz, dass Sie solche Interventionen nicht schätzen. Weder in diese noch in die andere Richtung. Niemand von uns tut das hier. Aber wenn die Anweisung direkt von der

Staatsanwaltschaft kommt, müssen wir uns beugen.« Metz nickte erneut. Er spielte im Kopf das Zählspiel durch, das die Therapeutin ihm beigebracht hatte. Er summierte ihre Honorarsätze. Das beruhigte ihn und funktionierte immer. Die Sätze waren aber auch hoch genug, um ein Gehirn zu fordern. »Professor Hagedorn hat Anweisung erhalten, diese Untersuchung zur obersten Priorität zu erklären.« »Natürlich«, dachte Metz. »Auch im Tod muss es noch Unterschiede zwischen gleich und gleicher geben.« »Bis die Ergebnisse vorliegen, erwarte ich von Ihnen und Ihrem Team, dass Sie die Füße stillhalten. Ist das klar?« Metz nickte erneut. Ohne Worte kam er erfahrungsgemäß am schnellsten wieder raus aus dieser Folterkammer. Alles darin schrie nach Fälschung, auch der Hausherr. Seinen Spitznamen ›Katzbuckler‹ hingegen hatte er sich redlich verdient. Mit seiner Heirat in die besseren Beamtenkreise war sein kometenhafter Aufstieg nicht mehr zu bremsen gewesen. Leider war dabei keine Zeit geblieben, um unterwegs einen Happen Kompetenz zu tanken. Oder Integrität. Leo Katzinger lebte und arbeitete nach dem Motto: »Nach oben hin schleimen, nach unten hin treten.« Beides tat er reichlich, und Selbstreflexion war in jeder Hinsicht ein Fremdwort für ihn.

Gräfin Charlotte zog es die meiste Zeit über vor, in ihren Räumen im ersten Stock der Villa zu residieren. Ihre Söhne hatten das Haus schon vor Jahren rollstuhlgerecht für sie umbauen lassen, doch sie genoss ihr kleines Königreich und die wenigen Vorteile, die ein fortgeschrittenes Alter und Gebrechlichkeit mit sich brachten. In ihrem kleinen Privatsalon legte sie Patiencen und blätterte ihre Fotoalben durch. In ihrer Jugend war sie eine leidenschaftliche Fotografin gewesen, die das gesamte Who is Who der Schickeria vor die Linse bekommen hatte. Die Zeit war in ihrem Leben irgendwann zum Stillstand gekommen. Sie lebte nun in der Vergangenheit, und das Tag für Tag. Jedenfalls wäre dies ihr Plan für den wohlverdienten Unruhestand gewesen, den sie sich an ihrem 70. Geburtstag großzügig selbst verehrt hatte. Das war nun 15 Jahre her, und sehr viel Ruhe war nicht dabei gewesen. Sie hatte reisen wollen, ihre Verwandten im Elsass besuchen und ein paar Verlage hatten immer wieder an ihre Tür geklopft, um Bildbände mit ihren Fotos zu veröffentlichen. Sie hatte wöchentliche Bridgepartien veranstalten und natürlich gewinnen wollen. Es klopfte an der Tür, und das ›Mädchen‹ kam herein. Mit ihren 80 Jahren war Ida Wagner alles andere als das, aber der Name war Programm geblieben. Ohne Worte trat sie hinter den Rollstuhl, der vor der Spiegelkonsole stand und wie die moderne Version eines römischen

Streitwagens wirkte. Das ›Mädchen‹ griff nach der Haarbürste und begann mit geschickten Bewegungen, die langen aschblonden Haare, die erstaunlich wenige Silberfäden durchzogen, ihrer Frau Gräfin zu bürsten. Dieses Ritual fand seit 65 Jahren jeden Tag zweimal – einmal morgens und einmal am Abend – statt. Mit 15 war Ida der damals 20-jährigen Charlotte geschenkt worden. Jedenfalls hatten ihre Eltern das damals so formuliert. Ida war alt geworden, stellte der kritische Blick der Gräfin im Spiegel fest. »Wie geht es den Kindern?«, fragte sie. Das ›Mädchen‹ hielt kurz inne mit dem Bürsten und sagte dann, zurückhaltend wie immer: »Stefan bleibt heute noch mit ihnen zu Hause. Sie veranstalten eine Tee-Party im Zimmer von Louisa.« Bei den letzten Worten musste sie lächeln. Stefan war immer schon ihr Liebling gewesen. Sie hatte alle drei Ledec-Söhne aufgezogen und heranwachsen sehen. Doch der gutmütige Mittlere war ihr schon immer ans Herz gewachsen. »Ich soll Frau Gräfin ausrichten, dass Sie herzlich dazu eingeladen sind.« Nun musste auch das bereits stark von Falten durchzogene Gesicht der Gräfin sich ein Lächeln abringen. Ihre großen Augen, die einmal echte Männermagneten gewesen waren, lagen inzwischen tief in ihren Höhlen. Ihr magerer Körper füllte den Rollstuhl kaum zur Hälfte aus. »Von seiner jugendlichen Schönheit muss man sich im Alter doppelt schwer verabschieden«, dachte die Gräfin.

»Dann mach mich hübsch, Ida. Diese Einladung werde ich natürlich auf keinen Fall ausschlagen«, sagte sie.

Kapitel 6: Treppensturz nach Art des Hauses

Wieder zurück im Büro der Soko ›Reha‹, wie das Team rund um Cornelius Metz seit dessen Wiedereinstieg heimlich genannt wurde, setzte er Hilde und Kevin über die neuesten Entwicklungen in Kenntnis. »Also haben wir jetzt doch einen Fall?«, strahlte Kevin. »Noch nicht«, bremste ihn Hilde. Sein jugendlicher Überschwang in allen Ehren. Aber leere Kilometer waren nicht ihre Sache. »Es gilt abzuwarten, was Professor Hagedorn findet oder nicht. Wenn alles nach Tod durch Unfall aussieht, werden wir uns dieser Erkenntnis beugen. Allerdings glaube ich nicht, dass die Familie eine Obduktion von höchster Stelle anordnen lässt, wenn einer von ihnen etwas zu verbergen hat«, antwortete Metz. »Ist es nicht genau das, worauf man mit dieser Intervention hofft?«, konterte Hilde, sachlich und treffsicher wie immer. Metz nickte. Kevin fuhr eine Runde Drehstuhl-Karussell, was Hilde immer wahnsinnig machte und Metz amüsierte, ob er wollte oder nicht. »Die Familie Ledec hatte in den letzten Jahren mit einigen unerfreulichen Ereignissen zu kämpfen, wie Kevin uns ja gestern erklärt hat. Vermutlich will man mit diesem Schachzug schlechter Presse oder Gerüchten zuvorkommen«, erläuterte Metz. Hilde warf ein: »Kann man einen Treppensturz überhaupt fingieren? Wie würde man das bei der Autopsie bemerken, ob da jemand nachgeholfen hat?« Metz runzelte die Stirn. Diese Frage war eine, die Gerichtsmediziner und Kriminalisten weltweit schon seit jeher umtrieb. Doch auch hier hatte die Ermittlungsarbeit Fortschritte gemacht. So einfach wie früher war es heute nicht mehr, unliebsame Ehemänner, Schwiegermütter und andere Störfaktoren mit einem eleganten Schubs ins Jenseits zu befördern. »Das fragen Sie am besten Professor Hagedorn, wenn er Ergebnisse für uns hat. Soweit ich mich erinnern kann, war das immer schon eines seiner Lieblingsthemen. Sie machen ihm damit sogar noch eine Freude, und wir erweitern unseren Wissensstand.« Hilde mochte es, wenn Metz »wir« sagte. Ihm war schon seit jeher der Ruf vorausgeeilt, auch als Vorgesetzter ein Teamplayer zu sein, der sein Ego stets im Abseits parkte. Kevin konnte sich nun nicht mehr zügeln. »Was ist mit einer ersten unverbindlichen Hintergrundrecherche zu Linda Ledec?« Seine Hundeaugen bettelten förmlich um ein Plazet von Metz. »Wie stehen denn die Chancen, Kevin, dass das unter uns bleibt?«, fragte dieser strenger, als er es tatsächlich meinte. Kevin jubelte und meinte dann, halb ernst: »Klar, Chef. Ich setze mich gleich ran. Und auf den Tafeln landet vorerst nichts, versprochen.« Und schon war jener Teil von Kevin wieder hinter seinen Bildschirmen versunken, der körperliche Anwesenheit vorgaukelte. Mit seinen

Gedanken war der Überflieger ohnehin meistens ganz woanders. Im Land der unbegrenzten digitalen Möglichkeiten hielt er sich am liebsten auf. Den Job erledigte er bei Tag, seiner Mission folgte er nachts. Er tat seinem Onkel, einem der honorigen Sektionschefs im Innenministerium mit allerbesten Verbindungen, gern diesen Gefallen, sich hier als Teammitglied zu präsentieren. Metz war ein angenehmer Chef, der ihm genügend Freiheiten gewährte. Doch schnöde Polizeiarbeit allein würde seinen Verstand niemals zufriedenstellen können. Den Backgroundcheck zu Linda Ledec hätte er schnell erledigt. Er rechnete weder mit Vorstrafen noch mit ausufernden Aktivitäten auf Social Media. Reiche Leute waren von Natur aus viel zu misstrauisch, um ihr Gesicht öfter als unbedingt nötig in Kameras zu halten. Die Website von ›La Warenne Schokoladen‹ hatte er sich schon rein informativ und gänzlich unverbindlich angesehen. Ihr Sicherheitssystem war makellos. Nicht einmal er oder einer seiner anonymen Cyberfreunde hätte leichtes Spiel damit, sie zu knacken. Große Firmen wie der Schokoladen-Papst, wie man Amon Ledec Senior immer genannt hatte, stellten Sicherheit über alles. Es hätte Kevin tatsächlich gewundert, wenn ihr Internetauftritt ihm freien Zugang zu ihren Servern und somit zu ihrem Allerheiligsten gewährt hätte. Die Erpressung von Konzernen war für Cyberkriminelle inzwischen ein einträgliches

Geschäft geworden. Sie legten ganze Firmen lahm, verwehrten den eigenen Leuten Zugriff auf wichtige Daten oder schleusten bei Nichtbezahlung eines Lösegeldes – bevorzugt in Kryptowährungen – einfach einen Trojaner ins System. An ›La Warenne Schokoladen‹ jedoch würde man sich diesbezüglich die Zähne ausbeißen. Es wäre nicht unmöglich, aber eine echte Herausforderung, der sich Kevin sicher nicht ohne triftigen Grund stellen würde. Fürs Erste also waren die legalen Wege gefragt, um Informationen über die Tote zu sammeln. Es war jedes Mal so wie ein aufregendes erstes Date für Kevin, wenn er einen Background-Check durchführte. ›Rendezvous mit einer Leiche‹ bekam da eine ganz neue Bedeutung. Er hatte sich Hildes und Metz' Browserverläufe angesehen. Es war zu verlockend, um es nicht zu tun. Hildes Schwäche für alte Filme und Krimis aus der guten alten Zeit wären vielleicht eine Möglichkeit, bei ihr anzudocken. Das Zwischenmenschliche lag ihnen beiden nicht sonderlich, doch Kevin hätte gern die totale Narrenfreiheit in diesem Team. Und solange Gruppeninspektorin Attensam ihn mit Argwohn beäugte, war das nur eingeschränkt möglich. Am Wochenende war es wieder so weit: Onkel und Tante luden zu Kaffee und Kuchen. In Familien wie jener von Sektionschef Wiesinger samt Gattin bedeutete dies: Vorladung zum Rapport inklusive ausführlicher Meldung, was sich in der

Soko ›Reha‹, an deren Implementierung Kevins Onkel nicht ganz unbeteiligt gewesen war, so tat. Major Cornelius Metz im Auge zu behalten, war einfach. Er verabsäumte es entweder, im Büro an seinem PC intensive Internetrecherchen durchzuführen (Wieso sollte er auch? Dafür hatte er schließlich ihn, Kevin!), oder er roch den Braten, den Kevins Anwesenheit mit an den reich gedeckten Gabentisch für den verlorenen Sohn brachte. Kevin liebte Zahlen und Daten mehr als Menschen. Doch wenn seine Familie ihre schützende Hand über jemanden wie Metz hielt, gab es gute Gründe dafür. Kevin hinterfragte diese nicht, sondern tat, wie ihm geheißen. Dafür auch noch bezahlt zu werden und eine sichtbare Größe im österreichischen Pensionssystem zu werden, war ein Bonus, der ihn nicht lockte, aber auch nicht sonderlich störte.

Professor Hagedorn liebte seinen Beruf, und er liebte Herausforderungen. Beides lag hier und jetzt in Gestalt der toten Linda Ledec vor ihm auf dem Seziertisch. Auch wenn Leichen für Gerichtsmediziner hauptsächlich Objekte waren, die dem Erkenntnis- und Informationsgewinn dienten, gab es Unterschiede. Gunter Hagedorn sollte sich diesen Gedankengang zwar verkneifen, doch wer konnte schon sehen, was in seinem Kopf vor sich ging? Er hatte es heute nicht nur mit einem interessanten Fall zu tun –

in mehrfacher Hinsicht, sondern noch dazu mit einer ›schönen Leiche‹. Diese Bezeichnung meinte in Wien im Allgemeinen zwar etwas anderes als einen wohlgeformten Frauenkörper am Seziertisch, doch das war in Professor Hagedorns Welt der etwas anderen Fakten nicht von Bedeutung. Nicht dass unanständige Gedanken hier die Mutter seiner Überlegungen waren. Es war nur einfach die größere Freude, schöne, jüngere Körper zu obduzieren als ausgemergelte Greise in den 90ern. Ein bisschen Spaß bei der Arbeit hatte schließlich noch nie geschadet, auch wenn ihm schöne Frauen fraglos lebend lieber waren als tot. Er begann seine Untersuchungen an der Leiche von Linda Ledec wie jede andere dieser Prozeduren auch. Schritt Nummer 1 war ein CT der Leiche, was bei Treppenstürzen besonders aufschlussreich sein konnte. Anschließend erfolgte die äußere Beschau, dann die innere. Er diktierte alles direkt auf Band und hielt sich dabei strikt an das Protokoll. Er redete langsam und mit Bedacht, weil er aus seiner Zeit im Praktikum noch lebhaft in Erinnerung hatte, wie schwer medizinisches Kauderwelsch schon unter idealen Bedingungen zu transkribieren war. Nach der äußeren Beschau der Vorderseite drehte er den nackten Körper mit der Hilfe seines Assistenten Ivan um. Ivan hieß nicht wirklich so, aber er sah genauso aus. Der einzige Ort, an dem er noch weniger aufgefallen wäre als hier in der Rechtsmedizin, wäre eine dieser altmodischen Kuriositätenschauen gewesen, die in früheren Zeiten durch die Lande gezogen waren. Vorder- und Rückseite der Toten wurden mit ultraviolettem Licht abgesucht. Das verräterischste Organ bei verdächtigen Todesfällen war die menschliche Haut. Druckstellen und andere deutliche Hinweise auf Fremdeinwirkung speicherte sie lange. Lange genug, um Gerichtsmediziner wie Professor Hagedorn einen Heureka-Moment zu verschaffen. Und einen ebensolchen erlebte der erfahrene Obduzent, als er die Rückseite von Linda Ledecs Nacken mit dem gruseligen blauen Licht ausleuchtete. »Hol mir Metz ans Telefon, Ivan. Sag ihm, er hat einen Fall.«

»Der dumme Bub!«, echauffierte sich die Gräfin. »Der dumme, dumme Bub! Was ist bloß in ihn gefahren? Wir waschen unsere Schmutzwäsche nicht in der Öffentlichkeit.« Ida Wagner reichte ihr eine Tasse Tee zur Beruhigung. Hauptsächlich verfolgte diese Geste die Absicht, die arthritischen Finger der Gräfin zu beschäftigen. Das Halten einer Tasse samt Untertasse erforderte mittlerweile ihre volle Aufmerksamkeit. Innerhalb des letzten Jahres hatten deshalb schon einige teure Wedgewood-Tassen das Zeitliche segnen müssen. Von der Beruhigung profitierten dann eher alle anderen Anwesenden im Raum. Tee trank Charlotte de la Warene schon seit Jahrzehnten fast nur mehr mit Ida. Diese nachmittägliche Idylle war Arbeit für diese, kein Vergnügen, doch natürlich ließ sie sich das niemals anmerken. Charlotte de la Warenne war zeitlebens ausnehmend gut zu ihr gewesen. Doch ihr Verstand begann, sie zu verlassen. Martin, das Familienoberhaupt, bezahlte sie schon seit Jahren extra und heimlich dafür, um die Teestunden mit seiner Mutter zu einem schönen Erlebnis für diese zu machen. Mit externen Pflegekräften hatte man in der Familie Ledec keine allzu guten Erfahrungen gemacht. Von der Gesellschaft zurückgezogen hatte sie sich schon lange. Eigentlich hatte die Gesellschaft sich von ihr zurückgezogen, als ihr Gatte, Amon Ledec, verstorben war und mit ihm auch ihr Gesellschaftsleben. Sie war noch immer die ›Französin‹ in der Wiener High Society, obwohl ihr Deutsch – der Kindheit im Elsass sei es gedankt – akzentfrei und tadellos war. »Martin hat sicher zum Wohle der Familie so entschieden, gnädige Frau«, antwortete Ida Wagner distanziert wie immer. Schon so oft hatte ihr die Gräfin das Du angeboten. »Nenn mich doch Charlotte, Ida. Wir sind ja wie Schwestern«, hieß es dann immer. Doch erstens wäre Ida diese Intimität zu viel des Guten gewesen, und zweitens vergaß Frau Gräfin solche Dinge von einem Tag auf den anderen gern. Ida erzählte ihr daher alles. Fortschreitende Demenz atomisierte den Mehrwert von Informationen ohnehin. »Wieso lässt er sie obduzieren?

Hofft er, ein Herz zu finden in dieser Person? Ihre inneren Werte kennen wir wohl alle zur Genüge. Sie passten zu Lebzeiten schon in einen Fingerhut, und jetzt vermutlich erst recht.« Ida Wagner musste schmunzeln. Ihren bissigen Humor hatte die Gräfin auch mit den Jahren nicht verloren. Schon als junge Frau war sie schlagfertig und schnippisch gewesen, was in der damaligen Zeit noch als revolutionär und gar nicht comme il faut betrachtet wurde. »Martin weiß sicher, was er tut«, konterte das ›Mädchen‹ erneut. Schon morgen würde sie vergessen haben, dass ihre Schwiegertochter tiefgekühlt in einem Schließfach der Gerichtsmedizin zwischengeparkt worden war. Eisgekühlt passte jedenfalls zu Linda Ledec, so viel eigene Meinung gestand sich die durch und durch integre Frau Wagner immerhin zu. Doch damit hatte sich die Meinungsbildung über ihre Arbeitgeber auch schon erledigt. Sie war ein dienstbarer Geist der alten Schule. Sie hörte und sah so einiges, und anders als ihre Dienstherrin vergaß sie auch nichts davon. Doch es stand ihr nicht zu, darüber zu urteilen. Nie im Leben wäre es ihr in den Sinn gekommen, Kapital aus ihrem Wissen zu schlagen oder einen anderen Vorteil. Was sie und Charlotte de la Warenne verband, war mit Geld nicht aufzuwiegen. Man nannte es Loyalität. Und diese – das wusste jeder – war unbezahlbar.

Kapitel 7: Okkasion

Ein Stockwerk höher zur selben Zeit stand Chantal Ledec fast nackt, nur mit Slip und einem BH bekleidet, vor dem Spiegel. Sie betrachtete ihren Bauch von der Seite, ganz so wie Frauenzeitschriften einem immer rieten, es auf keinen Fall zu tun. Doch sie hatte bezüglich Fatshaming nichts zu fürchten. Ihre Dämonen bedienten seit Jahren die Gegenseite. Um den Rippenbogen und jeden einzelnen seiner Knochen zu sehen, musste sie den Bauch nicht einmal einziehen. Sie erkannte inzwischen selbst, dass ihr Körpergefühl und die Realität nicht viel miteinander gemeinsam hatten. »Sie müssen die 50-Kilo-Marke sprengen, Chantal«, hatte die Ärztin im Kinderwunschzentrum ihr eindringlich geraten. »So, wie ihr Körper um sein Überleben kämpft, kann keine Empfängnis stattfinden.« Sie hatte die Worte noch genau im Ohr. Im Gegensatz zu dem, was ihre Schwiegermutter dachte, verstand sie die deutsche Sprache inzwischen nämlich sehr gut. Nur mit dem Sprechen haperte es noch. Kein Wunder, mit wem sollte sie denn sprechen üben? Seit sie Amon aus Lausanne hierher nach Wien gefolgt war, hatte ihr Leben sich schlagartig verändert. Der Traum vom Leben im Schloss mit ihrem Märchenprinzen hatte ein entscheidendes Detail unterschlagen: Das Schloss war in Wahrheit ein goldener Käfig, der sie gefangen hielt.

Die alte Gräfin war reizend gewesen zu ihr, doch sie sah in ihr hauptsächlich eine gute Gelegenheit, um ihre Muttersprache zu pflegen, und natürlich eine zweite Kandidatin, die Erben für das Familienimperium produzieren sollte. In diesem Punkt hatte Chantal Ledec bislang kläglich versagt. Doch sie spürte instinktiv, dass nun alles gut werden würde. Amon und sie waren wie zwei Seiten einer Münze. Er hatte sie nie entmutigt und ihr nie Vorwürfe gemacht. Im Gegensatz zu anderen Menschen. Chantal zog sich wieder an und griff nach ihrem Smartphone. In der Sprach-App, die sie seit Kurzem nutzte, ließ sie sich den korrekten deutschen Satz anzeigen, der den ersten Schritt in ihr neues Leben mit Amon einleiten sollte. Statt ›Hallo‹ bevorzugte sie ›Guten Tag‹, das ersparte ihr das peinliche Fehlen des H, an welchem sofort jeder sie als ›Fremde‹ erkannte. »Ich möchte bitte einen Termin bei Frau Dr. Sterntal. Es geht um die Wiederaufnahme meiner Behandlung.« Frau Dr. Sterntal hatte ihr gefallen. Allerdings arbeitete sie nicht im Kinderwunschzentrum. Bevor es für Chantal Ledec dorthin zu einem nächsten Versuch gehen konnte, musste sie sich erst einem anderen Problem stellen. Wenigstens eines – ihr Größtes, um genau zu sein – stand ihr ja nun nicht mehr im Weg.

Professor Hagedorn und Ivan waren schon fleißig gewesen, als Cornelius Metz, begleitet von Hilde Attensam, bei ihm im Autopsiesaal eintraf. Scherzhalber hatte Metz auch Kevin angeboten, ihn zu begleiten. Dieser war schon bei der Vorstellung davon kalkweiß wie die Wand geworden. Angesichts einer chronisch ungesunden Gesichtsfarbe, die zu 100 Prozent seinem Lifestyle als Nachteule und Konsument von allerlei fragwürdigen Substanzen geschuldet war, war das jedoch keine außerordentliche Leistung. Das Einzige, was Kevin noch mehr irritierte als lebende Menschen, waren tote. »Major Metz, herzlich willkommen zu einer Sondervorstellung von ›Neues aus dem Reich der Toten‹«, begrüßte der Rechtsmediziner mit dem markanten Erscheinungsbild die beiden Beamten. An Hilde Attensam gewandt ließ er seinen berühmt-berüchtigten Charme spielen: »Verehrte Frau Gruppeninspektorin, küss die Hand!« Hilde errötete leicht und ärgerte sich enorm darüber. Über das Erröten, nicht die Begrüßung. Überall hingen schon die Aufnahmen der relevanten Körperstellen der Toten. Software machte es möglich, die Spuren, die das UV-Licht zutage befördert hatte, intensiv zu verdeutlichen und hervorzuheben. Die Bilder stahlen Professor Hagedorn die Pointe. Es bestand nämlich kein Zweifel, selbst für Metz' und Hildes vergleichsweise ungeschulte Augen nicht: Am Nacken von Linda Ledec zeichnete sich deutlich ein kreisrunder Abdruck ab, etwa so groß wie eine 2-Euro-Münze. »Sie sehen den Druckpunkt, denke ich, mehr als deutlich, werte Kollegen«, begann Hagedorn seine Ausführungen. Metz und Hilde nickten andächtig. Die Theorie vom Unfall war somit Geschichte. Jemand hatte nachgeholfen, und das nicht ganz ohne Kraftaufwand. »Was denken Sie, Professor, was das sein könnte?« Der Mediziner schüttelte den Kopf. »Stumpfer Gegenstand, kreisrund, circa 2 Zentimeter Durchmesser. Der Ermittler sind Sie, lieber Metz, ich grabe nur die Fakten aus. Was Sie hier auf diesen Bildern nicht sehen, möchte ich Ihnen gerne live und in Farbe zeigen, wenn Sie mir dieses Bonmot erlauben.« Hilde schwante nichts Gutes. Für sie waren Leichen, egal ob in ihrem natürlichen Habitat oder hier auf Professor Hagedorns Seziertisch, noch immer gewöhnungsbedürftig. Es faszinierte sie, was Gerichtsmedizin so alles ans Licht bringen konnte, in diesem Fall sogar wortwörtlich. Doch gleichzeitig stieß es sie auch ab. Professor Hagedorn und Ivan drehten die Leiche erneut auf den Bauch. Sie dämmten das Licht, und der Pathologe fuhr langsam mit der UV-Lampe am Hals der Toten entlang. Der kreisrunde Fleck war noch deutlich zu erkennen. Doch auch an der Seite des Halses zeichnete sich eine gut sichtbare Färbung ab. Wie eine Schramme zog sie sich fast senkrecht von oben nach unten. »Circa

4 Zentimeter lang und verlaufend«, ergänzte Professor Hagedorn. »Etwas oder jemand hat mit einem Gegenstand Druck auf die Nackenwirbelsäule von Frau Ledec ausgeübt, als diese bereits am Boden lag.« Hilde wurde plötzlich heiß und kalt zur gleichen Zeit. »Könnte das der Absatz eines Damenschuhs sein, den wir hier sehen?«, fragte sie. Beide Herren hielten inne. »Respekt, Frau Gruppeninspektorin. Darauf wäre ich noch gar nicht gekommen. Aber Sie haben recht. Ein kreisrunder Absatz, der sich erst auf den Hals der Toten stellt und dann abrutscht: Wäre möglich.« Für einen kurzen Moment war es totenstill, selbst für die örtlichen Gegebenheiten. Metz blickte noch einmal auf den Druckpunkt am Hals der Toten, dann richtete er sich auf. »Jemand sieht, wie Linda Ledec die Treppe hinunterstürzt, oder hilft vielleicht sogar nach dabei. Dann stellt sie oder er sich auf ihren Nacken, um zu beenden, was der Sturz allein nicht vollbracht hat?« Professor Hagedorn nickte. »Mit einer Ausnahme würde ich dieser Theorie zumindest nicht widersprechen«, antwortete er. »Welche Ausnahme wäre das?«, fragte Hilde nun, inzwischen mehr gespannt als angeekelt. »Gestoßen wurde sie, soweit wir feststellen konnten, nicht. Es gibt keine entsprechenden Druckstellen an Rücken, den Schultern, dem Becken oder in den Kniekehlen. Auch der Aufprall des Körpers am Treppenabsatz spricht für ein Unfallszenario.«

»Können Sie schon mit Sicherheit sagen, was genau die Todesursache war?«, fragte Metz. Professor Hagedorn kratzte sich am Hinterkopf. Hilde kannte diese Geste schon, die ihm als Übersprungshandlung zu dienen schien, wenn er sich nicht ganz sicher war. Dass er dabei stets den blutbefleckten Einweghandschuh an seiner Hand zu vergessen schien, trug nicht gerade zur Steigerung ihres Wohlbefindens bei. »Es gibt eine deutliche Quetschung der Luftröhre, die – so scheint es – dem mutmaßlichen Damenschuh auf ihrem Hals geschuldet ist. Im Moment würde ich auf Tod durch Ersticken tippen, doch wir sind noch nicht ganz durch mit allen Möglichkeiten. Festlegen möchte ich mich im Moment noch nicht.« Vorsicht war schließlich noch immer die Mutter der Porzellankiste. Bevor die Ergebnisse der Toxikologie nicht vorlagen, würde Professor Hagedorn sich nicht zu mehr als zu einer vorläufigen Einschätzung hinreißen lassen. Erst sein Bericht würde alle Geheimnisse preisgeben, die die Tote mit in ihr Grab hätte nehmen sollen. Doch für Metz und sein Team waren die Details zu diesem Todesfall im Moment noch nicht von Belang. Die Staatsanwaltschaft würde nun grünes Licht für die Ermittlungen geben müssen. Damit hatte Martin Ledec wohl nicht gerechnet, als er die Obduktion anordnen ließ. Oder war es exakt das gewesen, womit er gerechnet hatte? Kannte er den Mörder oder die Mörderin vielleicht sogar? Ein Damenschuh musste sich schließlich nicht notwendigerweise an einem Damenfuß befinden, um jemandem damit die Kehle zu zerquetschen. Es wäre sogar eine höchst elegante Art und Weise, um seine eigenen Spuren zu verwischen, von sich abzulenken und den Mord einer Frau in die Schuhe zu schieben, im wortwörtlichen Sinn. Doch Professor Hagedorn hatte noch eine letzte gute Nachricht zum Abschied für Metz und Hilde. Sein freundliches Angebot, beim Öffnen der Leiche mit dabei sein zu dürfen, schlugen beide Polizisten dankend aus. »Aber die persönlichen Gegenstände der Toten darf ich Ihnen zu treuen Händen überlassen. Mit der Kleidung ist noch das Labor beschäftigt.« Und damit reichte Ivan Hilde eine Tüte mit dem Handy und dem Schmuck der Toten. »Der Todeszeitpunkt liegt übrigens in den frühen Morgenstunden. Ihre Leiche scheint noch eine ganze Weile gelebt zu haben, bis jemand ihr über den Styx geholfen hat. Zeitpunkt des Todes war gegen 5 Uhr morgens.« Mit diesen Worten drehte Professor Hagedorn mit Ivans Hilfe die Leiche wieder auf den Rücken. Beide griffen nach Schutzbrille und Visier, und noch bevor Ivan seinem Chef Skalpell und Knochensäge reichen konnte, waren Metz und Hilde schon an der Tür. Es gab Grenzen der berufsbedingten Neugier, die durchaus gewahrt bleiben durften.

Hilde chauffierte sie souverän zurück ins Präsidium. Der mörderische Wiener-City-Verkehr schien ihr nichts anhaben zu können. Metz steckte seine erste Autofahrt nach zwei Jahren U-Boot noch in jedem Knochen. Er war immer noch froh, wenn er das Fahren delegieren konnte. »Linda Ledec trug Alltagskleidung, als man sie gefunden hat«, startete Hilde das Brainstorming, das sie von nun an offiziell beschäftigen durfte. »Was meinen Sie damit?«, fragte Metz und ignorierte es geflissentlich, dass Hilde einem anderen Verkehrsteilnehmer eben den Vorrang entwendet hatte. Sie war nicht einmal ein Stadtkind. Wo hatte sie so fahren gelernt? »Sie trug kein Nachthemd oder keinen Pyjama, sondern Alltagskleidung. Rock, Bluse, Strümpfe, Schmuck. Und sie war geschminkt.« Metz verstand. »Sie meinen, es war noch früh am Abend, als sie über die Treppe gestürzt ist?« Hilde nickte. »Wenn der Todeszeitpunkt gegen 5 Uhr morgens war, muss sie die ganze Nacht dort gelegen haben. Und wir wissen, wann ihr Mann sie zum letzten Mal gesehen hat, aber nicht der Rest der Familie.« Metz nickte erneut. Solche und ähnliche Fragen hatten sie bis jetzt nicht stellen dürfen. Nun wurde es Zeit dafür. Konnte es wirklich sein, dass Linda Ledec in diesem großen, hellhörigen Haus über die Treppe stürzte, und niemand fand sie? Über Stunden? Die Haushälterin, Amon und Chantal, Martin und die Frau Gräfin – niemand hatte etwas gehört oder gesehen? »Es wird auf jeden Fall nicht einfach werden, aus diesen Herrschaften etwas herauszubekommen«, gab Metz zu bedenken. Hilde ignorierte eine gelbe Ampel und reihte sich, quer über zwei Spuren surfend, wieder in die Kolonne ein. Metz' Therapeutin würde ihr ›unterschwellige Aggressionen‹ attestieren. »Ihr Mann fand sie gegen 7 Uhr morgens. Laut Expertise von Professor Hagedorn hätte sie gute Chancen gehabt, den Treppensturz zu überleben, wenn ihr nicht jemand die Luftröhre zerquetscht hätte«, ergänzte er. Hilde nickte grimmig. Ein Überholmanöver zahlte sich fast nicht mehr aus, bald würden sie abbiegen müssen. Doch ›bald‹ war für Hilde nicht schnell genug. Das wütende Hupen des Lkw-Fahrers, der eine filmreife Vollbremsung hinlegen musste, ignorierte sie. »Wenigstens kann er mal zeigen, was er so draufhat«, sagte Hilde mit Blick in den Rückspiegel, als ob sie Metz' Gedanken erraten hätte. »Womit fangen wir an, Chef?« »Ich muss als Erstes in die Chefetage und Bericht erstatten. Dann treffen wir uns im Büro und lassen Kevin von der Leine. Wir beide werden die Befragung der Familienmitglieder durchführen, einverstanden?« Hilde nickte. Das Befragen lag ihr, obwohl Menschen grundsätzlich nicht ihre Zielgruppe waren. Wahrscheinlich machte gerade das sie zu einer brauchbaren Polizistin: Mitgefühl und emotionale Dramen waren keine Knöpfe, die man bei ihr drücken konnte. »Sie dürfen auch wieder den bösen Bullen spielen, Kollegin«, legte Metz nach. »Allerdings werden wir diesmal trotzdem besonders umsichtig sein müssen.« Hilde nickte widerwillig. Zurückhaltung beherrschte sie inzwischen, wenn die Umstände es erforderten.

Martin Ledec war das, was man einen ›kühlen Strategen‹ nannte. Schon als Kind hatte er die Vorgänge in der Sandkiste dirigiert. Dieses Talent war nützlich, wenn man mit nur 35 Jahren ein Unternehmen mit 500 Mitarbeitern und einem Umsatzvolumen von über 100 Millionen Euro pro Jahr übernehmen musste. Den Gang an die Börse hatte er noch gemeinsam mit dem Herrn Papa eingefädelt. Dieser war skeptisch gewesen. Fremde Menschen sollten nicht Eigentümer seines Schokoladenimperiums werden. Doch die Kapitalspritze gefiel dem alten Herrn dann doch. Martin war es gewesen, der ›La Warenne Schokoladen‹ nicht nur in die Welt hinausgetragen, sondern die Firma in jeder Hinsicht fit für das 21. Jahrhundert gemacht hatte. Man konnte kein Imperium in die Zukunft führen, das ausschließlich gewinnorientiert arbeitete und nur wirtschaftlich dachte. Stichworte wie ökosozial, Fairtrade, klimaneutral, nachhaltig und mitarbeiterfreundlich durften nicht ignoriert werden. Wie alle Juniorchefs hatte er Großes vorgehabt, als er endlich an den Hebeln saß. Vieles davon war der Ernüchterung zum Opfer gefallen. Allerdings nur deshalb, weil er zu viel auf einmal wollte. Rom war auch nicht an einem Tag erbaut worden. Und nicht alle Menschen teilten seine Visionen. Als er nun den Anruf erhielt, auf den er schon seit seiner Intervention bei der Staatsanwaltschaft gewartet hatte, legte sich ein zufriedenes Lächeln auf sein Gesicht. Der Stratege hatte erneut gewonnen, ein Plan war wieder einmal aufgegangen. Er war sich nicht sicher gewesen, ob beim Tod seiner Schwägerin alles mit rechten Dingen zugegangen war. Er wusste nur, dass er damit nichts zu tun hatte, oder besser: fast nichts. Er besaß ein Alibi für die ganze Nacht. Ein seltener Luxus im Leben eines ewigen Junggesellen. Doch auch bei solchen Dingen überließ Martin Ledec nichts dem Zufall. Er rief den Blumenladen an. Es war Zeit, sich bei jemandem zu bedanken.

Kevin bekam den Löwenanteil der nun anfallenden Ermittlungsarbeit aufs Auge gedrückt. Jedenfalls jene, für die man die geschützte Werkstätte des Büros und die ganz spezielle Komfortzone hinter seinen beiden riesigen Bildschirmen nicht verlassen musste. »Seit wann sind das eigentlich zwei?«, fragte sich Hilde, sagte aber nichts. Das wundersame Upgrade der Rumpelkammer, die der Katzbuckler der dreibeinigen Soko zur Verfügung gestellt hatte, war auch so eines von

Kevins Kunststücken gewesen. Das halbe Präsidium ließ nichts unversucht, um sich ihrer Espressomaschine zu nähern. Doch das wiederum wusste Hilde zu verhindern. Metz übergab das Wort an Kevin: »Dann stellen Sie uns unser Opfer einmal vor, Kevin.« Dieser stand auf, zog sich umständlich die schwarzen Jeans hoch, die viel zu locker an dem knabenhaften Körper saßen, und drehte einen seiner monströsen Bildschirme Richtung Hilde und Metz. Darauf zu sehen war ein Foto der Toten. »Um die Tafel kümmere ich mich im Anschluss. Das habe ich mir aufgespart, weil wir ja noch nicht wussten, ob und wie und so weiter.« Metz nickte. Die Tafel würde ihnen wieder gute Dienste leisten. Der letzte Fall hatte drei nötig gemacht. Er hoffte diesmal, mit weniger losen Enden kämpfen zu müssen. »Linda Ledec hieß bis zu ihrer Heirat Herlinde Krumppenbacher, sie war 45 Jahre alt und seit zehn Jahren verheiratet mit Stefan Ledec. Das Paar hat beziehungsweise hatte zwei Kinder: Paul, zehn, und Louisa, acht Jahre alt. Sie lebten seit ihrer Heirat in der Familienvilla. Vor ihrem Aufstieg in die Welt der Reichen und Schönen war Herlinde Krumppenbacher Krankenschwester. Sie wurde vor 13 Jahren von der Familie eingestellt, um Amon Senior zu Hause zu betreuen.« Metz und Hilde warteten gespannt auf die Fortsetzung, doch dafür musste Kevin erst ein paar Mal in die Tasten seines Laptops hauen.

Er fuhr fort: »Polizeilich liegt nichts gegen sie vor, allerdings gab es in dem Pflegeheim, in dem sie vor ihrer Anstellung bei den Ledecs gearbeitet hat, Beschwerden wegen Mobbings gegen sie. Außerdem verschwanden zu der Zeit, als sie dort tätig war und sich bevorzugt für die Nachtschichten eintragen ließ, Schmuck und andere Wertgegenstände aus den Zimmern der Patienten. Zu einer Anzeige kam es jedoch nie. Familie hat sie keine mehr. Ihre Mutter starb vor einigen Jahren in einem Heim.« »Haben wir die Tatortfotos?«, fragte Metz. Kevin nickte. Auch diese würden die Tafel zieren, sobald er analoge Exemplare davon besorgt hatte. Im Moment mussten sie sich wieder mit einem Blick auf seinen Bildschirm begnügen. Er zeigte die Bilder, die die Spurensicherung vor Ort aus so gut wie jedem erdenklichen Winkel angefertigt hatte. »Irgendwelche Detailaufnahmen, Chef?«, fragte er. Metz trat näher an den Bildschirm heran und sagte dann: »Ja, Kevin. Die Schuhe der Toten interessieren mich. Wo sehen wir die?« Kevin, nicht verwundert, und falls doch, ließ er es sich nicht anmerken, vergrößerte eine der Aufnahmen, die die Techniker von der Galerie aus von der Leiche gemacht hatten. »Ein Schuh, der linke, liegt noch auf einer der unteren Stufen. Ist ihr beim Sturz wahrscheinlich von den Füßen gerutscht. Der andere liegt neben dem rechten Fuß.« Metz konnte auf der Aufnahme nicht allzu viel erkennen. Doch er erklärte Kevin kurz sein Interesse für Damenschuhe. An Hilde gewandt sagte er: »Kollegin, briefen Sie bitte das Labor. Die sollen die Schuhe nach Fingerabdrücken absuchen. Und außerdem hätten wir gerne ein gutes Foto von ihnen, inklusive dem Absatz. Aus dieser Perspektive könnten sie als Mordwerkzeug passen, finden Sie nicht?« Hilde trat näher an den Bildschirm heran. Der Schuh auf der Treppe war aufgrund des roten Teppichs nur schemenhaft zu erkennen. Jener neben dem rechten Fuß lag auf der Seite und zeigte sein Profil. Hildes geschultes Auge erkannte sogleich hochpreisige dunkelbraune Pumps, vermutlich Wildleder. Aber mehr Informationsgehalt gab die grobkörnige Vergrößerung des Fotos nicht her. Der Absatz war kreisrund und stabil. Genau solche Pumps würde eine stattliche Frau wie Linda Ledec – Professor Hagedorn hatte sie bei der kurzen Vorstellung der Leiche als ›wohlgenährt‹ beschrieben – tragen. Sie waren der ideale Kompromiss für ihren Körpertyp, wenn man auf hohe Hacken nicht verzichten und dennoch am Leben bleiben wollte. Hilde würde sich für ein ganz ähnliches Modell entscheiden. »Ich lasse mir die Schuhe zeigen und messe den Absatz nach«, sagte sie zu Metz. »Sie sollen nach Hautpartikeln suchen und ihnen insgesamt besondere Aufmerksamkeit widmen.« Hilde hatte verstanden. Die Kontaktperson für Labor und Spurensicherung war sie schon im letzten

Fall gewesen. Ihr gefiel diese Aufgabe. Fakten lagen ihr, und die Mitarbeiter*innen dort schätzten Menschen, die sich kurzfassen konnten, ebenso wie die pragmatisch veranlagte Hilde. »Wie lange brauchen Sie für die Handy- und Bankdaten der Toten?«, fragte Metz Kevin. Dieser lächelte kryptisch und meinte dann nur: »Ich nehme an, der kurze Dienstweg ist hier nicht erwünscht.« »Das nehmen Sie richtig an. Alles muss wasserdicht sein in diesem Fall. Und ich weiß, dass ich das nicht erwähnen muss, aber ich mache es trotzdem: Diskretion ist oberstes Gebot.« Hilde und Kevin nickten. Dieser Fall würde für Aufsehen sorgen, keine Frage. Familien wie jene der Ledecs unterhielten für gewöhnlich beste Kontakte zur Presse und ließen sie in den guten Zeiten hochleben, damit sie in den schlechten Zeiten auf Berichterstattung verzichtete. Man würde sehen, ob das auch diesmal funktionieren würde. Zu Hilde gewandt fragte Metz noch: »Was ist mit ihren persönlichen Gegenständen, die Professor Hagedorn uns mitgegeben hat?« Hilde hatte erst einen kurzen Blick darauf werfen können. Doch etwas Interessantes zeichnete sich schon ab. »Ehering, Verlobungsring, Ohrringe, Armbanduhr, Handy und eine Halskette, an der ein Schlüssel hängt.« Hilde holte das Fundstück und reichte es Metz. Kevin spähte hinter seinem Bildschirm hervor. »Bankschließfach würde ich sagen«, konstatierte er mit Kennerblick. »Ich kenne solche Schlüssel aus Computerspielen.« »Echt?«, fragte Hilde amüsiert. »Ich kenne solche Schlüssel noch aus dem echten Leben. Was meinen Sie, Chef?« Metz hielt den kleinen Schlüssel gegen das Licht. »Können Sie mit der Ziffernkombination etwas anfangen, Kevin?« »Wahrscheinlich schon«, meinte dieser bescheiden. »Aber ich will mich nicht aufdrängen. Im echten Leben müsste jemand jetzt nämlich alle Banken von Wien und Umgebung abklappern, um zu sehen, ob der Schlüssel passt.« »Touché!«, dachte Metz. Der Junge war wirklich Gold wert, auch wenn seine Methoden fragwürdig blieben. Er übergab das kleine messingfarbene Corpus Delicti Kevin zu treuen Händen und sagte an Hilde gewandt: »Wir werden auch so noch genug Klinken putzen müssen, fürchte ich. Überlassen wir die Banken unserem Wunderkind.« Der Rest der persönlichen Gegenstände würde vorerst in Verwahrung bleiben. Ein schneller Blick auf den Schmuck offenbarte Hildes geschultem Auge genau das, was man bei Frauen, die es von Herlinde Krumppenbacher zu Linda Ledec gebracht hatten, vermuten würde. Halskette und Ehering waren aus massivem Gelbgold. Den Verlobungsring zierte ein funkelndes Dreigespann aus lupenreinen Diamanten von beachtlicher Größe. Gekleckert hatte bei diesem Heiratsantrag jemand offensichtlich nicht. Die Ohrringe bestanden aus kunstvoll geschliffenen Saphiren, die in einer Fassung aus

Diamanten und vermutlich Platin ruhten. Sie wollten irgendwie nicht so recht zum übrigen Schmuck passen, befand Hilde. Zur Trägerin auch nicht. Die Saphire wirkten viel zu feminin für eine Frau von Größe und Statur der Toten. Außerdem war diese brünett gewesen und hatte braune Augen gehabt. Saphire passten eher zu Blondinen, doch was wusste Hilde schon wirklich von solchen Dingen? ›Gefährliches Halbwissen‹ würde man ihr Interesse daran vermutlich nennen. Die Armbanduhr war allerdings von Interesse. Hilde hätte fast durch die Zähne gepfiffen, als sie sich das gute Stück näher besah. Sie fasste ihre Erkenntnisse für die beiden Herren kurz und knapp zusammen. »Teurer Echtschmuck, sehr exquisit und hochpreisig. Erwähnenswert ist vor allem die Armbanduhr. Es handelt sich um eine ›Tank‹ von Cartier. Neupreis circa 10.000 Euro für das Standardmodell. Dieses hier hat eine Lünette aus Brillanten und wurde personalisiert.« Metz nickte anerkennend, Kevin verstand – wie von so vielen Dingen des praktischen Lebens – nur die Hälfte. »Wieso ist das von Belang?«, tappte er prompt in Hildes geschickt ausgelegte Falle. Seine Aufmerksamkeitsspanne war noch immer mit der eines Vierjährigen auf einem Kindergeburtstag vergleichbar. Und Hilde nutzte diesen Umstand, um zu glänzen: »Es ist insofern relevant, was die Widmung auf der Rückseite betrifft. Dort eingraviert steht nämlich C + A und darunter das Symbol für die Unendlichkeit.« Metz blickte auf. »Die Initialen passen nicht.« Hilde nickte. »Aber sie passen zu Chantal und Amon, ebenso wie die Uhr eher für ein zartes Handgelenk gedacht ist, nicht für jenes einer stattlichen Person wie Linda Ledec.« Kevin konterte: »Vielleicht ein Geschenk?« Hilde musste nachsichtig bleiben. »Sie wissen nicht viel von Beziehungen, Kevin, oder?«, kam Metz ihr zuvor. »Oder Frauen«, legte Hilde nun nach. Kevin lief dunkelrot an und zog sich hinter seine riesenhaften Bildschirme zurück. »Wir machen das jetzt ganz formvollendet, so wie diese Herrschaften das gewohnt sind. Kollegin, Sie kündigen uns bitte für heute Nachmittag in der Villa an. Wir möchten mit dem jungen Paar sprechen, wahlweise eine Hälfte davon reicht mir für den Anfang auch.« Hilde nickte. Auf die Geschichte mit der Uhr war sie schon gespannt. Sie würde auf jeden Fall auch nach den Saphirohrringen fragen. An einem feenhaften Wesen wie Chantal Ledec würden sie definitiv besser zur Geltung kommen als an ihrer vergleichsweise wuchtigen Schwägerin. Kevin würde genug zu tun haben. Nach den Anfragen an Labor und Technik würde noch Zeit für eine Mittagspause bleiben. Hilde dachte dabei an einen ganz bestimmten Ort. Solche Tage mochte sie: Punktlandung im Job, umgeben von schönen und extravaganten und leider auch viel zu hochpreisigen Dingen für ihr

Beamtengehalt und dann noch Zeit für ihren Seelenfreund. Wenn das Arbeit war, würde sie noch lange nicht in Rente gehen wollen. Professor Hagedorn hatte schon recht: »Sich in den Ruhestand begeben = nicht mehr leben.«

Kapitel 8: Leiche im Keller

Konstantin Schöpf und Katharina Adam gaben sich kurz, aber herzlich die Hand und nahmen an einem der intimen Ecktische im Café Landtmann Platz. Dies war seit jeher ihr bevorzugter Treffpunkt gewesen. Das Café lag zentral, war meistens so gut besucht, dass niemand sich Gesichter merken würde, und erlaubte trotzdem ein zivilisiertes Gespräch, ohne dass man die Stimme erheben oder sich gar gegenseitig anschreien musste, wie es in vielen anderen Kaffeehäusern Wiens vonnöten war. Zu ihrer Blütezeit war Akustik noch kein Thema gewesen. Intimität auch nicht. Konstantin Schöpf hätte die attraktive Enddreißigerin gerne einmal zu sich nach Hause eingeladen, doch das wäre ihm peinlich gewesen. Außerdem wollte er sie nicht in Verlegenheit bringen. Sie arbeiteten beruflich seit Jahren gut zusammen, und das sollte so bleiben. Dass der einsame alte Mann in ihm sich mehr erhofft hatte von dieser Bekanntschaft, musste sie ja nicht wissen. Es war ihm klar, dass er weit unter ihrer Liga spielte. Seinen beruflichen Erfolg konnte er in diese Gleichung nicht mit einkalkulieren. Frauen wollten und verdienten Männer, die etwas hermachten und ein vielversprechendes Standing vorweisen konnten. Sein Standing als Publizist und ›Aufdecker der Nation‹, wie ihn ein Käseblatt einmal betitelt hatte, war dafür wohl zu wenig. Doch einerlei: Beruflich hatten sie beide von der gemeinsamen Arbeit an Projekten profitiert. Katharina Adam hatte ihre Habilitationsschrift über eine NS-Zwangsarbeiter-Tragödie verfasst, die sich im ländlichen Burgenland einst zugetragen hatte. Nicht wenige der Informationen, die sie darin verarbeiten und erstmals aus historischer Sicht belegen konnte, stammten von ihm. Seine Quellen trugen ihm seit Jahren Informationen zu, die die unrühmliche Geschichte österreichischer Betriebe, Gemeinden und Würdenträger während der dunklen Kapitel des 20. Jahrhunderts betrafen. Allen Geschichten konnte er sich allein nicht widmen. Diese verdienten es, gesondert und mit Ehrfurcht und Akribie aufgearbeitet zu werden. Außerdem bedurfte es dafür akademischer Rahmenbedingungen, die er den Verstorbenen und ihren Angehörigen nicht bieten konnte. Wer in Österreich Geschichte aufrollen wollte, brauchte nicht nur einen langen Atem und ein dickes Fell, sondern mindestens zwei akademische Grade, sonst war man von vornherein nicht glaubwürdig. Katharina Adam hatte all das und noch viel mehr. Sie sah gut aus, war freundlich und zuvorkommend und verfügte über das, was man ein ›gewinnendes Wesen‹ nannte. All diese Eigenschaften machten sie nicht nur zu einer angenehmen Sparringspartnerin, sondern auch zu einer vertrauenswürdigen Anlaufstelle für Zeitzeugen und deren Nachfahren. Wie bei den Anliegen, die an Konstantin Schöpf herangetragen wurden, ging es auch bei ihrer ›Kundschaft‹ manchmal nur um schnelles Geld. Die Medien verbreiteten allerlei Unfug über Restitutionszahlungen und Wiedergutmachungsleistungen in Millionenhöhe, die näher an gelungener PR als an der Wahrheit lagen. »Was hast du heute für mich?«, fragte sie kurz und knapp wie immer. Ihre Neugier konnte sie nur schwer im Zaum halten. Sie war Historikerin mit Leib und Seele, auch wenn ihr niemand gesagt hatte, dass dies zeitlebens bedeuten würde, Formulare auszufüllen, um Forschungsgelder zu betteln und um Anerkennung zu kämpfen. Konstantin Schöpf reichte ihr den braunen Umschlag mit dem vergilbten Buch. Sie zog ganz selbstverständlich ein Paar weiße Baumwollhandschuhe aus ihrer Tasche. Profi durch und durch eben. »Deutsches Reich – Arbeitsbuch für Ausländer« war darauf in schmutzig-beigen Lettern zu lesen. Mitten auf dem Deckblatt prangte als Hoheitszeichen der Reichsadler mit dem Hakenkreuz. Dieses verunzierte neben den Arbeitsbüchern auch die Kennkarten und provisorischen Ausweispapiere und war nach dem Krieg häufig einfach überklebt worden mit lapidaren Vermerken wie »Behält vorläufig seine Gültigkeit«, als ob nichts gewesen wäre. »Wieder eines?«, fragte sie nur, er nickte. »Kam vor ein paar Tagen mit der Post, aufgegeben in Bratislava.« »Das ist nicht ungewöhnlich«, antwortete sein Gegenüber ernst, schon jetzt vertieft in die potenzielle Geschichte, die an diesem unscheinbaren Büchlein haften mochte. »Viele Zwangsarbeiter sind dem Deutschen Reich nie ganz entkommen. Armut, das Chaos und die Wirren der Nachkriegszeit. Und außerdem hat auf die meisten ohnehin niemand mehr gewartet. Da lässt man sich am nächstbesten Ort nieder, der einen aufnimmt. Die Nähe zu Wien würde natürlich schon dafürsprechen, dass Nachkommen dir das geschickt haben. War ein Brief dabei? Eine Nachricht? Irgendetwas?« Konstantin Schöpf schüttelte den Kopf. »Anonym. Wie die meisten Köder, die man mir zukommen lässt.« Immerhin konnte er ihr ein Lächeln entlocken. Sieg nach Punkten! »Für eine Expertise müsste ich es mitnehmen. Die üblichen Untersuchungen: Papier, Tinte, das Foto und so weiter. Du kennst das Prozedere ja schon.« Er kannte das Prozedere. Die Kosten übernahm er dafür stets selbst. Das war seine Art von Wiedergutmachung. »Seltsam, dass keine Geldforderung damit einhergegangen ist ...« Doch weiter kam er gar nicht. Die Gesichtsfarbe von Katharina Adam wechselte von rosig zu kalkweiß. Sie klappte das Buch zu und gab es ihm zurück. »Tut mir leid, Konstantin. Aber in diesem Fall muss ich passen.« Verwirrt sah er sie an. »Wieso? Denkst du, es ist eine Fälschung?« Sie schüttelte den Kopf und blickte auf ihre Armbanduhr.

Plötzlich schien sie es eilig zu haben. Sie trank ihren Kaffee aus, schnappte sich ihre Tasche und sagte: »Nein, aber ich bin die Falsche dafür. Wenn du magst, empfehle ich dir gerne einen meiner Kollegen, um die Echtheit zu überprüfen.« Das sagte sie nur, weil sie ganz genau wusste, er würde nicht darauf eingehen. Man wechselte seine Sachverständigen nicht aus wie Glühbirnen. »Sag mir bitte wenigstens, ob du es für echt hältst. Dann frag ich auch nicht näher nach.« Doch Katharina Adam ließ sich zu keiner Reaktion hinreißen. Immerhin hatte er so seine Antwort. Das Büchlein hatte schon den ersten Schrecken verursacht, noch bevor er damit an die Öffentlichkeit gegangen war. Warum, wieso und weshalb durfte ihn nicht kümmern. Wenn es eine Fälschung wäre, würde seine Gesprächspartnerin vermutlich noch mit ihm hier am Tisch sitzen. So konnte er nur mehr den kühlen Lufthauch spüren, den ihr schwungvoller Abgang nach sich zog. Das Treffen war dennoch nicht umsonst gewesen. Zwei Dinge konnte er immerhin nun mit Sicherheit sagen. Erstens: Das Arbeitsbuch der Agnieszka Wójcik, geboren 1915 in Danzig und ab 1942 beschäftigt als Arbeiterin bei ›La Warenne Schokolade‹ in Wien, war echt. Und zweitens schien Katharina Adam – so wie die meisten Menschen – ein Geheimnis zu hüten, dem es nachzuforschen galt. Er war gar nicht so enttäuscht, wie er es hätte sein sollen. An ihrer

Integrität ihrer Arbeit gegenüber hegte er deshalb keine Zweifel. Doch heute, jetzt und hier hatte sie sich klar gegen ihre Prinzipien entschieden. Es schien eine neue Priorität in ihrem Leben zu geben, und Konstantin Schöpf wusste, dass Menschen diese ganz persönliche Hitliste niemals ohne Grund über den Haufen warfen. Er betrachtete die Einträge noch einmal. Das Gute an der NS-Zeit, wenn man es so nennen durfte, waren die Akribie und der minutiös durchgetaktete Dokumentationswahn. Der eigentliche Wahnsinn blieb so immerhin zum Teil für die Nachwelt erhalten, die nun die Scherben aufsammeln und sich überlegen musste, wie mit solch einem Erbe umzugehen war. Vor ihrer Tätigkeit bei La Warenne war Agnieszka Wójcik von 1940 bis 1942 bei einer Zeltfabrik im zweiten Wiener Gemeindebezirk beschäftigt gewesen. Allein in der Gegend um Wien hatte es an die 600 Zwangsarbeiterlager gegeben. Kaum ein Betrieb war ohne sie ausgekommen, kaum einer hätte ohne diese Sklav*innen des Deutschen Reiches überlebt. Entschuldigungen waren bislang großflächig ausgeblieben. Konstantin Schöpf hatte Dokumente in Händen gehalten, aus welchen hervorging, dass im Mai 1944 über 120 000 solcher ›fremdvölkischen‹ Arbeitskräfte allein nur in Wien gemeldet gewesen waren. Die Ignoranz der Wirtschaft diesem dunklen Kapitel gegenüber fand der Journalist nach wie vor beispiellos. Der

Mensch in ihm wusste natürlich, dass die amtierenden Firmenchefs nichts dafürkonnten, wie die Altvorderen zu Reichtum und satten Gewinnmargen gekommen waren. Doch sie profitierten samt und sonders alle heute noch davon. Der Grundstein vieler Topunternehmen wurde in den Jahren zwischen 1938 und 1945 gelegt. Nun gab es eines mehr auf Konstantin Schöpfs persönlicher ›Watchlist‹.

Als Cornelius Metz an diesem Tag nach Hause fuhr, staunte er nicht schlecht. Wenn er geistesgegenwärtig genug gewesen wäre, hätte er einfach das Gaspedal dezent durchgedrückt und wäre an der schicken dunkelgrünen Jaguar-Limousine vorbeigebraust, in der Hoffnung, dass sein neuer Dienstwagen ihm Inkognito verschaffte. So ließ ihn der Schock über die Anwesenheit seiner Mutter vor seinem Haus fast die Fassung verlieren. Er parkte und stieg aus. Inzwischen gelang ihm diese Übung ohne Zähltechnik und ohne autogenes Training. Das nannte man dann wohl Fortschritt. Die Tür der Fahrerseite öffnete sich und seine Frau Mama – elegant wie eh und je – stieg aus. Ihre knapp 80 Jahre sah man ihr inzwischen an, auch wenn sie ihr Möglichstes versucht hatte, um es nicht so weit kommen zu lassen. Die blonde Hochsteckfrisur war noch immer ein tadelloses Gesamtkunstwerk, so wie der Rest von ihr. Sie begrüßte ihn mit dem für sie üblichen kritischen Blick und einer steifen Umarmung, Küsschen auf die Wange inklusive. Ihr Parfum stieg ihm sofort zu Kopf. Gerüche waren schlecht für Menschen mit PTBS, aber ein hervorragender Trigger, der in der gegnerischen Mannschaft spielte. Sofort stiegen wieder unzählige Bilder in seinem Kopf auf, und das Rauschen in seinem Gehörgang nahm Fahrt auf. »Mutter, was machst du hier?«, fragte er, sichtlich verhalten. »Fall nicht gleich um vor lauter Freude, mich zu sehen, Hagen.« Er hasste es, wenn sie ihn so nannten. Mehr Nibelungen als Hagen konnte man einem Jungen und späteren Mann kaum antun. Ein Wunder, dass aus seiner Schwester keine Kriemhild oder Ute geworden war. Er verwendete seit jeher ausschließlich seinen zweiten Vornamen und verschwieg seinen eigentlichen tunlichst. »Ich wollte sehen, wie es dir geht. Wir machen uns Sorgen, dein Vater und ich.« »Ein Anruf hätte genügt, Mutter, findest du nicht?« Frau von Metz, die auf dem ›von‹ immer noch bestand wie zu Kaisers Zeiten, schüttelte energisch ihren perfekt frisierten und geschminkten Kopf. Die Parfümwolke leistete wieder ganze Arbeit, und Metz musste die Luft anhalten. »Du gehst ja nicht ans Telefon, mein Lieber, wenn wir dich anrufen.« Treffer, versenkt. Für Familie musste man mental in der richtigen Verfassung sein. Das betraf alle Menschen, auch die ohne psychische Belastungsstörungen. So gut ging es Cornelius Metz dann doch noch nicht, dass er seine Eltern ungefiltert verkraftete, auch nicht einzeln. »Was ist so dringend, Mutter? Ich arbeite wieder, stehe jeden Tag auf, esse gut und wasche mich. Was willst du mehr?« Sie sah ihn mit diesem Blick an, den er nie richtig deuten konnte. Es war eine Mischung aus Raubvogel und Muttertier, die er eher als unheimlich empfand denn als fürsorglich, was vielleicht sogar die Intention dahinter war. »Du wohnst noch immer nicht im Haus, stimmt's?« Er fühlte sich ertappt. Woher wusste sie das schon wieder? »Lasst ihr mich jetzt beobachten, Vater und du?« Sie schüttelte leicht den Kopf. Die atomare Wolke blieb diesmal unter dem Radar. »Nein, du Dummkopf. Das machen wir doch schon seit der Sache. Wir machen uns Sorgen um dich.« Metz spürte, wie seine Contenance sich zu verabschieden drohte. »Ihr macht euch Sorgen um euren Ruf, eure Reputation und um das, was eure noblen Freunde von euch denken. Aber sicher nicht um mich.« »Unseren noblen Freunden, mein lieber Hagen, haben wir es zu verdanken, dass du wieder im Sattel sitzt, wenigstens beruflich. Wir haben nie verstanden, warum diese Arbeit dich glücklich macht, aber wenn es denn so ist, soll es so sein. Und ja, mein Sohn: Auf einen zweiten Suizid in der Familie hat wirklich niemand Lust, das kann ich dir versichern.« Sie atmete schwer. Offensichtlich regte das Gespräch sie noch mehr auf als Metz. »Typisch

Familie«, dachte er. »Du kannst nicht mit ihr, aber ganz ohne sie eben auch nicht.« »Ein letztes Mal, Mutter, bevor wir beide Dinge sagen, die wir bereuen könnten: Was möchtest du hier?« »Ich will dich für Sonntag zum Essen einladen. Ich dachte, es fällt dir sicher um ein Vielfaches schwerer, mir eine Abfuhr persönlich zu erteilen. Vater hat 10 Euro gewettet, dass du uns einen Korb gibst. Ich halte dagegen, mit vollem Körpereinsatz, wie du sehen kannst.« Schon war sie wieder ganz die Alte. Kaum etwas konnte diese Frau aus dem Takt bringen. Die Vater-Karte auszuspielen, war eine ihrer liebsten Strategien, um ihn dazu zu bringen, etwas zu tun, was er eigentlich nicht wollte. Andererseits musste er noch immer diese unselige Hausübung für seine Therapie absolvieren: einmal pro Woche etwas Neues ausprobieren, was er noch nie zuvor getan hatte. Mittagessen mit beiden Eltern ohne diplomatische Krise im Anschluss wäre ein echtes Novum. Und er hätte eine Geschichte für seine nächste Sitzung parat, die er nicht erfinden müsste. Beim Thema Familie bekam seine Therapeutin immer glasige Augen und witterte eine vielversprechende Fährte. So schlecht wäre das gar nicht, auch wenn er die quälenden Stunden und Minuten an Lebenszeit nie wieder zurückbekommen würde. Doch noch ein Grund fiel ihm ein, warum ein Wiedersehen mit seinem Vater eine lohnende Investition sein könnte. »Sag mal, Mutter, ihr kanntet doch den alten Ledec, oder nicht?« »Den Schokoladen-Papst? Ja, sicher. Mit ihm und seiner Frau waren wir früher so gut wie befreundet. Bis Amon starb eigentlich, dann hat Charlotte sich komplett von der Außenwelt zurückgezogen. Wieso fragst du?« »Nur so. Wenn es kein Rindfleisch mit Apfelkren gibt, komme ich zum Essen, in Ordnung?« Seine Mutter war irritiert. Der Sieg schien ihr zu schnell errungen worden zu sein. Sie kannte ›ihre Männer‹. Vater und Sohn waren harte Brocken, die sie zeitweise zwischen sich zu zermalmen drohten. Kinder waren definitiv ein Defizitgeschäft, befand Frau von Metz einmal mehr. »Schön«, sagte sie nur, den Braten und das Unheil witternd, doch der moralische Sieg über ihren Ehemann war jedes Drama wert.

Martin Ledec hob das langstielige Weinglas mit dem tiefrot, fast lila schimmernden Heideboden Cuvée darin und prostete seinem Gegenüber zu. Der Wein allein schon war es wert gewesen, hierherzukommen. Er mochte solche Lokale an und für sich nicht. Zu viele Menschen kannten ihn, und zu viele davon kannte er. Er konnte es außerdem nicht leiden, wenn Berufliches und Privates sich über den Weg liefen, was hier und jetzt zweifellos passieren würde. Doch manchmal musste man ein solches Bauernopfer eben in Kauf nehmen. »Danke für die Einladung«, sagte

Katharina Adam an der anderen Seite des Tisches. »Und danke für die Blumen.« Martin nickte fast ein wenig verlegen. Das Gespräch stockte, wie nicht anders zu erwarten gewesen war. Mit ihren 38 Jahren sollte Katharina Adam solche Dinge eigentlich besser handhaben können. Sie kam sich stattdessen vor wie ein liebeskranker Teenager, der mit seinem Schwarm zum ersten Mal ein Eis essen ging. »Ich weiß, dass du solche Orte eigentlich nicht besonders magst«, versuchte sie, eine Unterhaltung in Gang zu bringen. Peinliches Schweigen war wirklich das Letzte. Bis zu ihrer ersten gemeinsamen Nacht waren ihre Gespräche immer äußerst lebhaft und anregend gewesen. Verstanden hatten sie einander sofort. Beide waren vom Typ her eher der ›einsame Wolf‹, der auf Konventionen pfiff, und vor allem darauf, was die Familie und andere Leute dachten. Sie hatten einander nicht gesucht und doch gefunden. Sie sah ihn an, wie er ernst die Speisekarte studierte. Gerade diese Ernsthaftigkeit hatte sie von ihrem ersten Treffen an magisch anziehend gefunden. Bei all den Pausenclowns und ewigen Kindern, die sie in ihrem Leben an der Männerfront schon getroffen hatte, waren solche wie Martin Ledec die seltene und lobliche Ausnahme. Er sah noch immer sehr gut aus. Wenn er lachte – was nicht oft vorkam –, konnte man sogar die kleinen Fältchen sehen, die seine eisblauen Augen säumten. Es schien also einmal eine Zeit in seinem Leben gegeben zu haben, wo es mehr zu lachen gab als heute. Wie gerne würde sie mehr darüber erfahren. Seine Einladung zum Essen heute hatte sie vor Freude innerlich fast an die Decke gehen lassen. Nach ihrem Zusammensein war sie sich nicht ganz sicher gewesen, wo diese Reise nun hingehen würde. Männer wie er hätten theoretisch die freie Auswahl. Er galt als einer der begehrtesten Junggesellen von ganz Österreich, auch wenn über sein Privatleben nie viel zu erfahren gewesen war. »Ich dachte, ein klassisches Rendezvous würde uns ganz guttun«, antwortete er und lächelte sie an. »Das mit deiner Schwägerin tut mir leid. Es muss furchtbar sein für deinen Bruder und die Kinder.« Das Lächeln verschwand im Nu wieder aus seinem Gesicht. Die tiefen Sorgenfalten auf seiner Stirn, die sein wahres Alter verrieten, kamen stattdessen zum Vorschein. »Ja, ein Schock für uns alle, in der Tat.« Der Ober kam und nahm ihre Bestellung auf. Als sie wieder ungestört waren, nahm Martin ihre Hand. Sie mochte diese Geste. Für sie barg sie mehr Intimität als alles andere. »Ich möchte dich besser kennenlernen«, sagte er und blickte ihr dabei so tief in die Augen, dass Katharina Adam fast schwindlig wurde. So war das eben mit dem dritten Frühling: Man war komplett aus der Übung. »Das möchte ich auch«, antwortete sie. »Sehr gern sogar.« »Was hältst du davon, wenn wir am Wochenende wegfahren? Wir haben ein kleines Haus am Starnberger See. Dort stört uns niemand«, schlug er vor. Jetzt wurde sie rot wie ein Schulmädchen. Sie war verliebt, keine Frage. Beeindruckt hatte er sie schon bei ihrem ersten Treffen. Seine Anfrage damals hatte sie überrascht, wenngleich es auch nicht ungewöhnlich war, dass man mit solchen Aufträgen an sie herantrat. Seitdem hatten sie sich mindestens einmal pro Woche getroffen, um das Projekt zu diskutieren, das Martin Ledec vorschwebte. Sie genoss einen exzellenten Ruf in Historikerkreisen. Es war mehr als naheliegend gewesen, sie für dieses ambitionierte Vorhaben anzufragen. Die Firmenchronik eines Imperiums wie ›La Warenne Schokoladen‹ zu verfassen, war nicht nur prestigeträchtig und herausfordernd. Es würde ihr bescheidenes Einkommen eine Zeit lang ganz gut aufbessern und ihr im Anschluss weitere solcher Aufträge sichern. Als Historikerin war man auf Mundpropaganda angewiesen, wenn man nicht einzig und allein vom bescheidenen Segen von Vater Staat abhängig sein wollte. Das Schreiben solcher Bücher und Gutachten war ein einträgliches und durchaus übliches Nebengeschäft. Sie hatte schon eine Idee im Kopf, wie sie die Unternehmensgeschichte von ›La Warenne – Chocolatiers du Monde‹ am besten ins rechte Licht rücken würde. Und seit Kurzem wusste sie ja auch noch, womit sie bei ihren Recherchen rechnen musste. Potenzielle ›Leichen im Keller« hatten sie bei einem ihrer ersten Gespräche schon thematisiert. Es wäre beruflicher Selbstmord, nicht mit solchen dunklen Kapiteln zu rechnen. Hätte man ihr eine Maulkorbklausel verpasst, wie sie in solchen Verträgen durchaus üblich waren, wäre das Projekt für sie – Prestige hin oder her – gestorben. Doch Martin Ledec zeigte sich von Anfang an offen für die Möglichkeit, auf weniger glanzvolle Kapitel der Firmengeschichte zu stoßen. Sie sollte ihm eigentlich von dem Arbeitsbuch erzählen, das Konstantin Schöpf zugeflogen war. Doch ihre Integrität musste sie in diesem Fall fair verteilen. Konstantin Schöpf behandelte seine Quellen wie rohe Eier, und sie würde dasselbe tun. »Ich würde sehr gerne ein paar Tage wegfahren. Obwohl du mich damit natürlich von der Arbeit abhältst, das ist dir schon klar, oder?« versuchte sie zu flirten. »Genau das wäre der Plan«, dachte Martin Ledec. Er nahm ihre Hand und drückte sie sanft an seinen Mund. Wie hatte ihm sein Vater stets eingebläut: »Firma und Familie sind jedes Opfer wert.« »Ich mag dich sehr«, legte er nach. Das sollte fürs Erste reichen.

Tafel Nummer 1 war voll. Kevin hatte sich wieder einmal die halbe Nacht um die Ohren geschlagen, doch er war sehr zufrieden mit seinem Werk. Wie schon beim ersten Fall, den er mit Cornelius Metz und Hilde Attensam untersucht hatte, würden die

Übersichten samt Zeitlinien gute Dienste leisten. Fotos von Linda, Stefan, Martin, Amon und Chantal Ledec, der alten Frau Gräfin und der Hausdame hingen schon dort. Unter jedem stand bislang nur das Alter. Lediglich unter Linda Ledecs stand ›Opfer‹. Er hatte die Tatortfotos vergrößern lassen, wie Metz es angeordnet hatte. Wirklich viel zu sehen gab es für seine Augen darauf jedoch nicht. Er hatte im Rahmen seiner Ausbildung und auch später, im Zuge diverser Fort- und Weiterbildungen, einige vergleichbare Tatortfotos gesehen. Treppenstürze waren stets eine knifflige Angelegenheit, auch wenn die Forensik hier auch schon Fortschritte verzeichnen konnte. Einen Menschen aus einem Fenster zu werfen und einen Unfall oder Suizid vorzutäuschen, war inzwischen nicht mehr ganz so leicht wie noch vor ein paar Jahren. Der Aufprall am Boden sagte einiges darüber aus, ob der tiefe Fall ein freiwilliger gewesen war oder nicht. Außerdem gab es für Fensterstürze häufig Zeugen. Bei einem Treppensturz mitten in der Nacht war das etwas anderes. Hätte der Mörder dem Schicksal einfach seinen Lauf gelassen, wäre Linda Ledec vielleicht ohnehin an ihrem Polytrauma und den möglichen inneren Verletzungen, die der ausführliche Obduktionsbericht vielleicht noch bestätigen würde, verstorben. Doch mit der finalen Quetschung der Luftröhre hatte er nichts dem Zufall überlassen. Die Möglichkeit eines sauberen

Unfalltodes schied damit jedenfalls aus. Jemand hatte offensichtlich alles darangesetzt, diese Frau tot sehen zu wollen. Dieser Jemand scheute kein Risiko, und er verhöhnte die Sterbende sogar noch, indem er auf ihr herumtrampelte. Bildlich und wörtlich gesprochen. Kevin konnte aus diesem Umstand wichtige Informationen gewinnen. Erstens: Linda Ledec schien mindestens einen Todfeind in ihrem Leben gehabt zu haben. Und zweitens hatte dieser vermutlich einen sehr guten Grund für seine Tat. Das Opfer war möglicherweise kein besonders guter Mensch gewesen.

Cornelius Metz und Hilde Attensam hatten beide eine Art Déjà-vu, als sie die Villa der Familie Ledec an diesem Tag betraten. Man erwartete sie. Die Hausdame, Ida Wagner, öffnete ihnen die Tür und bat sie in den Salon, den sie schon vom letzten Mal kannten. Dort empfing man anscheinend standardmäßig Gäste, hielt Hof. Der Raum war an diesem Morgen sonnendurchflutet, anders als beim letzten Mal. Die alte Gräfin saß in ihrem Rollstuhl neben dem geschnitzten Beistelltischchen. Eine kunstvoll gewobene Decke mit orientalischem Muster und von Goldfäden durchzogen lag über ihren Knien. Amon und Chantal Ledec teilten sich wieder das Biedermeiersofa. Beide wirkten an diesem Tag wesentlich entspannter, saßen aufrecht und blickten Metz und Hilde erwartungsvoll an. Angst schien niemand der drei Anwesenden zu haben. Oder ein schlechtes Gewissen. »Guten Tag, Herr Major. Bitte, nehmen Sie Platz. Ida bringt Ihnen Tee oder Kaffee, wenn Sie möchten.« Und an Hilde gerichtet: »Für Sie natürlich auch.« Die kühle Brise hierarchischen Feintunings war nicht zu ignorieren. »Immer schön die Unterschiede und Standesdünkel nach außen kehren«, dachte Hilde und blieb demonstrativ stehen. Metz setzte sich auf einen breiten, dick gepolsterten Sessel und bereute es sogleich. Er sank so tief darin ein, dass es schwer sein würde, aus dieser unglücklichen Position heraus Kompetenz zu signalisieren. Von Autorität ganz zu schweigen. Beide lehnten, an Frau Wagner gewandt, wieder korrekt im grauen Tageskleid, dankend ab. Zu ihr sagte Metz sogleich: »Mit Ihnen müssten wir bitte auch noch sprechen, Frau Wagner.« Sie nickte und antwortete: »Sie finden mich in der Küche, Herr Kommissar«, und ging. Gräfin Charlotte riss die Unterhaltung sogleich an sich. Die junge Generation schien in diesem Haus nicht viel zu melden zu haben. »Meine Söhne Martin und Stefan sind in der Firma. Sie treffen sie dort an, Herr Major, wenn Sie möchten. Jemand muss ja das Rad am Laufen halten, nicht wahr? Also, was haben Sie uns zu berichten?« Metz wusste, dass die Familie bereits offiziell unterrichtet worden war, dass man im Todesfall Linda Ledec Ermittlungen eingeleitet hatte. »Die Obduktion hat ergeben, dass Ihre Schwiegertochter nicht an den Folgen des Treppensturzes verstorben ist. Jemand hat nachgeholfen und so ihren Tod bewusst herbeigeführt. Wir ermitteln nun also wegen Mordes.« Das junge Paar auf dem Sofa wechselte fast zeitgleich die Gesichtsfarbe. »Mord?« Amon Ledec schien ehrlich fassungslos. Seine Frau war nicht minder erschüttert. Tränen stiegen ihr in die Augen. Die alte Gräfin blieb ungerührt. Vermutlich brauchte es mehr als einen Mord in der Familie, um ihr Emotionen zu entlocken. »Darüber wurde ich bereits informiert. Natürlich sind wir erschüttert, auch wenn es keinen Sinn ergibt.« »Wie meinen Sie das?«, fragte Metz. Die Gräfin zeigte in die überschaubare Runde und entgegnete dann: »Außer uns, Ida und meinem Sohn Martin war niemand im Haus. Und dass sich ein Fremder Zugang verschafft haben könnte, ist unmöglich.« »Nichts ist unmöglich, Frau Gräfin, das sehen wir als Ermittler jeden Tag. Wenn jemand sich hier einschleichen möchte, wird er einen Weg finden. Wo waren Sie drei denn in dieser Nacht?« Charlotte de la Warenne schien nun sichtlich amüsiert. Leicht herablassend, wie zu einem Kind, sagte sie daher: »Was glauben Sie denn? Dass ich immer noch die Nächte durchtanze und wilde Orgien feiere bis in die frühen Morgenstunden? Ich gehe jeden Tag um Punkt 22 Uhr zu Bett. Fragen Sie Ida, sie wird Ihnen das bestätigen. Ein Alibi habe ich leider nicht. Aber das können Witwen in meinem Alter und mit meinem Handicap eher selten vorweisen, oder?« Bei ›Handicap‹ zeigte sie auf ihren Rollstuhl. Hilde hatte schon bei ihrem ersten Besuch in der Villa Ledec den Lift in der Halle entdeckt. Kein improvisierter Treppenlift, wie man ihn nachträglich für alte Menschen einbauen und nach ihrem Tod schnell und ohne Aufwand wieder entfernen konnte. Man hatte sich alle Mühe gegeben, einen echten Fahrstuhl nachträglich in die Jugendstilvilla einbauen zu lassen. »Ob der Denkmalschutz darüber wohl Bescheid weiß?«, kam es Hilde in den Sinn. »Und Sie beide?«, richtete Metz nun das Wort an das junge Paar. Er rechnete schon fast damit, dass die Gräfin für sie antworten würde, doch tatsächlich meldete sich Chantal Ledec zu Wort. Die Tränen flossen immer noch und ihre Stimme war leise. »Wir haben geschlafen. Wir sind gegen Mitternacht zu Bett gegangen und erst am Morgen von Stefans Hilferufen geweckt worden.« Ihr Akzent war deutlich zu hören, doch die Sätze kamen ihr einigermaßen fehlerfrei über die Lippen. Die Gräfin hatte ihre jüngste Schwiegertochter – und mittlerweile ihre einzige – wohl unterschätzt. Amon nickte und sagte dann: »Das stimmt. Wir haben feste Gewohnheiten und Mitternacht ist Schlafenszeit.« »Sind Ihnen in der Nacht irgendwelche ungewöhnlichen Geräusche aufgefallen?« Beide schüttelten zeitgleich den Kopf.

Amon Ledec sagte: »Nein. Wir bewohnen die Zimmer im zweiten Stock im Westflügel. Wir hören nicht einmal die Türklingel oder ein Klopfen an der Haustür.« »Und ich bin von Natur aus mit einem tiefen Schlaf gesegnet, Herr Major. In meinem Alter ist das erwähnenswert. Die meisten meiner Zeitgenossen brauchen Schlaftabletten, um in Morpheus' Armen zu versinken.« »Wer könnte Ihrer Schwiegertochter und Schwägerin den Tod gewünscht haben?«, kam Metz nun zum Schluss. Er hatte sich die Befragung genauso vorgestellt. Mit Ida Wagner und den beiden Brüdern würde es nicht sehr viel ertragreicher ablaufen. Das Paar schüttelte den Kopf. Sie wirkten eher wie Zwillinge, denn als Ehe- oder Liebespaar. Auch die Gräfin verneinte. »Sie war sicherlich eine streitbare Person. Als Krankenschwester muss man das wohl sein. Aber umbringen? Ich bitte Sie! So archaisch löst man Konflikte, wenn es denn welche gäbe, nicht in unseren Kreisen. Sie war eine gute Mutter und Ehefrau. Für meinen Geschmack hätte sie sich sozial mehr engagieren können oder meinetwegen in der Firma, so wie unsere Chantal hier. Aber einen Mord verstehe ich beim besten Willen nicht.« »Hatte sie Freunde, Bekannte, mit denen sie sich regelmäßig getroffen hat?«, legte Hilde nun nach. Das Stehen wurde langsam unbequem, und die Verachtung, die ihr mit jedem Blick der alten Damen entgegenschlug, ebenfalls. »Davon weiß ich nichts«, antwortete Chantal Ledec und blickte zu ihrem Ehemann. »Ich auch nicht«, antwortete dieser. »Wir haben uns nur bei gemeinsamen Abendessen und manchmal beim Frühstück gesehen. Wir leben hier zwar alle unter einem Dach, aber dennoch jeder auch irgendwie für sich«, ergänzte er. Metz suchte auf seinem Smartphone nach den Fotos von den persönlichen Gegenständen der Toten. Er hielt jenes mit der teuren Armbanduhr Chantal und Amon Ledec hin und fragte dann: »Kennen Sie diese Armbanduhr zufällig?« Beide erstarrten. Chantal fing sich jedoch rasch. Rascher, als man es der zart und zerbrechlich wirkenden Person zugetraut hätte. »Sie war ein Geschenk von mir. Sie hat Linda so gefallen, da habe ich sie ihr geschenkt.« Ihr Mann sagte nichts dazu, doch sein Gesichtsausdruck sagte alles. Im Angesicht der Gräfin würde Metz wohl nicht mehr aus Chantal Ledec herausbekommen als diese hanebüchene Lüge. Er kam daher zum Schluss, bedankte sich für das Entgegenkommen und ließ sich von Amon Junior den Weg in die Küche zeigen. Er spürte jeden Knochen in seinem Körper. Verdammter Sessel. Und verdammte Couch in seinem Schuppen! Sie fanden Ida Wagner am Küchentisch sitzend, in die Morgenzeitung vertieft. Eigentlich hätte Hilde mit Vollbetrieb in der Küche gerechnet. Wer kochte hier? Wer hielt dieses riesengroße Haus in Schuss? »Danke, Frau Wagner, dass Sie mit uns sprechen. Wie lange arbeiten Sie schon für die Familie Ledec?« Ida Wagner war aufgestanden, als die beiden Beamten ihr Allerheiligstes betraten. Besuch in der Küche ging gar nicht. Aber noch viel weniger wollte sie die beiden Polizisten in ihrem Zimmer haben. »Seit 65 Jahren. Ich kam als Mädchen zu Gräfin Charlotte und bin seit damals an ihrer Seite.« Hilde ging gleich zum Angriff über. Das devote Dienstbotengetue machte sie seltsamerweise wütend. Keine Frau, kein Mensch sollte in der heutigen Zeit mehr den Dreck von anderen wegräumen müssen. »Wo waren Sie in der Mordnacht?« »Ich habe die Frau Gräfin wie jeden Abend um 22 Uhr zu Bett gebracht. Dann ging ich in mein Zimmer und habe noch etwas gelesen. Gegen Mitternacht lösche ich für gewöhnlich das Licht.« »Haben Sie in der Nacht Geräusche gehört? Schreie? Ein Poltern oder einen Kampf?« Ida Wagner schüttelte den Kopf. »Meine Räumlichkeiten befinden sich im Souterrain im Ostflügel. Wir mussten sogar einen Verstärker für die Türklingel einbauen lassen, weil man sie dort sonst nicht hören kann.« »Wann haben Sie Linda Ledec zum letzten Mal lebend gesehen?«, frage Metz nun. Doch er kannte die Antwort schon. Die Gräfin und das junge Paar hatten bereits angegeben, dass es ein gemeinsames Familienabendessen gegeben hatte. Ida Wagner hatte serviert. »Wann war das Abendessen beendet?«, wollte Metz noch wissen. »Gegen 20 Uhr, wie immer.

Frau Gräfin pflegt feste Gewohnheiten.« »Bestreiten Sie den ganzen Haushalt allein?«, fragte Hilde. Frau Wagner schüttelte den Kopf und zeigte zum ersten Mal die Spur eines Lächelns. »Schön, dass sie mir das in meinem Alter noch zutrauen. Aber nein. Ich kümmere mich um das Essen. Gegen 10 Uhr vormittags kommt für gewöhnlich eine Hilfe, die die Reinigung übernimmt. Derzeit haben wir aber niemanden.« »Warum nicht?«, wollte Hilde wissen. »Das letzte Mädchen hat uns leider verlassen. Es gab familiäre Probleme, um die sie sich zu Hause kümmern musste. Derzeit versuchen wir es mit einer Reinigungsfirma, aber diese Leute sind nicht unbedingt das, was die Familie sich im Haus wünscht.« »Das sind wir auch nicht«, dachte Hilde zynisch und zückte ihren Notizblock. »Können Sie uns den Namen der Hausangestellten geben und ihre Adresse?« Ida Wagner blickte verlegen zu Boden. »Ihr Name war Mira. Mehr weiß ich nicht. Herr Martin hat sie auf Empfehlung des Werkschutzes eingestellt.« »Was genau ist dieser Werkschutz?«, fragte Metz. »Das ist der firmeneigene Sicherheitsdienst. Unternehmen wie ›La Warenne Schokoladen‹ brauchen so etwas leider. Mira ist überprüft worden, bevor sie hier angefangen hat. Sie besaß außerdem keine Schlüssel und keine eigene Zugangsberechtigung für das Haus. Diesbezüglich ist die Familie sehr heikel.« Es klingelte an der Haustür. »Bitte entschuldigen Sie mich kurz«, sagte

Frau Wagner und ging zur Tür. Ihr Gang war aufrecht, fast federnd. Das hohe Alter sah man ihr auf den ersten Blick tatsächlich nicht an. Hilde und Metz nutzten den kurzen Moment, um sich umzusehen. Die Küche war ein typisches Konstrukt für solche großen Häuser, die zu ihren Glanzzeiten jedes Wochenende große Feste gefeiert hatten. Heute schien hier die Sparflamme zu regieren, jedenfalls sah es danach aus. Die Fenster waren vergittert, Einschleichdiebe hätten spontan kein leichtes Spiel mit diesem Haus. Auf dem Küchentisch lag neben der sorgfältig zusammengelegten Zeitung ein Stapel frisch gebügelter T-Shirts. Schwarz, mit Rundhalsausschnitt, eher nicht Frau Wagners Stil, befand Hilde und trat näher. Zwischen den Shirts lugte ein weißer Umschlag hervor. Das Logo von ›La Warenne Schokoladen‹ prangte darauf. Empfänger: eine Mira Dragovic. Noch bevor Hilde Metz das Fundstück zeigen konnte, hörten sie Frau Wagners Schritte in der Halle, wieder Richtung Küche unterwegs. Hilde zückte ihr Handy, fotografierte die Adresse und schob den Umschlag wieder zurück, wo sie ihn gefunden hatte. Viel würden sie aus der loyalen Frau Wagner wahrscheinlich nicht mehr herausbekommen. Doch Metz hatte seine Lieblingsfrage noch nicht gestellt. Als die Hausdame wieder zurück in der Küche war, sagte er: »Sagen Sie: Mochten Sie Linda Ledec?« Wie die meisten Befragten wurde auch Ida

Wagner einigermaßen überrascht von dieser simplen Frage. Simpel, aber entscheidend, wenn Mord im Spiel war. Ihre ohnehin schon gräuliche Gesichtsfarbe, passend zum strengen Hauskleid, das sie trug, und zu den schmucklosen grauen Haaren, die im Nacken zu einem lieblosen Knoten zusammengepfercht worden waren, wurde noch eine Spur ungesünder. »Wie meinen Sie das?«, spielte sie die Frage zurück. »Also nein«, dachte Metz. Gegenfragen waren eines der liebsten Indizien erfahrener Ermittler. Auch wenn sie keine Antwort lieferten, sagten sie alles. Doch so leicht wollte er Ida Wagner nicht vom Haken lassen. Bis jetzt war sie in seinen Augen nach Martin Ledec die vielversprechendste Kandidatin, was den Mord an Linda Ledec anbelangte. Sie war zwar nicht mehr die Jüngste, wirkte aber fit und kräftig. Lebenslange körperliche Arbeit, und das in einem Haus mit vielen Treppen, erhielt anscheinend Mobilität und Muskelmasse bis ins hohe Alter. »Ich meine: Wie war sie so als Arbeitgeberin, Ehefrau, Mutter, Schwiegertochter? Sie leben ja mit der Familie hier unter einem Dach. Da bekommt man sicher so einiges mit«, legte er nach. Ida Wagner schien um Worte zu ringen. Doch leicht aus der Fassung zu bringen war die Hausdame nicht, so viel stand fest. ›Magnolie aus Stahl‹ wäre die passende Bezeichnung für sie. »Sie war eine sehr gute Mutter. Die Kinder waren ihr Ein und Alles. Über die Ehe kann ich nichts sagen. Ich stecke meine Nase nicht in die Privatangelegenheiten der Familie. Mit der Frau Gräfin gab es hie und da ein paar kleinere Differenzen. Doch die gab und gibt es mit allen Familienmitgliedern. Sie hat einen starken Willen, auch wenn sie zunehmend Dinge vergisst.« Hilde mischte sich ein: »Sie meinen, Frau Warenne ist dement?« Frau Wagner knetete ihre Hände. Sie war – wenn nicht nervös – dann zumindest angespannt. Die Richtung, in die das Gespräch verlief, gefiel ihr nicht. Über den Mord zu sprechen, hatte ihr hingegen vergleichsweise wenig ausgemacht. Anscheinend war die Familie ein sehr viel heiklerer Punkt als Mord und Totschlag. »Dement noch nicht, aber sehr vergesslich. Das Gute daran ist, dass der Haushalt aus diesem Grund auf ein absolutes Minimum zurückgefahren wurde. Weniger Arbeit für mich.« »Wie oft fanden solche Familienessen statt, wie an dem Abend von Linda Ledecs Ermordung?«, fragte Hilde. Sie stellte sich im Geiste ihre eigene Familie vor und würde sich als Antwort für ›niemals‹ entscheiden. »Nicht sehr oft. Früher bestand die Frau Gräfin auf den Freitagabend im Kreise der Familie. Inzwischen hat sich das auf einmal pro Monat ausgedünnt. Herr Martin ist es inzwischen, der auf dieser Tradition besteht.« »Und die anderen müssen dem Diktat folgen?«, hakte Metz nach. »Er ist das Familienoberhaupt. Daran gibt es nichts zu rütteln.« »Und vermutlich ist er auch der Daumen auf der Kasse«, dachte Metz, sagte aber nichts mehr dazu. Hilde ließ sich noch die Namen und Kontaktdaten der Gärtner und Lieferanten nennen. Sie alle hatten zwar keinen Zugang zum Haus, aber immerhin zur Familie. Solche Morde wie jener an Linda Ledec waren zwar nur sehr selten die Tat einer unbeteiligten Person, aber sie mussten alle Möglichkeiten prüfen. Metz sah Täterin oder Täter hier viel eher im Kreise der ehrwürdigen Familie. Später am Tag würden sie Martin, Stefan und Amon Ledec in der Firma treffen. Üblicherweise würde man sie alle aufs Präsidium bestellen zu einer Befragung, gerne auch mit Anwalt. Doch hier waren Vorsicht und eine Prise Fingerspitzengefühl angesagt. Jetzt, da sie wegen Mordes ermittelten, war die kurze Leine von oben noch viel straffer. Außerdem wollte Metz sich ein Stimmungsbild vom Wirkungsort der männlichen Familienmitglieder machen. Wie es wohl sein musste, mit einer vorherbestimmten Aufgabe und Tonnen von Verantwortung auf seinen Schultern auf die Welt gekommen zu sein? Bestand die Erbsünde solcher Familien nicht hauptsächlich darin, nie den Befreiungsschlag aus diesem Korsett zu wagen? Oder darin, niemals einen eigenen Weg und eigenes Glück zu finden? Cornelius Metz war kein Experte für Glück. Doch er würde es erkennen, wenn es ihm seine Aufwartung machte. Hier, in diesem hochherrschaftlichen Haus, mit all dem Geld und all den

Möglichkeiten, war keine Spur von Glück auszumachen. Die Leiche im Treppenhaus trug daran jedoch keine Schuld. Er war schon gespannt, wie sein Eindruck vom Unternehmen sein würde. Üblicherweise war das Zuhause der lauschige Zufluchtsort und sichere Hafen, kein unterkühltes Abstellgleis. Wo würden sie wohl im Falle der Familie Ledec nun landen? In Sibirien?

Kapitel 9: Sibirien

Zurück im Dienstwagen, in welchem Hilde inzwischen, ohne zu fragen, das Steuer übernahm, sagte Metz knapp: »Bevor jemand sie warnen kann, sollten wir Mira Dragovic einen Besuch abstatten.« Hilde nickte und peilte die Adresse an. Sie mussten dafür den noblen Außenbezirk von Wien verlassen und in weniger glamouröse Gefilde eintauchen. Wien Ottakring war ein weiterer typischer Arbeiterbezirk der Stadt. Früher jedenfalls wurden die Gegenden so bezeichnet, wo überdurchschnittlich viele Wählerinnen und Wähler der Sozialdemokraten zu Hause waren und weniger Anhänger der Volkspartei, die das ›christlich‹ beharrlich in ihrem Programm behielt, obwohl die Spuren dieser Geisteshaltung inzwischen eines Mikroskops bedurften. Die Familie von Mira Dragovic lebte in einem Gemeindebau, der schätzungsweise in den 1980er-Jahren errichtet worden war. So hießen in Wien die seelenlosen Wohnblöcke, in denen sich die leistbaren Sozialwohnungen der Stadt befanden. Mietskaserne oder Getto wäre die treffendere Bezeichnung, jedenfalls für die Betonsilos aus den frühen Tagen, wo noch niemand von einer grünen Stadtplanung oder von Nachhaltigkeit gehört hatte. Hilde schämte sich bei solchen Vor-Ort-Besuchen immer dafür, sich für ihre Kindheit auf dem Land geschämt zu haben. Im Vergleich zu diesen Hofkindern, wie die ärmlich aussehenden Trüppchen dieser sich selbst überlassenen Stadtkinder genannt wurden, war sie im Paradies groß geworden. Die einzigen Farbkleckse zwischen Straße und Eingangsbereich waren der Müll, der überall zwischen den mageren Hecken, Sträuchern und vertrockneten Rasenstücken herumlag. Das Klingelschild war – wie in solchen Hochhäusern üblich – international. Die Familie Dragovic war nirgends angeführt. Vermutlich versteckte sich ihr Name hinter einem der vielen ›TOPs‹. Metz drückte wahllos einige Knöpfe, bis jemand sich meldete. »Guten Tag, wir möchten zu Familie Dragovic, würden Sie uns bitte die Tür öffnen?«, fragte er höflich. Ein Knacken ertönte, ein Öffnen der Tür jedoch blieb aus. »Warum rufen Sie nicht gleich ›Polizei‹?«, fragte Hilde sarkastisch. Sie drückte ein paar der anderen Knöpfe, und als eine knisternde Frauenstimme unwirsch »Was?« sagte, antwortete Hilde im tiefsten Wiener Dialekt: »Heast, spear auf, Oide, i hab kan Schlüssel net mit.« Und wie von Zauberhand öffnete sich die Tür. »Man muss ihre Sprache sprechen«, konnte sich Hilde an Metz gewandt nicht verkneifen. Im Treppenhaus trafen sie zwei Mädchen im frühen Teenager-Alter. Beim Anblick von Hildes Uniform erstarrten sie ehrfürchtig, jedoch nicht für lange. Hilde nutzte die Gunst der Verwirrung und fragte die beiden: »Familie Dragovic: Wo finden wir die?« »Dritter Stock«, kam die Antwort knapp, und schon verdrückten sich die beiden. Die Polizei hatte in solchen Häusern kein gutes Standing. Aber in welchen hatte sie das schon? Sie nahmen die Treppe in den dritten Stock. Metz schwor sich innerlich, das Fitnessstudio in Zukunft nicht nur mehr zum Duschen zu frequentieren, und Hilde war einigermaßen zufrieden mit sich. Sie verfügte über das, was man Alltagsfitness nannte. Auch wenn es ihr stabiler Körperbau nicht vermuten ließ: Die sieben Stockwerke zu ihrer schicken kleinen Wohnung jeden Tag mindestens einmal zu erklimmen, machte sich bezahlt. Im dritten Stock angekommen, war es nicht schwer, die richtige Wohnungstür zu finden. Jene mit der amerikanischen Flagge auf der Fußmatte schied von vornherein aus. Eine andere mit üppigem Türkranz und hochpreisigen Gummistiefeln einer englischen Traditionsmarke erklärte Hilde ebenfalls zur Niete. Metz musste einmal mehr über ihre kombinatorischen Fähigkeiten schmunzeln. Sie war auf ihrem Gebiet echt eine Expertin. Tür Nummer 3 disqualifizierte das selbst gebastelte WG-Türschild mit vier verschiedenen, sehr deutschen Vornamen und einem Regenbogen als Deko-Element. Also blieb nach Hildes scharfsinnigem Ausschlussverfahren nur mehr Tür Nummer 4 übrig. Und tatsächlich: Das Klingelschild verriet, dass Familie Dragovic hier wohnte. Wer es bis hierhin geschafft hatte, verdiente sich diese Information anscheinend. Metz klingelte. Eine ältere Frau um die 70 öffnete. Sie sah müde aus, ihr graues Haar war im Nacken zusammengebunden und sie trug einen verwaschenen grauen Jogginganzug mit dem Aufdruck ›Juicy‹ oberhalb der rechten Brust. »Ironie respektiert weder Grenzen noch andere Hindernisse«, dachte Metz. Sie blickte auf Hilde, und die Uniform verfehlte ihre zweifelhafte Wirkung nicht. »Was ist passiert?«, fragte die Frau. Metz beruhigte sie. »Frau Dragovic?« Die Frau nickte, blickte aber noch immer auf Hilde und ihren Kampfanzug. »Wir möchten mit Mira sprechen, ist sie da?« »Kommen Sie von Ledec?«, fragte Frau Dragovic misstrauisch. Sie war nicht bereit, die Tür so einfach freizugeben. »Es geht um den Tod von Linda Ledec, ja.« »Meine Tochter weiß nichts. Sie hat vor drei Wochen gekündigt.« »Wir würden trotzdem gerne mit ihr sprechen. Ich gebe Ihnen mein Wort, dass sie keine Schwierigkeiten hat. Es geht nur um ein paar Informationen zur Familie, in Ordnung?«, versuchte Metz, die Frau zu beruhigen. »Kommen Sie herein«, sagte sie schließlich. »Mira ist in der Küche. Sie hilft uns, seit sie ihren Job gekündigt hat.« Frau Dragovic sprach mit Akzent, aber gut verständlich. Sie gingen durch den engen, vollgeräumten Flur geradeaus in eine kleine Küche. Die Möbel hatten schon bessere Tage gesehen, doch am Fensterbrett reihten sich

Blumen neben Gartenkräutern. Eine Tür führte hinaus auf einen kleinen ›Klopfbalkon‹. So hatte man in seiner Kindheit solche Miniterrassen genannt, die gerade einmal ausreichten, um kleine Teppiche und Läufer vom Staub zu befreien, damals noch ganz klassisch mit Teppichklopfer. Mira Dragovic stand am Herd und rührte in einem dampfenden Topf. Es roch nach einer Mischung aus Kesselfleisch und Krautsuppe. Hilde stellte fest, dass ihr Magen knurrte. Metz schien – wenn sie gemeinsam unterwegs waren – niemals Hunger zu verspüren. Oder Durst. Oder eine Toilette zu benötigen. Er war wie der Mann ohne Eigenschaften aus dem Roman von Robert Musil. Oder wie ein Roboter, wenn man weniger gnädig sein wollte. »Mira Dragovic?«, fragte er die Frau. Sie war altersmäßig schwer zu schätzen. Von 30 bis Mitte 40 hätte alles möglich sein können. Ihr Jogginganzug war dunkelblau und eindeutig eine Kategorie besser in Schuss als jener ihrer Mutter. »Polizei?«, fragte sie ungläubig und legte den Kochlöffel zur Seite. Metz stellte Hilde und sich kurz vor und fragte dann: »Dürfen wir Ihnen ein paar Fragen zu Ihrer Zeit bei der Familie Ledec stellen, Frau Dragovic?« Sie wischte sich die Hände an einem fleckigen Geschirrtuch ab. Ihre Mutter war im Türrahmen stehen geblieben. Für vier Personen war die Küche eindeutig zu klein. An sie gewandt sagte sie: »Schon okay, Mama. Schau nach Papa, ja?« Und Frau

Dragovic verschwand im Dunkel des Flurs. »Bitte, setzen Sie sich«, sagte sie und deutete auf zwei schmale, klapprig wirkende Küchenstühle. Beide Polizisten lehnten dankend ab. »Ich habe aus der Zeitung erfahren, was passiert ist«, sagte sie. »Ein Unfall stand da. Es war doch ein Unfall, oder?« Metz war mit solchen Details immer vorsichtig. Doch den Ernst der Lage würde ein Mord viel treffender umschreiben. Also ging er aufs Ganze. »Nein. Linda Ledec wurde ermordet. Sie ist nicht an den Folgen des Sturzes gestorben. Jemand hat sie erstickt, als sie wehrlos auf dem Boden lag.« Mira Dragovic wurde blass. »Das ist ja schrecklich. Die armen Kinder. Und die arme Frau Gräfin«, stammelte sie. Sie schien ehrlich betroffen zu sein. »Wie lange haben Sie für die Familie gearbeitet?«, legte Metz nun los. Den Schock musste man nutzen, falls doch noch schnell eine erfundene Geschichte gegen die Wahrheit getauscht werden sollte. »Ein knappes Jahr. Ich war vorher im Betrieb im Reinigungsteam. Herr Martin hat sich dort umgehört nach einer Hilfe für den Haushalt, und der Werkschutz hat mich empfohlen.« »Warum haben Sie die Stelle dort wieder aufgegeben?«, wollte nun Hilde wissen. Ihr Notizblock war schon in Bereitschaft. Mira Dragovic blickte zu Boden. Die Frage kam nicht gut an, die Antwort würde aller Wahrscheinlichkeit nicht viel mit der Wahrheit gemein haben, mutmaßte Metz. »Meine

Mutter brauchte Hilfe. Mein Vater ist krank. Er muss gepflegt werden, und eine Person allein schafft das nicht mehr. Einen Pflegedienst können wir uns nicht leisten.« »Wie kamen Sie mit Linda Ledec aus? Mochten Sie sie?« Wieder die Gretchenfrage. Doch Mira Dragovic überraschte Metz diesmal mit einem treffsicheren Schuss aus der Hüfte. »Nein, ich mochte sie überhaupt nicht, wenn Sie es genau wissen wollen. Sie war überheblich, arrogant und man konnte ihr nichts recht machen. Sie war böse zu den Kindern und zu ihrem Mann. Mit der alten Frau Gräfin gab es ständig Streit. Und die junge Frau Ledec hat sie regelrecht terrorisiert. So, jetzt wissen Sie es.« »Hatten Sie einen Schlüssel oder einen Zugangscode für die Villa?« Sie schüttelte den Kopf. »Nein. Die Haustür und der Hintereingang sind mit so modernen Fingerabdruckscannern ausgestattet. Der Herr Martin wollte das. Ich kam immer nur, wenn Frau Wagner da war, um mich hereinzulassen. Raus kam man ja jederzeit.« Hilde hakte nach: »Was genau waren Ihre Aufgaben im Haushalt?« »Wäsche waschen und bügeln. In der Küche helfen, wenn mehrere Personen zum Essen erwartet wurden. Aufräumen, die Betten machen, die Bäder putzen und einkaufen gehen. Im Grunde alles, was nichts mit der Frau Gräfin zu tun hatte.« »Um die kümmert sich nur Frau Wagner?«, mutmaßte Metz. Die Geisteshaltung kam ihm verdächtig bekannt und vertraut vor.

Genauso hielt es seine Mutter. In den allerheiligsten Räumlichkeiten durfte nur der erste Ritter der Tafelrunde vorsprechen. Das Fußvolk musste draußen bleiben. »Wie schlecht geht es der Frau Gräfin wirklich?«, fragte Hilde nun. Ihr kriminalistischer Spürsinn arbeitete immer auf Hochtouren, wenn es um anscheinend wehrlose alte Damen ging. »Sehr schlecht«, antwortete Mira. »Der Arzt kommt zweimal pro Woche, außerdem ein Physiotherapeut. Doch ohne Rollstuhl wäre sie komplett immobil. Und ihren Fingern sieht man ja schon von Weitem an, wie weit fortgeschritten die Arthritis in beiden Händen ist.« »Sie kennen sich aus mit solchen Krankheiten?«, fragte Metz. ›Immobil‹ sagten keine einfachen Hausangestellten. Das fiel eher unter Fachjargon. Mira nickte. »Ich mache eine Ausbildung als Pflegehelferin.« »Aber Sie waren in der Villa nur für Hausarbeit zuständig?«, hakte Metz noch einmal nach. Sie nickte. »Ich hätte irgendwann Frau Wagner unterstützen und die Betreuung der Frau Gräfin übernehmen sollen. Aber Sie sehen ja …« Bei den letzten Worten zeigte sie um sich wie ein hilfloser Immobilienmakler, dem die Worte fehlten. Hilde fehlte indes etwas bei dieser Antwort. Sie wusste nicht, was es war, aber die Geschichte, die Mira Dragovic ihnen hier erzählte, wirkte wie die Kurzfassung einer Story, die in voller Länge vermutlich erst so richtig hörenswert wäre. »Wie dürfen wir uns das Leben in der Villa

Ledec denn so vorstellen?«, fragte sie daher. Mira Dragovic zögerte. Es war typisch für jemanden, der sich auf die Zunge beißen und jedes seiner Worte auf die Waagschale legen musste. Steckte nur die Loyalität der Familie gegenüber dahinter, oder war es mehr? Welchen Grund hätte sie gehabt, Linda Ledec den Tod zu wünschen? Oder wusste sie, wer einen solchen sehr wohl gehabt haben könnte? »Sehr förmlich und nach genauen Regeln. Jeder Tag war durchgetaktet. Die Frau Gräfin mochte keine Überraschungen. Es gab ein Frühstück für alle im Esszimmer. Sie aß immer in ihren Räumen. Mittags wurde meistens gar nicht gekocht, abends dann für alle, die zu Hause waren. Besucher waren nicht erwünscht.« »Was meinen Sie damit?«, fragte Metz. Nach einer weiteren kurzen Pause antwortete die junge Frau vorsichtig: »Es gab keine Einladungen. Weder die Frau Gräfin noch die Brüder baten Gäste nach Hause. Es gab kein Leben dort, verstehen Sie? Ich meine – blicken Sie sich um –, wir leben hier zu dritt auf 70 Quadratmetern, und meinem Vater geht es sehr schlecht. Aber wir kochen, wir essen gemeinsam, wir gehen spazieren oder unterhalten uns. Wir haben hier in diesem Loch, verglichen mit der Villa, mehr vom Leben als die Familie Ledec wahrscheinlich jemals hatte.« Diese Beobachtung deckte sich mit jener von Metz und Hilde. Das große Haus wirkte tot, seine Bewohner*innen nicht sehr viel lebendiger. Auch an diesem Umstand trug die Leiche im Hausflur keine Schuld. »Trotzdem wollte jemand Linda Ledec wirklich und wahrhaftig tot sehen. Könnten Sie sich vorstellen, wer so etwas tun könnte? Wer hatte Grund, sie umzubringen?« Mira Dragovic zögerte. Wie viel durfte sie erzählen, ohne jemanden in Schwierigkeiten zu bringen? Doch man würde es wahrscheinlich sowieso herausfinden, früher oder später. Daher entschloss sie sich für die Wahrheit. Jedenfalls für den Teil, der sie und ihr Verhältnis zur Toten betraf. »Jeder«, antwortete sie daher. »Ich verstehe nicht ganz?«, hakte Metz nach. »Sie haben mich gefragt, wer einen Grund gehabt hätte, Linda Ledec tot sehen zu wollen. Jeder! Sie war kein guter Mensch.« Hilde dämmerte langsam, warum Frau Wagner nichts Näheres zu Mira wissen wollte. Den Kadavergehorsam, den das alte ›Mädchen‹ noch immer an den Tag legte, suchte man bei der jüngeren Generation vergeblich. »Gott sei Dank«, dachte Hilde. »Warum haben Sie wirklich Ihre Arbeit in der Villa aufgegeben? Sie hätten sich dort eine sichere Stellung erarbeiten können«, wollte Metz es nun genau wissen. »Sie hat mich erpresst«, kam die Antwort. »Womit?« Mira Dragovic rang nun mit den Tränen. »Das möchte ich nicht sagen. Aber ich schwöre Ihnen, dass es nichts mit dem Mord zu tun hat. Und ich auch nicht. Das müssen Sie mir bitte glauben.« »Das werde ich, wenn Sie uns alles zu Linda Ledec erzählt haben, was Sie wissen. Alles, wirklich alles kann von Bedeutung sein. Was sollten Sie also tun für sie? Geld wird sie wohl keines von Ihnen verlangt haben, oder?« Nun musste Mira Dragovic lächeln. »Nein, davon hatte sie ja genug. Und bei uns gibt es nicht viel zu holen, wie Sie sehen können.« Sie schnäuzte sich in ein Stück Küchenrolle und sagte dann: »Spionieren sollte ich für sie. Ich hatte freien Zugang zu allen Räumen der Villa. Auch zu Martins Arbeitszimmer und dem Schlafzimmer der Gräfin.« »Was wollte sie denn wissen, das Sie für sie auskundschaften sollten?« Mira zuckte mit den Schultern. »Anfangs hat sie mich nur ausgefragt. So Sachen wie: Wer war bei der Alten – so hat sie die Frau Gräfin immer genannt. Wann war Martin zu Hause? Mit wem telefonierte er und lauter solche Dinge. Dann wurde es widerlich.« Metz und Hilde waren ganz Ohr. Mira Dragovic fuhr fort, sichtlich erleichtert, aber immer noch im Zwiespalt. Hilde hatte sich bei ›Erpressung‹ ein Fragezeichen notiert. Mira Dragovic lieferte ihnen hier eine Geschichte, die vielleicht nur von einer anderen ablenken sollte. Auch wenn es eine ziemlich gute Geschichte war, wie sich bald herausstellen sollte.

Linda Ledec war die Art von Mensch gewesen, der andere nicht leben lassen konnte. Sie selbst hatte weder Hobbys noch Freunde oder Interessen. Als Mira

Dragovic zur Familie Ledec ins Haus kam, herrschten dort bereits eisige Verhältnisse. Zu Beginn ihrer Tätigkeit kam ihr die Sache nicht komisch vor. Reiche Leute tickten eben anders als ihresgleichen. Und die zusammengewürfelte Familie Ledec in der großen Villa wirkte eher wie eine unfreiwillige Wohngemeinschaft, nicht wie eine Familie. Die Arbeit war angenehm gewesen. Ida Wagner war freundlich und schweigsam, so mochte Mira Dragovic das Zusammenarbeiten. Auch alle Familienmitglieder verhielten sich respektvoll und angemessen. Alle außer Linda. Sie hatte sie vom ersten Tag an im Visier. Sie folgte Mira durch das ganze Haus und beobachtete sie. »Anfangs dachte ich, dass sie glaubt, ich würde stehlen«, berichtete sie. »Das wäre für solche Leute ja nichts Ungewöhnliches. Doch schon bald fing sie mich in einem der oberen Badezimmer ab und verstellte mir den Weg. Ich bekam Angst. Sie war ja sehr groß und kräftig. Ich dachte sogar kurz, sie wollte mir wehtun.« »Was passierte dann?«, fragte Metz. Hildes Notizblock glühte inzwischen. »Sie griff nach meinen Haaren. Ich hatte sie zusammengebunden, wie Frau Wagner es wünschte, aber eine Locke hatte sich beim Putzen anscheinend gelöst. Sie schaute sie ganz merkwürdig an und sagte dann etwas wie: ›Ihr Jugos habt so gute Gene. Aber euer schlechter Charakter kommt euch immer wieder in die Quere, nicht wahr?‹ Mir wurde ganz übel. Von einer Frau belästigt zu werden, passiert einem ja nicht jeden Tag.« Hilde nickte. Im Gegensatz zu Belästigt-werden-von-Männern nicht, da hatte Mira recht. »Was geschah weiter?«, fragte diese nun. Linda Ledec als Sexmonster, das weibliche Hausangestellte bedrängte: Wenn das die Presse erfuhr! »Sie ließ mich nicht aus dem Badezimmer. Es war jenes von Amon und Chantal. Sie nickte mit dem Kopf Richtung Mülleimer und sagte dann: ›Bring mir den Müll von der süßen Chantal, bevor du ihn entsorgst, verstanden? Und den von der Alten auch. Hast du gehört?‹« Mira Dragovic umfasste ihre Oberarme, als ob sie sich selbst in den Arm nehmen wollte. »Es war einfach nur eklig. Aber sie legte nach, bevor ich protestieren konnte. Sie würde mir schon zeigen, wer hier die Herrin im Haus war, wenn ich nicht brav das tat, was sie von mir wollte.« »Also taten Sie es«, schlussfolgerte Metz. Sie nickte. »Was hat sie mit dem Müll aus den Badezimmern gemacht?«, wollte Hilde nun wissen. Dass die Reichen seltsame Hobbys pflegten, wenn sie gar nicht mehr wussten, wohin mit ihrem Geld, hatte sie schon gehört. Aber das? »Sie hat ihn durchsucht. Wonach sie genau gesucht hat, weiß ich nicht. Aber die Verpackungen von Medikamenten hat sie immer herausgefischt. Ohne Handschuhe.« Jetzt grauste es auch Metz ein wenig. Nicht einmal er, der seit einer gefühlten Ewigkeit lebte wie ein besserer Obdachloser, fand die

Vorstellung vom Herumwühlen in fremden Badezimmerabfällen berauschend. Doch Mira Dragovic war noch nicht fertig mit ihrem Bericht. »Auf eine Sache war sie immer ganz besonders wild. Richtig aufgeblüht ist sie, wenn solche Teile dabei waren.« »Was war es?« Hilde konnte die Spannung kaum aushalten. Ihr Badezimmermülleimer hatte außer gebrauchten Wattestäbchen und Zahnseide nicht viel Aufregendes zu bieten. Bei Reich und Schön boten sogar die Mülleimer noch Unterhaltungswert. »Es war im Bad von Chantal und Amon. Erst dachte ich, es sind Schwangerschaftstests. Solche waren auch dabei. Aber wirklich heiß war Linda auf die Stäbchen, die die fruchtbaren Tage anzeigten. Sie schnappte sich die Dinger dann immer – auch ohne Handschuhe – ich meine, Sie wissen schon, wie die getestet werden, oder?« Weder Hilde noch Metz hatten eine exakte Vorstellung davon, doch das Gesicht von Mira Dragovic sprach Bände. Eine Erklärung erübrigte sich daher. »Was hat sie damit gemacht?«, versuchte Metz das Kopfkino zu vertreiben, das ihn gerade in Beschlag zu nehmen drohte. Linda Ledec war ein weiteres Paradebeispiel dafür, warum nette Zeitgenoss*innen so gut wie niemals Opfer eines Mordes wurden. Die meisten Mordopfer taten genau das, was Linda Ledec offensichtlich getan hatte: lebenslang ihr Möglichstes, um irgendwann mit einem Schuhabsatz im Nacken zu krepieren. Dieser Tod passte definitiv zu jemandem, der zeitlebens so auf Menschen herumgetrampelt war wie sie. »Das weiß ich nicht ganz genau. Aber Chantal war an den Tagen danach immer fix und fertig. Sie hatte wieder begonnen, sich zu übergeben. Absichtlich. Und Amon hat die Rasierklingen aus dem Bad entfernt. So ging das jedes Mal.« »Hat jemand aus der Familie davon gewusst?« Sie schüttelte den Kopf. »Ich glaube, Frau Wagner hat gewusst, was sie treibt. Sie weiß viel, sagt aber nie etwas.« Hilde hakte nach. »Was sollten Sie sonst noch für Frau Ledec machen?« Mira Dragovic atmete tief durch. »Sie dürfen das bitte keinem erzählen, okay? Ich arbeite noch immer ein paar Stunden nachts in der Firma. Wenn das auffliegt, verliere ich meinen Job und mein Vater vielleicht sogar die Firmenrente. Wir brauchen dieses Geld.« Sie wirkte ehrlich verzweifelt. Linda Ledec hatte offensichtlich ein Talent für wunde Punkte gehabt. Metz versicherte ihr: »Wenn es nichts mit dem Mord an Frau Ledec zu tun hat, bleibt alles, was Sie meiner Kollegin und mir jetzt sagen, unter uns. In Ordnung?« Sie nickte. »Sie gab mir Geld. Für Informationen.« »Was genau hat sie denn interessiert?« »Alles über Martin hauptsächlich. Sie war fast ein wenig besessen von ihm. Ich sollte seine Anrufe mithören, wenn er von zu Hause aus arbeitete, und notieren, wohin er ging und mit wem er sich traf. Dasselbe galt für Chantal.« »Die Aktivitäten von ihrem Ehemann und der Frau Gräfin oder dem jüngsten Herrn Ledec haben sie nicht interessiert?« »Nein. Sie sagte immer ›Mich interessiert nur die fette Beute, Miroslava. Die kleinen Fische dürfen weiterplanschen‹ oder so. Sie war gemein. Und sie war brutal ihrem Ehemann gegenüber. Einmal hat sie ihn sogar geschlagen. Ich kam zufällig vorbei, als die Tür zu ihrem Schlafzimmer offen stand. Und den Kindern hat sie allen möglichen Blödsinn angedroht, wenn sie nicht ›gespurt‹ haben. Alle hatten Angst vor ihr. Alle außer Martin. Doch der war ja kaum zu Hause.« Hilde wollte mehr über Martin Ledec wissen. »Was genau hat sie an ihm wohl interessiert?« »Ich habe nicht viel rausfinden können über ihn. Ich habe ihr seinen Papierkorb gebracht, doch er war viel zu schlau und vorsichtig, um darin etwas Wichtiges zu entsorgen. Dafür hatte er den Aktenshredder. Einmal hat sie mir 20 Euro gegeben, als ich einen Namen am Telefon aufgeschnappt habe.« »Welcher war das?«, fragte Metz. »Katharina Adam. Mehr weiß ich nicht. Allerdings war Martin ab diesem Zeitpunkt ungefähr abends immer länger in der Firma. Ich weiß das noch, weil die Frau Gräfin sich bei ihm beschwert hat, dass kaum mehr Familienabendessen möglich sind.« »Wie ging es dann weiter mit Ihrer Spionagetätigkeit für Frau Ledec?« Mira Dragovic senkte den Kopf. »Es wurde hässlich. Ich meine: so richtig hässlich. Chantal ging es immer schlechter. Wir mussten sogar mehrmals den Arzt holen, weil sie bewusstlos im Bad zusammengebrochen war. Die alte Frau Gräfin hat geschäumt vor Wut, aber sie konnte anscheinend nichts machen. Martin und sie haben einmal gestritten. Ich konnte nicht alles hören, aber Worte wie ›Anwalt‹ und ›Sorgerecht‹ schon.« »Sie denken, die Familie wollte eine Scheidung erzwingen?« Mira nickte. »Ja, aber die alte Gräfin war strikt dagegen. Eine Scheidung gab es im Hause Ledec nicht. Das hat sie Martin laut und deutlich gesagt. Er hat dann nur gemeint, sie würde die Familie zerstören, wenn sie Linda weiterhin gewähren ließe.« »Was war dann?« Sie zuckte mit den Schultern. »Nichts mehr. Ich musste zurück in die Küche und hab den Rest von der Unterhaltung nicht mehr mitgehört. Am nächsten Tag hat Linda Ledec mir förmlich aufgelauert in ihrem Zimmer. Sie hat mich an die Wand gedrückt und mir die Kehle zugedrückt. Sie war sehr stark für eine Frau. Ich sollte ihr alles erzählen, was am Vorabend gesprochen worden war. Als ich nichts sagen wollte, drückte sie zu, bis ich fast keine Luft mehr bekam. Ich riss mich los, rannte panisch in die Küche und sagte Frau Wagner, dass ich nicht mehr wiederkommen würde. Das war's.« Sie wischte sich Nase und Wangen am Ärmel ihrer Jacke ab. »Wann genau war das?«, fragte Hilde noch für ihren Bericht. »Zwei Wochen vor dem Unfall. Wie genau ist sie denn gestorben, die Hexe?«

»Man hat ihr so lange die Kehle zugedrückt, bis sie tot war.«

Martin Ledec wies seinen Gast an, Platz zu nehmen. Sein Büro im obersten Stockwerk des Firmensitzes ähnelte mehr dem Behandlungszimmer eines zwielichtigen Arztes, dem man die Zulassung entzogen hatte. Fehlte nur noch eine Liege oder ein Behandlungsstuhl, und die sterile Atmosphäre wäre perfekt gewesen. Doch sein Gast war ohnehin kein Freund von Nebensächlichkeiten. Und wegen des Interieurs kam auch niemand in dieses Zimmer. Ein Schreibtisch samt Laptop und davor ein Besuchersessel waren alles, was dieser helle Raum zu bieten hatte. An der Wand hingen lieblos gerahmte Werbeplakate, mit denen ›La Warenne Schokoladen‹ in den letzten beiden Jahren, seit Amon das Marketing übernommen hatte, zahlreiche Preise abgeräumt hatte. Er hatte ein gutes Auge, der Kleine. Martin Ledec legte keinen Wert auf Gemütlichkeit in seinem Büro. Hier wurde ausschließlich gearbeitet, und das konnte ruhig jeder wissen. Sein Gast nahm Platz und reichte ihm einen Umschlag. »Sie hat nicht angebissen. So wie Sie es vermutet haben«, sagte der Mann im dunklen Anzug. Er war um die 60 und sah mitgenommen aus. Für Besuche bei besonderen Kunden – und Martin Ledec war definitiv einer davon – machte er sich schick. Ansonsten pflegte er das Klischee, das mit seinem Berufsstand einherging: schmuddelig und eher underdressed, um nicht aufzufallen. Viele Gerüchte rankten sich um das Erfolgsgeheimnis, welches Martin Ledec seit seiner Übernahme des Familienbetriebes zu umwehen schien. Dieser zwielichtige Gast war von Beginn an ein wichtiger Teil davon gewesen. Horst Schmidinger hatte sich als Privatdetektiv einen guten Namen erarbeitet. Als ehemaliger Polizist kannte er viele Tricks, konnte sich aber weit mehr Spielraum erlauben als seine Berufsgenoss*innen im Auftrag von Vater Staat. Martin Ledec sah die Fotos durch, die der Umschlag enthielt. Sichtbare, handfeste Beweise waren ein Teil des Geschäftsmodells der Ein-Mann-Detektei Schmidinger. Auch wenn sein Name und sein Wort inzwischen genügten, so bestand der undurchsichtige alte Fuchs stets darauf, Beute abzuliefern. Die Bilder zeigten Katharina Adam bei ihrem Treffen mit Konstantin Schöpf. Die Zeitstempel auf den Fotos waren ein entscheidendes Detail. Das Treffen hatte demnach gerade einmal sieben Minuten gedauert. Danach war sie aufgestanden und hatte das Café Landtmann und mit ihm den ›Aufdecker der Nation‹ sich selbst überlassen. »Was hat er danach gemacht?«, fragte Martin Ledec den Detektiv. »Nicht mehr viel. Sein Smartphone gecheckt, bezahlt und ist gegangen.« »Sehr gut. Vielen Dank. Wie immer enttäuschen Sie mich nicht, Herr Schmidinger.« Mit diesen Worten wechselte ein weiterer Umschlag den Besitzer, diesmal mit Bargeld darin. Beide Seiten profitierten von diesem Extra ihrer Geschäftsbeziehung. Und die Diskretion blieb so doppelt gewahrt. Auch wenn man Horst Schmidinger einen antiquierten Arbeitsmodus vorwerfen könnte: Für digitale Piraten gab es bei ihm nichts zu holen. Sein kurzer Ausflug in die Welt der Cyberkriminalität hatte ihn eines gelehrt: Nichts war so sicher wie Papier, das an einem schwer zugänglichen und gut gesicherten Ort aufbewahrt wurde. So etwas wie digitale Akten oder ein Online-Archiv gab es in seinem Büro daher nicht. Außer ihm gab es auch keine Mitarbeiter*innen. Für besondere Überwachungsfälle gab es einen Freelancer, der jedoch frei bleiben wollte und ebenfalls am liebsten Cash sah. Sogar die Fotos entwickelte der Privatermittler höchstselbst im Keller seines Hauses. So konnte er letztendlich doch noch ein Hobby zum Beruf machen. War ein Fall abgeschlossen, landete alles Material dazu in einem leistungsstarken Holz-Kohle-Ofen, der noch aus der Zeit der Erdölkrise stammte. Er verschlang ohne Mühen alles und ließ kaum Asche zurück. Solche Teile wurden heute nicht mehr gebaut.

»Was, denken Sie, wird er nun mit dem Buch machen?«, fragte er, ganz gegen seine Gewohnheit. Die Aufträge waren Jobs für ihn. Selten genug kam es vor, dass ihn einer wirklich beschäftigte. Doch zwischen dem Aufdecken von Affären und dem Aufspüren von zwielichtigem Gesocks, das anderem zwielichtigen Gesocks Geld schuldete oder sein Leben, waren die Aufträge von Martin Ledec immer die interessanteren. »Das muss uns nicht kümmern, Herr Schmidinger. Vielen Dank für Ihre großartige Arbeit.« Er hätte es sich denken können. Jemand, der so bedacht auf seinen Ruf war wie Martin Ledec, würde nicht einmal ihm mehr über den Weg trauen als unbedingt nötig. In den letzten Jahren hatten seine Aufträge hauptsächlich darin bestanden, künftige Mitarbeiter*innen zu überprüfen, die Vertrauensstellungen im Unternehmen bekleiden sollten. Auch die eine oder andere Herzdame war darunter gewesen. Jedenfalls war Schmidinger sich sicher gewesen, dass es nicht bei allen weiblichen Zielpersonen um rein berufliche Interessen gegangen war. Doch er hatte jedes Mal gute Arbeit geleistet. In seinem Fall und für seine Branche bedeutete dies: Er hatte ein Leben zerstört oder zumindest große Hoffnungen. Nicht eine der Auserwählten wäre für einen Mann wie Martin Ledec eine gute Wahl gewesen. Eine hatte Schulden bis unters Dach, eine andere war – zumindest nach dem Rechtsverständnis des Staates Nevada – noch immer mit einem Rockmusiker verheiratet gewesen. Und eine Dritte fuhr auffallend oft im Jahr in die Schweiz für eine ›Auszeit‹. Eine Journalistin war auch dabei gewesen. Ihr auf die Schliche zu kommen, war schwieriger gewesen als gedacht. Doch tatsächlich war es seinem freien Mitarbeiter gelungen, Telefongespräche von ihr abzuhören. Es hätte ein abgekartetes Spiel der besonders perfiden Art werden sollen, das sie mit Martin Ledec vorgehabt hatte. Doch der roch den Braten und setzte seinen Spürhund, Horst Schmidinger, auf die Dame an. Sie tippte inzwischen nur mehr APA-Meldungen ab und wurde von allen Tageszeitungen Österreichs, sogar den weniger seriösen, gemieden wie die Pest. Männer wie Martin Ledec waren nicht deshalb so erfolgreich geworden, weil sie mit Terrorist*innen verhandelten und Gefangene aus ihren Schlachten mit nach Hause brachten. Sie waren das Alles oder Nichts der Wirtschaft, und der Erfolg gab ihnen recht. Zumindest beruflich lief es ganz hervorragend für den Haupteigentümer von ›La Warenne Schokoladen‹. Und privat schienen sich die Nebel mit seiner jüngsten Eroberung nun auch endlich zu lichten. Dass Katharina Adam den Köder nicht geschluckt hatte und diesem Leckerbissen widerstehen konnte, war genau der Vertrauensbeweis, den Martin Ledec gebraucht hatte. Konstantin Schöpf das Arbeitsbuch der jungen Polin zu schicken, zur Sicherheit von Bratislava aus, war nur eine von seinen düsteren und gleichsam brillanten Ideen gewesen, die Horst Schmidinger immer eine Mischung aus Ehrfurcht und Furcht abrangen. Das Büchlein selbst war echt. Es stammte aus den unendlichen Weiten des Firmenarchivs, dem Katharina Adam sich als Historikerin offiziell widmen sollte. Der sogenannte ›Giftschrank‹ allerdings, wie sein Vater den Tresor mit den heiklen Dokumenten stets genannt hatte, würde auch ihr versperrt bleiben. Nicht so Martin Ledecs Herz. Dieses hatte sie mit ihrem ›Nein‹ zu Konstantin Schöpf schon so gut wie erobert. Blöd nur, dass es aus Stein war. Sie würde alle Mühe haben, es zum Schlagen zu bringen. Die beruflichen Nachforschungen neue Mitarbeiter*innen betreffend hatte Horst Schmidinger immer weit weniger spannend gefunden. Die meisten Menschen machten es einem wie ihm viel zu leicht, die Leichen in ihren Kellern zu entdecken. Vorstrafen, Spielschulden, ein anhängiges Inkassoverfahren oder widrige Umstände von Kündigungen, die im Lebenslauf tunlichst verschwiegen worden waren, weckten das Interesse des Detektivs nach all den Jahren nicht mehr. Er wusste: Jeder Mensch hatte Geheimnisse. Und jeder Mensch war ein Lügner. Interessanterweise stellte Martin Ledec dennoch manchmal Leute ein, die Dreck am Stecken hatten. Er nannte diese Geheimnisse dann seine ›Hebel‹. Horst Schmidinger wollte gar nicht wissen, mit welchen Methoden im Zweifelsfall daran angesetzt wurde. Die Bezahlung war gut und steuerfrei, und nur das zählte für ihn. Als er aufstand und zur Tür ging, sagte er noch: »Und natürlich mein aufrichtiges

Beileid zu Ihrem Verlust.« Martin Ledec nickte, war im Geiste aber schon wieder bei seinem nächsten Tagesordnungspunkt. Länger als eine Stunde setzte er für keinen seiner Termine und keines seiner To-dos an. »Danke, Herr Schmidinger. Ein potenzieller Auftrag, der sich von selbst erledigt hat.« Der Detektiv ging. Die Antwort passte perfekt zum Bild, das der Menschenkenner sich von seinem wichtigsten Auftraggeber mit den Jahren gemacht hatte. Den Weg aus dem Gebäude kannte er inzwischen wie seine Westentasche. Auch er entschied sich für jene Strecke, auf der ihn niemand sehen konnte. Martin Ledec öffnete seine E-Mails. ›Verlust‹ war die Ironie des Jahrhunderts im Zusammenhang mit seiner toten Schwägerin. ›Jackpot‹ hätte viel besser gepasst. Das Schicksal hatte schon sehr charmante Lösungen parat, wenn man es einfach machen ließ. Auch wenn er zu jener Sorte Mensch gehörte, für die nur das Ergebnis zählte und nicht der Weg dorthin, hätte es Martin Ledec dennoch brennend interessiert, wem er diese glückliche Fügung zu verdanken hatte.

Kapitel 10: Gute Zeiten

»Guten Morgen, Chantal«, begrüßte Dr. Sterntal sie freundlich. Die Atmosphäre der Praxis passte zu ihr, spiegelte ihr angenehm distanziertes, da professionelles Wesen perfekt wider. »Schön, dass Sie wieder zu mir kommen. Wie geht es Ihnen?« Chantal zog Schuhe und Jacke aus und legte sich auf die Liege aus senfgelbem Velourssamt. Die Farben Gelb und Weiß dominierten hier, mit einigen Akzenten in Indigoblau. Chantal las Räume wie andere Menschen Bücher. Ihr war die Psychologie der Farben ebenso bekannt wie deren Wirkung. Frau Dr. Sterntal trug wie immer eine makellos gebügelte weiße Bluse, heute mit Schleife, und schlichte Perlenohrstecker. Ihre Röcke variierten zwischen Grau, Schwarz und Dunkelblau. So oft immerhin war Chantal schon hier gewesen, um diesen Mechanismus zu durchschauen. Aber eben nicht oft genug. »Es geht mir besser«, sagte sie daher. »Viel besser«. Frau Dr. Sterntal schien nicht überzeugt zu sein. »Woher kommt dieser plötzliche Wandel, Chantal? Letztes Mal wollten Sie die Therapie abbrechen.« Chantal schloss die Augen. Immer wenn sie das tat, kamen ihr die Worte leichter über die Lippen. Deutsch war noch immer nicht ihre Muttersprache geworden, so wie Gräfin Charlotte es ihr zu Beginn ihrer Ehe mit Amon prophezeit hatte. »Sie müssen das doch alles für sich behalten, was wir hier besprechen, oder?« Das Vokabel für ›ärztliche Schweigepflicht‹ fiel ihr gerade nicht ein. Noch bis vor Kurzem hätte sie sich selbst wieder innerlich gesteinigt für diesen Lapsus. Ihr Fluch war schon immer die Perfektion gewesen. Und dieser holte sie nun ein. »Ich bin zu absoluter Verschwiegenheit verpflichtet, das ist wahr. Was möchten Sie mir denn anvertrauen?« Chantal schloss erneut die Augen. Sie wollte nicht weinen, doch es half nichts. Tränen rannen ihr über die Wangen, aber diesmal waren es andere als sonst. Es war die pure Erleichterung, die nun aus ihr sprach. Niemand, nicht einmal Amon, kannte das ganze Ausmaß von Kummer und Schmerz, das sie in den letzten Jahren, seit sie nach Wien zurückgekehrt waren, hatte ertragen müssen. Andere fraßen den Kummer in sich hinein. Sie konnte gar nicht genug davon loswerden. ›Französisches Strichmännchen‹ hatte ihre Schwägerin sie immer genannt. An besonders launigen Tagen auch ›Kotztüte‹ oder ›Psycho‹. Doch das war nun Geschichte. Ein neues Leben würde beginnen, indem ein anderes geendet hatte. So war das auf der Welt, oder? Der Kreislauf des Lebens. Doch vorher galt es noch, sich Altlasten von der Seele zu reden. Und Frau Dr. Sterntal war der einzige Mensch, bei dem sie das konnte, ohne sich verurteilt und schlecht zu fühlen. Jedenfalls nicht noch schlechter, als es die meiste Zeit über ohnehin der Fall war.

»Wenn man jemandem den Tod wünscht und dieser Mensch stirbt dann tatsächlich: Ist man dann ein Mörder?«, fragte sie. Frau Dr. Sterntal rückte ihre Brille zurecht. Manche Fragen überraschten sie auch nach über 20 Jahren Berufserfahrung noch. »Haben Sie denn etwas dazu beigetragen, dass ein Mensch stirbt, Chantal?« Gegenfragen waren immer gut. Sie verschafften einem Zeit. »Nein, getan habe ich nichts.« Erfreulicherweise fragte Frau Dr. Sterntal nicht nach, ob sie etwas NICHT getan hatte.

Katharina Adam stand zu Hause vor ihrem Kleiderschrank. Sie benahm sich wie ein Schulmädchen oder Teenager vor dem ersten Ausflug mit seinem neuen Schwarm. »Teenager von 38 Jahren«, dachte sie. »Schöne neue Welt.« An Konstantin Schöpf und seinen neuesten Fund des Grauens versuchte sie dabei tunlichst nicht zu denken. Stattdessen lenkte sie sich lieber mit typischem Frauenkram ab. Welches Kleid? Welche Schuhe? Welche Unterwäsche? Diese Frage schien von besonderer Wichtigkeit. Ihre erste gemeinsame Nacht mit Martin Ledec hatte sie überrascht. Er war ihr nicht als der Typ stürmischer Eroberer erschienen, der nachts plötzlich vor ihrer Tür stand und um Einlass bat. Als Liebhaber war er ruhig und umsichtig gewesen, fast planvoll. Anscheinend fuhren die Menschen nicht nur so Auto, wie es ihrem Charakter entsprach, sie liebten auch dementsprechend. Das kommende Wochenende sollte – ginge es nach ihr – genau dort anknüpfen. Sie mochte ihn tatsächlich, auch wenn er es seinem Umfeld so schwer wie möglich machte, wirklich zu ihm durchzudringen. Doch stille Wasser waren anscheinend tiefer als gedacht. Sie hatte die Nacht mit ihm genossen. Es war nicht gerade ein Feuerwerk der Leidenschaft gewesen, doch eine Wiederholung konnte nicht schaden. Viel mehr Sorgen bereitete ihr ihre Arbeit für sein Unternehmen. Der Auftrag, eine Firmenchronik zum 100-jährigen Bestehen von ›La Warenne Schokoladen‹ zu verfassen, welches sich in knapp zwei Jahren ereignen sollte, war zu verlockend gewesen. Üblicherweise traten keine Firmen an sie oder andere Historiker*innen heran, die etwas zu verbergen hatten. Man konnte – im Gegenteil – sogar meistens damit rechnen, dass die Auftraggeber eine Lobhudelei sondergleichen für ihr Geld erwarteten. Martin war vom ersten Gespräch an, das sie führten, transparent gewesen. Es würde einiges ans Tageslicht kommen, was nicht einfach darzustellen wäre. Neben der bekannten Problematik der NS-Zwangsarbeiter*innen, von denen auch ›La Warenne‹ profitiert hatte, gab es im selben Jahrhundert noch Fälle, die man als Ausbeutung und sogar Kinderarbeit auslegen könnte, wenn man wollte. Das Wirtschaftswunder der 1950er-, 60er- und 70er-Jahre hatte schließlich jemand am Laufen halten müssen. Und Löhne und Gehälter waren schon immer die Achillesferse jeder ambitionierten Gewinnmarge gewesen. Wie würden sie diese dunklen Kapitel der Firmengeschichte wohl handhaben? Bislang hatte es nur vereinzelte Forderungen von ehemaligen Arbeiter*innen gegeben, die als Insassen eines Heimes für schwer Erziehbare in der Fabrik unter Martins Großvater hatten schuften müssen. Das Geld hatte die Heimleitung eingesackt, sie selbst hatten nie einen Cent, oder damals Groschen, gesehen. Solche Vorwürfe waren bislang stets intern geregelt worden. Als sie Martin danach fragte, hatte er nur geantwortet: »Solche Anschuldigungen sind nichts, was ein Anwalt mit einem Koffer Bargeld nicht regeln kann.« Doch im Fall der NS-Zwangsarbeiter*innen, für die Martins Großvater sogar ein eigenes Barackenlager auf dem Werksgelände hatte errichten lassen, würde die Sache anders gehandhabt werden müssen. Der Blick in diverse Archive war das Erste gewesen, das sie vor ihrem ersten Termin mit Martin Ledec gemacht hatte. Es gab gleich mehrere seriöse Quellen, die ›La Warenne Schokoladen‹ auf ihrer Watchlist führten. Bislang hatte man den Deckel draufhalten können, doch Martin schien sich mit diesem Teil der Firmengeschichte nun auseinandersetzen zu wollen. Sie hatte ihn gleich zu Beginn ihrer Zusammenarbeit darauf angesprochen. Sie war niemand, den man kaufen konnte. Doch er hatte erwidert, dass er sich aus genau diesem Grund für sie entschieden hatte. Ihr Ruf als Historikerin und Verfechterin der Wahrheit eilte ihr voraus. Wer seine Leichen im Keller behalten wollte, wandte sich garantiert nicht an sie. Dass aus dem Arbeitsverhältnis nun ein Liebesverhältnis zu werden schien, war nicht vorhersehbar gewesen. Sie hatte diese Dinge immer ganz gut trennen können. Außerdem hatten es ihr die meisten ihrer bisherigen Auftraggeber diesbezüglich sehr leicht gemacht. Gute Männer waren schwer zu finden, wenn man nicht gerade eine Vorliebe für adipöse Idioten und Muttersöhnchen hegte. Doch Martin Ledec war ein faszinierendes Exemplar der Spezies Mann. Auf eine freudlose Art und Weise war er immer noch sehr attraktiv. Die traurige Aura eines einsamen Mannes umfing ihn stets wie ein dunkler Schleier. Er wirkte wie ein Krieger, der müde war von all den Schlachten, zu denen er nicht gerufen hatte. Wer – so wie er – mit einem Riesenberg an Verantwortung zur Welt gekommen war, hatte schlichtweg keine Wahl. Von diesem Nimbus hatte sie sich auch ein wenig blenden lassen, zugegeben. Doch er erschien ihr mit der Zeit menschlich. Er konnte freundlich und gütig sein. Einige seiner Mitarbeiter*innen bekamen sogar glänzende Augen, wenn sie ihn sahen, und nicht nur die Frauen. Es gab die wildesten Gerüchte um heimliche Zahlungen an

Familien von ehemaligen Angestellten oder an solche, die krankheitsbedingt aussetzen mussten. Ob das alles nur firmeneigene PR war? »Eins nach dem anderen«, ermahnte sich Katharina Adam. Im Moment wollte ein Koffer gepackt werden. Und dieses Projekt hatte jetzt und hier für sie oberste Priorität.

Die Gerichtsmedizin hatte die Leiche von Linda Ledec noch nicht freigegeben. Das war nicht nur ärgerlich, echauffierte sich Gräfin Charlotte in ihrem kleinen Salon der Villa, es war auch unnötig. In ihren Kreisen galt es, lästige Abweichungen vom Programm – wie Todesfälle in der Familie es nun einmal waren – so schnell wie möglich hinter sich zu bringen. Sie war Teil einer Generation von privilegierten Frauen, die noch mit einem Buch auf dem Kopf Klavierspielen und an den Mahlzeiten teilnehmen mussten, um Haltung zu üben. Diese äußere Geradlinigkeit manifestierte sich mit den Jahren idealerweise dann auch charakterlich. Ihre Eltern hatten mit ihr diesbezüglich weniger Glück gehabt. Als einziges Kind und Erbin einer der traditionsreichsten Cognac-Destillerien im Elsass wurde schon Großes von ihr erwartet, noch bevor sie richtig laufen konnte. Ihr Debüt in der Gesellschaft der oberen 10 000 absolvierte sie im Jahr 1959, als man schon wieder Grund zum Feiern hatte und guten Gewissens feiern durfte, ohne als dekadent oder unpatriotisch angesehen zu werden. Sie war die beste Partie weit und breit, sowohl in finanzieller als auch in jeder anderen Hinsicht, gewesen. Man schickte sie auf ein Schweizer Internat, so wie das damals üblich war, und anschließend hätte sie sich der Ehe und dem Familienbetrieb widmen sollen. Als Frau hätte ihre Aufgabe damals natürlich darin bestanden, einen perfekten Mann und Geschäftsführer in die Familie zu holen, ihm viele Kinder zu schenken und somit das traditionsreiche Cognac-Imperium in die nächste Generation zu hieven. Doch ein Wochenende in Cannes änderte alles. Für alle, um genau zu sein. Ähnlich wie in Paris gab es damals schon eine Künstlerszene an der Perle der Riviera, die ihresgleichen suchen musste. Und diese Herren, die dort in den Straßen und engen Gassen ihre Ateliers betrieben und ihre Bilder ausstellten, hatten es in sich. Sie mochte ihre Söhne grundsätzlich. Doch manchmal fragte sie sich, wie ihr Verhältnis wohl wäre, hätten sie einen anderen Vater gehabt. Sie besaß von Serge nicht einmal eine Fotografie, eines seiner Bilder oder etwas anderes, das sie an ihn erinnerte. Als der Sommer mit ihm vorbei war, war es das auch mit ihrer Jugend. Die Handlanger ihres Vaters spürten sie tatsächlich auf in ihrem Versteck oberhalb der Stadt, wo Charlotte de la Warenne die glücklichsten Tage ihres Lebens verbracht hatte. Doch Glück war in ihrem Lebensplan nicht vorgesehen. Das dachte sie damals als junges Mädchen zumindest. Heute wusste sie es besser. Glück war nur kein Geschenk, das einem in den Schoß fiel. Man musste es dem Leben abringen wie ein Preisgeld. Und in diesem Zweikampf war alles erlaubt.

Kevin hatte Tafel Nummer 1 befüllt. Linda Ledec war keine allzu große Herausforderung für ihn gewesen. Die Verbindungsdaten ihres Mobiltelefons waren wenig aufschlussreich. Sie telefonierte mit ihrem Mann, dem Friseur und dem Blumenladen. Selten mit den Schulen der Kinder oder einem Cateringservice. Freunde oder einen großen Bekanntenkreis schien sie nicht gehabt zu haben. Die Einsicht in ihr Bankkonto blieb ihm bislang verwehrt. Sie teilte eines mit ihrem Ehemann, und das gab grundsätzlich immer Probleme, jedenfalls auf dem legalen Weg. Doch Kevin ahnte bereits, dass Geld in diesem Mordfall nicht das Motiv sein würde. Wozu also die Mühe? Linda Ledec war mit Sicherheit eine wohlhabende Frau gewesen. Reichtum durch Heirat war immer noch eine todsichere Bank. Apropos Tod: Der Bericht der Gerichtsmedizin war ebenfalls eingetroffen. Er hatte ihn sich nicht angesehen, das würde er dem Chef und Hilde überlassen. Doch er hatte News zu dem kleinen Schlüssel, den die Tote um ihren Hals getragen hatte. Und die waren ziemlich gut.

Auf dem Weg zum Firmensitz von ›La Warenne Schokoladen‹ hingen Metz und Hilde ihren Gedanken nach. Die Befragungen des Tages hatten ein paar aufschlussreiche Details über die Person Linda Ledec geliefert. Doch andererseits auch wieder nicht. Menschenfreunde und gütige Seelen wurden erfahrungsgemäß nur sehr selten Opfer eines Mordes, jedenfalls in diesen Kreisen. Im Grunde genommen musste man sich eher wundern, warum jemand diese Frau nicht schon viel eher hatte loswerden wollen. Sie war seit über zehn Jahren Mitglied der Familie gewesen, hatte den Ledecs zwei Erben geschenkt und hätte wahrscheinlich mit der entsprechenden Summe Geldes im Handgepäck ohne Weiteres ihre Koffer gepackt und das Feld geräumt. »Rufen Sie bitte Kevin an«, sagte Metz plötzlich zu Hilde. Diese hatte sich gerade die dreiste Geschichte rund um die verschenkte Armbanduhr durch den Kopf gehen lassen. Besäße sie eine ›Tank‹, müsste man ihr das Handgelenk absägen, um an das Teil zu gelangen. »Er soll alles über den Tod von Amon Senior aus den Archiven fischen. Und zwar wirklich alles, auch aus den nicht digitalisierten.« Hilde musste innerlich schmunzeln, tat aber sogleich wie ihr geheißen. Kevins Abneigung gegen Recherche, für die er sich von seinem PC wegbewegen musste, war inzwischen schon fast legendär. Doch als das kleinste Rädchen im Getriebe – seine zweifelhafte Karriere als

Hacker hatte seinem Aufstieg im Polizeidienst einen gehörigen Dämpfer verpasst – war er nun einmal für diese Dinge zuständig. »Woran denken Sie, Chef?«, fragte Hilde. Er hatte immer Gründe, um Kevin oder sie loszuschicken. Leere Kilometer kannte Cornelius Metz nur vom Hörensagen. »Wenn Linda Ledec damals die Krankenschwester von Amon Senior gewesen ist: Vielleicht wusste sie etwas über die Familie, das sie gegen sie in der Hand hatte? Wer sonst lässt eine Frau so gewähren und unternimmt nichts gegen sie?« Hilde nickte, konterte aber sogleich: »Andererseits haben wir außer der Aussage von Mira Dragovic und dem obskuren Fakt der verschenkten 10.000-Euro-Armbanduhr nichts, was darauf hinweist. Vielleicht wusste die Familie gar nichts von ihren Spielchen mit Chantal und Mira? Beide scheinen mir nicht gerade der Typ Frau zu sein, der mit Druck souverän umgehen kann.« »Da haben Sie recht. Vielleicht schämte Chantal Ledec sich für die Angriffe durch ihre Schwägerin. Und Mira Dragovic fürchtet sich wegen irgendeiner anderen Sache, die sie uns nicht sagen will.« Hilde wählte Kevins Nummer und sprach ihm auf die Mailbox. Wie immer war sein Smartphone aus, doch sie wusste inzwischen, dass er die Nachricht abhören würde. Jeder hatte so seine Methoden. Ihre bestand seit ihrer unfreiwilligen Eingliederung in die Soko ›Reha‹ darin, in ihrer unkleidsamen, aber Furcht einflößenden Uniform den bösen Cop zu mimen. Metz hatte sich ganz gut im Griff, befand sie. Er musste nach wie vor jede Woche bei der Psychologin vorstellig werden, doch eine große Hilfe schienen diese Sitzungen nicht zu sein. Sie fragte jetzt einfach mal: »Wie lange müssen Sie eigentlich noch zu dieser Therapeutin? Ist doch eh für die Fische, oder?« »Na, danke, Frau Kollegin. Mache ich immer noch so einen derangierten Eindruck?« Hilde wurde rot. So hatte sie das nicht gemeint. Doch Metz grinste sie von der Seite an. Ein Lächeln entwischte ihm in letzter Zeit immer öfter. »Scherz, Kollegin, Scherz! Da werde ich – um Ihre Frage zu beantworten – so lange hinmüssen, bis unser ehrenwerter Herr Polizeipräsident in den Ruhestand übertritt. Und da Hofrat Katzinger ja, wie wir wissen, die Karriereleiter in Windeseile erklommen hat, werden Sie und ich noch lange in den Genuss seiner Anwesenheit kommen.« »Ich wollte nicht unhöflich sein«, entgegnete Hilde. »Aber Therapie – das ist doch nie eine Lösung, oder?« »Für manche Menschen schon«, antwortete Metz. »Dabei bringen Sie mich jetzt gerade auf eine Idee, Frau Gruppeninspektorin. Legen Sie noch mal bei Kevin nach, bitte. Er soll die Verbindungsdaten von Chantal Ledec auslesen. Von mir aus auch ohne Dienstweg, alles klar?« Sie nickte. Es würde ohnehin schwer werden, in diesem Fall auf dem Behördenweg zu bleiben. Ein paar Ausreißer jenseits der tugendhaften Pfade schadeten nicht. Und wozu hatten sie schließlich Kevin im Team? Als sie durch das imposante Tor auf das Firmengelände von ›La Warenne Schokoladen‹ einbiegen wollten, wurden sie prompt von einem Wachmann angehalten. »Die nehmen das mit der Sicherheit hier aber sehr ernst«, murmelte Hilde. Ihre Uniform war selbsterklärend, Metz zeigte seinen Ausweis. »Wir möchten zu Martin, Stefan und Amon Ledec.« Der Wachmann nickte und winkte sie durch. Hilde parkte einwandfrei in der Feuerwehrzone direkt neben dem Haupteingang. Dieser war vergleichsweise schmucklos und wenig repräsentativ. In der Halle gab es einen Empfang, an welchem eine freundliche Dame Ende 40 mit einem schicken Headset auf dem Kopf gerade geduldig jemandem am anderen Ende der Leitung eine kostenlose Telefontherapie verabreichte. Anscheinend ging es um Schäden an einer Pralinenverpackung. Metz und Hilde konnten deutlich hören, wie sie sich mehrfach entschuldigte. »Wir schicken Ihnen kostenlosen Ersatz, versprochen.« Damit endete das offensichtlich unerfreuliche Gespräch. Doch die Mitarbeiterin schien unerschütterlich zu sein. Mit einem strahlenden Lächeln wandte sie sich den beiden Polizeibeamten zu. Hilde bewunderte ihren kunstvoll gestrickten Pullover mit aufwendigem Zopfmuster. Ihre Geduld schien die Dame vom Empfang mit Handarbeiten zu stählen. »Guten

Tag, herzlich willkommen bei ›La Warenne Schokoladen‹. Was kann ich für Sie tun?«, spulte sie die Standardbegrüßung ab. »Routine hilft, um den Verstand nicht zu verlieren«, dachte Metz. Und wenn es jemanden gab, der das wissen musste, war es er. »Wir möchten zu Martin Ledec. Er weiß Bescheid, dass wir kommen.« Die Dame nickte wissend und zeigte in Richtung Fahrstuhl. »Vierter Stock, die offene Tür am Ende des Ganges. Aber Sie können natürlich auch die Treppe nehmen.« Metz und Hilde entschieden sich für die zweite Sporteinheit des Tages, und Metz schwor sich erneut, an seiner Fitness zu arbeiten. Hilde Attensam schien vier Stockwerke mühelos zu bewältigen. Sie konnte sogar dabei sprechen: »Wollen Sie mit allen einzeln sprechen oder gemeinsam?« Metz hüstelte leicht, um sein schweres Atmen zu kaschieren. Alter Trick von schwer übergewichtigen Personen, wie ihn eine der vielen grauenhaften Dokusoaps gelehrt hatte, die ihn nach dem Tod seiner Frau so erfolgreich betäubt hatten. »Ich denke, man wird uns diese Entscheidung abnehmen. Aber falls wir es uns aussuchen dürfen, wäre mir einzeln natürlich lieber.« Der Flur im vierten Stock war ein lebhaftes Sammelsurium aus einem Best-of der vergangenen Jahre. In Glasvitrinen standen fein säuberlich aufgereiht die verschiedenen Verpackungen und Produkte aus allen Epochen der Schokoladenmanufaktur. So nannte man sich dort noch immer, auch wenn Metz sich ziemlich sicher war, dass nicht mehr viel Handarbeit im Spiel sein konnte, wenn Schokolade tonnenweise verarbeitet und in die ganze Welt verschickt wurde. Hilde schnappte im Vorbeigehen ein paar Kindheitserinnerungen auf. Es war ein seltener Luxus gewesen, einige dieser köstlichen Kleinigkeiten zu besonderen Anlässen geschenkt zu bekommen. Es gab winzig kleine rote Geschenkkartons mit Griff, die wie ein Puppenköfferchen aussahen. In ihnen fanden gerade einmal zwei der begehrten Pralinen Platz. Ihre Großmutter hatte ihr solche manchmal mitgebracht, wenn sie in die ›Stadt‹ zum Einkaufen oder zum Arzt gefahren war. Zur Matura hatte es die große Herzförmige gegeben. Sie konnte den exquisiten Geruch noch in der Nase wahrnehmen, den das Öffnen des Deckels verströmt hatte. Eine Mischung aus Kakao, hochwertigem Seidenpapier und Luxus. Die Tür am Ende des Ganges stand weit offen. Ein Vorzimmer suchte man vergeblich. Vielleicht war Marin Ledec doch fortschrittlicher als angenommen? Er stand schon hinter seinem Schreibtisch, um den Besuch zu begrüßen. Ziemlich sicher hatte der Empfang sie angekündigt. »Bitte, nehmen Sie Platz. Möchten Sie, dass ich meine Brüder gleich dazubitte? Oder befragen Sie uns lieber einzeln?« Kurz überlegte Metz, ob die Wände hier Ohren hatten. Aber vermutlich sprach nur ganz der Jurist, der in ihm steckte, aus ihm. Jedes seiner Worte war sorgsam gewählt. Die meisten Menschen unterschieden nicht zwischen ›Befragung‹ und ›Verhör‹, sobald die Polizei etwas von ihnen wissen wollte. »Einzeln, wenn es Ihnen nichts ausmacht, Herr Ledec«, antwortete Metz daher. Hilde hatte ihren Block gezückt und war startklar. »Sie haben das vorläufige Obduktionsergebnis erhalten, nehme ich an, und wissen nun, dass wir wegen Mordes an Ihrer Schwägerin ermitteln?«, begann Metz das Gespräch. Martin Ledec nickte. Er hatte beide Ellbogen auf die Tischplatte gelegt und die Hände ineinander verschlossen. »Das kam überraschend, wie Sie sich ja vorstellen können.« »Wo waren Sie in der Mordnacht, Herr Ledec?«, ging Metz gleich ans Eingemachte. Wenn von den im Haus anwesenden Personen am ehesten eine die Kraft und Kälte hatte, einen Mord zu begehen, dann wohl er. »Das möchte ich nicht sagen, Herr Major. Jedenfalls nicht, solange es sich vermeiden lässt.« »Aber wenn Sie ein Alibi haben, schließt Sie das von vornherein aus dem Kreis der Verdächtigen aus, Herr Ledec. Wozu warten, bis sich eine Beweislage ergibt, die es nicht gut für Sie aussehen lässt?«, konterte Metz. »Die gibt es nicht und wird es auch nicht geben. Ich habe meine Schwägerin nämlich nicht ermordet. Und es wird sich auch keine Beweislage gegen den Rest meiner Familie ergeben. Meine Mutter und meinen Bruder Stefan können

Sie gleich vom Haken lassen. Wir haben uns vorsorglich das Fahrtenprotokoll des Rettungswagens zukommen lassen, dem Stefan in jener Nacht als Sanitäter zugeteilt war. Sie können das überprüfen. Er war am anderen Ende der Stadt zum fraglichen Zeitraum. Die Massenkarambolage im Tunnel, Sie haben vielleicht in den Nachrichten davon gehört.« Hilde schrieb eifrig mit. Der Unfall hatte noch am Morgen für Verzögerungen gesorgt. Trotzdem würden sie das überprüfen müssen. »Sie wollen uns Ihr Alibi also nicht nennen?«, wagte Metz einen letzten Vorstoß in diese Richtung. Martin Ledec schüttelte den Kopf. »Solange es sich vermeiden lässt: nein.« »Sie sagen, Ihre Mutter und Ihr Bruder Stefan sind außen vor als Verdächtige. Was ist mit Ihrem jüngsten Bruder und seiner Frau? Was ist mit Ida Wagner, der Hausdame?« Martin Ledec musste lächeln. Es war nur ein kurzes Aufflackern. Anscheinend zählte er zu jenen Menschen, die ihre Gefühle wie so vieles andere auch lieber für sich behielten. »Ida Wagner ist fast gleich alt wie meine Mutter, wenn auch noch um einiges rüstiger, das gebe ich zu. Trotzdem fällt es mir schwer, sie mir als heimtückische Mörderin vorzustellen. Doch spinnen wir den Faden einmal weiter, nur so zum Spaß: Sie arbeitet seit über 60 Jahren für uns. Denken Sie nicht, sie hätte genügend und weit diskretere Möglichkeiten gehabt, uns ins Jenseits zu befördern? Und was Amon und Chantal betrifft: Sie haben sie ja gesehen. Beide hätten nicht das Zeug zum Mörder. Notwehr vielleicht, ja, Totschlag unter Umständen auch, warum nicht. Aber Mord? Meine verstorbene Schwägerin war außerdem nicht gerade ein Fliegengewicht. Chantal hätte gegen sie nicht einmal eine Chance gehabt, wenn sie im Koma gelegen hätte. Und Amon ist vieles, aber weder mutig noch besonders stark. Und wenn ich den Bericht Ihres Gerichtsmediziners richtig verstanden habe, hat jemand meiner Schwägerin die Luftröhre zerquetscht, bis sie tot war, oder? Das dauert, könnte ich mir denken.« Hilde lief ein Schauer den Rücken hinab. Die präzisen Schilderungen waren für einen Angehörigen nicht nur äußerst ungewöhnlich. Martin Ledec schien fast eine makabre Freude daran zu finden, sich an diesen Details zu weiden. Ob pathologische Psychopathen so tickten? »Dann bleiben Sie unser Hauptverdächtiger, Herr Ledec, wenn das so ist. Zumindest bis auf Weiteres.« Metz blieb gelassen wie immer. Es hatte definitiv Vorteile, innerlich tot zu sein. Eine Provokation, wie Martin Ledec sie eben in den Ring geworfen hatte, konnte einen dann nicht berühren. Doch dieser schien vom selben kalten Schlag zu sein: »Das beunruhigt mich nicht. Mein Gewissen ist rein, und ich kann mir auch beim besten Willen nicht vorstellen, dass jemand aus der Familie diese Tat begangen haben soll. Ich fürchte, Sie müssen den unsichtbaren Dritten suchen, Herr Major. Und außerdem: Meine Interessen sind vielseitig. Doch das Tragen von Damenschuhen in meiner Freizeit zählt nicht dazu.« Damit stand er auf, ging zu seinem fast leeren Schreibtisch und drückte die Taste einer Gegensprechanlage. »Margot, würdest du die Herrschaften von der Polizei bitte zu Stefan bringen, danke.« Das Gespräch war offensichtlich beendet.

Kapitel 11: Beschädigte Ware

Margot, Martins rechte Hand, wie es schien, führte sie hinunter in die weniger heiligen Hallen der Produktion. Stefans Büro war eine Abstellkammer im Vergleich zu Martins, doch es versprühte immerhin so etwas wie Leben und ließ Rückschlüsse auf seinen Bewohner zu. Am Schreibtisch standen Fotos der Kinder und Gruppenfotos von Menschen in Rettungsuniformen. »Zeige mir deinen Schreibtisch, und ich sage dir, wer du bist«, dachte Hilde im Stillen. Martin Ledec schien dann ein Geist zu sein, dieser Bruder hier, der in jeder Hinsicht aus dem Rahmen der Familie fiel, lebte für seine Kinder und sein Engagement. Sie mussten kurz warten, es gab ein Problem mit einer Maschine. Margot wartete mit ihnen. Hier lief anscheinend nichts, was nicht das Plazet aus der Chefetage erhalten hatte. Metz nutzte die Zeit. »Wie lange arbeiten Sie schon für ›La Warenne‹?«, fragte er die unscheinbar wirkende Mittfünfzigerin. »Oh mein Gott, da müsste ich jetzt Kopfrechnen!«, lachte sie fröhlich. Sie wirkte sympathisch, wenngleich auch auf eine ebenfalls distanzierte Art. Sie war vermutlich der Inbegriff einer Assistentin/Sekretärin und zählte – wie Frau Wagner – zur aussterbenden Spezies der Getreuen bis in den Tod. »Tatsächlich arbeite ich seit meinem ersten Lehrjahr als Bürokauffrau hier. Ich habe noch unter Amon Ledec Senior hier begonnen.« Hilde ließ sich nicht beirren. »Sie stapelt tief«, dachte sie. »Vermutlich ist sie so etwas wie die Graue Eminenz hier, die unscheinbar wirkt, aber tatsächlich alle Fäden in der Hand hält.« Margot fuhr fort: »Also schon eine ganze Weile, könnte man sagen.« »Haben Sie Linda Ledec einmal getroffen?«, wollte Metz wissen. Margot überlegte kurz – oder dachte sich eine Story aus? Dann sagte sie: »Auf einer Firmenfeier vor ein paar Jahren war sie mit dabei. Sonst hatte ich nie mit ihr zu tun. Schrecklich, was mit ihr passiert ist. Die armen Kinder.« Der Ehemann wurde anscheinend von niemandem bemitleidet, zum Witwer gemacht worden zu sein. Vermutlich aus guten Gründen. Die Tür ging auf und herein polterte eine Mischung aus Michelin-Männchen und Fred Feuerstein. »Entschuldigen Sie. Wir haben Probleme mit einer der Füllmaschinen.« Stefan Ledec hatte mit seinen Brüdern so wenig gemein, dass ein DNA-Test naheliegen würde. Doch Hilde und Metz hatten Fotos von Amon Senior als Junior gesehen, und Stefan schien als einziger der Brüder nach ihm zu geraten. Seine quadratische Statur steckte heute in einem weißen Schutzanzug, wie sie die Forensiker an Tatorten trugen. Am Kopf trug er eines dieser wenig schmeichelhaften Haarnetze, die ebenso gut als Einweg-Duschhauben hätten durchgehen können. Er schälte sich umständlich aus der

Schutzkleidung, Margot half ihm dabei. »Sie ist der fürsorgliche Typ«, dachte Metz. Loyal bis zum Anschlag, und vermutlich sah sie sich nach all den Jahren im Unternehmen eher als Familienmitglied denn als Angestellte. »So, entschuldigen Sie bitte den Aufwand, Vorschriften.« Die zweite Entschuldigung innerhalb von fünf Minuten. Dieser Bruder war zweifellos nicht der Gewinnertyp, auf den die Ahnenreihe der Ledecs irgendwann voller Stolz blicken würde. Hilde tat er fast ein bisschen leid. Er war der Prototyp, der gefährlichen und manipulativen Frauen wie Linda zum Opfer fiel. Vermutlich war sie einst schneller schwanger geworden, als man ›Hochzeit‹ sagen konnte. »Bitte nehmen Sie Platz«, bat er, und zu Margot gewandt: »Danke, Margot. Den Rest schaffe ich allein.« Das schien nicht selbstverständlich zu sein. Margot, die gute Seele, verließ das winzige Büro, das dadurch nicht sehr viel größer wurde. Metz wusste gar nicht, wo er seine Beine verstauen sollte, und Hilde beschlich das unangenehme Gefühl, dass der Besucherstuhl ihrem Gewicht möglicherweise nicht standhalten könnte. Sie zückte dennoch Block und Stift und hoffte das Beste. »Noch einmal unser aufrichtiges Beileid zum Tod Ihrer Frau, Herr Ledec. Sie wissen, warum wir Sie noch einmal befragen müssen?« Stefan nickte. Sein Kopf war tatsächlich quadratisch, stellte Hilde fest. Wäre er kein reicher Erbe eines Süßwarenimperiums gewesen, wäre er vermutlich der Ladenhüter in jeder Partnerbörse. »Ich kann nicht glauben, dass sie ermordet wurde. Wer würde so etwas tun?« Er blickte die Beamten mit einer Mischung aus Fassungslosigkeit, aber auch Trotz an. Trauer jedenfalls war nicht dabei, bemerkte Metz. »Hatte Ihre Frau Feinde, Herr Ledec?«, fragte er dann. Dieser schüttelte sogleich den Kopf. »Nein, nicht dass ich wüsste. Sie hat auch nicht sehr viele Menschen getroffen. Sie wollte zu Hause bei unseren Kindern sein und meiner Mutter unter die Arme greifen.« Das war vermutlich das Narrativ, das man sich durch die Jahre hindurch selbst eingeredet und für den inneren und äußeren Kreis gepflegt und aufrechterhalten hatte. Kevins Auswertung der Handydaten hatte ein eher tristes Bild von ihren Sozialkontakten gezeichnet. »Hatte sie denn keine Verwandten oder Freunde?«, wollte Hilde nun wissen. Stefan Ledec schüttelte den Kopf. »Ihre Mutter starb vor ein paar Jahren in einem Heim. Sonst gibt es niemanden. Meine Frau hat früher nur für ihre Arbeit gelebt. Da kommt das Pflegen von Freundschaften leider zu kurz, vermute ich.« »Wie haben Sie sich kennengelernt?« »Mein Bruder hat sie über eine Agentur für private Pflegekräfte engagiert, als mein Vater krank wurde. Damals haben wir viel Zeit miteinander verbracht. Außer mir hat jeder in der Familie Berührungsängste mit Kranken.« Fast hätte er noch ›und dem

Tod‹ dazugesagt, konnte es sich im letzten Moment jedoch verkneifen. Einer Eingebung folgend blickte Hilde kurz von ihrem Notizblock auf und fragte: »Was hat es mit der Armbanduhr auf sich, die Ihre Frau getragen hat? Gehörte die nicht eigentlich Ihrer Schwägerin?« Nun errötete der Schuhkarton sichtlich, der Stefan Ledecs Kopf bildete. »Ja, die war ein Geschenk. Die beiden haben sich gut verstanden. Linda hat sie unter ihre Fittiche genommen, als sie mit Amon aus der Schweiz hierhergekommen ist.« Ein kurzer Moment des Schweigens würdigte die Lüge, die man ihnen gerade aufgetischt hatte. Doch Hilde war sich gar nicht so sicher, ob Stefan Ledec das nicht wirklich glaubte. Wer konnte schon wissen, wie erfolgreich seine verstorbene Frau beim Spinnen ihrer Lügenmärchen und Intrigen wirklich gewesen war? Und Ehemänner, die den ganzen Tag nicht zu Hause waren, bekamen wenig mit von den Ereignissen dort. »In der Nacht des Mordes: Wann haben Sie da das Haus verlassen?« »Die Schicht beginnt um 19 Uhr, also gegen 18:30 Uhr. Wir haben noch gemeinsam zu Abend gegessen, die ganze Familie, und dann bin ich gefahren.« Hilde hakte nach. »Es war viel los in dieser Nacht, oder?« Stefan nickte. »Das kann man sagen, ja. Wir waren praktisch ununterbrochen im Einsatz. Sie können das überprüfen.« Metz nickte. »Das müssen wir auch. Die Ehemänner sind bei Mord an Frauen immer die

Tatverdächtigen Nummer 1. Wie würden Sie denn Ihre Ehe beschreiben?«, legte er noch nach. Die Gesichtsfarbe von Stefan Ledec wechselte nun von Dunkelrot zu einem Ochsenblut-Ton. Hilde kannte sich aus, was Farben betraf. Außerdem waren solche Details immer wichtig. Selbst wenn Menschen lügen konnten, was das Zeug hielt: Der Körper sprach stets die Wahrheit. Anscheinend hatte sie laut gedacht, denn auch Stefan Ledec entschied sich für die Wahrheit, sehr zu ihrer Überraschung. »Ich wollte die Scheidung. Schon seit geraumer Zeit. Doch dieser Ausweg ist in unserer Familie nicht vorgesehen. Meine Mutter hätte niemals eingewilligt, und Martin wäre ebenfalls nicht auf meiner Seite gewesen. Image ist nicht alles, pflegt er stets zu sagen. Doch ohne Image ist alles nichts.« Hildes Stift glühte. Metz bohrte nach. »Sie hätten sich arrangieren können, oder? Unter einem Dach zu leben, wenn es Differenzen gibt, stelle ich mir schwierig vor.« Er dachte dabei an die Ehe seiner Eltern, die eher an ›Krieg und Frieden‹ erinnerte. Zeitgleich fiel ihm ein, dass er am Sonntag dort zum Essen antanzen musste. Seine Stimmung sank. »Wir haben uns so weit wie möglich arrangiert. Die Kinder sollten nichts davon mitbekommen, dafür sind sie einfach noch zu klein.« Nach einer kurzen Pause fügte er hinzu: »Hören Sie: Ich habe meine Frau nicht umgebracht. Wir haben uns auseinandergelebt, ja. Aber das wäre kein Grund, die Mutter meiner Kinder zu töten, oder?« Metz entgegnete ihm: »Nein, das nicht. Aber ein Leben unter solch erschwerten Bedingungen zu führen, wäre auch kein Leben mehr, oder? Das hätte noch jahrelang so gehen können, meinen Sie nicht?« Nun war es Stefan Ledec, der aufstand und das Gespräch auf diese Weise offensichtlich für beendet erklärte. Hilde hatte sich getäuscht. Ein wenig Widerstandskraft schlummerte doch in ihm. »Noblesse oblige‹, sagt meine Mutter immer. Man weiß erst, was man aushalten kann, wenn man es muss. Und nun entschuldigen Sie mich bitte, ich muss zur Qualitätskontrolle.« Stefan brachte sie hinaus in den Eingangsbereich und verschwand dann hinter einer der vielen Türen, die Unbefugten den Zutritt verweigerten. Sicherheit wurde hier definitiv großgeschrieben. Am Empfang wartete bereits Amon Ledec auf sie. »Die kommunizieren hier wie die Fledermäuse«, entfuhr es Hilde. Metz stimmte ihr zu. Hier geschah nichts unbewusst oder zufällig. Ein Unfall passte in diese Familie so wenig wie ein Mittelklassewagen. Einmal mehr erstaunte sie die genetische Vielfalt, die in der Familie Ledec zu dominieren schien. Amon Junior sah keinem seiner beiden Brüder wirklich ähnlich. Man konnte jedoch deutliche Züge der Frau Gräfin in ihm erkennen. Von ihr hatte er das aschblonde Haar und die blauen Augen. Die schmale Statur war ebenfalls kein Erbe der breitschultrigen Hälfte der Familie. Er begrüßte die Beamten höflich und bat sie ein Stockwerk höher. Dort war sein Reich. In diesem Büro regierte das kreative Chaos, doch trotzdem schien eine Art unheilige Ordnung hinter den Dingen zu herrschen. An den Wänden prangten schräge Werbesujets. Vermutlich Entwürfe, die der weniger experimentierfreudige Entscheidungsträger der Familie, Martin, nicht abgesegnet hatte. Einige waren ganz schön provokant, befand Hilde. Allerdings passte nichts von all den progressiven Bildern zum Image von ›La Warenne Schokoladen‹. Amon Junior hatte vermutlich versucht, dem Marketing des Traditionshauses ein wenig den Mief zu nehmen. Doch so wie es um die Firma bestellt war – Kevin hatte diesbezüglich ganze Arbeit geleistet –, machte er seinen Job dennoch hervorragend und schien in Sachen Werbung eine Nische gefunden zu haben, die allen Ansprüchen gerecht wurde. »Bitte setzen Sie sich«, bat er die beiden Beamten an einen langen Besprechungstisch aus Glas. Auf diesem türmten sich bunte Entwürfe für Annoncen, Verpackungen und Etiketten. Er bemerkte den Blick der Polizisten und sagte dann: »Entschuldigen Sie bitte das Chaos. Wir launchen gerade eine neue Produktlinie. Da sind solche kreativen Auswüchse leider Programm. Möchten Sie einen Kaffee?« Beide lehnten dankend ab, obwohl Hilde unbändige Lust auf einen Espresso verspürte. Doch Kaffee und ein ganzer Tisch voller Drucksorten waren erfahrungsgemäß keine gute Kombination. »Sie möchten mit mir über Linda sprechen, nehme ich an?« Metz nickte. Das halbe Hemd, das Amon Ledec darstellte, war in Wahrheit weit weniger schüchtern und verhalten, als es bei ihrem ersten Besuch in der Villa den Anschein gehabt hatte. Die gute Erziehung schlug bei allen drei Brüdern zu Buche, wenn auch ganz unterschiedlich. Metz hatte im Laufe der Jahre als Ermittler gelernt, auf die leisen Töne zu hören. Hier und heute hatten sich zwei von drei Brüdern entschuldigt. Dem Dritten, Martin, schienen solche Gesten fremd zu sein. Oder es gab nur einfach nichts, das ihm leidtat. Cornelius Metz vermutete Letzteres. Er stellte auch an Amon Junior die üblichen Fragen. Dieser schien sehr bemüht zu sein, hart am Wind der Wahrheit zu segeln. Nein, wirklich gut verstanden hatte er sich nicht mit seiner Schwägerin. Nein, seine Frau auch nicht. Auf die Frage nach der Armbanduhr war er diesmal vorbereitet: »Chantal hat sie Linda geschenkt. Stefan ist nicht der Typ für schöne Geschenke. Er würde alles für gute Zwecke spenden, wenn er könnte. Außerdem hatte meine Frau keine guten Erinnerungen an diese Uhr. Sie war ein – nun, sagen wir es einmal so – Wiedergutmachungsgeschenk von mir.« »Da mussten Sie aber einiges wiedergutmachen«, entfuhr es Hilde. Eine ›Tank‹ von Cartier kannte sie selbst nur aus Schaufenstern und Hochglanzmagazinen. »Wir waren alle einmal jung, oder?«, versuchte er zu scherzen. Metz war sich sicher, dass man ihnen hier den nächsten Bären aufband, sagte aber nichts. »Wer, was denken Sie, hätte einen Grund gehabt, Ihrer Schwägerin den Tod zu wünschen?«, fragte er ganz direkt. Amon Ledec schmunzelte amüsiert: »Ich würde sagen: Jeder, der länger als fünf Minuten mit ihr in einem Zimmer sein musste.«

In der Villa ging das Leben nach dem Zwischenfall – so lautete die Sprachregelung, auf der die Frau Gräfin bestand – in gewohnten Bahnen weiter. Ida Wagner kümmerte sich um die Mahlzeiten und ganz nebenbei noch um die beiden Kinder, die nun ohne Mutter und bis auf Weiteres auch ohne Nanny oder Aupair zurechtkommen mussten. Der letzte dienstbare Geist dieser Art hatte erst vor Kurzem das Handtuch geworfen. Als sie am nächsten Morgen ins Speisezimmer kam, staunte das betagte ›Mädchen‹ allerdings nicht schlecht. Chantal Ledec saß mit den beiden bereits am Tisch. Die drei unterhielten sich anscheinend prächtig. »Guten Morgen, Ida«, begrüßte die junge Frau sie gut gelaunt. Diese Stimmung herrschte selten vor in diesem Raum, morgens schon gar nicht. »Wir haben uns schon bedient, vielen Dank. Die Eier sehen heute fantastisch aus.« Ida Wagner errötete leicht. Das

Annehmen von Komplimenten fiel ihr nach wie vor schwer. Das galt unter Dienstboten als Eitelkeit, die sich nicht schickte. Doch auch die junge Dame des Hauses sah heute richtig umwerfend aus. Ida hatte sie immer leidgetan. So hübsch, so jung und so unglücklich war sie selbst nie gewesen. Gut, unglücklich vielleicht schon. Die Kinder saßen wie Vorzeigeschüler am Tisch, hielten Messer und Gabel korrekt, zumindest so gut es die kleinen Hände mit dem schweren Silberbesteck eben aufnehmen konnten, auf dem die Gräfin immer noch bestand. Stefan kam hinzu, drückte beiden seiner Sprösslinge einen linkischen Schmatz auf den Kopf, was beide mit »Iiiihh!« quittierten. Fast könnte man meinen, eine normale Familie saß hier am Frühstückstisch.

»Ich bin müde«, sagte die Gräfin ein Stockwerk höher später an diesem Vormittag zu Ida Wagner. Sie hatte es seit dem Tod ihres Mannes stets vorgezogen, von dem guten alten Vorrecht Gebrauch zu machen, als verheiratete Frau im Bett zu frühstücken, um so dem Familienfrühstück zu entgehen. »Dann legen Sie sich noch einmal hin, gnädige Frau. Soll ich den Arzt rufen?« »Nein, Ida, ich meinte ein anderes Müde.« Sie fuhr mit dem Rollstuhl ans Fenster und blickte auf die Wipfel der Bäume, die den Garten der Villa umsäumten wie stumme Wächter. »Ich bin das Kämpfen leid.«

Ida Wagner reichte ihr die Perlenkette und das Armband, Schmuckstücke, die sie im Alltag für gewöhnlich jeden Tag trug. Ihre arthritischen Finger waren schon längst nicht mehr in der Lage dazu, die Verschlüsse zu öffnen und vor allem zu schließen, doch dieses Spiel musste jeden Tag sein. Heute unternahm die alte Dame nicht einmal den Versuch, sich mit den Schmuckstücken abzumühen. Sie ließ beide Hände in den Schoß sinken und ihre Schultern hängen. Für eine Dame wie Charlotte de la Warenne war so ein sprichwörtliches ›Sich-hängen-Lassen‹ eigentlich Tabu. Für sie erst recht. In ihrer Jugend war sie eine meisterhafte Fechterin und Springreiterin gewesen. Sie hatte die jungen Männer, die sich um sie förmlich gerissen hatten, einen nach dem anderen alt aussehen lassen. Sowohl im Florett als auch auf dem Hindernisparcours und während der Fuchsjagd. Auch die unzähligen Ballettstunden hatten sich bis vor Kurzem noch bezahlt gemacht, befand Frau Wagner, die sich nicht schnell zu einem Urteil über die ›Herrschaft‹ hinreißen ließ. Der gebrechliche Körper der Frau Gräfin hatte immerhin noch so etwas wie eine würdevolle Haltung ausgestrahlt. Sie hielt den Kopf noch immer so, als läge ein Buch darauf. Nur die Schultern schienen die tonnenschwere Last nicht mehr tragen zu wollen, die mehr als 80 Lebensjahre ihr aufgebürdet hatten. »Sie müssen nicht mehr alles regeln, gnädige Frau. Sie haben Ihre Söhne, die machen das jetzt. Herr Martin ist würdig, sagen Sie ja selbst immer.« Die Gräfin schnaubte verächtlich. »Ja, das sage ich wohl immer. Was soll ich auch sonst sagen über meine Kinder? Es ist schließlich immer die Schuld der Mutter, wenn sie missraten. Wenn sie erfolgreich sind und die Welt erobern, haben die Väter ihren Anteil daran.« Und nach einer kurzen Pause fragte sie leise: »Wie es ihm wohl geht?« Ida Wagner hielt inne. Sie wusste genau, wer gemeint war. Der, über den man nicht sprach. Außer in letzter Zeit und mit zunehmender Verwirrung der alten Dame. Da kamen die ganzen alten Geschichten wieder aus den Untiefen ihres vernebelten Verstandes zum Vorschein. »Ich bin mir sicher, es geht ihm gut, Frau Gräfin. Machen Sie sich keine Sorgen.« Frau Wagner half ihr nun wortlos mit den Perlen und richtete ein letztes Mal den hochgeschlossenen plissierten Kragen der weißen Seidenbluse und deren Ärmel. Sie war ein Lieblingsstück von ihr, und Frau Wagner verfluchte bis heute den Tag, an dem sie es gekauft hatte. Das Teil zu bügeln, kostete sie jedes Mal den halben Vormittag. Da waren die Hosen, die die Gnädigste immerhin trug, seit sie auf den Rollstuhl angewiesen war, ein echtes Zugeständnis an die Moderne. Und sie waren bügelfrei, das war für Ida Wagner die Hauptsache. »Martin ist stark. Er ist wie sein Vater. Bei den anderen beiden hat das genetische Erbe schon nachgelassen.

Verdünnter, wässriger Blutsaft ist das nur mehr, der durch ihre Adern fließt. Dabei hatten wir mit Stefan noch so eine Freude als Baby, wissen Sie noch, Ida?« Frau Wagner nickte. Die Frau Gräfin hatte tatsächlich so etwas wie Freude über den zweiten Sohn und das knuddelige, dicke, stets fröhliche Baby empfunden, das Stefan gewesen war. Die schlaflosen Nächte und die vielen anderen Schattenseiten hatten Ida und die unzähligen Nannys ausbaden dürfen, die im Laufe der Jahre und Jahrzehnte gekommen und gegangen waren. Aber so war das damals eben. »Wir werden wieder eine Nanny brauchen, jetzt, nach diesem Zwischenfall«, sagte die Gräfin plötzlich, als ob sie Gedanken lesen konnte. »Frau Chantal kümmert sich darum, gnädige Frau. Stefan will sie aber persönlich aussuchen. Und er möchte nicht, dass sie hier im Haus wohnt.« Die Gräfin nickte. Das war verständlich und klug entschieden von ihrem Reservisten. Er mochte die Nummer 2 in der familiären Hackordnung sein, und sie hatte ihn das auch stets spüren lassen. Doch in ihrem Herzen war ihr Zweitgeborener stets die Nummer 1 gewesen. Martin hatte sein müssen, und sie hatte fast drei Jahre lang auf diese Erfüllung ihrer obersten Pflicht in Menschengestalt warten müssen. Drei qualvolle Jahre des Wartens auf den ersehnten Nachwuchs, der sich partout nicht einstellen wollte. Sie merkte schon bald die prüfenden Blicke, die ihr ihr Ehemann und alle anderen quer über den Esstisch zuzuwerfen begannen. ›Beschädigte Ware‹, nannten diese Blicke sie, und andere schlimme Dinge. In ihren Kreisen wurde viel mit Blicken gesagt. Mit Worten eher weniger. Vielleicht war das das eigentliche Unglück ihrer Generation. Erst die Freude und die Erleichterung, dass der Krieg vorbei war und man wieder anfangen konnte, zu leben. Und dann die Notwendigkeit, über nichts von alledem zu sprechen. Dieses Dogma des Nichtkommunizierens zog sich durch ihr Leben hindurch wie ein roter Faden. »Diese Seniorenresidenz am Genfer See, von der meine Schwiegertochter mir einmal erzählt hat, Ida. Wo genau war die noch mal?«

Auf dem Weg ins Präsidium fuhr Metz am Friedhof vorbei. Er folgte mehr einer spontanen Eingebung als einer Route und blieb vor den großen Toren aus schwarz lackiertem Eisen stehen. Er könnte den Wagen hier einfach stehen lassen. So schnell abschleppen würde ihn keiner. Er rechnete schon fix damit, dass er ohne seine Zähltechnik nicht würde aussteigen können. Doch er tat es einfach. Er stand vor den Toren und blickte hindurch. »Gegenwart und Zukunft«, dachte er beim Blick auf all die Gräber dort. Entgegen seiner Vermutung hatte der Ort etwas Friedvolles. Die Ruhe war schon fast von berauschender Intensität. Das Grün der Bäume und Sträucher, die Vögel zwitscherten, als ob sich hier das pure Leben zutragen würde und nicht der Tod mit eiserner Faust regierte. Und dann griff seine Hand einfach nach der massiven Klinke, drückte sie nach unten und öffnete das Tor. Mit einem einzigen Schritt war er hindurch. So einfach konnte das mit den Entscheidungen manchmal sein. Ein kleiner Schritt für jeden anderen Menschen, ein gewaltiger für Cornelius Metz. Ohne weiter darüber nachzudenken, steuerte er nach links, wo die Gräber jüngeren Datums angesiedelt waren. Heute würde er sich für ein Urnenbegräbnis entscheiden. Er und Violante hatten nie über solche Dinge gesprochen. Vermutlich dachten sie, wie alle glücklichen Paare, sie würden ewig leben. Ein glückliches Paar? Waren sie das wirklich gewesen? Endeten glückliche Paare so? Eine Hälfte mit einer Kugel im Kopf und die andere als Zombie, mehr tot als lebendig? Eher nicht. Mit festen Schritten ging er auf sein Familiengrab zu. Die Entscheidung, Violante hier zu beerdigen, hatte nicht er getroffen. Allerdings war er nach ihrem Tod nicht unbedingt in der Verfassung gewesen, um Entscheidungen zu treffen. Seine Mutter hatte sich um alles gekümmert. Wie er sie kannte, war sie aufgeblüht dabei. Die feinen Damen ihrer Generation konnten eines am allerbesten: in schweren Zeiten mit Charakterstärke und einem bestechenden Organisationstalent glänzen. Die alte Gräfin De La Warenne erinnerte ihn vermutlich deshalb so stark an seine Mutter. In diesem Moment fielen ihm wieder der bevorstehende Sonntag und das zugesagte Essen ein. Er wartete auf eine Regung. Das Rauschen in seinen Ohren, Schwindel, schwarze Punkte vor den Augen, kalter Schweiß an den Innenflächen seiner Hände, doch nichts dergleichen suchte ihn heim. Plötzlich stand er vor dem Grab. Es war wie ein kleines Mausoleum konzipiert worden, typischer Wiener Jugendstil aus weißem Marmor. Stilisierte ionische Säulen säumten den Eingang, der in die kleine Gruft hinunterführte. Die Tür war stets verschlossen. Außer seiner Mutter und dem Gärtner besaß niemand einen Schlüssel, und das war auch nicht nötig. Die Namen der Verstorbenen zierten eine Marmortafel an einer der Seiten. Auf der anderen prangte ein Engel, den Cornelius Metz als Kind immer unheimlich gefunden hatte. Die bange Stunde jedes Jahr zu Allerheiligen am Friedhof war ihm unschön in Erinnerung geblieben. Seine Mutter hatte ganze Arbeit geleistet. Violantes Name stand ganz unten auf der Ahnentafel, wie sein Vater die Marmorplatte immer spöttisch nannte, im selben Stil in den harten Stein gehauen wie all die Namen über ihr. »Stilsicher bis in den Tod«, dachte er. Dann fiel ihm auf, dass er mit leeren Händen gekommen war. Doch es standen frische Blumen in der Vase zu Füßen des Engels. Und ein aufwendig in Form geschnittener Rosenstrauch sollte wahrscheinlich etwas Leben in die Welt der Toten derer von Metz bringen. Man hatte auf das Anbringen einer Fotoplakette verzichtet. Nur ihr Name erinnerte daran, dass hier Violante von Metz zur letzten Ruhe gebettet worden war. »Ruhe«, dachte Metz und sah sich um. Langsam beschlich ihn ein beklemmendes Gefühl hier an diesem Ort. Er war fast dankbar für den quietschenden Schubkarren, der sich näherte und die Stille rüde durchbrach wie ein Party-Crasher. Ein gebückt gehender Mann in den späten mittleren Jahren schob ihn mühevoll auf dem Kiesweg vor sich her. Er zückte seine Schirmmütze zum Gruß und wollte schon weitergehen, als Metz – einer plötzlichen Eingebung folgend – ihm nachrief: »Entschuldigung, warten Sie bitte kurz!« Der Mann hielt inne. »Was gibt's?«, fragte er knapp. Auch er schien es nicht zu schätzen, wenn die Ruhe hier am Friedhof durch die Lebenden gestört wurde. »Sagen Sie: Das Grab der Familie Ledec, das müsste doch auch hier am Friedhof sein, oder?« Der Mann schniefte kurz vernehmlich und fuhr sich anschließend mit dem Ärmel über Nase und Mund. Der Ärmel sah so aus, als ob diese Geste zu seinem Standardrepertoire zähle. »Sicher. Das große Mausoleum am Ende der Ostmauer. Sie können es nicht verfehlen. Prunkvoller geendet hat hier auf diesem Friedhof noch nie jemand.« Und mit diesen Worten zog er ein weiteres Mal seinen Hut vor Metz und verschwand. Metz warf einen letzten kurzen Blick auf den tristen Rest, der von seiner Ehe noch übrig geblieben war. Es machte ihn wider Erwarten nicht so traurig, wie es sollte, hier zu sein. Es wirkte alles so friedlich, und das Ambiente hatte Stil, keine Frage. Vielleicht war es das gewesen, was Violante gesucht, aber im Leben nie gefunden hatte: Frieden. Die Vorstellung, dass es so gewesen sein könnte, wirkte seltsam beruhigend auf ihn.

»Lenken Sie sich ab, Chantal«, hatte Frau Dr. Sterntal ihr geraten. ›Neues Leben – neues Glück‹ lautete die Devise ihrer letzten Sitzung bei ihr. Die Therapeutin war stets geduldig und urteilte nie. Natürlich war das ihr Job, aber das hatte oft nicht viel zu sagen. Der Job einer Mutter wäre es auch, sich um ihre Kinder zu kümmern, nicht, sie in Angst und Schrecken zu versetzen bei jeder passenden und unpassenden Gelegenheit. Linda Ledec war kein guter Mensch gewesen. Je mehr Zeit Chantal nun hatte, um darüber nachzudenken, desto größer wurden die Lasten, die ihr von der Seele bröckelten. Sie war frei von diesem intriganten Miststück, die Kinder und Stefan waren frei, und das Haus würde endlich atmen können. Ja, sie würde sich ablenken. Sie war wild entschlossen, sich ab sofort um Paul und Louisa zu kümmern, das wäre gutes Training für eigene Kinder und würde die Zeit bis dahin sinnvoll überbrücken. Eine Nanny musste trotzdem her. Man wollte schließlich endlich wieder leben. Nach ihrer letzten Sitzung bei Dr. Sterntal rief sie ihren Deutschtrainer an. Der emeritierte Germanistikprofessor hatte ihr seit ihrem Umzug nach Wien schon sehr helfen können. Er ließ ihr nichts durchgehen und korrigierte jeden ihrer Fehler. Geld verlangte er in bar, und bislang war er jeden Cent wert gewesen. Sie hatte sich so sehr ablenken lassen in den letzten beiden Jahren, dass sie ihr und Amons Leben völlig aus den Augen verloren hatte. Doch damit war nun Schluss. Nach dem Termin für ihr Sprachtraining buchte sie Maniküre, Kosmetik und Friseur. Höchste Zeit, dem Leben wieder den ihr zustehenden Platz abzuringen. Danach ging sie in die kleine Konditorei am Eck, die veganen Kuchen im Angebot hatte. Sie bestellte Kaffee und ein Stück davon. Es war klein. Wie alles in den letzten Jahren waren auch die Kuchenstücke der kalten Progression zum Opfer gefallen. Und das in Wien! Der heimlichen Hauptstadt der Mehlspeisen. In ihrer Wahrnehmung jedoch lag eine ganze Torte vor ihr auf dem Teller. Ein Wagenrad, wie die Sachertorten in den Vitrinen des gleichnamigen Hotels in Wien, in das Amon sie an einem ihrer ersten Besuche in seiner Heimat geschleppt hatte. Sie teilten sich ein Stück davon mit Sahne und Kaffee, ebenfalls mit Sahne, und tranken Cognac, Champagner und üppige Fruchtsäfte dazu.

Chantals erster Eindruck von ihrem Leben an seiner Seite sollte ein süßer sein. Dolce Vita nannten es die Italiener. Und wenn man, so wie sie, in eines der weltweit führenden Schokoladenimperien einheiraten wollte, musste ›süß‹ in Zukunft Programm sein. Dass auf diese Hoffnung die bittere Wahrheit folgte, konnte sie damals noch nicht wissen. Doch nun war alles gut. Nun würde endlich alles gut werden. Sie stach mit der Gabel ein winziges Stück Kuchen ab und versuchte, es zu genießen. Kokos und Kakao schmeckte sie. Kein Fett, keine übertriebene Süße. Die nahmen das ernst hier mit den Mehlspeisen. Sie trank von ihrem koffeinfreien Kaffee ohne Milch und ohne Zucker. Er schmeckte ihr. Auch das hatte sie an Wien immer gemocht. Die Kaffeehauskultur war kein Freizeitsport für die Wiener*innen, sondern ein Teil ihrer Alltagskultur. Die guten Dinge wie eine Tasse Kaffee und ein Stück Kuchen waren ernst zu nehmende Angelegenheiten, die man nicht auf die leichte Schulter nahm. Chantal aß den Kuchen zu Ende. Sie hatte später noch ein paar Termine in der Stadt. Außerdem wollte sie ein Geschenk für Amon kaufen. Es war allerhöchste Zeit, dass sie wieder Ehefrau wurde. Die, die ihr diesen Rang abspenstig machen wollte, gab es ja nun nicht mehr. Das Gefühl war befreiend. Fast hätte sie sich ein zweites Stück Kuchen bestellt. Aber nur fast.

Kapitel 12: Alles im Griff

Im Büro angekommen, sah Metz nach einem ersten kurzen Blick in Kevins erwartungsvolle Hundeaugen, dass es Neuigkeiten aus der Welt der Cybernachforschungen hab. Hilde war – wie jeden Morgen – auch schon anwesend und wie immer in Uniform. Metz musste immer noch staunen, wie dieses ungleiche Trio, das sie abgaben, erfolgreich ermitteln konnte. Doch das Ungewöhnliche musste eben nicht automatisch schlecht sein. »Was gibt es, Kevin? Sie platzen ja fast vor Aufregung«, gab er das Wort an ihn, während er sich einen Espresso in eine der kleinen Tassen laufen ließ. »Es geht um den kleinen Schlüssel, den Linda Ledec um ihren Hals getragen hat. Er gehört – wie wir vermutet haben – zu einem Bankschließfach.« »Was Frau Ledec wohl an Wertvollem aufzubewahren hatte?«, fragte Metz und blickte Hilde dabei an. Diese errötete. Die Sache mit dem Bankschließfach erinnerte sie frappierend an ihren geheimen Container. Welche Schätze sie dort gebunkert hatte, daran dachte sie mit Wehmut und einer Spur von schlechtem Gewissen zurück. Schöne alte Zeit, aber die oberste Regel eines Spielers lautete: Man muss wissen, wann man aufhören muss. Metz ließ sich von Kevin die Adresse der Bankfiliale geben, in welcher das Schließfach sich befand, und machte sich mit

Hilde gemeinsam auf den Weg dorthin, den kleinen Schlüssel mit dabei. Hilde setzte sich ans Steuer seines Dienstwagens, was Metz die Möglichkeit gab, den Abschlussbericht der Gerichtsmedizin zu überfliegen. Jeder Mediziner hatte seine ganz eigenen Tricks und Angewohnheiten auf Lager, um diese Berichte abzufassen. Professor Hagedorn war anscheinend ein Menschenkenner, der wusste, wie kurz die durchschnittliche Aufmerksamkeitsspanne von Leser*innen war. Seit Jahren schon – seit Metz mit ihm zusammenarbeitete, jedenfalls – hatte er es sich zur Gewohnheit gemacht, die relevanten Passagen hervorzuheben und zusätzlich gleich zu Beginn eine Art Best-of oder Fazit einzufügen. Mit solchen Leuten konnte man arbeiten! Er überflog die Standardformulierungen und stürzte sich auf die wesentlichen Fakten. Viel Neues war nicht dabei. Die Todesursache war nun definitiv die Quetschung der Luftröhre durch einen Gegenstand mit circa 2 Zentimeter Durchmesser. Der Damenschuh war noch im Rennen. Außerdem hatte Linda Ledec noch mehrere Stunden gelebt, bevor ihr irgendjemand den finalen Todestritt verpasst hatte. Schwer zu glauben, dass in einem Haus mit so vielen Menschen niemandem eine schwer verletzte Frau im Treppenhaus aufgefallen war. Mit ihrer Gesundheit hatte es zu Lebzeiten zum Besten gestanden. Einziges auffallendes Detail in dem Bericht war ein Vermerk von Professor

Hagedorn, dass vor Jahren eine Unterbindung der Eileiter durchgeführt worden war. Linda Ledec war offensichtlich keine Person gewesen, die halbe Sachen machte. Es gab keine Abwehrverletzungen an ihrem Körper, keine DNA-Spuren unter ihren Fingernägeln und die Fasern, die man in Haaren und Mund gefunden hatte, stammten von dem roten Läufer, mit dem die elegant geschwungene Treppe, die Linda Ledec zu Fall gebracht hatte, ausgelegt war. Es grenzte schon an Ironie, auf einem roten Teppich den Weg ins Jenseits anzutreten. Einer Frau wie Linda Ledec hätte diese Vorstellung wahrscheinlich gut gefallen. Sie parkten vor der Bank und gingen hinein. Hilde hatte den typischen Wiener Innenstadtverkehr wieder souverän gemeistert, auch wenn einige Verkehrsteilnehmer*innen ihr Fahrzeug vermutlich in Erinnerung behielten. Metz war fast ein wenig enttäuscht, als sie den Eingangsbereich der Bank durchqueren. Er hätte sich einen sehr viel nobleren Finanztempel für die Vorhaben einer Frau Ledec vorstellen können. Hier regierten eher das Sparbuch und die Mindestrente, keine millionenschweren Beträge. Sie zeigten ihre Ausweise und wurden im Nu zum Filialleiter eskortiert. Dieser saß in einem bescheidenen Büro, das genauso gut das Hinterzimmer eines Buchmachers hätte sein können. Eines durchschnittlich erfolgreichen Buchmachers. Sie stellten sich vor und erklärten ihr Anliegen. »Wir haben Schließfächer, das stimmt. Allerdings nicht viele. Diese Filiale steht mit einem Bein ständig vor der Schließung. Außerdem haben die Leute hier in dieser Gegend nicht viel, das man in Sicherheit bringen müsste.« Der müde wirkende Mittfünfziger hatte recht. Die eleganten Innenstadtbezirke hatten sie hier hinter sich gelassen. Reich und Schön verkehrten in dieser Gegend ganz sicher nicht. Ob Linda Ledec sich absichtlich für diese Bank entschieden hatte? Doch es wurde noch besser. Statt auf dem Computer nach dem richtigen Schließfach zu suchen, holte der Filialleiter ein Buch hervor, das an eine Unterschriftenmappe oder ein Kassabuch aus früheren Tagen (SEHR viel früheren Tagen) erinnerte. »Den Namen Ledec finde ich hier nicht«, gab er nach kurzer Suche an. Hilde half ihm weiter: »Versuchen Sie es mit Krumppenbacher, Herlinde.« »Bingo!«, rief der Mann im knittrigen grauen Anzug. So wie die Filiale hatte auch er schon bessere Tage gesehen, stellte Hilde fest. »Kommen Sie mit, ich bring Sie zur Schatztruhe.« Sie fuhren mit einem Aufzug in den Keller, der eher die Bezeichnung ›Seelenverkäufer‹ verdient hätte. Metz wurde leider zu spät klar, dass enge Räume und vor allem solche, die sich bewegten, eigentlich ein Problem für ihn darstellten. Gerade, als sich erste Anzeichen von Panik breitmachen wollten, hielt das wackelige Ding mit einem Ruck im Keller des Gebäudes an. Kalter Beton wurde von zittrigen Neonröhren beleuchtet, die mit jedem Flackern damit drohten, jede Sekunde den Geist aufzugeben. Hinter einem enormen Tor aus schmiedeeisernen Gitterstäben ruhten die Schließfächer. Der Filialleiter zückte einen Schlüsselbund und schloss auf. Es roch muffig und abgestanden. Gleichzeitig erkannte Metz' geschultes Auge, worin die Stärke dieses Ortes bestand: Es gab keine Überwachungskameras und auch sonst keine Anzeichen von ausgefeilter Technik. Wollte man hier einbrechen, bräuchte man schweres Gerät samt Sprengstoff. Ein Coup, wie ihn findige Bankräuber dieser Tage durchziehen würden, wäre hier schlichtweg nicht möglich. »Ziemlich oldschool, was?«, strahlte der Mann im grauen Anzug nun. Er schien Gedanken lesen zu können. Außerdem genoss er den ungewöhnlichen Besuch der beiden Polizisten ganz offensichtlich. Wenn er lächelte, wirkte er um einiges jünger. »Und fescher«, fuhr es Hilde durch den Kopf. »Wie viele dieser Schließfächer sind vermietet?«, wollte sie aber trotzdem wissen. »Von den fünfundzwanzig, die Sie hier sehen, sind es zwölf. Die meisten davon schon sehr lange.« »Wann hat Frau Ledec, also Frau Krumppenbacher, ihr Fach angemietet?«, fragte Metz. »Laut unseren Aufzeichnungen vor etwas mehr als zehn Jahren. Die Miete wird, ich meine, wurde von dem Konto abgebucht, das sie ebenfalls bei uns hat.« Metz und Hilde wechselten einen schnellen

Blick. Die Frau war auf Nummer sicher gegangen. Das Konto hätte Kevin wahrscheinlich nicht so schnell gefunden. Dieser Ausflug ins vorige Jahrhundert hier wäre für den Technikfreak insgesamt ein mittlerer Albtraum gewesen. Die analoge Welt duldete keine Abkürzungen. Hier war noch echte Handarbeit gefragt. Sie öffneten das Schließfach. Für dieses Modell war nur ein Schlüssel erforderlich. Kein Bankmitarbeiter musste gegenschließen. Oldschool, im wahrsten Sinne des Wortes. »Wir sind sehr diskret mit diesen Dingen«, erläuterte der Filialleiter. »Unsere Mitarbeiter sperren bei Bedarf nur die Tür auf und warten dann oben, bis die Kunden fertig sind. Wirklich etwas anstellen oder stehlen können die hier ja nicht.« Er zeigte auf den kahlen Raum. Richtig, zu stehlen gab es hier nichts, zumindest nichts, das unverschlossen wäre. Er zog die massive Metallbox aus ihrer Halterung und legte sie auf den Tisch, der – gemeinsam mit einem Sessel – die einzige Zierde des Raumes war. »Bitte schön, die Herrschaften. Ich lasse Sie allein, so wie alle meine Kunden, in Ordnung? Wenn Sie noch Fragen haben, wissen Sie ja, wo Sie mich finden.« Hilde zückte Handschuhe und machte sich an das Öffnen der Box. »Schlau«, dachte Metz. Er hätte früher auch daran gedacht, keine möglichen Fingerabdrücke auf solchen potenziellen Beweisstücken zu ruinieren. Früher war lange her. Als Hilde den Deckel zurückschob, gab dieser keinen Laut von sich. Linda Ledec musste regelmäßig hierhergekommen sein, um Dinge hineinzulegen oder herauszunehmen. Hildes Herz schlug merklich höher, als sich ihnen der Inhalt der Box offenbarte. Neben Dokumenten und einem schwarzen Notizbuch waren es hauptsächlich Schmuck und Bargeld, aber auch ungewöhnlichere Gegenstände, die man in einem Bankschließfach eher nicht vermuten würde. »Ist das eine Handtasche?«, fragte Metz irritiert. Hilde schüttelte den Kopf. Ehrfürchtig flüsterte sie: »Das ist eine Kelly Bag. Auf die warten Sie Jahre, wenn Sie sie sich überhaupt leisten können.« »Und der Schal?«, fragte Metz. »Das ist ein Tuch von Hermès. Aus einer Limited Edition, wenn ich mich nicht irre.« Und in diesen Dingen irrte Hilde sich nur sehr selten. »Wir stehen hier also vor einem kleinen Vermögen, wenn ich Sie recht verstehe, Kollegin?« Hilde nickte und ließ das Seidentuch andächtig durch ihre Hände gleiten. Die Handtasche war leer, doch ihr Innenleben hatte dennoch eine Überraschung für die beiden Ermittler auf Lager. Auf der Innenseite oberhalb des Reißverschlussfaches waren Initialen eingestickt. »Lassen Sie mich raten: C. L.«, sagte Metz und Hilde nickte. Diese Dinge gehörten zweifellos Chantal Ledec. »Wie mit der Armbanduhr«, sagte Hilde schließlich. »Solche Geschenke hätte ich auch einmal gern bekommen«, ergänzte sie sarkastisch. Sie sichteten den Schmuck und die Papiere. Diese und das Notizbuch nahmen sie mit. Der Rest verblieb einstweilen hier. Hilde brach fast das Herz, als sie die ›Kelly‹ wieder in den schäbigen Metallsarg stopfen musste. »Was sagt Ihr geschultes Auge denn zum Schmuck? Gehört der auch der jungen Frau Ledec?« Hilde nickte. So wie ihr die geschmackvollen Saphirohrringe unter den persönlichen Sachen der Toten schon nicht koscher vorgekommen waren und die Armbanduhr erst recht nicht, verhielt es sich auch mit diesen Schmuckstücken. Ein Brillantring stach besonders hervor. Und das lag nicht nur an der typischen himmelblauen Geschenkbox, in der er sich befand und die eindeutig von Tiffany's stammte. »Das dürfte der Verlobungsring sein«, sagte sie und reichte Metz das schöne Stück. Ihm krampfte sich bei dem Anblick der Magen zusammen. Nun war sie da, die Panikattacke, die er schon im Lift befürchtet hatte. Doch Hilde fuhr fort, und er versuchte, zu atmen. »Die Halsketten könnten älter sein. Solche Schließen wurden in den 1920er- und 1930er-Jahren gefertigt.« Sie zeigte auf eine doppelreihige Perlenkette im Jackie-Kennedy-Stil. »Hier würde ich eher auf das Schmuckkästchen der Frau Gräfin tippen.« Metz nickte. Perlen waren gut für sein Nervenkostüm. Sie erinnerten ihn spontan an seine Mutter und die Vorladung zum Mittagessen am Sonntag. Sein Körper beruhigte sich angesichts der drohenden, echten Gefahr. »Die

Armbänder sind ziemlich sicher von Cartier. Besetzt mit lupenreinen Diamanten, würde ich meinen.« Metz nickte anerkennend. »Ihre Zeit beim Betrug war nicht umsonst, Kollegin«, sagte er anerkennend. Hilde nickte bescheiden und wurde rot. Mit ihrer Zeit beim Betrug hatte ihr detailverliebtes Fachwissen zu Designermode und exklusivem Schmuck zwar nicht das Geringste zu tun, aber sie ließ Metz in dem Glauben. Dass eine wie sie, die früher alle den ›unglaublichen Hulk‹ genannt hatten, Ahnung von Haute Couture hatte, nahm ihr sowieso niemand ab. Also konnte sie ihr Wissen genauso gut als fachliche Expertise verkaufen. Den Verlobungsring im unschuldig wirkenden, himmlisch türkisfarbenen Geschenkkarton nahmen sie mit. Es wurde höchste Zeit, sich mit Chantal Ledec einmal unter vier Augen zu unterhalten. Den restlichen Inhalt des Schließfaches würde sich ein Team der Spurensicherung vornehmen und als Beweismittel ordnungsgemäß eintüten. Auf einen solchen Fund waren sie schlichtweg nicht vorbereitet gewesen. Hilde verschloss die Box und schob sie zurück in ihr Fach. Wieder heil oben angekommen, verabschiedeten sie sich vom Mann im grauen Anzug und fuhren zurück ins Präsidium. Es war Freitag, und Metz war eigentlich wild entschlossen gewesen, sich heute noch einmal seinen Dämonen zu stellen. Doch die, die ihn am

Sonntag zum Mittagessen erwarten würden, reichten ihm vorerst.

Im Büro angekommen, warf er zuerst einen Blick in das Notizbuch. Hilde machte sich einen Espresso. Die Maschine hatte Kevin besorgt. Und auf wundersame Weise hatte bislang noch niemand von der Quästur ein Inventarpickerl darauf anbringen wollen. Und in Österreich im Allgemeinen und im öffentlichen Dienst im Speziellen musste alles seine Ordnung haben. Hilde wunderte sich manchmal, dass man ihr noch kein Tattoo mit Inventarnummer verpasst hatte. Doch solche Dinge waren Sache des Gruppenleiters. Und dieser rief in dem Moment Kevin zu sich an den Schreibtisch. »Schauen Sie sich das einmal an, Kevin. Das scheint eine Art Geheimschrift zu sein.« Kevin sprang förmlich auf wie von der Tarantel gestochen. Die beiden riesigen Flachbildschirme wackelten bedenklich. Sie hatten ohnehin kaum Platz auf den alten Resopal-Tischen aus dem Depot, die aussahen, als hätte man sie von der Volkshochschule geliehen. In den 1970er-Jahren. Das schwarze Notizbuch wurde an Kevin weitergereicht. Hilde schlürfte ihren Espresso und ließ die beiden Herren gewähren. Ein paar Minuten im Himmel der Kryptologie ließ sie ihnen noch. Und prompt begann Kevins wilde Fantasie – oder sein wacher Verstand, hier zu unterscheiden fiel manchmal schwer – auf Hochtouren zu arbeiten. »Ich habe noch Kontakte zu einem Decodierungsspezialisten. Vielleicht kann der uns hier weiterhelfen. Sieht sehr komplex aus, jedenfalls«, konstatierte er mit Kennerblick. Hilde reichte es. Sie hatte bereits in der Bank einen Blick hineinwerfen können. Es würde kein Spaß werden, das zu transkribieren, aber auch kein Ding der Unmöglichkeit. »Das ist Stenografie«, sagte sie trocken. Beide Männer schauten sie fragend an. »Kurzschrift«, ergänzte sie, doch der Groschen fiel noch immer nicht. »Das haben Mädchen wie ich früher in der Schule gelernt. Damit wir später patente Sekretärinnen abgeben und alles flott mitschreiben können, was der Chef uns diktiert«, ergänzte sie. »Das muss aber sehr viel früher gewesen sein«, unkte Kevin, der eine weitere Chance, zu glänzen, dahinschwinden sah. »Dass Sie das auch nicht kennen, Chef?« Dieser sah in der Tat verlegen aus. Doch eine gute Ausrede hatte er immerhin: »Humanistisches Gymnasium, Frau Kollegin. So praktische und lebensnahe Dinge lernt man dort nicht. Können Sie das lesen?« Hilde nickte. Sie hatte ›Steno‹ immer gehasst, war aber erstaunlich gut darin gewesen. Die Lehrerin, frisch von der Pädagogischen Akademie, wie das damals hieß, war nett zu ihr gewesen, was Hilde zu Höchstleistungen angespornt hatte. »Ich schau, wie weit ich komme, Chef.« Übersetzt bedeutete diese Antwort: Am Montag haben wir es transkribiert. Es würde Spaß machen, in die schräge Gedankenwelt von Linda Ledec einzutauchen. Und vielleicht waren diese geheimen Aufzeichnungen ja spannender als jeder Krimi? Hilde packte das Notizbuch ein und verabschiedete sich ins Wochenende. Diese Aufgabe konnte sie genauso gut von zu Hause aus in aller Ruhe erledigen. Eine Runde Gedankenaustausch mit Lumpi würde sich vorher auch noch ausgehen. Das Wochenende konnte kommen.

Vor der Wohnung von Katharina Adam hielt im selben Moment ein anthrazitfarbenes Audi Sportcoupé, ein typisches ›Spaßauto‹. Martin Ledec fuhr den Wagen nur, wenn es ›raus aus der Stadt‹ ging. Für die City hatte er sich einen wendigen BMW E-Drive-Flitzer besorgt, der fast so kompakt war wie ein Smart, aber mit viel mehr gutem Gewissen dahergebraust kam. Für den Ausflug zum Starnberger See jedoch war dieses Transportmittel ihm zu wenig prestigeträchtig erschienen. Und ein flaues Gefühl im Magen blieb immer noch, ob die Batterie solche weiten Strecken überhaupt schaffen würde. Auf eine Autopanne hatte er an diesem Wochenende keine Lust. Oder auf Pannen anderer Art. Wie immer hatte Margot, die Gute, alles für ihn organisiert. Das Haus war besuchertauglich hergerichtet worden, der Kühlschrank gefüllt, der Pool gereinigt und der Bootssteg gesäubert worden. Das

Rentnerehepaar, das seine Familie schon seit Jahren dafür bezahlte, auf das Haus direkt am See achtzugeben, war verlässlich. Alt war es inzwischen leider auch geworden. Eventuell würde man sich bald nach Ersatz umsehen müssen. Martin beschloss, das Wochenende auch dafür zu nützen, sich einen Überblick über die Lage vor Ort zu verschaffen. Das Haus war einst das Hochzeitsgeschenk seines Vaters an seine Mutter gewesen. Als Kinder verbrachten sie jedes Wochenende dort, meistens ohne den Vater. Der Ort hatte damals nicht nur aus diesem Grund etwas Friedliches und Tröstendes besessen. Inzwischen war die Gegend um den Starnberger See zu einem einzigen Touristenhotspot mutiert. Jeder hoffte auf eine Promi-Sichtung. Katharina Adam kam pünktlich aus dem Haus, wie immer. Sie trug einen bescheidenen Weekender in der Hand und war weniger formell gekleidet als üblich. Er stieg aus, begrüßte sie formvollendet und half ihr mit dem Gepäck. »Ich freue mich«, sagte er, und sie errötete prompt. Solche Dinge gehörten nicht zu seinen einfachen Übungen. Privatleben kannte er nur vom Hörensagen, bis auf ein paar kurze Intermezzi, die alle zu nichts geführt hatten. Es würde vermutlich anstrengend werden, drei Tage lang den Romeo zu geben. Eine Rolle, die ihm gar nicht lag. Doch er brauchte zum einen etwas Zeit, um sich über ein paar strategische Entscheidungen im Klaren zu werden. Zum anderen hatten sie im Moment mit der Linda-Sache schon genug Aufregung. Da konnte er Katharinas ambitionierte Recherchen nicht auch noch ungebremst nach vorne preschen lassen. Er wusste nicht, wie andere Männer solche Situationen handhabten. Doch ein romantisches Wochenende an einem sehr lauschigen und exklusiven Ort sollte vorerst reichen, um ihre Prioritäten ein wenig durcheinanderzuwirbeln. Sie war außerdem sein Alibi für die Nacht des Treppensturzes. Viele gute Gründe also, um sich an diesem Wochenende auf Liebespfaden zu bewegen. Mit der rechten Hand griff er kurz an die linke Innentasche seiner Jacke. Er spürte den Gegenstand und war beruhigt. Auf Margot war eben Verlass. Er hatte nicht einmal einen Blick hineingeworfen in die quadratische Geschenkbox aus dunkelblauem Samt. Seine Anweisungen lauteten lediglich: »Ich brauche ein romantisches Geschenk, das Eindruck macht.« Und Margot hatte keine Fragen gestellt und – da war er sich sicher – geliefert. Wenn sie nicht so eine freudlose Gestalt und wie eine Schwester für ihn wäre, hätte er sie vor Jahren schon einfach heiraten sollen. Sie kannte alle Geheimnisse, die er mit sich mitschleppte, oder die allermeisten jedenfalls. Sogar über den ›Giftschrank‹ wusste sie Bescheid. Es wäre einfach, mit ihr zu leben. Doch ›einfach‹ war ein Wort, das im Sprachschatz der Ledecs nicht vorkam.

Kevin liebte Wochenenden. Die meisten Menschen taten das. Allerdings aus ganz unterschiedlichen Gründen. Kevin schätzte die Ruhe im Präsidium, die bis spät am Abend, wenn der Wachdienst seine Runde machte, vorherrschte. Er klappte seinen privaten Laptop auf, und wie immer, wenn das Jagdfieber ihn packte, erfüllte ihn eine Mischung aus Freude und Aufregung. Cornelius Metz hatte ihn mit einem Backgroundcheck zu Mira Dragovic samt Familie beauftragt. Außerdem galt es, alles über die Umstände des Todes von Amon Senior herauszufinden. Friedlich zu Hause im Schlaf zu sterben, war sicher eine Gnade, die man alten Menschen nur wünschen konnte. War jedoch – wie in diesem Fall – sehr viel Geld im Spiel, war es schon öfter vorgekommen, dass dieser Gnade jemand auf die Sprünge geholfen hatte. Er fischte drei Dosen Energydrinks, eine Tüte Chips und zwei Tafeln Schokolade aus seinem Rucksack. »Los geht's!«, dachte er und ließ die Spiele beginnen.

Kapitel 13: Das Böse ist menschlich

Die Fahrt zum Friedhof hatte Metz an diesem Tag kein zweites Mal geschafft. Dafür hatte er eine andere Phobie überwunden, die zwar weniger schwerwiegend, dafür aber von nachhaltigerem Erfolg gekrönt war. Das Treppensteigen mit Hilde, die noch dazu älter war als er, war ihm eine Lehre gewesen. Und da er seit über einem Jahr ohnehin im Fitnessstudio Stammgast war – wenn auch nur zum Duschen, Umziehen und manchmal auch zum Übernachten auf einer der harten Bänke in der Umkleide –, konnte er genauso gut wieder mit dem Training beginnen. Das Laufen im Freien schreckte ihn im Moment noch zu sehr. Große Plätze und enge Räume waren schlecht für Menschen wie ihn. Doch das Studio erschien ihm ausreichend vertraut. Einziges Problem bei diesem Plan: Seine Sportklamotten befanden sich im Haus, auch die teuren Laufschuhe, die Violante ihm zu ihrem letzten gemeinsamen Weihnachten geschenkt hatte. Die gemeinsame Joggingrunde am Morgen war eines jener Dinge, die er am meisten vermisste. Und das Haus war noch immer Sperrgebiet für seinen Verstand. Also beehrte er den Pro-Shop des Studios und ließ eine stattliche Summe dort. Immerhin die hoch motivierte Mitarbeiterin konnte er damit erfreuen. Er zog die Sachen sofort an und ging zu den Laufbändern. Es war eine

Weile her, dass er sich an solchen Geräten ausgepowert hatte. Doch eines wusste er noch genau: Danach hatte er sich stets besser gefühlt als vorher. Total erledigt und kurz vor dem Kollaps, aber besser. Was er bei diesem Unterfangen nicht bedacht hatte, war, dass am Freitagabend hier im Studio der Bär tanzte. Halb Wien mühte sich an den schweißtreibenden Geräten ab, bevor man sich ins Nachtleben stürzte. Er wollte gerade kehrtmachen, als ein Trainer sich näherte. Mit Kennerblick auf seinen untrainierten Körper konstatierte er: »Neu hier, was?« Metz nickte. »In gewisser Hinsicht: ja.«

»1. Dezember: Ich liebe die Vorweihnachtszeit! Endlich sind die Menschen so verlogen, wie sie es das ganze Jahr über nur gerne sein möchten. Dieses Familiengetue wird jedes Jahr noch schlimmer. Mich interessiert weder der Baum noch das Essen. Ich will wissen, was das Schandmaul sich zu Weihnachten wünscht. Ihr die kostbare Liebesgabe unmittelbar nach den Feiertagen wieder abzunehmen, wird mein schönstes Geschenk an mich selbst sein. Vielleicht sollte ich ihr einen Hinweis geben. Nicht dass es wieder so sinnlose teure Unterwäsche wird wie an ihrem Geburtstag. Ich habe sie natürlich getragen und ihr danach ganz genüsslich wieder zurückgebracht. Ohne waschen, versteht sich. Die kleine Schlampe soll ruhig wissen, wo ihr Platz in meinem Haus ist. Oh, ich habe keine Zweifel, dass das schon bald mein Haus sein wird. Charlotte pfeift aus dem letzten Loch. Und Prinz Eisenherz wird in diesem Leben wohl keine Frau mehr in die Hände, geschweige in sein Bett, bekommen. Aber ich will mich nicht beschweren. Jede Minute, die er mit Arbeit verbringt, macht meine Kinder reicher und mich mit ihnen. Mit dem November bin ich zufrieden. Die Ausbeute: ein Paar Saphirohrringe, ein Flakon ›Lalique for Bentley Crystal Edition‹ (das Gemisch kostet 3.700 Euro!!!) und ein Tennisarmband mit Brillanten. Der kleine Wurm ist wirklich sehr großzügig zu seinem armen, unglücklichen Frauchen.«

Hilde legte das Buch zur Seite. Das war starker Stoff, selbst für ihr abgebrühtes Krimi-Gehirn. Was für ein Mensch dachte so über seine Familie? Nicht dass Hilde nur gute Gedanken über ihre Familie in sich trug. Kein Mensch tat das vermutlich. Ziemlich sicher, sogar. Schon der erste Eintrag zeichnete ein überdeutliches Bild von einer Frau, die keine Scheu vor Brutalität und Psychoterror zu haben schien. Ein Wunder war es wirklich nicht, dass jemand diesem Treiben ein Ende hatte setzen wollen. Doch es war auch nicht richtig. Hildes Gerechtigkeitssinn war auch nach all den Jahren im Polizeidienst nicht kleinzukriegen gewesen. Alle Menschen verdienten das Leben. Keiner verdiente den Tod. Selbst wenn er – so wie Linda Ledec – wirklich sein Möglichstes tat, um diesen schneller zu treffen, als vom Schicksal vorgesehen. Sie las weiter:

»1. Jänner 2020: Schönes neues Jahr an mich selbst! Die Geschäfte laufen gut, meine zumindest. Das Faktotum wird langsam alt und schusselig. Die Medikamente von Charlotte stehen immer öfter einfach so herum, als ob in unsichtbarer Tinte ›zur freien Entnahme‹ darauf stehen würde. Wenn die Hexe nur endlich abkratzen würde. Ihre lahmen Versuche, mich mit Geld bei Laune halten zu wollen, langweilen mich. Neuerdings versucht sie, mir einzureden – in ihrer subtilen, hochwohlgeborenen Art natürlich –, dass der traurige kleine Sack eine Affäre hat. Seine freiwilligen Nachtdienste sind ihr zu zahlreich. Mir können sie gar nicht zahlreich genug sein. Immer wenn ich in dieses erbärmliche Gesicht mit den glasigen Schweinsaugen blicken muss, steht eindeutig ›Schlag mich!‹ auf seiner extrabreiten Stirn. Und zwar nicht mit unsichtbarer Tinte, sondern in neonfarbenen Großbuchstaben, die beim besten Willen nicht zu übersehen sind. Der Dezember war weihnachtsmäßig gut: Es gab tatsächlich eine Kelly Bag für das französische Strichmännchen und einen Cocktailring mit einem rosa Diamanten. Ein rosa Elefant hätte wohl besser gepasst. Die Sachen hat das armselige Häufchen Elend nicht oft getragen. Der Anzahl der Tests in ihrem Mülleimer nach zu urteilen, versuchen sie wieder, schwanger zu werden. Armes Knochengerüst. Nur über meine Leiche! Die Firma gehört meinen Kindern, sonst niemandem. Dass wir nicht von der teilenden Art sind, werden sie noch früh genug von mir lernen, sofern sie diesen Teil meiner Botschaft noch nicht verstanden haben.«

Hilde wurde fast ein wenig schlecht. Ihr Besuch bei Lumpi auf dem Friedhof war heute nicht so durchschlagend gewesen wie sonst. Der Mann hatte wieder auf ›ihrer‹ Bank gesessen. Er war von der kommunikativen Art, und die hatte Hilde noch nie leiden können. Mochte sein, dass sie kein Menschenfreund war. Doch im Vergleich zu Linda Ledec war sie Mutter Teresa und Gandhi in einem. Es kostete sie einiges an Überwindung, das Buch fertig zu transkribieren. Doch das Ergebnis zählte. Und was sich hier abzeichnete, war nicht nur die Charakterstudie einer zutiefst bösartigen Person. Es war vor allem ein Motiv.

Bezirksinspektor Josef Bruckner blieb gern für sich. Das Heim war für alte Leute. Er war höchstens nicht mehr ganz so fit wie früher. Wäre seine Rente eine bessere gewesen, könnte er zu Hause betreut werden. Die Frau vom Amt und die Ärztin im Krankenhaus hatten ihm das sehr freundlich, aber überdeutlich erklärt. »Ein Leben im Dienste der Menschheit, und beim ersten Anzeichen von Schwäche wirst du aufs Abstellgleis geschoben«, dachte der alte Mann. Er saß zwar im Rollstuhl, aber sein Verstand war an den meisten Tagen der eines jungen, agilen Mannes. Er war gern Polizist gewesen, auch wenn zu seiner aktiven Zeit noch ein etwas rauerer Wind geweht hatte. Allerdings hatte er das für alle, auch für die Kriminellen. Dieses Anfassen mit Samthandschuhen und die ständige Kontrolle durch die oberen Instanzen hatte es in diesem Ausmaß damals nicht gegeben. Die Staatsanwälte hatten gar nicht die Zeit dafür. Das Golfspielen und Hofhalten mit den Reichen und Schönen war viel wichtiger gewesen, als sich um die Arbeit der Fußsoldaten zu kümmern. Wenn interveniert wurde, dann nur aus einem einzigen Grund. Und ein solcher lag gerade vor ihm auf dem kleinen Tischchen auf seinem Balkon. Linda Ledec war also tot. Wieder ein Todesfall in der ehrwürdigen Familie. Doch diesmal – so schien es – wurde ermittelt. In der Zeitung stand noch nichts von Mord. Und wahrscheinlich würden die Söhne das auch zu verhindern wissen. Die waren damals noch klein gewesen, der dritte noch gar nicht auf der Welt, als ihn seine beruflichen Verpflichtungen in die hochherrschaftliche

Villa Ledec geführt hatten. An die Gräfin konnte er sich noch sehr gut erinnern. Honigblondes Haar, große blaue Augen und ein Gesicht wie eine Hollywood-Schauspielerin. Sie war freundlich zu ihm gewesen. Allerdings nur so lange, wie er ihrem ›Mädchen‹ keine allzu unangenehmen Fragen stellte. Wie eine Löwin hatte sie die ganze Zeit über neben ihr gesessen und viele seiner Fragen an ihrer statt beantwortet. Später an diesem Tag kam der Anruf. Alle Ermittlungen einstellen, hieß es. Tod durch Unfall. Mehr gab es damals nicht dazu zu sagen. Und hinterfragt hatte man solche Befehle von ›ganz oben‹ erst recht nicht. »Gute alte Zeit«, dachte Bruckner. Damals war es noch einfach gewesen, ein vorbildlicher Polizist zu sein. Wie das wohl heute war?

Cornelius Metz nutzte den Samstagmorgen für zwei wichtige Erkenntnisse: Erstens konnte er nicht mehr sehr viel länger auf dieser improvisierten Schlafcouch nächtigen, ohne ernsthafte Schäden zu erleiden. Und zweitens, und das überraschte ihn selbst, wollte er unbedingt noch einmal zum Friedhof. Er zog die Kleidung vom Vortag an – er musste sparsam mit seinen Ressourcen umgehen – und beschloss, zu Fuß zu gehen. Die Strecke wäre für einen gut konditionierten Läufer in 40 Minuten zu schaffen, und er hatte es ja nicht eilig. Jeder Aufenthalt im Freien und jede

Bewegung waren laut seiner Therapeutin schließlich hilfreich. Die Gartenlaube deprimierte ihn zusehends, was er ebenfalls als gutes Zeichen wertete. In den letzten zweieinhalb Jahren war sie seine Räuberhöhle, sein Zufluchtsort und sein sicherer Hafen gewesen. Inzwischen mutete sie immer mehr wie ein Schneckenhaus an, dem sein Bewohner zu entwachsen schien. Er zog sich an, wusch sich an dem Waschbecken, das schon die Vorbesitzer seines Hauses an der Außenwand der Laube hatten anbringen lassen, und machte sich auf Richtung Friedhof. Unterwegs kaufte er Blumen in einem Laden, der bereits fertig gebundene Sträuße im Angebot hatte. Er wollte nicht warten, und er wollte nicht näher über Blumen nachdenken. Manche Themen waren noch immer heikles Sperrgebiet für seine Psyche, und Blumen gehörten dazu. Auch das Sichten der Schmuckstücke im Bankschließfach hatte unschöne Erinnerungen in ihm wachgerufen. Dieser typische ›Frauenkram‹, wie sein Vater es immer genannt hatte, war viel zu eng mit seinen Erinnerungen an Violante verknüpft. Viele außer ihr hatte es zuvor nicht gegeben, und ganz sicher keine, die vergleichbar gewesen wäre. Näher kennengelernt hatte er sonst nur seine Mutter. Da war es wieder: das ›Plopp‹ in seinem Kopf, wenn er an seine Mutter dachte. Als ob jemand die Resettaste drücken würde. Kein Anflug mehr von Panik oder flauem Gefühl im Magen. Seine Therapeutin riet ihm schon seit jeher, Ausschau nach einem solchen kontraphobischen Objekt zu halten. Anscheinend gab es das für jeden Menschen, der unter Angstzuständen und Panikattacken litt. Es musste nur identifiziert werden. »Mein kontraphobisches Objekt ist meine Mutter«, dachte er, als er sich mit dem Strauß Sonnenblumen und rote Gerbera wieder auf den Weg machte. »Wenn das nicht das Thema meiner nächsten Sitzung ist!« Die Therapeutin mit erfundenen Häppchen zu füttern, war ein weiterer Schachzug der letzten Monate gewesen, der ihn ›funktionieren‹ ließ. Er glaubte nicht an Therapie, so wie er nicht an Gott oder den Teufel glaubte. Schwer, unter diesen Vorzeichen Vorteile aus den wöchentlichen Pflichtsitzungen zu ziehen. Doch das angestrengte Nachdenken, um plausible Geschichten zu erfinden, wirkte für seinen Verstand zumindest wahre Wunder.

»1. Februar: Welch ein Leckerbissen für meine Schatztruhe! Das alte Faktotum hat die Rechnung für eine Blumenlieferung nicht rechtzeitig vernichten können. Anscheinend schickt jemand aus der Familie – Prinz Teflon? – der akademischen Hure Blumen. Frage mich, wofür? Sie schaut zwar billig aus, aber so billig bestechen lässt sie sich sicher nicht. Ich kann es an ihren Augen sehen, dass sie mehr will. So wie ich, als ich den traurigen kleinen Sack getroffen habe.

Schwache Männer sind so leicht zu manipulieren. Doch Eisenherz ist weder schwach noch dumm. Es würde mich nicht wundern, wenn er die Hure hätte überprüfen lassen, bevor sie auch nur einen Fuß in sein Allerheiligstes hatte setzen dürfen. Seine Schwäche für sie hätte mir aber auffallen müssen. Aber er ist sehr geschickt. Wenn die Biologie nicht mit ihm durchgegangen wäre – ehrlich jetzt? Hand auf den Rücken legen? Weibchen beschützen wollen? –, wüsste ich bis heute nicht, in welche Richtung ich meine Fühler ausstrecken sollte. Martin ist ein anderes Kaliber als Sad-Sac, Pierrot und die Banale. Mit Pokern könnte er gutes Geld verdienen. Wenn ich mit ihm und seiner Sippschaft fertig bin, muss er das vielleicht auch. Aus diesem Grund sollte man stets ein zweites Standbein zur Verfügung haben. Das lohnt sich immer. Apropos lohnen: Es gibt wieder Neuzugänge für mein Depot: Die Kotztüte und der Pausenclown waren Shopping in Mailand. Die schwere Last musste ich mit meiner gebrechlichen Schwägerin natürlich teilen. Ein Paar Manolo Blahniks und eine Brieftasche von Louis Vuitton konnte ich ihr freundlicherweise abnehmen. Die Schuhe habe ich Louisa zum Spielen geschenkt. Soll auch mal was Schönes haben, die Kleine, wenn sie schon das traurige Pfannkuchengesicht ihres Erzeugers geerbt hat.«

Hilde brauchte einen Espresso. Sofort. In ihrer kleinen Wohnung in einer günstigeren, aber dennoch freundlichen Gegend von Wien war alles tipptopp. Sie mochte das Einfache, aber Gute. Die wenigen Besitztümer, die sie sich tatsächlich leistete – nicht nur vorübergehend –, waren von bester Qualität. Die kleine Singleküche, wie die Immobilienfrau sie genannt hatte, ließ diesbezüglich nichts zu wünschen übrig. Während sie mit meditativer Andacht dabei zusah, wie der heiße braune Kaffee in die kleine Rosenthal-Tasse blubberte, dachte sie über das Tagebuch, das eher ein Inventarverzeichnis war, nach. Einmal pro Monat war es aktualisiert worden, vielleicht sogar direkt in der Bankfiliale an dem kleinen Tisch. Sie hatten den Mann im Anzug nicht danach gefragt, aber wahrscheinlich wäre er hier die falsche Auskunftsperson gewesen. Hilde machte sich im Geiste einen Vermerk, dass sie dort noch einmal nachfragen würden. Eine Erscheinung wie Linda Ledec wäre den Mitarbeiter*innen der Filiale sicher in Erinnerung geblieben. Was sie mehr beschäftigte, während sie mit der Zuckerzange aus Sterlingsilber nach einem Stück braunen Wiener Würfelzucker aus der passenden Dose angelte, war die Bösartigkeit, die aus jeder Zeile dieses Büchleins troff wie schwarzer Teer. Was machte einen Menschen, der reich und verheiratet, Mutter zweier Kinder und Teil der sozialen Oberschicht war, zu so einem tyrannischen und manipulativen Wesen? Hatte ihr jemand etwas angetan? Gab es noch ein dunkles Geheimnis, von dem sie bislang noch nichts wussten? Kevin sollte sich bis Montag ohnehin die Vergangenheit der Toten und ihrer Familie – soweit bekannt – vornehmen. Vielleicht ergaben sich daraus ein paar Rückschlüsse. Vielleicht war es aber auch ganz einfach nur so, dass manche Menschen böse waren und keinen Hehl daraus machten. Hilde war lange genug Polizistin, um diese Möglichkeit nicht außer Acht zu lassen. Das Böse war real, keine Erfindung von Kirche oder Medien. Es trug keinen Pferdefuß und keine Hörner auf der Stirn. Es war menschlich. Und gerade das machte es so unberechenbar.

Die Gräfin saß in ihrem Rollstuhl am Biedermeiersekretär in ihrem Privatsalon. Sie frönte ihrer Lieblingsbeschäftigung: dem Sichten ihrer alten Fotos. Sie war wirklich talentiert gewesen, das konnte sie selbst immer noch erkennen. Die Kameras damals verfügten bei Weitem noch nicht über jenen Schnickschnack, der das Fotografieren heute zu einem launigen Kinderspiel machte. Man brauchte weder Talent noch ein gutes Auge dafür. Einfach abdrücken, am liebsten hundertmal hintereinander. Dann war schon ein brauchbares Bild dabei. Sie vermisste nicht vieles von früher, dafür war der Preis, den man als Frau damals zu zahlen hatte, viel zu hoch gewesen. Die heutige Generation wusste gar nicht, welche Möglichkeiten ihr offenstanden. Wäre sie heute jung, würde sie die Welt erobern und ordentlich auf den Kopf stellen. Ihre Welt hingegen war immer klein, eng und vordefiniert gewesen. Abgesehen von dem wilden Sommer an der Côte d'Azur natürlich. Doch dieser kurze Ausflug in die Freiheit war schnell vorbei gewesen. Und die Strafe dafür? Lebenslanger Kerker. Ida klopfte und brachte das Tablett mit ihrem Mittagessen. Außer ihnen beiden war wieder einmal niemand zu Hause. »Wo sind denn alle?«, wollte sie wissen. Ida Wagner seufzte innerlich, ganz so wie es sich für dienstbare Geister ihrer Meinung nach geziemte. Dieselbe Frage hatten sie schon beim Frühstück und später beim Ankleiden besprochen. Das Gedächtnis der alten Dame ließ von Tag zu Tag nach. »Martin ist am Starnberger See. Er sieht nach dem Rechten dort im Haus. Stefan ist mit den Kindern in den Zoo gefahren, und Amon und Chantal sind ebenfalls schon früh aus dem Haus. Auch zum Abendessen erwarten wir sie nicht zurück.« »Gott sei Dank«, schloss das ›Mädchen‹ in Gedanken an. Auch sie wurde nicht jünger, und jede Arbeit, die man ihr ersparte, schonte ihre Gesundheit. Sie stellte das Silbertablett auf den kleinen Kaffeetisch und legte auf. Es gab stets dasselbe zum Mittagessen: eine klare Suppe mit Julienne-Gemüse und winzigen Einlagen aus Eierstich. Dafür durfte ein Nachtisch niemals fehlen. Der süße Zahn war der Gräfin auch nach all den Jahren nicht abhandengekommen. Lieber aß sie – stets auf ihre Figur bedacht, auch wenn diese wirklich niemanden mehr interessierte – sonst nichts den ganzen Tag, bevor sie auf ihr Dessert verzichtete. Heute hatte Ida eine ›Birne Hélène‹ kreiert. Eis ging immer, das wusste sie. Und es war einfach und unkompliziert in der Zubereitung. »Köstlich!«, attestierte die Gräfin. »Ist das eine Williams vom Naschmarkt, Ida?«, wollte sie es – wieder einmal – wissen. Ida nickte pflichtschuldigst. Es war zwar tatsächlich eine aus der Dose, doch wer würde ihr diesen Fehltritt verübeln oder gar beweisen können? »Ich denke, ich möchte in das schöne Seniorenheim in Lausanne, von dem Chantal so schwärmt. Was meinen Sie, Ida? Sie und ich am Genfer See im Liegestuhl, wäre das nicht herrlich? Und die Familie kann dann zusehen, wie sie ohne uns zurechtkommt!« Ida Wagner musste lächeln. Der Gedanke war tatsächlich verführerisch, auch wenn sie bezweifelte, dass sie in diesem Bild tatsächlich vorkam. Ihre kleine Rente würde gerade mal so für ein scheußliches Heim in einem Randbezirk von Wien reichen. Der Genfer See kam in diesem Szenario leider nicht vor. Doch von Lausanne sprach die Gräfin in letzter Zeit immer öfter. Nur schade, dass daraus vermutlich nie etwas werden würde. Sie kannte Martin, seit er das

Licht der Welt erblickt hatte. Es war zwar nicht gerade das Teufelsmal, das auf seiner Stirn prangte, doch das Wort ›Kontrolle‹ war dort deutlich zu lesen gewesen. Nie würde es passieren, dass er seine Mutter fremden Menschen überließ. Dafür war die Gefahr viel zu groß, dass ihr poröser Verstand Dinge ausplauderte, die man nicht mehr mit Demenz würde erklären können. Es war im Sinne aller, dass die Frau Gräfin ihre Räumlichkeiten so gut wie nie verließ. Auch in ihrem.

Das Mittagessen mit seinen Eltern am Sonntag öffnete Metz in jeder Hinsicht die Augen. Nicht nur, was seine Vermutung hinsichtlich seiner Mutter und ihrer zweifelhaften Praktikabilität als kontraphobisches Objekt betraf. Auf dem Nachhauseweg wusste er, dass die Zeit in der Gartenlaube ein Ende haben musste. Der Friedhof war anscheinend kein Problem mehr für ihn. Wieso dann das Haus? Ein Team von Tatortreinigern hatte damals alle Spuren beseitigt, jedenfalls hatten seine Eltern sich damals darum gekümmert, dass nichts in dem Haus mehr auf die Tragödie hinweisen sollte, die sich dort zugetragen hatte. Und wie er seine Eltern kannte – und eben erst wieder aufs Neue kennengelernt hatte –, war sicher nichts dem Zufall überlassen worden. Nach zweieinhalb Jahren war zweifellos viel Staub und Ungeziefer dort anzutreffen. Von den schlechten Erinnerungen ganz zu schweigen.

Aber ein kurzer Blick hinein sollte doch möglich sein, oder? Sein malträtierter Rücken stimmte ihm zu: Das Hausen, wahlweise in der Laube und im Fitnessstudio, musste ein Ende haben. Die Dosis ›Mutter und Vater‹, die nach diesem kräftezehrenden Mittagessen in ihm vorrätig war, würde mit Sicherheit über ausreichend Depotwirkung verfügen, um ihn wenigstens einen kurzen Blick hineinwerfen zu lassen. Niemand hatte seit damals das Haus betreten. Er hatte sich geweigert, auch nur irgendjemanden darin zu dulden. Pech für ihn. Der Zustand würde nun dementsprechend sein. Er bog in seine Einfahrt ein und stieg aus. Noch vor wenigen Monaten hatte diese einfache Übung Stunden gedauert. Inzwischen war sie kein Problem mehr für ihn. Doch durch die Vordertür wollte er nicht gehen. Das erschien ihm zu förmlich. Es war sein Haus. Seines und Violantes. Als Besitzer durfte man von seiner Ortskenntnis profitieren. Er ging um das Anwesen herum und sah die Terrassentür. Sie war ziemlich sicher von innen verriegelt, und jemand hatte die Jalousien heruntergelassen. »Der Letzte dreht das Licht ab«, dachte Metz, dann drehte er sich um Richtung Kellertür. Sie war das gefundene Fressen schlechthin für jeden Einbrecher und eine echte Schande für einen Polizisten. Das Schloss war ungefähr so stabil wie der hölzerne Gartenzaun, den sie längst – schon lange vor Violantes Tod – hatten erneuern lassen wollen. Man konnte das einfache Zylinderschloss vermutlich mit einem Dosenöffner knacken, wenn man sich geschickt anstellte. Doch Metz suchte lieber nach dem passenden Schlüssel auf seinem Ring. Vielleicht war das Schloss ja zugerostet? So etwas passierte, wenn es nicht regelmäßig in Verwendung war. Doch der Schlüssel ließ sich mühelos hineinstecken. Er wartete auf das Rauschen in seinem Gehörgang. Nichts. Die Mutter-Vater-Überdosis verfehlte ihre Wirkung nicht. Er drehte den Schlüssel um und öffnete die Tür. Muffige, abgestandene und ganz und gar typische Kellerluft schlug ihm entgegen. Das Haus stammte aus den 1980er-Jahren, und damals war der Keller eben einfach nur als Keller konzipiert worden. So etwas wie Lichtschächte, durch die vielleicht auch etwas Frischluft hätte hereinströmen können, sah die Schmalspurarchitektur dieses Jahrzehnts schlichtweg nicht vor. Er suchte nach dem Lichtschalter. Nichts passierte. Vielleicht hatte sich eine Sicherung verabschiedet. Er suchte auf seinem Smartphone nach der Taschenlampe und ging Richtung Sicherungskasten. Die Luft war zum Ersticken, doch größere Überraschungen – wie eine Ratten- oder Siebenschläferkolonie – blieben vorerst aus. Auch der Sicherungskasten ließ sich bereitwillig öffnen. Fast schien es, als ob das Haus ihn willkommen hieß. Der Hauptschalter war umgelegt worden. Vermutlich die umsichtige

Vorsichtsmaßnahme eines besorgten Mitmenschen. »Danke, Papa«, dachte er und ging weiter. Hier im Keller lagerten ihre Fahrräder und die übliche Sportausrüstung. Ein Weg führte in die Garage, ein anderer nach oben in die Wohnräume. Er fühlte sich gut, leicht schwindlig vielleicht, aber das konnte auch nur dem Sauerstoffmangel geschuldet sein. Kurz überlegte Metz, ob er sich schonen und erst der Garage einen Besuch abstatten wollte. Doch dann fiel ihm ein, dass dort ziemlich sicher noch Violantes Cabrio stand. Und schon war das Erdgeschoss gar keine so schlechte Idee mehr. Er ging nach oben. Spinnweben und Tonnen von Staub säumten die Stufen und die Wände. Wenn es eine Spezies gab, die von seiner unfreiwilligen Auszeit definitiv profitiert hatte, dann jene der Spinnen. Vermutlich gab es schon neue Arten zu entdecken in diesem Geisterschloss, das einmal ein Zuhause gewesen war. Im Erdgeschoss war es totenstill. Was hatte er erwartet? Ein Begrüßungskomitee? Jemanden, der ihm zu dem mutigen Schritt gratulierte, nach mehr als zwei Jahren wieder sein Haus zu betreten? Wie viele Fälle von Selbstmord hatte er im Laufe seiner Tätigkeit als Polizist schon gesehen? Von all den Frauen, deren Männer sich am Dachboden oder in der Waschküche erhängt oder sich im Gartenhäuschen mit einem Kleinkalibergewehr das Gehirn weggepustet hatten, konnte sich keine einzige den Luxus erlauben, vorübergehend woanders zu leben. Auch die Eltern, die ihre Tochter im Kinderzimmer an einer Überdosis sterbend vorfanden, konnten nicht am nächsten Tag einfach umziehen. Lediglich der Szenegastronom, dessen labile Frau sich am Geländer der Galerie seines Architektentraumes erhängt hatte, konnte vorübergehend in einem Zweitwohnsitz Unterschlupf finden. Das Leben war nicht zimperlich, wenn es geliebte Menschen einfach so dazu brachte, sich umzubringen. Es ging nahtlos weiter für alle, die zurückbleiben und weitermachen mussten. Fein raus waren nur die Toten. Metz ging in die Küche. Es roch seltsam, doch alles sah ganz normal aus. Jemand hatte den Kühlschrank komplett leer geräumt und ausgeschaltet. »Danke, Mama!« Auf dem großen Esstisch lag eine Staubschicht, die direkt aus der Location eines Horrorfilmes hätte stammen können. Dann fiel sein Blick ins Wohnzimmer. Das perfekt verlegte Eichenparkett konnte beim besten Willen nicht leugnen, von welcher Tragödie es Zeuge geworden war. Ein riesiger, dunkler Fleck zeichnete sich noch immer dort ab, wo Violante ihrem Leben ein Ende gesetzt hatte. Kein Reinigungsmittel der Welt bekam Blut aus handverlesenem Echtholzparkett heraus. Das Problem waren die Fugen, wusste Metz und dachte so sachlich über diesen Umstand nach, als ob dies hier nicht sein Haus wäre und der Fleck am Boden nicht aus Blut und Hirnmasse seiner Frau bestand. Hineingehen konnte er nicht. Er entschied sich stattdessen für den ersten Stock. Das Badezimmer wäre ohnehin sein Place to be der ersten Wahl. Wieder jeden Tag zu Hause und ohne fremde Menschen um sich herum duschen zu können, erschien ihm eine verlockende Vorstellung. Er drehte das Wasser auf. Nichts passierte. Vermutlich hatten die guten Seelen, die hier für Recht und Ordnung gesorgt hatten, auch den Hauptwasserhahn abgedreht. Wenigstens dieses Problem wäre rasch zu beheben. Im Schlafzimmer sah die Sache schon anders aus. Es war peinlichst aufgeräumt worden. Die vielen Kleidungsstücke, die Violante an den Tagen und Wochen vor ihrem Tod ständig hatte herumliegen lassen, waren verschwunden. Er öffnete seine Seite des Kleiderschrankes. Alles war noch an seinem Platz. Seine Hemden, Pullover und Sakkos begrüßten ihn wie einen alten Freund. Doch in diesem Moment wusste er, dass er hier, angesichts dieser Masse an Vergangenheit, keine Zukunft haben würde. Das Haus war Geschichte, ebenso wie seine Ehe und sein ganzes früheres Leben. Er blickte sich im Zimmer um. Er würde einen Makler benötigen, ein Umzugsteam, einen Handwerkerservice und vor allem eine neue Wohnung. Es mussten jede Menge Entscheidungen getroffen werden, und jede Einzelne davon erschöpfte ihn schon, wenn er nur daran dachte. Er würde mit einer ganzen Armada von Menschen sprechen und ihnen sehr viele unangenehme Fragen beantworten müssen. Allerdings gab es noch eine andere Möglichkeit. Er kannte einen Menschen, der all das mit links und noch dazu mit diabolischer Freude und mit Genuss in die Wege leiten würde. Nein, er konnte nicht. Oder doch? Was wog schwerer: bei seiner Mutter zu Kreuze kriechen (und das gleich zweimal an einem Tag) oder einem geschäftstüchtigen Immobilienmakler den dunklen Fleck am Wohnzimmerparkett erklären müssen? Er hatte eigentlich nicht einmal für eine dieser Aufgaben die Zeit, vom nötigen Nervenkostüm ganz zu schweigen. Ein Umzug brachte schon psychisch stabile Menschen an ihre Grenzen. Wie würde es da ihm wohl ergehen? Doch er wusste, dass es die einzige Alternative war, wenn er nicht in der Gartenlaube zusammen mit den alten Liegestühlen, Sonnenschirmen und dem Griller aus besseren Tagen verrotten wollte. Also tat er das Unvermeidliche. Am anderen Ende der Leitung meldete sich seine Mutter, und wie zu erwarten war, verschonte sie ihn nicht: »Zweimal an einem Tag, Hagen Cornelius von Metz. Was verschafft mir die zweifelhafte Ehre?« Wieso konnte sie nicht einfach ›Hallo‹ sagen, wie andere Mütter auch? »Ich wollte dich um deine Hilfe bitten. Und hätte gleichzeitig ein spannendes Projekt für dich, Mutter.« Er wusste, mit dem Reizwort ›Projekt‹ würde er ihre volle Aufmerksamkeit im Nu gewinnen. »Ist es für einen guten Zweck?«, wollte sie wissen. Jetzt sprach die Society-Lady aus ihr. Das Motto ›Tue Gutes und lass dich öffentlich feiern dafür‹ wurde in Kreisen wie dem ihren großgeschrieben. »Für einen sehr guten sogar: Sohn in Not!« Sie verstand wie immer keinen Sarkasmus, Humor würde ebenfalls an ihr vorbeischrammen wie der Eisberg an der Titanic. Dieser wäre vor Ehrfurcht ganz sicher geschmolzen, wäre seine Frau Mama an Bord gewesen. »Ich brauche eine neue Bleibe und möchte das Haus verkaufen. Kannst du das arrangieren?« »Natürlich kann ich das, keine Frage. Aber wir müssen erst das Parkett im Wohnzimmer tauschen lassen. So etwas drückt den Marktwert ganz entschieden.« »Feinfühlig wie immer«, dachte Metz, sagte aber nichts. »Würdest du das bitte für mich managen, Mutter?«, antwortete er stattdessen, hoffend, damit genug Unterwerfung zu demonstrieren. »Sicher kann ich das. Aber du weißt, was Mütter als Gegenleistung für solche Gefälligkeiten verlangen?« Und schon ging es los, das Lieblingsspiel seiner Eltern: emotionale Erpressung. »Nein, Mutter, was denn? Kadavergehorsam? Enkelkinder? Eine Niere? Meine Seele?« »Du wirst deinem Vater immer ähnlicher, also wirklich«, kam es vom anderen Ende der Leitung. Das war kein Kompliment. Ganz und gar nicht. »Ich will freie Hand natürlich, was sonst?« »Was sonst?«, dachte Metz und gab sein Okay. In dem kleinen schwarzen Adressbuch seiner Mutter standen mehr Namen als im Telefonbuch von ganz Wien. Sie würde vermutlich keine drei Anrufe benötigen, um alles ins Rollen zu bringen. »Was willst du mit Violantes Sachen machen?«, kam sie gleich zur Sache. Zeitverschwendung war ein Luxus, den sie sich niemals leistete. »Dein Feingefühl ist bestechend wie immer, Mama.« »Feingefühl hat Familien wie unsere noch nie in der Geschichte der Menschheit auch nur einen Schritt weitergebracht. Pragmatismus und eine optimistische Lebenseinstellung hingegen schon. Wir geben Briefe auf, Hagen, sonst nichts. Deine Schwester ist da ganz anders gestrickt als du, das muss ich schon sagen.« Natürlich. Die alte Leier wieder. Seine Schwester residierte aktuell irgendwo in Cannes, Nizza oder Monaco mit Ehemann Nummer 3. Die Kandidaten 1 und 2 hatte sie gewinnbringend entsorgt. Sentimental war Mathilde nicht, das musste man ihr lassen. »Also was ist nun mit den Sachen deiner Frau? Spenden, entsorgen, einlagern? Ich muss das wissen, bevor wir loslegen.« Metz seufzte. Es war vermutlich nicht die beste seiner Ideen gewesen, doch nun war der Stein im Rollen. Er nutzte die Gelegenheit und packte ein paar Sachen zusammen, die ihm tatsächlich gefehlt hatten. Viel Komfort bot die Laube nicht, da würde die Umstellung auf ein gänzlich neues Zuhause leichtfallen. Doch damit hatte sich der leichte Teil auch schon erledigt. Er hoffte inständig, dass seine Mutter auch bei dieser Sache keine Gefangenen machen würde. Wer sie kannte, wusste, dass sie die Gelegenheit, ihr Organisationstalent und ihr tyrannisches Wesen auf einmal wie einen Kettenhund von der Leine lassen zu können, nicht verstreichen lassen würde. Metz würde schon vor Ende des Monats eine neue Bleibe haben. Wo und wie war ihm egal. Hauptsache weg aus diesem Mausoleum, das ihn aus jeder Ecke und jeder Ritze zu verhöhnen schien. Heute war ein guter Tag gewesen. Seine Mutter würde ihm zwar zweifellos den letzten Nerv ziehen. Er würde sich eine Endlosschleife von ›Ich habe es dir ja gesagt …‹ anhören müssen und ihn lebenslang an diesen Gefallen erinnern. Doch was tat man nicht alles für ein neues Leben?

Kapitel 14: Der Giftschrank

Martin Ledec war froh, dass wieder Montag und das Wochenende vorbei war. Es war nett gewesen, keine Frage. Die Illusion von Privatleben gefiel ihm. Katharina war außerdem eine angenehme Gesellschafterin: klug, witzig und sie wusste, wann Schweigen angezeigt war. Er war nie sonderlich gesellig gewesen. Das hatte den großen Vorteil mit sich gebracht, dass er sein Leben ganz in den Dienst der Firma stellen konnte, so wie sein Geburtsrecht – oder besser: seine Geburtspflicht – es von ihm verlangte. Betrachtete er die Ehen seiner Brüder, so konnte er sich zudem sicher sein, nicht allzu viel verpasst zu haben. Wo die Sache mit Stefan und Linda, der Krankenschwester seines Vaters, hinführen würde, hatte allerdings niemand kommen sehen. Scheidung: ja, aber die Katastrophe, die sich seit Amons Rückkehr aus der Schweiz begonnen hatte abzuzeichnen, konnte niemand voraussahen. Wären er und Chantal nur dortgeblieben. Solange Linda nur seine Mutter als Konkurrenz gesehen hatte, waren die Dinge halbwegs rund gelaufen. Ihre Rolle als Herrin des Hauses ermüdete sie schon bald. Wie seine Mutter immer zu sagen pflegte: Dafür muss man geboren sein. Und Herlinde Krumppenbacher aus Wien Hernals war vielleicht vieles gewesen, aber eine geborene Gastgeberin und

Patronin einer Familie wie der seinen sicher nicht. Anders Chantal. Sie stammte aus exakt jenen Kreisen, die man sich für das Angeln nach einer Schwiegertochter aussuchen würde. Sie war ›Heiratsmaterial‹ und das perfekte Aushängeschild für eine Familie Ledec. Dass diese Diskrepanz zu Spannungen führen müsste, hätte jedem eigentlich klar sein müssen. Aber wer hatte seine ungeliebte Schwägerin umgebracht? Das Ergebnis zählte, aber das Potenzial, das in seiner Familie zu schlummern schien, beunruhigte Martin Ledec inzwischen doch. Seine Mutter und Stefan schieden aus. Ida, die gute Haut? Amon und Chantal? Beide gemeinsam oder einer allein? Hätten sie die Nerven, damit durchzukommen? Martin glaubte es eher nicht. Seine Schwägerin war an guten Tagen schon ein Nervenbündel, und Amon war im Grunde immer noch ein lieber Junge, der gern mit teuren Autos spielte und Geld zum Fenster hinauswarf. Aber Mord? Wie ging man als Familienoberhaupt mit so einer Sache um? Dafür gab es keinen Leitfaden in einem Managementhandbuch. Früher hatte man solche und ähnliche Vorfälle ›en famille‹ gelöst. Er konnte ja beim Abendessen schlecht nachfragen, wer – übrigens – Linda den Tod nicht nur an den Hals gewünscht, sondern auch gleich in die Tat umgesetzt hatte. Musste er es überhaupt wissen? Welchen Unterschied würde es machen? Ida Wagner würde man kaum noch hinter Gitter sperren in ihrem Alter. Und Amon und Chantal waren ihrer beider Alibi. Wenn sie dichthielten, würde ein guter Anwalt den Rest erledigen. Seit seinem 35. Lebensjahr sah Martin Ledec sich immer wieder damit konfrontiert, eine ›Risikoabwägung‹ durchzuführen. Meistens waren es nur unternehmerische Entscheidungen gewesen, doch diesmal ging es um die Familie.

Auch Cornelius Metz, Hilde Attensam und Kevin Wiesinger waren am Montag froh, dass Montag war. Alle drei aus unterschiedlichen Gründen, eines jedoch hatten sie gemeinsam: Richtig lebendig fühlten sie sich privat eher selten. Metz sah wenigstens langsam Licht am Ende des Tunnels, Kevin wusste überhaupt nicht, was ein Privatleben war und Hilde hatte außer Lumpi am Tierfriedhof und ihrer Schwester im Burgenland niemanden. Von ihren guten Freunden Giorgio, Jil, Vera, Karl und wie sie alle hießen, hatte sie sich ja kürzlich erfolgreich getrennt. Das Lager mit den gehorteten Designerkleidern hatte sie aufgelöst. Sie war mit einem blauen Auge davongekommen. Diesmal würde ihre teure Schwäche kein unangenehmes Nachspiel haben. Das Transkribieren des Notizbuches war spannend, aber auch ernüchternd gewesen. Teure Geschenke sah sie nun in einem ganz anderen Licht. Sie konnten manchmal die pure Bestechung und manchmal der Sargnagel sein, der im goldenen Käfig endgültig die Tür zur Freiheit zuschlug. Das Teammeeting begann daher sie diesmal mit ihrer Ausbeute. Metz bat sie, die letzten Einträge vor dem Mord vorzulesen:

»1. März: Ein schönes Halstuch von Hermès gehört nun mir ganz allein. Nicht dass das Schandmaul sich das teure Ding selbst gekauft hätte. Ihr trauriger kleiner Wicht hat es ihr von der Messe in Paris mitgebracht. Sie hat sich leider so offensichtlich darüber gefreut, dass ich es ihr einfach wegnehmen musste. An ihrem spindeldürren Hals hätte sich die schöne Seide ohnehin nur aufgescheuert. Inzwischen ist sie wieder mager wie ein altes Suppenhuhn. Ihr Mann sollte sie eben nicht so viel allein lassen in diesem großen Haus. Und eine sinnvolle Beschäftigung würde ihr auch ganz guttun. Das Herumsitzen und Warten auf das große Ereignis zieht sich nun schon zwei Jahre hin. Ich erzähle ihr dann immer gern die Geschichte, wie schnell ich damals schwanger wurde. Na ja: offiziell zumindest. Aber sie scheint sie nicht ansatzweise so aufzuheitern wie mich. Ich könnte mich immer noch totlachen.«

»1. April: Heute die ultimative Liebesgabe der Banalen bekommen. Ich kann mein Glück noch gar nicht fassen. Aber sie stellt sich einfach zu blöd für mich an. Sie hat danach so geweint, dass ich mir sicher bin, dass sie im Anschluss gleich wieder eine Runde ihrer speziellen Therapie einlegen musste, um damit klarzukommen. Große Spannung in mir, wie sie dem Würstchen dieses Dilemma erklären will. Die Tochter des Schlächters erweist sich leider als hartnäckiges Miststück. Sie will mir nicht helfen. Meine Drohungen haben ihr zwar Angst gemacht, aber sie ist ein zähes Luder. Typische Jugo-Frau eben. Vielleicht besuche ich ihre Familie mal ganz zufällig. Mal schauen, ob sie meine Stippvisiten auch so genießen werden wie jene vom heiligen Martin. Diese zur Schau getragene Selbstgerechtigkeit wird ihm noch vergehen. Jede Mauer bekommt irgendwann einen Sprung. Man muss nur lange genug hinsehen und geduldig bleiben. Meine Geduld ist zwar enorm, aber nicht endlos. Manchmal träume ich von einem Flugzeugabsturz. Alle mit an Bord. Alle außer mir natürlich. Schwarz steht mir ganz hervorragend, Gott sei Dank.«

Hilde machte eine kurze Pause. Die Männer sahen ehrlich betreten drein. In Kevins Gesicht war deutlich Unbehagen zu erkennen. »Na bumm«, sagte er und blickte zu Metz. Dieser nickte nur stumm und bat dann Hilde, fortzufahren. Der letzte Eintrag war mit ›1. Mai‹ datiert: »Die Tochter hat gekündigt. So ein mieses kleines Aas. Ich habe ihr gesagt, dass sie im Umkreis von 100 Kilometern mindestens keine Arbeit mehr bekommen wird, wenn wir sie ohne Zeugnis schicken. Ich vermute, das alte Aas und ihr Faktotum werden einen Weg finden, ihr trotzdem eines zukommen zu lassen. Diese Gutmenschen und ihre Heuchelei! Wenn sie wüsste, was ich über sie weiß, wäre die Alte nicht mehr ganz so vornehm in ihrem Rollstuhl. Aber ich will nicht undankbar sein. Dank ihres Gesundheitszustandes bin ich nur noch einen Treppensturz davon entfernt, die Herrin im Haus zu werden. Dann Gnade ihnen Gott. Keinen schönen Tag werden sie mehr erleben in diesem Mausoleum. Als Trost für den ganzen Ärger habe ich mich mit einer schönen Uhr beschenkt. Die ›Tank‹ von Cartier soll ja die berühmteste Damenarmbanduhr der Welt sein. Sogar Prinzessin Diana hat eine besessen. Das passt ja ganz hervorragend: Magersüchtige Psycho-Kühe aller Lande vereinigt euch! Das Schandmaul hat natürlich wieder geweint, als ich sie ihr abgenommen habe. Ich habe ihr gesagt, sie soll dem Clown einfach sagen, sie hätte sie verloren. Bei den dünnen Ärmchen wäre das ja kein Wunder. Hätte er ihr mal besser eine Kinderuhr geschenkt. Wobei: Das hätte das hässliche Psycho-Entchen dann wahrscheinlich wieder als Anspielung aufgefasst. Man darf in ihrer Gegenwart ja nicht einmal Baby-Ananas sagen. Oh, ich denke, ich weiß, was das Faktotum am Freitag als Nachtisch servieren sollte. Diese wöchentlichen Familienessen könnten ohnehin wieder einmal ein Highlight vertragen.«

Hilde war nun, da sie die Worte laut vorgelesen hatte, noch flauer im Magen. »Außer mir noch jemand einen Kaffee?«, fragte Metz, der das Gehörte offensichtlich auch erst einmal verdauen musste. Kevin hatte die Tafel weiter befüllt. Dort hingen nun, wie üblich, Fotos aller Beteiligten, die zeitgleich ihre magere Ausbeute an Verdächtigen waren. Sogar Gräfin Charlotte prangte dort. Das Foto, das er von ihr gefunden hatte, dürfte jedoch – der Frisur nach zu urteilen – schon älteren Datums sein. Der Farah-Diba-Look war in den 1970ern modern gewesen. Neben ihr hingen die drei Brüder und Chantal sowie Ida Wagner und Mira Dragovic. Was es wohl mit der ›Tochter des Schlächters‹ auf sich hatte? Doch Kevin wusste auch hier schon die Antwort. Nach der kurzen Pause legten sie los. Metz richtete das Wort gemäß Hackordnung nach Dienstgrad zuerst an Hilde. Diese fasste noch einmal kurz die Erkenntnisse aus dem Tagebuch zusammen. Ob der Hinweis auf den Treppensturz ein Zufall war? Cornelius Metz ergänzte ihre Informationen über die Familie Ledec um ein paar Anekdoten, die seine Eltern am Sonntag dazu beisteuern konnten. Wie in diesen Kreisen üblich, war nichts von Bedeutung dabei. Über echte Themen sprach man dort nicht. Charlotte Ledec hatte, solange ihr Mann noch lebte, ein reges Leben als Grande Dame der Wiener Society geführt. Sie ließ sich bereitwillig vor viele Karren spannen, die dem guten Zweck dienten. Allerdings – zu dieser Meldung hatte seine diskrete Mutter sich dann doch hinreißen lassen – schien es zwischen den Eheleuten Ledec nicht unbedingt zum Besten gestanden zu haben. ›Distanziert‹ sei ihr Verhältnis gewesen, und Amon Senior war als Patriarch und Tyrann verschrien gewesen. Es hatte immer wieder Gerüchte um Zwangsarbeiter*innen gegeben, die spät, aber doch versuchten, von ›La Warenne Schokoladen‹ eine Entschädigung für ihre Ausbeutung zu erhalten. Doch Amon Senior war Unternehmer der alten Schule gewesen. Und diese verhandelten nicht mit ›Erpressern‹, wie er die Opfer und ihre Hinterbliebenen genannt hatte. Kevin hob die Hand. Metz hatte schon versucht, ihm diese kindliche Angewohnheit auszutreiben, doch in Sachen Erziehung waren bei Kevin – laut eigenen Angaben – schon ganz andere Kaliber gescheitert. »Was gibt es, Kevin?« Dieser tippte kurz auf seiner Tastatur herum und drehte dann einen seiner Ultra-HD-Bildschirme (Wer hatte die genehmigt?) Richtung Metz und Hilde. Darauf zu sehen waren Fotos einer jungen, schönen Frau. Die Gräfin in jungen Jahren zweifellos. »Es gibt nicht viel digitales Bildmaterial aus dieser Zeit. Zugreifen konnte ich auf sämtliche Zeitschriften und Magazine, die ihre alten Ausgaben digitalisiert und online gestellt haben. Sehr viele Bilder von Familienmitgliedern gibt es nicht, aber diese hier zeigen alle Charlotte Ledec. Fällt Ihnen etwas auf?« Metz schüttelte den Kopf. Doch Hildes wachsames Auge erkannte sofort, worauf Kevin hinauswollte. »Sie trägt immer lange Ärmel, auch im Sommer. Und ohne Sonnenbrille ist sie praktisch nie zu sehen.« Kevin nickte. »Und nun die Söhne, Martin und Stefan.« Er tippte wieder auf der Tastatur herum und zeigte ein paar Schnappschüsse der Kinder und späteren Jugendlichen. Auch hier wieder: lange Ärmel im Hochsommer, auf einem Foto war der Arm von Martin geschient und ruhte in einer Schlinge. Stefan sah auf jedem dieser Bilder aus, als ob er flüchten wollte. Auf einem war eines seiner Augen von einem dicken Verband überdeckt. Mützen trugen beide Brüder auf einigen der Fotos, obwohl das nicht gerade comme il faut war. »Gewalt in der Familie?« Metz war nicht überrascht. Doch dieser Hinweis – und mehr waren ein paar alte Fotos nicht – würde bedeuten, dass sie den Tod von Amon Senior nicht vollkommen aus den Augen verlieren sollten. Zu Hause zu sterben im Kreis seiner Lieben, war für liebende Familienväter sicher ein Privileg. Wie es wohl für einen Tyrannen sein musste, der Frau und Kinder möglicherweise jahrelang misshandelt hatte? »Gegen diese Familie erscheint mir die meine richtig sympathisch«, ließ Hilde sich zu einem ihrer seltenen persönlichen Kommentare hinreißen. Metz hatte sich ganz Ähnliches gedacht. Ein Paar überspannte Eltern, die der guten alten Kaiserzeit nachtrauerten und am liebsten noch immer in einer vergoldeten Kutsche die Ringstraße passieren und in Schönbrunn lustwandeln würden, waren vergleichsweise harmlos. »Was gibt es zum Tod von Amon Ledec Senior?«, fragte er Kevin. »Ich habe gehofft, dass Sie mich das fragen würden, Chef! Es gibt nämlich nichts dazu. Ein paar Zeitungsberichte über sein Wirken als Unternehmer, die üblichen Nachrufe und Lobhudeleien eben.« »Aber?« Metz wusste, das war noch nicht das Ende vom Lied, wenn Kevin diesen Gesichtsausdruck an den Tag legte, wie ein junger übermotivierter Jagdhund, der eine vielversprechende Fährte in der Nase hatte. »Ich habe den Obduktionsbericht von damals gesucht. Er müsste uns eigentlich zugänglich sein, ist er aber nicht.« »Ein Sperrvermerk?«, mutmaßte Metz. Das kam vor, selten, aber doch. Kevin schüttelte den Kopf. »Nein, er ist schlichtweg nicht mehr da. Verschollen. Unauffindbar.« »Spannend«, sagte Hilde trocken und biss in einen ebensolchen Keks. »Es wird noch mysteriöser«, fuhr Kevin fort. Anscheinend hatte auch er sein Wochenende der Arbeit gewidmet. Metz hatte fast ein schlechtes Gewissen. Früher, sehr viel früher, war er genau so gewesen. »Was noch?«, ermunterte er Kevin, fortzufahren. »Den Unfallbericht zum Tod von Hans Wagner, dem Ehemann von Ida, hat dasselbe Schicksal ereilt. Verschollen im Archiv.« »Das ist kein Zufall mehr«, konstatierte Metz, und auch Hilde nickte. Zufälle gab es im Polizeidienst keine. Wurden Kriminelle durch Kommissar Zufall geschnappt, hieß dies nur, dass niemand wusste, wer sie verpfiffen hatte. »Aber …« Kevin war noch immer nicht zu Ende. Der Junge war eine echte Goldgrube, wenn man ihn gewähren ließ. »Aber?«, fragte Metz. »Wenn Sie nicht bald gute Nachrichten für uns haben, Kevin, kommen wir nicht wieder«, versuchte er einen Scherz. Hilde zumindest tat ihm den Gefallen und zeigte die Spur eines Lächelns. »Der Kollege, der den Unfall damals aufgenommen hat und als Erster vor Ort war, lebt noch. Sein Name ist Josef Bruckner. Er wohnt im Heim zum Guten Hirten in Hietzing.« »Guter Hirte«, dachte Metz. Genau den können wir jetzt gut gebrauchen. »Doch allzu lange warten sollten Sie nicht, Chef und Chefin. Er ist 95 Jahre alt und wird wahrscheinlich nicht jünger.« »Danke, Kevin. Gute Arbeit.« Und an Hilde gewandt: »Lust auf einen Blick in die nicht mehr allzu ferne Zukunft, Kollegin?« Hilde schüttelte den Kopf. »Nicht unbedingt. Aber Lust, eine Reise in die Vergangenheit zu unternehmen, hätte ich definitiv.«

Unterwegs zum Pflegeheim sprach Hilde laut aus, was Metz sich schon die ganze Zeit über dachte: »Dieser Fall wird eine harte Nuss, oder?« Er nickte und antwortete: »Das war er von Anfang an. Martin Ledec ist uns mit seiner Forderung nach einer Obduktion nur einen Schritt vorausgewesen. Frei nach dem Motto: ›Angriff ist die beste Verteidigung‹.« »Was denken Sie, wer es getan hat? Sollen wir wirklich wieder die Theorie vom unsichtbaren Dritten ins Spiel bringen?« Metz schüttelte den Kopf. Hilde fuhr heute auffallend rücksichtsvoll und respektierte sogar den Vorrang der anderen Verkehrsteilnehmer*innen. »Nein, das war kein Außenstehender. Nicht dass solche Kreise nicht Gebrauch von Dienstleistern aller Art machen würden. Aber ein Auftragskiller, der im Haus auf eine Gelegenheit lauert: Das ist dann doch absurd.« »Denken Sie, die Jungen waren es gemeinsam?« »Nein, das stehen die beiden nervlich nicht durch. Die Schwiegertochter dürfte ohnehin angeschlagen sein, was ihre Psyche betrifft. Unerfüllter Kinderwunsch, Essstörung und das diabolische Treiben ihrer Schwägerin so lange zu dulden, sprechen nicht gerade für eine Kämpfernatur.« »Und Amon Junior allein? Er scheint seine Frau zu vergöttern. Und Mira Dragovics Aussage zufolge wusste er von ihren Problemen. Sonst hätte er nicht die Rasierklingen aus dem Bad verschwinden lassen.« »Könnte sein. Er wirkt zwar schmächtig und nicht sehr stark. Andererseits: Wie viel Kraft braucht man, um jemandem, der bereits schwer verletzt am Boden liegt, den Rest zu geben? Wer ist Ihr Favorit als Mörder, Kollegin?« »Cherchez la femme«, sagte Hilde kryptisch und chauffierte den Dienstwagen von Metz souverän auf den Parkplatz des Seniorenheimes ›Zum Guten Hirten‹. Direkt vor dem Reservierungsschild für die ›Ärztliche Leitung‹ parkten sie und stiegen aus. »An wen denken Sie dabei? Ida Wagner?« Hilde zuckte mit den Schultern. »Ich weiß es nicht. Vielleicht auch jemand, den sie hereingelassen hat? Mira Dragovic? Oder doch noch jemand, der im weiteren Sinne zur Familie gehört, den wir aber noch nicht auf dem Schirm haben.« Hildes Uniform erfüllte wieder voll und ganz ihren Zweck. Schon die erste Pflegekraft, der sie begegneten, gab bereitwillig Auskunft darüber, wo sie Josef Bruckner finden würden. Um diese Uhrzeit war das Frühstück schon vorbei und das Mittagessen noch kein Thema. Die Essenszeiten waren vermutlich die einzigen Highlights an Orten wie diesem. Josef Bruckner saß auf der wenig ansprechenden Terrasse des Altbaus, die in einen überschaubaren und wenig liebevoll gepflegten Garten zeigte. Er saß im Rollstuhl, und die Sauerstoffflasche, die an diesem fix montiert zu sein schien, ließ nichts Gutes für das Gespräch erahnen. Jedenfalls sollten sie sich auf das Wesentliche konzentrieren, und das in aller gebotenen Kürze. Metz stellte sich und Hilde vor. Die Augen des alten Mannes waren von wässrigem Blau, wie es häufig bei alten Menschen zu sehen war. Jemand hatte ihm eine karierte Decke über die Knie gelegt. »Original 1980er-Jahre Autodecke aus Polyester«, konstatierte Hildes Gehirnareal für schöne Dinge. Die Frau Gräfin von und zu Ledec, oder wie auch immer sie sich nun nannte, hatte ein Plaid aus handgeklöppelten Spitzen auf ihrem Schoß ausgebreitet gehabt. »Willkommen in der mindestens Zwei-Klassen-Gesellschaft«, dachte Hilde. Am Weg auf die Terrasse hatte sie mit allen Sinnen einen Eindruck von diesem Haus gewinnen können. Ihr Fazit: Nur über ihre Leiche! Herr Bruckner, ehemaliger Bezirksinspektor, machte auch keinen allzu glücklichen Eindruck. Er war mager und ausgezehrt. Sein schütteres Haar jedoch zeigte noch Spuren von Schwarz. Auf dem Tisch vor ihm lag ein aufgeschlagenes Kreuzworträtsel. Das immerhin ließ Gutes für das Gespräch erhoffen. Körperlicher und geistiger Verfall traten nicht immer zeitgleich vor den letzten Vorhang. »Dürfen wir Ihnen ein paar Fragen stellen, Herr Kollege?«, eröffnete Metz das Gespräch formvollendet wie immer. Ihr Besuch war vermutlich ohnehin das Highlight des Jahres für den pensionierten Cop, aber Metz war stets auf gute Umgangsformen bedacht. »Setzen Sie sich. Sie haben Glück. Ich habe heute Vormittag keine Termine«, scherzte er und zwinkerte Hilde dabei zu. »Geht es um die Ledec-Sache?« »Sie wissen davon?«, gab Metz erstaunt zurück. »Natürlich. Die Tageszeitung ist neben dem hier«, dabei deutete er auf die Rätsel-Woche, die schon gut befüllt war, wie Hilde feststellte, »mein einziges Vergnügen.« »Sie hatten ja mit der Familie schon einmal zu tun. Der Unfalltod von Hans Wagner. Seine Frau war beziehungsweise ist die Hausdame der Ledecs.« Josef Bruckner musste lächeln. »Sehen Sie: Ich habe keine Ahnung, was es gestern zum Abendessen gegeben hat. Die meisten Mahlzeiten hier sind auch zum Vergessen, das können Sie mir glauben. Aber wer Hans Wagner war und wer die Ledecs sind, werde ich nie vergessen. Die Sache damals hat mir die Augen geöffnet.« »Über wen?«, wollte Hilde wissen. Stift und Block waren wieder bereit, zu glühen. »Über was, Frau Gruppeninspektorin. Das wäre die richtige Frage.« »Und wie lautet die Antwort?«, hakte Metz nach. »Über das System. Das System Polizei. Und das System der guten alten politischen Einflussnahme, die hierzulande ja Tradition hat.« »Also hat damals jemand interveniert, als Sie den Tod von Hans Wagner untersuchen wollten?« »So weit kam es gar nicht. Ich war der Erste am Unfallort. Die Kurve auf diesem Forstweg mitten im Wald hätte ein flottes Tempo schon vertragen. Heute rasen sie da mit ihren E-Bikes schneller durch als Hans Wagner auf seinem Moped damals.« »Wie kamen Sie dann darauf, dass es kein Unfall gewesen sein konnte?«, wollte Metz es nun genau wissen. »Jemand hatte eine Schnur gespannt. Quer über den Weg, von Baum zu Baum. Mein damaliger Kollege hat sie entdeckt, weil er kurz, na ja, austreten musste. Sie war noch immer um einen Baumstamm gebunden mit einem ganz eigenartigen Knoten.« »Was ist dann passiert?« »Warten Sie kurz, ich brauche einen Schluck«, sagte Josef Bruckner und griff nach dem Mundstück seiner Sauerstoffflasche. Er nahm ein paar tiefe Züge. »Die Drogen des Alters«, sagte er mit einem Seitenblick auf Hilde. »Guter Stoff!«, gab diese zurück und rang Josef Bruckner damit glatt ein weiteres Lächeln ab. »Sie haben das in Ihrem Bericht erwähnt, nehme ich an?«, fragte Metz weiter. »Natürlich, ganz nach Vorschrift. Die Schnur haben wir mit einem Taschenmesser abgeschnitten und als Beweis gesichert. Jedenfalls so gut wir das damals eben wussten. Zwei Tage später hieß es: Fall geschlossen, Tod durch Unfall.« Metz nickte. Das Ganze war vor über 50 Jahren gewesen. Da ging so ein ungeschöntes Vorgehen noch, ohne dass die Medien von solchen Manövern Wind bekamen. »Was geschah dann?«, wollte nun Hilde von dem alten Ex-Kollegen wissen. »Ich bin befördert worden. Das ist passiert. Und darüber gesprochen wurde nie wieder.«

Jedes Mal, wenn Martin Ledec seinen Vater gefragt hatte, wie sie denn mit dem Inhalt des ›Giftschrankes‹ umgehen sollten, hatte dieser stets dieselbe Antwort für seinen Sohn parat gehabt: »Abwarten und Tee trinken.« Martin hatte diese Haltung verstanden. Sein Vater konnte schließlich nichts dafür, wie sein Großvater die Geschäfte während des Zweiten Weltkriegs gehandhabt hatte. Er hatte es – aus ökonomischer Sicht – jedenfalls sehr gut gemacht. In einer Zeit, in der die Rohstoffe knapp gewesen waren und Menschen alles andere als Schokolade im Sinn gehabt hatten, hatte sein Großvater die Produktion kurzerhand auf Feldproviant umgestellt. ›La Warenne Schokoladen‹ hieß das schöne Imperium erst nach dem Krieg. Vor diesem eleganten Etikettenschwindel war es ein kriegswichtiger Betrieb gewesen, der Trockennahrung herstellte und so ziemlich alles in dehydrierte To-go-Formen presste, was irgendwie zu einem Nahrungsmittel für die Soldaten an der Front taugte. Sein Großvater produzierte viel, hatte die allerbesten Kontakte zu den wichtigen Stellen und den entsprechenden Lieferanten. Auch Tütensuppen und die Vorläufer der heutigen Camping- und Astronautennahrung brauchten schließlich etwas Genießbares als Basis. Die Sache mit den betriebseigenen Arbeitslagern direkt auf dem Firmengelände war nie ein Geheimnis innerhalb der Familie gewesen. ›Abwarten und Tee trinken‹ bedeutete so viel, als dass sich diese unschönen Begebenheiten und ihre Zeitzeugen vor allem mit den Jahren von selbst und auf natürliche Weise in Luft auflösen würden. Martin Ledec tat den medientauglichen Schritt nach vorne, indem er eine Historikerin mit der lückenlosen Aufklärung – so lautete die Sprachregelung für die Presse – betrauen würde. Der Zeitpunkt war nicht willkürlich gewählt worden. In zwei Jahren, wenn das 100-jährige Bestehen gefeiert werden sollte, hätte sich die Zahl der noch lebenden Zeitzeugen atomisiert. Es würde dann ein Leichtes sein, ausreichend Betroffenheit an den Tag zu legen. Oder besser: aus fachkundiger Hand an den Tag legen zu lassen. Entschieden hatte er sich für die Beste ihres Faches mit einem makellosen Ruf. Er hatte ihr freien Zugang zum Archiv gewährt, was an sich schon einen enormen Vertrauensbonus darstellte. Dass das Archiv schon vor Jahren einer innerfamiliären Zensur unterzogen worden war, wusste außer ihm und Margot niemand. Und selbst sie hatte der Vater damals nur sehr sparsam ins Vertrauen gezogen. Warum er die Dokumente nicht gleich vernichtet hatte, hatte der junge Martin damals nicht verstanden. Sein Vater war schließlich kein Typ Soldat, der Gefangene machte. Doch dieser hatte nur kryptisch gemeint, dass solche Dokumente nicht ausschließlich belastend, sondern teilweise auch sehr nützlich sein konnten. Martin konnte nur vermuten:

Wahrscheinlich war sein Familienname nicht der Einzige, der darauf zu lesen war. Er verabscheute die Vorstellung, als völlig Unbeteiligter sich auch noch um die Scherben und den Müll aus der Vergangenheit kümmern zu müssen. In diesem Moment klopfte es am Türrahmen, und Margot steckte ihren koboldhaften Kopf herein: »Die Staatsanwaltschaft hat angerufen. Sie geben Lindas Leiche für die Beerdigung frei.« »Apropos Müll entsorgen«, dachte Martin und sagte dann: »Ich kümmere mich darum.«

Kapitel 15: Dienstbare Geister

Cornelius Metz und Hilde Attensam beschlossen, nach dem Besuch im Seniorenheim einen Zwischenstopp bei der Villa Ledec einzulegen, bevor es zurück ins Präsidium ging. Metz wollte Ida Wagner noch einmal sprechen und den Tod ihres Mannes dabei nicht unerwähnt lassen. Außerdem hofften sie darauf, Chantal Ledec dort anzutreffen. Für eine Vorladung aufs Präsidium gab es keinen Grund, und die Familienanwälte auf den Plan zu rufen, bevor es unbedingt notwendig sein würde, wollte Metz um jeden Preis vermeiden. Die Gegend wurde mit jedem Meter, mit dem sie sich dem Wohnsitz der Industriellenfamilie näherten, deutlich besser. Lieblos in die Gegend gepferchte Wohnsilos und Häuser ohne Leben wichen mit jeder Kreuzung ordentlich gepflegten Fassaden und immer mehr Grünflächen, dekorativ bepflanzten Verkehrsinseln und Blumenrabatten. Das grüne Wien gab es eben nicht für jeden. Bei der Villa angekommen, öffnete Ida Wagner die Haustür. Sie war überrascht, die beiden Beamten so schnell wiederzusehen. Metz hatte mit Hilde vereinbart, dass sie mit Chantal Ledec sprechen sollte. Schließlich kannte sie das Tagebuch ihrer Schwägerin am besten. Doch dieser Teil des Plans ging nicht auf. »Frau Chantal ist heute mit den Kindern unterwegs. Als Begleitperson für Louisas

Ausflug in den Zoo. Wir erwarten sie erst am späten Nachmittag zurück.« Anscheinend verschoben sich die Verhältnisse innerhalb der Familie gerade in eine neue Richtung. »Dann würden wir gerne kurz mit Ihnen sprechen, Frau Wagner«, sagte Metz und deutete an, ihr in die Küche folgen zu wollen. Zögerlich ging sie voraus. Niemand hatte gerne die Polizei im Hause. Da bestand so etwas wie eine natürliche Abneigung dagegen. Aber das ›Mädchen‹ fühlte sich heute sichtlich unwohl in Gegenwart der Beamten. Metz würde freundlich und nett bleiben. Das tat er immer, wenn er nicht gerade einen abgebrühten Schwerkriminellen vor sich hatte. Und Hilde würde wie immer mitschreiben und allfällige Lücken schließen, an die er nicht dachte. Sie war gut in solchen Dingen. Alles, was Details betraf, war ihre Stärke. Sie setzten sich an den Küchentisch, auf dem auch heute wieder die Zeitung ordentlich gefaltet lag. »Frau Wagner, wir wollten Sie noch einmal fragen, ob Ihnen zur Mordnacht vielleicht etwas eingefallen ist? Gab es Streit beim Abendessen? Kam noch Besuch? Haben Sie etwas gehört oder gesehen, was Sie uns bei unserem letzten Besuch nicht erzählt haben?« Ida Wagner schüttelte den Kopf. »Nein, bestimmt nicht. Das Abendessen verlief so wie immer, danach sind alle auf ihre Zimmer gegangen und Stefan hat seinen Nachtdienst angetreten. Ich habe die Frau Gräfin zu Bett gebracht und bin dann ebenfalls schlafen gegangen.« »Was war mit Mira Dragovic? Warum hat sie ihre Stelle hier wirklich gekündigt? Etwas wissen Sie doch, oder?« Das alte ›Mädchen‹ begann nervös, ihre Hände zu kneten. Es waren die typischen Hände einer Frau, die viel gearbeitet hatte in ihrem Leben. Kein Ring, kein Schmuck, keine Maniküre. Nur hervortretende dunkelblaue Adern, Altersflecken und knochige, magere Finger. »Ich weiß nur das, was ich Ihnen schon erzählt habe.« »Gute Antwort«, dachte Hilde. Genauso gut könnte sie auch sagen: »Lesen Sie einfach in Ihren Unterlagen nach.« »Das denke ich nicht«, konterte Metz freundlich, aber bestimmt. »Sie wussten von den Schwierigkeiten, die sie mit Linda Ledec hatte. Sie hat versucht, mit Ihnen darüber zu sprechen, oder?« »Die Familie Ledec ist mein Arbeitgeber. Und das seit mehr als 70 Jahren. Ich war noch nicht einmal 15, als ich als Dienstmädchen zur jungen Frau Gräfin kam. Seitdem ist ihre Familie auch die meine. Sie sind kein Familienmensch, das sehe ich sofort.« Trotzig klangen diese scharfen Worte aus dem Mund der sonst so zugeknöpft wirkenden Hausdame. Sie hatte eindeutig in den Verteidigungsmodus gewechselt. Flucht oder Kampf – diese Frage stellte man sich bei jeder Befragung. »Ein Mitglied Ihrer Familie ist kürzlich ermordet worden, Frau Wagner. Und es ist nicht der erste mysteriöse Todesfall in diesem Umfeld, habe ich recht?

Was ist damals mit Ihrem Mann passiert? Wir haben den Polizeibericht.« Gut, das war nicht die ganze Wahrheit, aber gehört hatten sie den Polizeibericht ja sozusagen. »Was hat mein Mann mit dieser Sache zu tun? Er ist seit mehr als 50 Jahren tot.« Nun brachte Hilde sich ein. »Sie müssen noch sehr jung bei ihrer Heirat gewesen sein. War es damals nicht üblich, dass man seine Herrschaft nach der Hochzeit verließ? Verheiratete Dienstboten waren doch eher ungewöhnlich, oder nicht?« »Wir wollten das aber so. Die Frau Gräfin hat sich noch nie um Konventionen geschert. Sie hat sogar für die Olympiaauswahl trainiert, stellen Sie sich das vor!« »Netter Versuch, vom Thema abzulenken«, dachte Metz und machte noch einen Versuch. »Aus heutiger Sicht sieht es so aus, als ob der Tod Ihres Mannes damals kein Unfall war. Jemand hat eine Schnur über den Weg gespannt und so das Motorrad zu Fall gebracht. Die Ermittlungen wurden auf mysteriöse Weise eingestellt, und alles verlief im Sand. Was sagen Sie dazu, Frau Wagner?« Die Hausdame schwieg. Hilde, detailverliebt wie immer und ausnahmsweise auf Diplomatie bedacht, fragte interessiert: »Für welche olympische Disziplin hat die Frau Gräfin sich damals qualifizieren wollen?« Vielleicht knackte dieser Richtungswechsel in die gute alte Zeit Frau Wagners Panzer. Es war außerdem schwer vorstellbar, dass die alte, gebrechliche Frau Gräfin von heute einmal jung, fit und kräftig gewesen war. »Fechten«, antwortete Ida Wagner. Mehr war aus ihr nicht mehr herauszuholen, jedenfalls nicht, ohne dass man Metz wegen Gewalt gegen Senioren hätte verantworten müssen. Er ließ ihr seine Karte da mit der Bitte, sie an Chantal Ledec auszuhändigen. »Sie soll sich bitte verlässlich bei uns melden, sobald sie zu Hause ist, in Ordnung?« Ida Wagner nickte. Und gerade, als die beiden Beamten sich zum Gehen wandten, rief sie ihnen noch nach: »Ich habe meinen Mann nicht umgebracht. Das müssen Sie mir glauben.« Metz nickte. »Das glaube ich Ihnen, Frau Wagner. Aber irgendjemand hat es getan. Jemand, der den Tagesablauf Ihres Mannes kannte und wusste, wann und wo man ihn am besten zur Strecke bringen konnte. Dafür kommen keine fremden Menschen infrage, sondern in erster Linie die Familie. Und wer das in ihrem Fall ist, haben Sie uns ja gerade sehr deutlich geschildert.«

Die Gräfin sah vom Fenster im ersten Stock, wie die beiden Beamten das Haus verließen. »Früher hätte man sie mit einer Schrotflinte vom Grundstück gejagt«, dachte sie. Ihr Verhältnis zu Obrigkeiten war noch nie das Beste gewesen. Und manches im Leben änderte sich nie. Ihre Kindheit und Jugend waren geprägt gewesen von einem Sittenbild, in welchem der Adel noch immer das Sagen hatte. Danach kamen die reichen Großgrundbesitzer und das Bürgertum. So etwas wie eine polizeiliche Untersuchung hätte es damals nie gegeben. Sie wollte natürlich alles wissen, was Ida mit den beiden Polizisten besprochen hatte. Läuten musste sie nicht nach ihr, Ida wusste, dass dem wachsamen Auge der Frau Gräfin nichts entging, was in diesem Hause vor sich ging. Auch wenn ihr Verstand in letzter Zeit Lücken aufwies – in manchen Momenten war ihr dies durchaus bewusst –, das große Ganze bekam die alte Dame des Hauses durchaus noch mit. Die Hausdame hingegen – an diesem Wortspiel hatten sie sich als junge Mädchen immer begeistern können – hielt sich strikt an die traditionelle Dienstbotenregel: Alles bemerken, aber keine Bemerkung dazu. Wenige Minuten später klopfte Ida Wagner und trat ein. »Die Polizei war da«, sagte sie ruhig. »Ich weiß, Idalein. Was wollte dieses Beamtenpack denn nun schon wieder?« »Sie haben nach Hans gefragt. Behauptet, dass das damals kein Unfall war mit seinem Moped.« Die Gräfin reckte ihren schlanken Hals so weit nach oben, wie sie konnte. Die Ballettstunden machten sich noch immer bezahlt: Haltung um jeden Preis schadete in keiner Lebenslage. »Diese Idioten. Die Toten soll man ruhen lassen. Natürlich war das ein Unfall damals. Was denn sonst?« Ida Wagner wusste nicht, wie viel sie der Gräfin erzählen sollte. Manches plauderte sie zu den unpassendsten

Gelegenheiten aus. Und Martin hatte in der Tat schon genug Probleme, da brauchte er diese alte Geschichte nicht auch noch.« »Ich möchte Tee, Ida. Und dann möchte ich auf die Terrasse. Nein, ich möchte Tee AUF der Terrasse, Ida, sei so lieb.« Und mit einem Wimpernschlag war der Geist der Gräfin wieder in die gute alte Zeit abgetaucht. »Sehr wohl, gnädige Frau«, antwortete Ida und zog sich zurück.

Im Präsidium war es höchste Zeit für eine Teamsitzung. Kevin hatte die Tafel gefüllt, so gut es die Informationslage derzeit zuließ. Der Unfalltod von Hans Wagner war nun ebenfalls als Puzzleteil angeführt, ebenso das Notizbuch aus dem Bankschließfach und Mira Dragovic. Unter ihrem Foto thronte ein riesengroßes Fragezeichen. Nach einer Runde Espresso für alle (Woher kam eigentlich der Kaffee?) war es Zeit für eine Runde kriminalistisches ›Ich packe meine Koffer‹. Cornelius Metz hatte sich diese Technik von einem seiner Ausbildner abgeschaut, der gerne die Fakten hatte sprechen lassen. »Kollegin, Sie beginnen. Wer war Linda Ledec?« Hilde räusperte sich. Die drei Runden Faktencheck waren ihr anfangs kindisch und sinnlos erschienen. Doch das Geheimnis dieser Taktik lag eher in der Wiederholung der Informationen und in dem Gewicht, das unterschiedliche Blickwinkel ihnen beimaßen. »Linda Ledec war eine Frau, die ihren

Namen geändert hat«, legte sie los. Es faszinierte Hilde Attensam noch immer, wie selbstbewusst und ungeniert jemand sich derart neu erfinden konnte. Von Herlinde Krumppenbacher zu Linda Ledec musste es entweder ein langer, steiniger Weg gewesen sein, oder ein höchst illegaler und moralisch verwerflicher. Sie fügte diesen Gedankengang noch hinzu. »Kevin, Sie bitte.« Der Jungspund in seinem ewig gleichen schwarzen Rollkragenpullover mochte diese Fragerunden nicht. Doch er spielte brav mit. »Linda Ledec war ein analoger Mensch. Sie war weder auf Facebook noch auf Instagram noch in einem anderen sozialen Netzwerk vertreten. Sie war ein Mensch, der wenig telefoniert und auch wenig gearbeitet hat in seinem Leben.« Metz hakte nach: »Was hat es mit dem Arbeiten auf sich?« Kevin zeigte auf ein Dokument auf seinem Bildschirm: »Ihr Sozialversicherungsdatenauszug weist genau drei Einträge auf: das Krankenhaus, in welchem sie nach ihrer Ausbildung zur Krankenschwester die ersten Jahre gearbeitet hat, dann das Alten- und Pflegeheim, wo es die Mobbingvorwürfe gab, und als Drittes und Letztes ›La Warenne-Schokoladen‹. Man hat sie offensichtlich über die Firma angestellt, als private Krankenschwester für den Seniorchef.« Metz runzelte die Stirn. »Das ist wenig. Was ist mit Jobs in den Ferien, Praktika oder dergleichen?« Kevin schüttelte den Kopf. »Wenn, dann nur schwarz und ohne Wissen von Vater Staat.« Hilde brachte sich ein: »Welche Schule hat sie besucht?« Kevin nickte erfreut. »Ah, mein Lieblingsthema! Sie war in der Volksschule Wien 2, anschließend dortselbst in der Hauptschule, wie das damals noch hieß. Matura am privaten katholischen Gymnasium am Schottenring im Juni 2000.« Hilde warf ein: »Schulkameradinnen, Jahrbücher und dergleichen?« Kevin schüttelte den Kopf. »Es gibt so etwas sicher, aber nicht digital. Außerdem – mit Verlaub – über den Charakter der Toten wissen wir schon genug, um zu verstehen, warum man sie umgebracht hat, oder nicht?« Metz wollte nicht den Schiedsrichter spielen. Jede Information war nützlich, und je einfacher sie ihnen zukam, desto besser. Daher ergänzte er nur: »Gut wären Kolleginnen, mit denen sie die Ausbildung absolviert und gearbeitet hat. Können Sie der Sache mit dem Mobbing im Altenheim nachgehen, Kevin?« Dieser nickte. »Natürlich. Soll ich zu Mira Dragovic und ihrer Familie auch Nachforschungen anstellen? Die könnten möglicherweise den weniger legalen Weg verlangen.« Metz schätzte es, wenn Kevin ihn immerhin vorwarnte, wenn er die Pfade der Recherchetugend verließ. »Was ist mit Mira Dragovic?«, fragte Hilde. Das Fragezeichen unter ihrem Foto auf der Tafel war ihr schon aufgefallen. Kevin blickte zu Metz und dann ein wenig schuldbewusst auf seine Tastatur. »Sie waren schon auf illegalen Wegen unterwegs,

Kevin, habe ich recht?« Metz kannte diesen Blick inzwischen schon. Wie ein Hund, der unerlaubterweise ein riesengroßes Loch im Garten gebuddelt hatte und wusste, dass er die Schuld diesmal nicht auf das Eichhörnchen schieben konnte. »Wollen Sie denn nicht wissen, was es mit dem ›Schlächter‹ aus dem Notizbuch auf sich hat?«, legte Kevin geschickt einen Köder aus, dem kein Ermittler widerstehen konnte, da war er sich sicher. »Sagen Sie mir zuerst, ob wir im Fall des Falles etwas mit diesen Informationen anfangen könnten, offiziell, meine ich.« Illegal beschaffte Beweise wurden vor Gericht nicht zugelassen. Jeder Verteidiger würde das verhindern, noch bevor das Licht im Gerichtssaal angegangen war. »Wenn man weiß, wonach man suchen soll, Chef, findet man sicher auch auf legalem Weg dorthin, wo ich jetzt dank gewisser Abkürzungen gelandet bin.« »Also gut«, seufzte Metz. »Aber diese Infos bleiben wie immer unter Verschluss, verstanden? Kein Wort davon auf die Tafel, in Ordnung, Kevin?« Dieser nickte, und auch Hilde stimmte zu. Das Büro der Soko ›Reha‹, wie das Team rund um Cornelius Metz spöttisch genannt wurde, war nicht gerade Fort Knox. Und Leo Katzinger, der schmierige Polizeichef, war bekannt dafür, nach Feierabend seine Runden zu drehen, um sich einen ›Überblick‹ zu verschaffen. Hildes guter Draht zu einer der Damen vom Reinigungsteam hatte ihnen diese wertvolle Info verschafft. Seitdem war sie Hildes Augen und Ohren nach 20 Uhr. Die guten Geister, die im Stillen ihre Arbeit erledigten, und vor allem dann, wenn die meisten hier schon längst im Feierabend waren, konnte man gar nicht hoch genug schätzen. »Also, Kevin, auch auf die Gefahr hin, dass ich es bereuen werden: Was gibt es zu Mira Dragovic?« Kevin tippte ein paar Buchstaben in seine Tastatur, drehte dann einen der beiden riesenhaften Bildschirme Richtung Metz und Hilde. »Ich kann Ihnen noch nicht sagen, wer die Familie Dragovic wirklich ist. Aber Dragovic ist mit Sicherheit nicht ihr Name. Ihre Tochter Mira ist in Österreich geboren und aufgewachsen. Die Eltern aber scheinen aus dem Nichts aufgetaucht zu sein. Es gibt keine Geburtsurkunden von ihnen und außer der Anstellung bei ›La Warenne Schokoladen‹ auch keine Versicherungszeiten. Herr Dragovic war im Werkschutz der Firma tätig, und zwar über 20 Jahre lang, davon zehn als Chef. Seine Frau arbeitete dort in der Produktion und diente sich zur Schichtleiterin hoch.« »Wenn Sie das alles wissen, wieso haben wir dann nicht auch die Personalakten der beiden? Da müsste doch mehr zu finden sein?«, spielte Hilde den Advocatus Diaboli. Kevin seufzte. »Ich sage es mal so: Diese Informationen habe ich dem Mitarbeiterrundschreiben entnommen, welches einer der Betriebsräte auf Facebook verlinkt hat. Beide, Milan und Lenka Dragovic, wurden für ihre treuen Dienste auf einer Weihnachtsfeier geehrt. Daher wissen wir das.« Bei ›wir‹ warf er Hilde einen Blick zu, den man ›böse‹ hätte nennen können, wäre es nicht Kevin gewesen. »Worauf wollen Sie hinaus, Kevin?«, hakte Metz nun nach. »Ich sage es nur sehr, sehr ungern: Aber ›La Warenne Schokoladen‹ ist nicht hackbar. Und ich kenne nicht einmal jemanden, der das könnte.« Metz schmunzelte belustigt. Er konnte nur ahnen, was diese herbe Niederlage für Kevins Selbstbewusstsein bedeutete. Hilde verkniff sich einen Kommentar und meinte versöhnlich: »Viele heimische Unternehmen sind in den letzten Jahren Opfer von digitalen Piraten geworden. Auch Behörden und wichtige Stellen des öffentlichen Lebens waren dabei. Wer schlau ist, hat hier vermutlich die Zeichen der Zeit erkannt und entsprechend nachgerüstet.« Kevin nickte. »Und ›La Warenne‹ hat keine Kosten und Mühen gescheut. Ich schaffe es nicht einmal, die Firewall mit einem Finger anzutippen, im übertragenen Sinn, versteht sich.« Eine kurze Schweigesekunde würdigte Kevins persönliche Tragödie. Doch Metz war nicht zufrieden. »Aber was ist nun mit den Dragovics?« Und schon hellte sich Kevins Miene schlagartig wieder auf. »Es ist keine exakte Wissenschaft, und außerdem ist das Foto von dieser Firmenfeier sehr schlecht und eigentlich nicht geeignet dafür. Aber ich habe mir trotzdem den Spaß erlaubt, es durch verschiedene Bilddatenbanken zu schicken.« Hilde stand auf. Wenigstens kannte sie jetzt Kevins Definition von Spaß. Auch Metz war gespannt, was Kevin hier ausgegraben hatte. »Sie dürfen ab sofort Jesus zu mir sagen«, grinste er schelmisch und zeigte ihnen eine Reihe unscharfer Fotos in Schwarz-Weiß, die alle denselben Mann unterschiedlichen Alters zeigten. Da seinen Schmäh niemand hinterfragen wollte, löste er das Rätsel einfach selbst: »Ich kann Tote wiederauferstehen lassen. Die Chancen stehen gut, dass Milan Dragovic in Wahrheit Tibor Sademic ist. Einer der immer noch meistgesuchten Kriegsverbrecher aus dem Balkan-Krieg der 1990er-Jahre. Der Europäische Gerichtshof in Den Haag hat sich sogar für seinen Verbleib interessiert, bis Zeugen ihn einigermaßen glaubhaft für tot erklärt hatten. Einer seiner vielen schmeichelhaften Beinamen war ›Schlächter von Srebrenica‹.« Hilde und Metz waren kurz sprachlos. »Wie kann das sein? Wie kann sich so jemand hier bei uns verstecken?« »Gefälschte Papiere, neue Identität und fertig ist der Lack. Sie wären vermutlich erstaunt, wie viel geht, wenn man die richtigen Leute gut bezahlt«, antwortete Kevin. »Aber wie hat Linda Ledec davon erfahren? Wenn Interpol und Co. ihn nicht bei ›La Warenne‹ ausfindig gemacht haben, wie dann diese Frau?« Kevin zuckte mit den Schultern, auch Hilde war ratlos. »Vielleicht hat sie Mira beim Telefonieren belauscht?

Oder jemand anders?« »Wenn Mira hier geboren und aufgewachsen ist, weiß sie von der wahren Identität ihres Vaters vielleicht gar nichts«, gab Metz zu bedenken. »Doch woher kommt dann diese extreme Loyalität der Familie gegenüber? Warum kündigt sie lieber bei den Ledecs, als dass sie für Linda als Spionin arbeitet?« »Integrität«, gab Metz zurück. »Das soll als Tugend durchaus noch vorkommen.« Hildes Telefon klingelte. Es kam selten genug vor, dass noch jemand das Festnetz benutzte. Der Anruf war – das konnte man am Klingelton erkennen – intern. »Katzinger?«, fragte Metz. Der Polizeichef schien einen sechsten Sinn für heikle Momente in einer Ermittlung zu besitzen. »Sie sollen zum Rapport kommen, Chef«, bestätigte Hilde seine Befürchtung. »Was werden Sie ihm sagen?«, fragte Kevin mit leicht hochgezogenen Augenbrauen. Dieses Wespennest, in das er hier gestochen hatte, bedurfte Fingerspitzengefühl. Doch mit dem Mord an Linda Ledec musste dieser Aspekt nicht zwangsläufig zu tun haben. Es war nur ein weiteres zweifelhaftes Puzzleteil mehr im Gesamtbild, das der Familie Ledec und allen voran ihrem Oberhaupt, Martin, kein allzu gutes Zeugnis ausstellte. »Die halbe Wahrheit, würde ich sagen«, antwortete Metz kryptisch. »Aber diese Sache bleibt vorerst unter uns, verstanden?«, versicherte er sich erneut. Hilde und Kevin nickten unisono. Er machte sich auf den Weg in die

Chefetage, wie immer mit einem Gefühl im Bauch, als ob er zu seiner eigenen Hinrichtung gehen würde. Allerdings war es in Gedanken niemals die seine, die ihm dabei vorschwebte. Polizeipräsident Hofrat Leo Katzinger war ein Anzugträger, wie er im Buche stand. Opportunist und Schleimer, umständlicher Bürokrat bis in die Zehenspitzen und leider auch ganz und gar unfähig, seinem Anforderungsprofil zu entsprechen. Böse Zungen wurden nicht müde, die Kunde zu verbreiten, dass er sich seine Beförderung in die oberste Etage am Standesamt erarbeitet hatte, aber ganz sicher nicht im Polizeidienst. Die Devise ›Nach oben kriechen und nach unten treten‹ beherrschte er in Vollendung, was ihm schon sehr bald den Spitznamen ›Katzbuckler‹ eingebracht hatte. Jeder Ermittler, der unmittelbar mit ihm zu tun hatte, hatte sich mit der Zeit seine ganz eigene Strategie mit ihm zurechtgelegt. Cornelius Metz probte in seiner Gegenwart einige der Entspannungstechniken, die seine Therapeutin ihm gezeigt hatte. Manchmal spielte er im Geiste auch ›Hangman‹ mit Leo Katzinger. Kevin, doch das wusste niemand, hackte regelmäßig seine Kreditkarten und die seiner Frau. Der finanzielle Schaden war gering, aber der Ärger, den er dem ungeliebten Chef damit verursachte, enorm. Sein rundliches Kindergesicht schwoll dann immer an wie ein roter Ballon. Kevin genoss die Vorstellung, wenn auch nur heimlich, wie so vieles, was die Untiefen seines Laptops und die Mördergrube seines Herzens niemals verließ.

Kapitel 16: Robin Hood

Katharina Adam liebte die Arbeit im Archiv. Es war sozusagen die biologische Prädisposition der Historiker*innen, früher oder später in dunklen, muffigen Kellerräumen zu hocken und Papiere zu wälzen. Als einzige Gesellschaft dienten Schimmelflecken an den Wänden und, wenn man Pech hatte, ein paar Ratten. Diese liebten Papier ebenso wie geschichtshungrige Forschergeister. »Vermutlich heißt es deshalb ›Leseratte‹«, ging es Katharina Adam durch den Kopf. Die Inhalte der Aktenschränke waren weitestgehend geordnet. Irgendeine gute Seele – vermutlich die stille Margot – hatte hier unten einiges an Zeit verbracht, um wenigstens eine halbwegs chronologische Ordnung in die Papierstapel zu bringen. Die ältesten datierten auf das Jahr 1947, vorher gab es nichts. Doch das war nicht weiter verwunderlich. Die Stadt Wien war gegen Kriegsende schweren Bombardements durch die Alliierten ausgesetzt gewesen. Auch das Firmengelände von ›La Warenne Schokoladen‹ war mehrmals getroffen worden, und Brände hatten substanzielle Teile der alten Gebäude zerstört. Doch es waren ohnehin die Wirtschaftswunderjahre der 1950er- und 1960er-Jahre, die Katharina Adam interessierten. In diesen Jahren hatten die ersten Regressforderungen begonnen. Die Menschen waren durch die Nürnberger Prozesse ausreichend ernüchtert gewesen, was die dunkle Zeit zwischen 1938 und 1945 betraf. Und viele sahen erst dadurch klar, was man ihnen und ihren Familien eigentlich angetan hatte. Das Wiederfinden von Verwandten hatte unmittelbar nach dem Krieg oberste Priorität gehabt, von Genesung und dem bloßen Überleben ganz zu schweigen. Katharina Adam blicke von ihrem Laptop auf. Schön war es nicht hier herunten. Martin hatte ihr ein Büro in einem der oberen Stockwerke angeboten, doch das Hin- und Hertransportieren der Akten wäre ein umständliches Unterfangen, das zusätzlich das Risiko barg, noch mehr Unordnung zu produzieren. Außerdem liebte sie die Abgeschiedenheit hier im Keller. Stille fand sie – im Gegensatz zu vielen Menschen – nicht bedrückend oder unerträglich. Sie liebte es, ganz in ihre Arbeit versinken zu können. In diesem Moment öffnete sich die Stahltür. Martin balancierte ein Tablett mit Kaffee und Keksen herein. »Arbeitsinspektorat!«, rief er grinsend. »Ich kontrolliere die Einhaltung der gesetzlich vorgeschriebenen Pausen!« Katharina Adam nahm ihre Brille und ihm das Tablett ab. Zu ihrer Überraschung küsste er sie. Er war sonst eher sehr zurückhaltend mit solchen Dingen, jedenfalls in der Öffentlichkeit. Auch ihm schien die Abgeschiedenheit des Kellers zu behagen. Er schnappte sich ein quietschbuntes Macaron und fragte kauend: »Wie kommst du voran?« Er wirkte entspannt. Sie kannte den Unterschied inzwischen. Die beiden obersten Hemdknöpfe waren geöffnet, und er trug weder Sakko noch Weste. Es war offensichtlich ein Arbeitstag ohne Termine. »Gut. Langsam, aber gut. Ich bin im Jahr 1949 angelangt seit heute Morgen.« Er nickte. »Mein Angebot mit einem Büro unter den Lebenden da oben gilt noch, das weißt du?« Sie nickte und lächelte. »Das ist eine Berufskrankheit von Historikern: Die Toten sind uns manchmal einfach lieber als die meisten Lebenden. Aber nicht alle, natürlich.« Martin war zufrieden mit dieser Antwort. Der Laptop, auf dem sie arbeitete, gehörte der Firma und war direkt mit dem Firmenserver verbunden. Diese Vorgehensweise entsprach dem Standard. Datenschutz war inzwischen eine ernst zu nehmende Angelegenheit, und kaum ein Unternehmen würde betriebsfremde Personen, selbst wenn sie mehrseitige Verschwiegenheitsvereinbarungen unterzeichnet hatten, einfach so mit potenziellem Sprengstoff zur Tür hinausspazieren lassen. Katharina Adam war ein Profi auf ihrem Gebiet und fand diese Vorgehensweise ebenfalls nicht ungewöhnlich. Was sie jedoch nicht wusste, war, dass er sich jeden Abend in aller Ruhe ansah, welche Fortschritte ihre Arbeit tagsüber gemacht hatte. Kontrolle war eben besser als Vertrauen. Und Letzteres kannte Martin Ledec ohnehin nur vom Hörensagen.

»Was soll ich denen denn sagen?«, rief Chantal Ledec im kleinen Wohnzimmer ihrer Privaträume der Villa ihrem Mann entgegen. »Wieso wollen die überhaupt mit mir sprechen? Mit mir allein?« Seit Ida Wagner ihr bei ihrer Rückkehr die Visitenkarte von Cornelius Metz in die Hand gedrückt hatte, war die Leichtigkeit mit einem Mal wieder verschwunden, die sie seit dem Tod von Linda verspürt hatte. Spontan legte sich wieder der düstere Wunsch nach künstlicher Erleichterung über sie. Es war ihr so gut gegangen in den letzten Tagen. Wieso musste das nun wieder jemand kaputtmachen? »Beruhig dich, Cherie. Die möchten nur noch einmal alles für ihr Protokoll von dir hören, und zwar ohne mich, so wie es aussieht. Die denken wahrscheinlich, wir stecken unter einer Decke.« Er umarmte sie, so wie er es immer tat, wenn sie besonders schutzbedürftig auf ihn wirkte. Er umfing ihren schmalen Körper dann zur Gänze mit beiden Armen und vergrub ihr schönes Gesicht an seiner Brust. Das Hemd würde er danach wechseln müssen, doch meistens verfehlte diese ›Klammeraffen-Umarmung‹ ihr Ziel nicht. Er inhalierte ihren Duft. Sie war noch immer alles, was er je gewollt hatte. Mitansehen zu müssen, wie sie seit ihrer Ankunft in Wien vor etwas mehr als zwei Jahren immer kränker, schwächer und unglücklicher geworden war, hatte ihm fast das Herz zerrissen. Sämtliche Versuche, der Ursache auf den

Grund zu gehen, waren fehlgeschlagen. Bei seiner Mutter rannte er ohnehin – seit er denken konnte – gegen eine Mauer aus Schweigen und Ironie, die in den letzten Monaten durch stark demenzähnliche Bausteine ergänzt worden war. Risse jedoch hatte sie keine bekommen. Stefan und Martin behandelten ihn noch immer wie ein kleines Kind, jedenfalls privat. In der Firma hatte er zeigen können, was er draufhatte, doch das erlöste seine Frau nicht aus ihrem Unglück. »Du kannst einen Anwalt mitnehmen, wenn du dich dann sicherer fühlst. Doch das schaut gleich verdächtig aus, das muss uns klar sein.« Er wiegte sie nun wie ein kleines Kind, und sie ließ es geschehen. Alarmstufe Rot. Bald würde sie sich wieder losreißen und unter einem Vorwand im Badezimmer verschwinden. Er kannte die Anzeichen inzwischen, konnte aber nicht wirklich viel dagegen tun. »Wir haben mit dem Mord an Linda nichts zu tun, Chantal. Wir beide wissen das. Sag das der Polizei, und beantworte alle ihre Fragen einfach wahrheitsgemäß. Und ein Motiv haben wir erst recht keines. Sie war eine böse Hexe, schon klar. Aber wenn das ein Mordmotiv wäre, gäbe es schon bald keine Frauen mehr auf der Welt. Nur dich, natürlich, Cherie.« Chantal Ledec schniefte und suchte nach einem Taschentuch. Amon reichte ihr seines. So wie frischgebackene Eltern mit kleinen Kindern hatte er seit seiner Heirat immer eines griffbereit. »Was das Motiv betrifft«, sagte sie langsam, während sie sich die Tränen abwischte, »muss ich dir, glaube ich, eine Geschichte erzählen. Aber du darfst nicht böse mit mir sein, versprochen?« Amon Ledec sah seine Frau irritiert an. »Was willst du damit sagen, Cherie? Geht es um die Sache mit der Uhr? Ich bin dir nicht böse, dass du sie ihr geschenkt hast, das weißt du. Ich war vielleicht ein bisschen enttäuscht, dass sie dir nicht gefallen hat.« Sie legte zwei Finger auf seinen Mund, wie sie es immer tat, wenn der kleine Junge wieder die Oberhand über den erwachsenen Mann gewann. Amon war ein lieber Kerl, der keiner Fliege etwas hätte zuleide tun können. Doch er war – was das Leben betraf – auch ziemlich naiv. Was er als Bevormundung durch seine beiden Brüder empfand, war nichts anderes als ihr Versuch gewesen, ihn zu schützen. Doch er wusste das nicht, und er kannte auch nicht den Grund dafür. »Komm, setzen wir uns«, sagte sie und zeigte aufs Bett. »Als Erstes möchte ich, dass du weißt, dass ich wieder zu Frau Dr. Sterntal gehe. Regelmäßig, und ich verspreche dir, dass ich diesmal die Therapie nicht abbrechen werde, okay?« Amon nickte. Irgendetwas hatte sich verändert. Das Thema ›Therapie‹ oder Hinweise auf die psychischen Probleme seiner Frau waren stets absolutes Sperrgebiet in ihrer Konversation gewesen. Was das Wälzen von Problemen betraf, waren Chantal und seine Mutter sich stets wortlos einig gewesen: Es gab sie im Hause Ledec schlichtweg nicht. Der Treppensturz – die ›Sache‹ – hatte alles verändert. Offensichtlich auch seine Frau. Was hatte er nur all die Monate übersehen?

Stefan Ledec besuchte seinen Bruder regelmäßig in dessen Büro in der Chefetage. Es hatte zwischen ihnen beiden nie eine Rolle gespielt, wer der Boss war und wer ›nur‹ ein Rädchen im mittleren Management. Stefan kannte seine Grenzen. Das Führen eines Multimillionenkonzerns wäre nicht seine Stärke gewesen, dafür war er – wie seine Mutter nie müde geworden war, ihn wissen zu lassen – viel zu weich und schwach. Doch er war seit seiner Geburt nicht nur die ›stille Reserve‹ und der Ersatzspieler gewesen, sondern hatte sich als verlässlicher Flügelmann für Martin erwiesen, dem er stets den Rücken freihielt, wenn er es denn konnte. Er klopfte kurz am Türrahmen und kam herein. Martin deutete mit einem Kopfnicken an, er möge die Tür schließen. Stefan war Familie, und Familienangelegenheiten blieben unter Verschluss. Sie wurden daher ausschließlich hinter verschlossenen Türen besprochen. »Das sind die drei Nannys, die Chantal sich angesehen und für gut befunden hat.« Er legte Martin die Mappen mit den Bewerbungen hin. Dieser nickte und sagte nur knapp: »Ich lasse sie checken. Dann entscheiden wir, in Ordnung?« »Es tut mir leid, dass Linda so ein Chaos angerichtet hat. Sogar im Tod noch.« Martin sagte nichts. Es gab nicht viel zu sagen, sie saßen im selben Boot seit dem Tag ihrer Geburt, und beide wussten das. Doch Stefan wartete auf Absolution, und es war Martins Job, sie ihm zu gewähren. Das Ringen nach gefühlvollen Wortspenden wurde langsam zur Gewohnheit. »Es wird sich alles klären, du wirst schon sehen. Ist die Beerdigung auf Schiene?« Stefan nickte. »Man kann von Mama halten, was man will, aber organisieren kann sie immer noch. Allerdings beschwert sie sich die ganze Zeit darüber, dass der ›Trampel‹ zu Papa in die Familiengruft kommt.« Nun musste Martin doch lächeln, und auch Stefan zeigte erstmals seit langer Zeit eine Spur davon. »Du weißt hoffentlich, dass ich mit dem Tod deiner Frau nichts zu tun habe, oder?«, sagte Martin, wieder völlig ernst. Und Stefan überraschte ihn. »Nein, das weiß ich nicht. Aber es wäre mir auch egal, wenn es anders wäre. Du warst schon immer der Stärkere von uns beiden. Ich wäre dir höchstens dankbar gewesen.« Martin war angenehm überrascht über die Härte, die sein Bruder – der Liebe – plötzlich an den Tag legen konnte. Sie waren beide mit dem Grundsatz aufgewachsen, dass Härte etwas Gutes und sehr Nützliches war. »Was denkst du, wer es getan hat?« Martin zuckte mit den Schultern. »Ich weiß es wirklich nicht. Ich war nicht einmal zu Hause, als es passiert ist. Chantal und unseren Kleinen schließe ich eigentlich aus. Und der einzige Mensch, dem ich es wirklich und wahrhaftig zutrauen würde, sitzt im Rollstuhl. Idalein vielleicht?« Stefan schüttelte den Kopf. Andererseits hatte er als Kind einmal beobachtet, wie Ida Wagner eine Maus in der Küche mit einem Kochbuch erschlagen hatte. Einfach so. Vielleicht schlummerte Killerpotenzial in der Frau, die sie immer noch ›Idalein‹ nannten und die sie alle drei großgezogen hatte? Wer konnte schon wissen, wozu ein Mensch wirklich fähig war? Er selbst hatte nicht nur einmal daran gedacht, seiner Frau die Pest an den Hals zu wünschen oder ihr im Schlaf diesen einfach umzudrehen. Doch dafür fehlten ihm der Mut und auch die Cleverness, um damit durchzukommen. Er musste schließlich an die Kinder denken, die er sonst ganz ohne Eltern zurückgelassen hätte. Er hatte gute Gründe gehabt, seine Frau nicht umzubringen. Schuldgefühle und moralische Bedenken allerdings zählten nicht dazu. »Vielleicht hat man sie verwechselt?«, startete Stefan noch einen Versuch. »Mit wem denn?«, fragte Martin konsterniert. »Mit Mutter oder Chantal wohl kaum. Und wenn jemand ausgerechnet Ida hätte umbringen wollen, steht die Welt ohnehin nicht mehr lange.« Stefan schwieg kurz, wagte dann aber doch einen Versuch. »Ich dachte dabei eher an Mira.« Martin blickte auf. Mira Dragovic war wochenlang im Haus ein- und ausgegangen. Manchmal war sie auch abends länger dageblieben, wenn ein Familienessen stattfand oder insgesamt mehr Arbeit anfiel, als Ida Wagner allein bewältigen konnte. »Überleg doch: Größe und Statur kämen hin.« Martin schüttelte ungläubig den Kopf. »Das ist aber ziemlich weit hergeholt, findest du nicht? Wer sollte außerdem Mira schaden wollen?« »Ihr nicht«, erwiderte Stefan, »aber ihrer Familie vielleicht.«

An Konstantin Schöpf war ein echter Forscher und Entdecker verloren gegangen. Vielleicht hätte er statt Publizistik doch Geschichte studieren und wenig später an den Nagel hängen sollen. Er liebte die Archivarbeit und das Recherchieren. Das Schreiben war immer der leichteste und einfachste Teil. Jene Archive, die frei zugänglich waren – auch für Nichtprofis wie ihn –, hatte er inzwischen schon alle durch. Vieles war im Laufe der letzten Jahre schon digitalisiert worden und online von zu Hause aus abrufbar. Sehr praktisch war das für jemanden mit seinen Ambitionen. Das Arbeitsbuch, das ihn auf wundersame Weise auf dem Postweg erreicht hatte, lag zu Hause in seinem Safe. Er nahm niemals Originaldokumente mit in Archive. So etwas konnte schnell zu Missverständnissen führen. Solche und andere Missgeschicke passierten Menschen wie ihm, die anderen, einflussreichen und bestens vernetzten Menschen immer wieder mal auf die Zehen traten.

Die Privatschnüffler, die ein verzweifelter Lokalpolitiker ihm auf den Hals gehetzt hatte, nachdem durchgesickert war, dass Konstantin Schöpf seine Parteispendenkasse unter die Lupe genommen hatte, waren ihm lebhaft im Gedächtnis geblieben. Auch verhaftet und von der Polizei zu Kontrollen angehalten worden war er gefühlsmäßig schon öfter in seinem Leben als der Durchschnittsbürger. Weniger spektakulär kam es ihm da schon vor, dass immer wieder Akten ›verschwunden‹ waren, in die er Einsicht nehmen wollte, oder Lokale gänzlich ausgebucht waren, wo er einen Tisch reservieren wollte. Der ›Aufdecker der Nation‹ zu sein, hatte eben seinen Preis. Robin Hood hatte sicher mit ganz ähnlichen Problemen zu kämpfen gehabt. Seine Freunde waren inzwischen die Feinde seiner Feinde. Davon gab es zwar einige, aber bei Weitem nicht genug. Auch von der Anlaufstelle, die er heute aufgesucht und um Akteneinsicht gebeten hatte, erhoffte er sich nicht allzu viel. Selbst die Hüter*innen der Geschichte waren inzwischen auf Spenden angewiesen. Und diese kamen von reichen Menschen, die keine Scheu hatten, eine Bedingung oder zwei an ihre Großzügigkeit zu knüpfen. Über ›La Warenne Schokoladen‹ etwas Diesbezügliches in Erfahrung zu bringen, würde schwierig werden, das wusste er. Der Großvater und Vater der heutigen Firmenleitung waren berühmt-berüchtigt für ihr Networking gewesen, und das lange bevor der heimische Sprachschatz diesen Begriff überhaupt kannte. Die freundliche Dame, die sich um sein Anliegen kümmern wollte, kam mit leeren Händen und einem bemühten Lächeln auf dem Gesicht zurück. »Es tut mir sehr leid, Herr Schöpf. Aber das Objekt mit der entsprechenden Aktenzahl ist zurzeit bei der Restaurierung.« Konstantin Schöpf war nicht überrascht. Von ›vergriffen‹ über ›entlehnt‹ oder ›verschollen‹ waren ihm schon alle Ausreden untergekommen. Trotzdem wurde er niemals müde, dieses Spiel mitzuspielen. »Wann, denken Sie denn, kommt das Buch von dort wieder zurück und ist entlehnbar?«, fragte er mit derselben unverbindlichen Freundlichkeit, die auch die Mitarbeiterin des Archivs an den Tag legte. »Das entzieht sich leider meiner Kenntnis. Aber ich kann es sehr gerne für Sie vormerken, wenn Sie möchten? Wir kontaktieren Sie dann, wenn es wieder zurück im Bestand ist.« »Das wäre wirklich sehr nett von Ihnen, vielen Dank«, sagte er, verabschiedete sich und ging. Alte Probleme hatten keine neuen Tricks auf Lager. Man durfte sie nur nicht leid werden und die dunkle Seite dieses Spiel gewinnen lassen. Er hatte inzwischen gelernt, wie er mit solchen Sackgassen umzugehen hatte, in die der österreichische Proporz ihn regelmäßig lotste. Und sie kosteten ihn keine schlaflosen Nächte mehr, so viel war sicher.

Kapitel 17: Fest im Sattel

Kevin liebte seinen Job. Eigentlich waren es zwei, die jedoch ähnliche Fähigkeiten erforderten. Die strikte und streng geheime Anweisung seines Onkels, Cornelius Metz im Auge zu behalten, sah er mehr so etwas wie eine Nebentätigkeit. Viel zu berichten gab es ohnehin nicht über seinen Chef. Am PC im Präsidium hielten sich seine Recherchen in Grenzen – dafür hatte er schließlich Kevin –, und auch seine Telefondaten waren nicht erzählenswert. Außer seinen Eltern und einer Therapeutin, zu der er jenseits der verpflichtenden Sitzungen bei der Arbeitspsychologie der Polizei gehen musste, fand dort keine Kommunikation statt. Die Ortung vom letzten Wochenende zeigte einen langweiligen Aktionsradius zwischen Haus, Friedhof, Fitnessstudio und dem Haus seiner Eltern am grünen Rand Wiens. Aufregung sah definitiv anders aus. Doch Gott sei Dank gab der aktuelle Fall wenigstens etwas her, wobei Kevins Spürnase und sein Wissensdrang vor allem sich austoben konnten. Die Nachforschungen zu Linda Ledecs frühen Jahren waren dürftig geblieben. Am Gymnasium gab es nur Unterlagen in schriftlicher Form, und die Fachschule für Pflegeberufe, wo sie ihre Ausbildung absolviert hatte, verweigerte am Telefon jede Auskunft. Da waren die Kids von heute schon leichter zu durchschauen. Linda

Ledec war in einem – für ihn – blöden Alter gestorben. Zu alt für ein exzessives Doppelleben auf Social Media jedenfalls. Fündig hingegen wurde er im ›Wiener Anzeiger‹, welcher schon seit Jahren und Jahrzehnten die Namen der Abschlusskandidatinnen aller höheren Schulen, Akademien und Universitäten Wiens publizierte. Dieses Archiv hatte man – so uninteressant es für Nichtpolizeibeamte auch sein mochte – freundlicherweise digitalisiert und kostenlos der breiten Öffentlichkeit zugänglich gemacht. In derselben Abschlussklasse von Herlinde Krumppenbacher waren noch neun weitere Krankenschwestern angeführt, die mit ihr die Ausbildung absolviert hatten. Und diese Damen galt es nun, zu finden. Parallel dazu lief noch immer seine Suche im Darknet nach Tibor Sademic alias Milan Dragovic. Doch Kevin war Realist genug, um zu wissen, dass sich hier vermutlich schon Klügere und Talentiertere als er die Zähne ausgebissen hatten. Wenn diese beiden Männer wirklich ein und dieselbe Person waren, gab es gute Gründe, warum dieses Geheimnis so lange niemand gelüftet hatte.

»Das sind ziemliche Veränderungen, die Sie sich da zumuten, Cornelius«, sagte die Therapeutin und bot ihm Tee aus einer chinesisch inspirierten Kanne an. Er lehnte dankend ab und wünschte sich einmal mehr, dass sie ihn nicht mit seinem Vornamen ansprechen würde. Er hasste Vertraulichkeiten, wenn sie nicht angebracht waren. Im Grunde war es für jemanden wie ihn schon zu viel, dass er überhaupt Persönliches preisgeben musste. Doch im Gegensatz zu den Pflichtterminen bei Leo Katzingers Spezialfreundin, der Polizeipsychologin, kam er hierher nach wie vor aus freien Stücken. Ihr Honorar war berauschend hoch, was erklärte, warum das gesamte Umfeld seiner Eltern auf sie schwor: Sie hatte sich auf die Reichen und Unglücklichen spezialisiert. Metz war zwar höchstens reich an Erfahrung, aber unglücklich war er definitiv. »Ich kann in dem Haus nicht mehr sein. Es erdrückt mich, und in jedem Winkel lauern Erinnerungen.« Die Therapeutin nickte vielsagend und notierte alles fleißig mit. Sie erinnerte ihn irgendwie an Hilde. »Und wie läuft es im Job zurzeit? Kommen Sie in dem neuen Fall gut voran?« »Darüber darf ich nicht sprechen. Aber wir sind nicht zufrieden mit den Entwicklungen.« »Sehr gut«, antwortete sie und blickte Metz herausfordernd an. Etwas an ihrem Tonfall sagte ihm, dass er gerade in eine Falle getappt war. »Was ist sehr gut daran?«, gab er zurück. Sie lächelte leicht. »Sie mauern wieder, wenn es um ihre Arbeit geht. Bislang haben Sie mir immer ganz bereitwillig eine Geschichte erzählt. Das ist gut, Cornelius. Sehr gut sogar. Sie finden langsam, aber sicher wieder in Ihr altes Leben und zu Ihrem alten Ich zurück. Der Umzug wird Ihnen guttun, da bin ich mir sicher.«

Martin Ledec reichte Horst Schmidinger die drei Schnellhefter mit den Nanny-Kandidatinnen. Ihre Referenzen waren ausgezeichnet, doch Papier war bekanntlich geduldig. Die Ledecs waren schon immer äußerst vorsichtig gewesen, wen sie in ihren inneren Kreis vorließen. Herlinde, die Krankenschwester, die sich Linda nannte und außerordentlich pflichtbewusst erschienen war, hatte ihn gelehrt, auf seinen Instinkt zu hören. Und sollte dieser Alarm schlagen, würde er auf Horst Schmidingers lückenlose Recherchen setzen. »Nur Berufliches oder Privates auch?«, wollte dieser wissen. »Alles, was Sie finden können. Die Dame, für die wir uns entscheiden, lebt zwar nicht mit uns im Haus, ist aber für die Erziehung meiner Nichte und meines Neffen zuständig. Da dürfen keine Fehler passieren, verstanden?« Der Detektiv nickte. Das würde ein Kinderspiel werden. Die Kandidatinnen waren bis auf eine noch unter 30, also vermutlich auf Social Media sehr aktiv. Alle drei stammten aus Wien-Umgebung, was das Ausforschen von Familien und Freunden erheblich erleichtern würde. »Noch etwas?«, fragte der Ex-Polizist. »Ja«, sagte Martin Ledec. »Am Samstag findet die Beerdigung meiner Schwägerin statt. Ich möchte, dass Sie vor Ort sind und Fotos machen.

Unauffällig natürlich.« Horst Schmidinger verstand. »Kein Problem. Wonach soll ich Ausschau halten?« »Das weiß ich, wenn ich es sehe«, antwortete Martin Ledec und erklärte das Gespräch mit einem raschen Seitenblick Richtung Tür für beendet. Kaum war Schmidinger gegangen, steckte Amon seinen Kopf zur Tür herein. »Darf ich?«, fragte er ernst, und Martin nickte. Heute ging es zu hier wie samstags bei IKEA. Wenn das weiterging, würde er sein Abendessen mit Katharina verschieben müssen. Das wäre keine Tragödie, aber außerplanmäßig. Amon schloss die Tür hinter sich und blieb vor Martins Schreibtisch stehen. »Was gibt es?«, wollte dieser wissen. Der ›Kleine‹ verursachte ihm noch immer ein ungutes Gefühl. Es war eine Mischung aus Beschützerinstinkt und Ablehnung. Er hatte seinen jüngsten Bruder immer beneidet, auf vielfältige Art und Weise. Gleichzeitig fiel es ihm unendlich schwer, den jungen Mann nicht zu mögen, zu dem der lästige kleine Zwerg sich entwickelt hatte, der ihn jeden Morgen mit einem Hechtsprung auf sein Bett geweckt hatte. Vor allem seine Unbeschwertheit war es gewesen, die Neidgefühle in Martin an die Oberfläche geschwemmt hatte. So auch jetzt. »Hast du es gewusst?«, wollte Amon von ihm wissen. »Was gewusst?«, fragte Martin und hoffte, es ging nicht um die eine Sache. »Was Linda mit Chantal getrieben hat? Erpressung? Mobbing? Psychoterror?« Martin war erleichtert. Seit Jahren schon fürchtete er ein Gespräch mit Amon, das genau so beginnen, aber ein anderes Familiengeheimnis zum Inhalt haben würde. »Nein. Aber dass sie nicht gerade besten Freundinnen waren, war vermutlich jedem klar. Die Familienessen waren ja nicht unbedingt eine Erholung. Aber Erpressung? Womit zum Henker hat sie sie erpresst?« Amon schwieg betreten. Dann setzte er sich doch, auch wenn er sich auf Martins Besucherstuhl immer vorkam wie ein Bittsteller, der von der Gnade des Mannes auf der anderen Seite des Schreibtisches abhängig war. »Mit allem Möglichen. Chantal hat mir versprochen, eine Therapie zu machen. Ihre Probleme sind einfach nicht besser geworden, seit wir das mit dem Baby versuchen. Aber sie findet, ihr Deutsch ist immer noch zu schlecht, um mit einer Ärztin zu sprechen. Also hat sie abgebrochen, und Linda hat das herausgefunden.« »Wieso hat sie es dir nicht erzählt? Das ist doch kein Beinbruch, oder?« Amon schüttelte den Kopf. »Das hätte ich auch gedacht. Aber das war nur der Türöffner für diese manipulative Schlampe. Als Pfand für ihr Schweigen hat sie Chantal die Geschenke abgepresst, die sie von mir bekommen hat. Sie hat behauptet, wenn Chantal mit einem von uns darüber spricht, müssen wir alle ins Gefängnis. Sie wüsste etwas, das die ganze Familie vor Gericht bringen würde.« Martin wurde blass. »Hat sie gesagt, um was genau es dabei geht?« »Nein. Nur irgendwas mit Geistern aus der Vergangenheit und so kryptisches Zeug. Chantal hat Angst bekommen und ihr bereitwillig alles gegeben, was sie haben wollte. Auch ihren Verlobungsring.« Martin war erleichtert. Der Kleine hatte es heute auf seine Herzgesundheit abgesehen, so schien es. Doch er bewahrte Haltung, wie er es immer tat. »Amon, das tut mir leid. Aber ich wusste davon wirklich nichts. Hast du Mama schon gefragt?« »Nein. Ida meint, es hätte wenig Sinn inzwischen, mit ihr ein vernünftiges Gespräch zu führen. Sie ist alt geworden in den letzten Wochen. Schlagartig.« Für kurze Zeit herrschte Stille im Raum. Martin spielte mit seinem Kugelschreiber, dem einzigen Gegenstand außer Laptop und Maus, der sich auf seinem Schreibtisch befand. »Wie geht es Chantal jetzt?«, fragte er schließlich. Das mit den Gefühlen klappte langsam immer besser. Fast spielend ging ihm das inzwischen von der Hand. Auch Mitgefühl konnte man lernen, jedenfalls ein vorgetäuschtes. »Besser. Sie hat ihr Sprachtraining wieder begonnen und geht zu Dr. Sterntal. Ich war so ein Idiot, dass ich das nicht mitbekommen habe.« »Es ist manchmal besser, Dinge nicht zu wissen, Amon. Du hättest – wenn das stimmt, was Linda behauptet hat – ohnehin nichts unternehmen können.« Amon sah ihn zornig an. »Stefan und du: Ihr behandelt mich immer noch wie ein Kleinkind, ist euch das klar? Ständig diese

Geheimnistuerei in dieser Familie! Ihr seid wie ein Geheimklub, in dem ich niemals Mitglied sein werde!« Martin seufzte. Wo er recht hatte, der Kleine, hatte er recht. »Glaub mir bitte einfach, dass wir nur dein Bestes wollten, Amon. Das war immer so und wird auch immer so sein. Und was Mama betrifft: Da werden wir uns etwas überlegen müssen. Ida wird nicht jünger, und das Haus ist ohnehin zu groß für sie allein.« Doch so leicht ließ sich Amon nicht ablenken. »Weißt du was: Mama ist mir scheißegal, genauso wie ich es ihr auch immer war. Außer dir hat ihr nie jemand etwas bedeutet, und du ja auch nur, wenn du wunschgemäß funktioniert hast. Aber wir sind nicht alle so wie du, Martin. Manche Menschen haben ein Herz und Gefühle. Schlag bei Google nach, wenn dir diese Begriffe spontan nichts sagen!« Und damit rauschte er davon. »Alles in Ordnung?«, steckte Margot ihr rundes Gesicht zur Tür herein. Martin nickte. »Die Sache mit Linda nimmt uns alle ziemlich mit«, antwortete er. »Soll ich dir einen Kaffee bringen?«, fragte sie besorgt. Kaffeekochen war Margots Äquivalent einer Umarmung. Wenn es einen Keks oder Schokolade dazu gab, wusste er, dass er müde und erschöpft aussah. Er konnte diese plumpen Zuwendungsbekundungen nicht leiden, wollte sie aber auch nicht vor den Kopf stoßen. »Nein, danke. Ich fahre nach Hause und arbeite von dort. Du erreichst mich am Handy, falls was

Dringendes sein sollte.« »Alles klar. Dann bis Samstag auf der Beerdigung. Der Bestatter hat meine Nummer, falls es Rückfragen gibt.« Gute Seele, treue Margot. Ergeben bis zum Anschlag, langweilig und vorhersehbar bis zum Erbrechen. Seine Welt war eng und begrenzt, das wurde Martin Ledec erst jetzt so richtig bewusst. Kein Winkel davon gehörte ihm allein, und die Wände kamen immer näher in diesem Gefängnis, das er sich all die Jahre hindurch höchstselbst errichtet hatte. Im Grunde war die ganze Familie gefangen. Jeder für sich hatte versucht, sich ein kleines Glück zu erjagen. Stefan mit Linda, der sexy Krankenschwester, die ausnahmsweise einmal ihn wollte, den langweiligen, stillen Zweitgereihten, und nicht Martin, den Erben. Er selbst hatte sich bis vor Kurzem noch Hoffnungen auf eine Zukunft mit Katharina Adam gemacht. Doch je enger sämtliche Fallstricke sich zuzogen, mit denen die Vergangenheit noch immer die Familie Ledec umfing, desto unwahrscheinlicher erschien ihm das. Und Amon hätte mit Chantal nie nach Hause kommen dürfen. Er hatte es gut gemeint, der Familie unter die Arme greifen zu wollen. ›La Warenne Schokoladen‹ war schließlich ein Familienbetrieb mit Tradition. »Lauf weg, wenn du kannst!«, hätte er dem Kleinen damals zurufen sollen, wenn er ehrlich gewesen wäre. »Herzlich willkommen in der Firma«, hatte er stattdessen zu ihm gesagt. Anordnung der Frau Mama. Es war ein geschickter Schachzug gewesen, ihre Anteile an der Firma an Amon zu überschreiben. Somit saß er fest im Sattel. So fest, dass es kein einfaches Entkommen mehr gab. Dass er in Wahrheit auf einem sinkenden Schiff angeheuert hatte, einem Seelenverkäufer, der keinen sicheren Hafen mehr ansteuern würde, war Amon nicht klar gewesen. Martin wusste nicht, wie lange es noch dauern würde, bis der Bug brach.

»Nur über meine Leiche!«, rief Leo Katzinger hinter der schützenden Burg seines Kaiser-Franz-Joseph-Schreibtisches, und Metz hoffte inständig, dass er es genau so meinte. Das Angebot war einfach zu verlockend. »Ohne Durchsuchungsbeschluss kommen wir in dem Fall aber nicht weiter«, versuchte er es stattdessen argumentativ, auch wenn ihm klar war, dass der den Obrigkeiten ergebene Hofrat logischen Argumenten und einer sachlichen Beweiskette nicht würde folgen können. Das Gesicht seines Vorgesetzten war inzwischen wieder hochrot geworden. Es war definitiv ein Nachteil, seine Gefühle so schlecht verbergen zu können, jedenfalls dann, wenn man im beruflichen Umfeld ernst genommen werden wollte. »Aus dem Notizbuch der Toten geht hervor, dass sie eine ganze Menge von Wertgegenständen von ihrer Schwägerin erpresst hat. Nicht alle davon haben wir in ihrem Bankschließfach auch gefunden.« »Was bedeutet das für den Fall?«, fragte Katzinger verwirrt. »Ein Motiv, zum Beispiel?« Metz musste achtgeben, nicht die Fassung zu verlieren. Leo Katzinger verstand zwar gottlob keine Ironie, sonst wären die Gespräche mit ihm gar nicht auszuhalten. Doch das überdeutliche Sich-im-Ton-Vergreifen blieb selbst einem Armen im Geiste wie ihm nicht verborgen. »Um welche Summe handelt es sich dabei? Ich brauche Zahlen, Daten, Fakten, um hier guten Gewissens eine Hausdurchsuchung abzusegnen.« Metz nickte. Das klang nach einem Spezialauftrag für Hilde Attensam. »Sie haben die Summe heute Nachmittag auf Ihrem Tisch, Herr Hofrat.« Dieser nickte zufrieden, und Metz war vorübergehend entlassen. Zurück im Büro teilte er Hilde gleich die frohe Kunde mit. »Sie kennen sich doch mit diesem Luxuskram aus, den Linda Ledec von ihrer Schwägerin erpresst hat?« Hilde errötete leicht. Ihr kleines Geheimnis zu lüften, war ihr immer noch unangenehm. Die Story, dass sie während ihrer Zeit beim Zoll und beim Betrugsdezernat den Wert der schönen Dinge kennengelernt hatte, sollte so lange wie möglich aufrecht bleiben. »Ich brauche eine Aufstellung für Hofinger, die den Wert der Gegenstände bemisst, die im Tagebuch aufgeführt, aber nicht im Schließfach waren.« Hilde nickte. Recherche bedeutete in diesem Fall: den Rest des Vormittags auf den Spuren der Luxuslabels zu wandeln und schöne Dinge am PC zu betrachten. So machte Arbeit Spaß. Kevin reichte ihm ein Blatt Papier. »Die Namen und Adressen der anderen Krankenschwestern, die mit Herlinde Krumppenbacher gemeinsam den Abschluss gemacht haben.« Metz nickte. »Sehr gut, Kevin. Den Damen widmen wir uns später. Gibt es schon Neuigkeiten zu Milan Dragovic?« Kevin schüttelte den Kopf. »Die Suche läuft noch. Ich könnte seine Krankengeschichte noch checken. Wir wissen ja nur von seiner Tochter, dass er ein Pflegefall ist. Vielleicht gibt es Verletzungen, die ihn zumindest mit dem Balkan-Krieg in Verbindung bringen. Dann könnten wir dort ansetzen.« Metz runzelte die Stirn. Krankengeschichten lagen nicht einfach so offen herum, nicht einmal im Internet. Und da gegen Herrn Dragovic offiziell nichts vorlag, würde kein Krankenhaus der Welt hier entgegenkommen sein. Der Datenschutz war eindeutig mehr Fluch als Segen. »Wäre das wieder eine Ihrer speziellen Anfragen, Kevin?« Dieser grinste breit und nickte. »Also gut. Wir müssen jeden Strohhalm nehmen, der sich uns bietet. Haben Sie das Buch, um das ich Sie gebeten habe, Kevin?« »Klar, Chef, sogar was Besseres als das.« Und er reichte Metz einen Ordner. »Darin sind alle bekannten Knotentypen verzeichnet inklusive Skizze, Anleitung und Verwendung.« »Was haben Sie vor, Chef?«, fragte Hilde neugierig. »Ich statte Josef Bruckner noch einen Besuch ab. Er soll den komischen

Knoten identifizieren, mit dem das Seil an den Bäumen festgebunden war, das dem Moped von Hans Wagner zum Verhängnis wurde. Falls Chantal Ledec sich melden sollte: Gegen 13 Uhr spätestens sollte ich zurück sein. Dann haben wir hoffentlich wieder etwas mehr, mit dem wir arbeiten können.«

Stefan Ledec hatte sich selbst eine Beförderung gegönnt. Er war nun Teilzeitvater, und das keinen Tag zu früh. Linda hatte die Kinder gehütet wie ihren Augapfel. Kaum jemand – außer ein paar armen Nannys, die schnell wieder die Flucht ergriffen hatten – durfte sich ihnen nähern. Es war ein Wunder, dass sie außerhalb der Villa überhaupt so gut klarkamen. Seit dem Tod ihrer Mutter regnete es Einladungen zu Geburtstagsfeiern und Spielenachmittagen. Linda hatte solche Aktivitäten stets unterbunden. Auch sein Kontakt zu Paul und Louisa hatte seit ihrer Geburt fast ständig unter ihrer Aufsicht stattgefunden. Als ob er ihnen etwas antun würde! Ausgerechnet er! Wenn er an seine eigene Kindheit zurückdachte, wurde ihm schlecht. Martin und er hatten gar keine Wahl gehabt, als zusammenzuhalten. Als dann noch Amon das Licht der Welt erblickte, waren die beiden Brüder sich einig gewesen: Das Küken brauchte Schutz. Leider hatte diese Abmachung mit den Jahren dazu geführt, dass Amon ständig außen vor blieb, wenn es galt, wichtige, aber unpopuläre Entscheidungen zu treffen. Als Martin ihm die Stelle in der Schweiz verschafft und ihn mit einem mehr als nur großzügigen Taschengeld abgefunden hatte, dachten sie beide, das Problem wäre gelöst. Amons Rückkehr hatte alles zweifellos verkompliziert. Niemand wusste, dass Stefan wesentlich mehr in die Familiengeschäfte eingebunden war, als es nach außen hin den Anschein hatte. Es hatte eben Vorteile, für nicht ganz voll genommen zu werden. Aus reinem Instinkt hatte er Linda nichts von all den Interna erzählt, die er mit Martin teilte. Und wie sich herausgestellt hatte, war diese Entscheidung klug gewesen. Wer konnte schon wissen, wozu diese Frau noch fähig gewesen wäre? Er schaute seinen Kindern zu, die auf dem Klettergerüst am Spielplatz herumturnten wie die Affen im Zoo. Linda hätte das niemals erlaubt. Jetzt waren sie seine Kinder, und er würde ihnen ein glückliches Leben ermöglichen. Kein Druck mehr, keine emotionale Erpressung und vor allem keine Ränkeschmiede mehr gegen andere Familienmitglieder. Wie hatte Linda es nur fertigbringen können, die eigenen Kinder derart für ihre Machtspielchen zu missbrauchen? Diese Form von Gewalt war noch viel perfider und ausgefuchster als bloße Prügel. Die konnte man wegstecken oder zumindest so tun, als ob. In dem Moment lief Louisa ganz aufgeregt zu ihm. »Papa, Papa, mein Kleid ist schmutzig! Was machen wir denn jetzt?« »Du machst es einfach noch schmutziger, Louisa. Das ist ab sofort die neue Spielplatzregel, in Ordnung?« Die Achtjährige strahlte wie ein Honigkuchenpferd und rauschte wieder Richtung Klettergerüst davon. »Es wird höchste Zeit für neue Regeln«, dachte Stefan Ledec. Nicht nur auf dem Spielplatz.

Josef Bruckner freute sich sichtlich über so viel Besuch innerhalb weniger Tage. Wie viele Cops der alten Schule hatte er es nicht geschafft, ein nennenswertes Familienleben zu führen, das bis ins hohe Alter standhielt. Eines von vielen Risiken, die der Beruf des Polizisten mit sich brachte, war die Einsamkeit. Wenigstens in dem Punkt konnte Metz mit ihm fühlen. Es war gerade Mittagszeit im ›Guten Hirten‹, und der Aufenthaltsraum war voll besetzt. Doch Josef Bruckner saß – wie letztes Mal auch schon – an seinem Tischchen auf der Terrasse. Er sah nicht gut aus heute, das Tablett mit dem Mittagessen wirkte unberührt. Dafür war die Nasenkanüle für den Sauerstoff heute im Einsatz. Er gab Metz die Hand, so kräftig, wie er es noch konnte. »Das ist schön, Major Metz, dass Sie noch einmal vorbeischauen. Viel Zeit bleibt mir nicht mehr.« Metz wusste nicht, was er darauf antworten sollte. Er kam daher gleich zum Punkt. »Herr Bruckner, Sie haben meiner Kollegin und mir letztes Mal etwas von einem seltsamen Knoten erzählt, mit dem das

Seil um den Baum gebunden worden war.« Josef Bruckner nickte. »Ja, das war irgendwas Spezielles. Vielleicht ein Seglerknoten oder Ähnliches.« Metz nickte. Bei Knoten dachten alle zuerst an das Segeln. Doch es gab noch mehr davon. »Denken Sie, Sie würden ihn auf einem dieser Bilder wiedererkennen?« Josef Bruckner lachte verhalten, soweit der Sauerstoffschlauch an seiner Nase es eben zuließ. »Was ist das? Eine Verbrecherkartei für Knoten?« Metz musste schmunzeln. »So etwas Ähnliches, genau. Hier sind alle Knoten aufgeführt, die die Menschheit bislang kennt.« Er reichte Josef Bruckner die Mappe, der bereitwillig sein Kreuzworträtsel dafür links liegen ließ. »Einmal Bulle, immer Bulle«, dachte Metz. »Denken Sie, ich bekomme hier irgendwo einen Kaffee?«, fragte er. Er wollte den alten Mann nicht mit den Unterlagen allein lassen. Vielleicht fiel ihm noch etwas ein zum Unfalltod von Hans Wagner, das letztes Mal noch nicht präsent gewesen war. »Fragen Sie eine der Schwestern. Die sind ganz nett. Die meisten jedenfalls. Für Besucher gibt es einen Automaten am Gang. Früher hat man in diesen Heimen für Trinkgeld alles bekommen. Wirklich alles, Sie verstehen?« Metz verstand, auch wenn er hoffte, nicht wirklich alles zu verstehen. »Und das ist heute nicht mehr so?« Josef Bruckner schüttelte den Kopf. »Seit das Personal kein Trinkgeld mehr annehmen darf, herrscht hier Eiszeit.

Andererseits wirkt sich das angeblich positiv auf die Lebenserwartung der Insassen aus, wenn Sie verstehen, was ich meine.« Und Metz verstand diesmal nur zu gut. Spontan fiel ihm Linda Ledec ein und ihr Faible für Luxus, Geld und schöne Dinge. Vielleicht würde sich ein Besuch in einem weiteren Altersheim doch noch lohnen? Auch wenn Metz die Aussicht darauf alles andere als berauschend fand.

Gruppeninspektorin Hilde Attensam machte eine respektable Figur in Uniform. Sie hatte die Idealmaße – allerdings nur für eine einigermaßen furchteinflößende Polizistin, nicht für Designermode oder Ähnliches. Niemand würde ihr zutrauen, insgeheim bestens Bescheid zu wissen über Fendi, Prada, Dolce & Gabbana und Co. Schon zu Hause hatten ihre Mutter und ihre gertenschlanke Schwester sich immer lustig über die propere Hilde gemacht, wenn diese ihren Kopf in Illustrierte steckte. Die Modeschule hätte ihre Bewerbung vermutlich nicht einmal ignoriert, abgesehen davon, dass dieser Luxus Geld gekostet hätte, das die Familie nicht hatte oder zumindest nicht in Hildes Ausbildung zu stecken bereit gewesen war. Das sehr ländlich geprägte Umfeld im burgenländischen Seewinkel, wo Hilde Kindheit und Jugend verbracht hatte, war damals noch nicht bereit gewesen für erwerbstätige Frauen und war es möglicherweise heute noch nicht.

Doch ihr Faible für Luxusmode und andere schöne Dinge hatte Hilde sich nicht madigmachen lassen. Sie hatte nur rechtzeitig genug erkennen müssen, dass es genau diese Art von Informationen war, die man besser für sich behielt. Niemand hätte jemals vermutet, dass sie eine Zeit lang ein regelrechtes Warenlager voller Designerkleidung und todschicker, hochpreisiger Accessoires ihr Eigen nannte – obwohl: Das stimmte so streng genommen nicht. Hilde hatte zur Finanzierung ihres Lasters ihre ganz eigene Form von Briefkastenbetrug und Hütchenspiel entwickelt. Ein gewisses kriminelles Potenzial in sich zu tragen, war bei betrügerischen Absichten eindeutig von Vorteil. Heute war von diesem unrühmlichen Teil ihrer Leidenschaft nicht mehr viel übrig. Die Lagerbox hatte sie geräumt und aufgegeben. Angemietet hatte sie sie auf den Namen ihrer Schwester, um keine Spuren zu hinterlassen. Berufskrankheit, typischer Fall von! Doch mit ihrem unfreiwilligen Wechsel in die Soko ›Reha‹ und der noch viel unfreiwilligeren Zusammenarbeit mit dem Hacker-Genie Kevin war es mit der Leichtigkeit vorbei gewesen. Ihre Herzensstücke hatte sie behalten, den Rest – sofern noch möglich – zurückgeschickt. Einiges musste sie secondhand verkaufen, da die Frist für die Rückgabe entweder schon abgelaufen war oder sie voreilig und in einem Wahn von Selbstbelohnung das Etikett entfernt hatte. Doch das Leben war manchmal doch gerecht. Jetzt saß sie hier an ihrem PC im Präsidium und surfte auf den altbekannten Seiten, wo namhafte Designer den Online-Markt für sich entdeckt hatten. Sie kam sich vor wie zu Besuch bei guten alten Freunden und wurde auch noch bezahlt dafür. Ihre Liste wuchs fast im Minutentakt. Chantal Ledec schien einen mehr als nur großzügigen Ehemann zu haben, der seine Frau mit Luxusgaben nur so überschüttet hatte. Ob da das schlechte Gewissen aus ihm gesprochen hatte? Oder wahre Liebe? Trostpflaster für ein Leben im goldenen Käfig und in einem Land, dessen Sprache sie nicht mächtig war? Im Notizbuch von Linda Ledec angeführt waren insgesamt 25 Teile, die sie Chantal abgenommen hatte. Die teuersten Posten beliefen sich auf rund 10.000 Euro pro Stück (die Uhr von Cartier). Am vergleichsweise günstigsten waren das Parfum und ein Gucci-Gürtel. Wie viel der Verlobungsring mit dem pinkfarbenen Diamanten wert war, musste ein Juwelier schätzen. Diamanten fielen nicht in Hildes Expertise. Doch im Großen und Ganzen war sie zufrieden mit ihrer Arbeit. Einige der genannten Beutestücke fehlten im Schließfach jedoch. Von den Schuhen und der Unterwäsche (Hilde vermutete Agent Provocateur) fehlte jede Spur. Auch einiges an Schmuck dürfte Linda lieber getragen und ihre Schwägerin damit doppelt verhöhnt haben. Hilde hätte diesem Monstrum an Chantals Stelle die Augen ausgekratzt. Ob sie ihre Schwägerin vielleicht doch auf dem Gewissen hatte? Um eine menschliche Luftröhre zu zerquetschen, brauchte es schon einiges an Kraftaufwand, allerdings nicht, wenn das Opfer bereits hilflos am Boden lag und man sprichwörtlich auf ihm herumtrampeln konnte. Dafür reichte selbst das Fliegengewicht von Chantal Ledec. Hilde Attensam blickte auf die Uhr. Der Gang zum Juwelier würde sich heute nicht mehr rentieren. Metz hatte für den frühen Nachmittag ein Teammeeting anberaumt, und Hilde wollte erstens pünktlich sein und zweitens glänzen. Erfolg war die neue Droge, die ihr teures Laster der luxuriösen Heimlichkeiten abzulösen schien. Gegen das Halstuch von Hermès hätte sie zwar nichts einzuwenden gehabt, doch wann sollte sie das überhaupt tragen? Außerdem würde in ihrem Fall ohnehin jeder denken, dass es sich nur um eine billige Kopie von einem illegalen Straßenverkäufer aus Jesolo handeln konnte, nicht um ein Original. Linda Ledec – dämmerte es Hilde in diesem Moment – hatte vermutlich unter demselben Problem zu leiden gehabt. In Größe und Statur war sie ihr durchaus ähnlich gewesen. Die Haare länger und rötlich braun gefärbt, aber Kutscherpferd blieb Kutscherpferd, Brauereigaul blieb Brauereigaul, wie ihr Vater es ausgedrückt hätte. All die schönen Sachen, die sie von ihrer feenhaften Schwägerin erpresst hatte, hätten an ihr immer wie billige

Imitationen ausgesehen. Vermutlich, weil eine geborene Herlinde Krumppenbacher aus Wien Hernals selbst eine solche bleiben würde, auch wenn sie sich neu erfand und über Nacht zu Linda Ledec wurde. Mit Sicherheit war sie neidisch auf ihre schöne Schwägerin gewesen. Sie hatte all das repräsentiert, was Linda trotz glücklichem Händchen bei der Eheschließung verwehrt geblieben war.

»Ich weiß nicht, ob das so eine gute Idee ist«, sagte Mira Dragovic und hielt sich nervös selbst an den Händen. Sie knetete ihre Finger dabei so kräftig, dass an den Knöcheln nur mehr das Weiße zu sehen war. »Sie kennen den Haushalt, Mira. Und was noch viel wichtiger ist: Sie kennen meine Mutter und ihre Eigenheiten, und sie kennt Sie vor allem. Ihre fortschreitende Demenz wird nicht besser. Fremde im Haus würden sie extrem verunsichern. Wir würden uns natürlich auch finanziell erkenntlich zeigen, wenn Sie wieder in der Villa arbeiten.« Martin Ledecs Pulver war mit diesem Argument – dem Killerargument Geld, wie sein Vater es immer genannt hatte – verschossen. Sie konnten es sich beim besten Willen nicht leisten, neben der neuen Nanny auch noch einen weiteren Fremden, einen weiteren menschlichen Risikofaktor, ins Haus zu holen. Und nichts anderes waren Menschen letztendlich: ein Risiko. Mira Dragovic würde der

Familie gegenüber loyal sein. Und nur das zählte. Martin wagte einen Bluff. Er hatte keine Ahnung, warum Mira damals tatsächlich gekündigt hatte, bekam aber langsam eine Ahnung von dem Treiben seiner Schwägerin im Haus. »Hören Sie, Mira: Ich weiß, was sie durchmachen mussten. Und dass sie trotz allem verschwiegen und loyal geblieben sind, rechnen wir Ihnen sehr hoch an. Für Ihren Vater finden wir eine gute Betreuung, das verspreche ich Ihnen. Aber Sie brauche ich in meinem Zuhause.« Mira wurde rot. Viele Komplimente und viel Lob hatte sie noch nicht bekommen in ihrem Leben. Ihre Eltern hatten sie ziemlich ferngehalten von allzu vielen Menschen. »Verständlich«, dachte Martin. So wie seine Eltern ihn und Stefan. »Also gut«, lenkte sie ein. »Wenn die Betreuung für meinen Vater gesichert ist, fange ich gerne wieder bei Ihnen an.« »Danke, Mira«, sagte Martin. »Gewonnen!«, dachte er. Als Mira Dragovic gegangen war, brummte sein Handy. Eine unbekannte Nummer zeigte ihm einen Daumen nach oben. Horst Schmidinger war mit den Background-Checks der Nanny-Kandidatinnen durch, so wie es schien. Er wechselte seine Telefonnummern ständig, der schlaue alte Fuchs. Dabei fiel Martin Ledec erstmals auf, dass sein Smartphone eine Nummer und einen Namen schon verdächtig lange nicht mehr angezeigt hatte. Er sollte sich vermutlich etwas mehr bemühen, wenn er sein junges Liebesglück noch eine Weile halten wollte. Zumindest so lange, wie er das Alibi benötigte.

»Wir sprechen hier in Summe also von Geschenken im Wert von ungefähr 150.000 Euro. Der Ring muss noch von einem Profi geschätzt werden, aber ich denke, mit den angesetzten 10.000 Euro liege ich nicht ganz falsch.« Hilde schloss ihre Ausführungen souverän und ohne einen Patzer. Es war eben ganz ihr Element, in welches Metz sie da für ein paar wundervolle Stunden entlassen hatte. »Das sollte als Motiv ausreichen«, ergänzte Kevin, der aufmerksam gelauscht, aber nicht wirklich verstanden hatte, warum Menschen für Gebrauchsgegenstände wie Schuhe oder ein Halstuch solche absurden Summen ausgaben. Metz nickte zufrieden. Das sollte reichen, um einen Durchsuchungsbeschluss für die Villa zu bekommen. »Was hat Josef Bruckner zu dem Knoten sagen können?«, wollte Hilde wissen. Metz schlug den Ordner auf, den Kevin ihm zusammengestellt hatte. Auf drei Seiten waren Eselsohren umgeknickt worden. »Er ist sich logischerweise nach all den Jahren nicht mehr hundertprozentig sicher. Aber einer dieser drei könnte es gewesen sein.« Er zeigte Kevin und Hilde die Skizzen und erläuterte kurz: »Wir suchen – was den Motorradunfall von Hans Wagner betrifft – eine Person, die entweder Segler, Fischer oder begeisterter Kletterer war.« »Oder nach meiner Oma«, warf Hilde ein. Metz verstand nicht. »Was meinen Sie damit?« Hilde deutete auf einen der drei in Frage kommenden Knoten und sagte dann: »Das ist ein Josefinenknoten. Damit hat man früher Makramee- und andere Handarbeiten befestigt. Geht aber sicher auch zum Segeln und Klettern. Hält nämlich bombenfest.« »Oder um ein Moped im Wald zu Fall zu bringen«, warf Kevin ein. Metz fuhr fort. »Jedenfalls war der Mörder oder die Mörderin vor 60 Jahren vertraut mit diesen Dingen. Natürlich kann sie oder er auch nicht mehr unter den Lebenden weilen.« »Aber das glauben Sie nicht, Chef, oder?«, warf Kevin ein. »Nein.« Metz schüttelte energisch den Kopf. »Wir wissen, dass Linda Ledec praktisch die ganze Familie in der Hand hatte. Also muss es eine Sache – mindestens eine Sache – geben, die alle betrifft und vor der sich niemand, auch nicht die Jungen, die damals noch gar nicht geboren waren, aus der Verantwortung stehlen können. Mord zum Beispiel käme hierfür infrage. Allerdings nur, wenn der Täter noch am Leben ist.« Hilde warf ein: »Es bleiben im Wesentlichen nur die alte Frau Gräfin und Ida Wagner übrig. Es sei denn, sie haben damals jemanden bezahlt dafür.« »Das halte ich für möglich, wenn auch eher unwahrscheinlich«, gab Metz zurück. »In solchen Familien wird keine Schmutzwäsche nach außen getragen. Die lösen ihre Probleme selbst, um Mitwisser zu vermeiden und sich nicht erpressbar zu machen. Außerdem hätte ein Mann andere Mittel und Wege, um Hans Wagner die Lichter auszublasen. Die gespannte Schnur mit dem eleganten Knoten schaut mir hingegen sehr nach weiblicher Finesse aus.« Kevin protestierte: »Gehen wir jetzt im Ernst davon aus, dass zwei Damen sich vor 60 Jahren im Wald versteckt haben, um den Ehemann der einen ins Jenseits zu befördern? Sorry, aber das kommt mir schon recht weit hergeholt vor.« Hilde sah ihn mit einer Mischung aus Skepsis und Belustigung an. »Denken Sie, dass Frauen zu einem Mord nicht fähig sind? Lesen sie Agatha Christie, Kevin. Oder schauen Sie sich ein paar Folgen Columbo an.« »Das ist Fiktion! Wir sprechen hier vom echten Leben und echten Menschen. Was muss dieser Typ angestellt haben, um von seiner Frau und/oder ihrer Arbeitgeberin ermordet zu werden?« »Gute Frage, Kevin. Das klingt doch nach einem Spezialprojekt für Sie, finden Sie nicht?«, gab Metz amüsiert zurück. »Und noch einmal in aller Deutlichkeit: Wir ermitteln NICHT im Fall Hans Wagner, den es offiziell ja gar nie gegeben hat. Das bleibt also genauso unter dem Radar wie Ihre sonstigen Aktivitäten, von denen ich nichts wissen möchte, in Ordnung?« Kevin nickte. Sie besprachen die nächsten Schritte. Metz würde sich mit Leo Katzinger erneut in den Ring begeben und eine Hausdurchsuchung für die Villa beantragen.

Hilde sollte den Ring schätzen lassen und die ehemaligen Ausbildungskolleginnen von Linda Ledec alias Herlinde Krumppenbacher kontaktieren. Kevin war versorgt mit Recherche. Metz fand Fälle immer spannend, in denen die Vergangenheit eine wichtige Rolle zu spielen schien. Sie konnte sehr lange Zeit auf gegenwärtige Ereignisse einwirken. Diesen Schatten wurde man nicht los. Wenn wirklich ein Zusammenhang zwischen dem Tod von Hans Wagner und Linda Ledec bestand, war Amon Ledec Senior vielleicht auch nicht friedlich im Schlaf gestorben? Seiner Erfahrung nach war das Morden ganz einfach, wenn man erst einmal damit durchgekommen war. Was Hans Wagner betraf, hatte er keinen Zweifel daran, dass die alte Gräfin damals ihre vornehmen Hände im Spiel gehabt hatte. Ob aktiv oder nur passiv als Ränkeschmiedin und Financier, war nebensächlich. Doch wer hatte Linda Ledec getötet?

Kapitel 18: Ein wahrhaft schönes Stück

Katharina Adam hatte sich bewusst rargemacht nach ihrem gemeinsamen Wochenende mit Martin Ledec am Starnberger See. Die drei Tage waren schön gewesen, keine Frage. Sie blickte auf das Armband, das er ihr geschenkt hatte. Ein Stern bildete das Mittelstück. Sie hatten sich oft über Astronomie unterhalten. Beide fanden die Welt der Sterne und fremden Galaxien faszinierend. Alles war wie im Bilderbuch gewesen. »Genau«, dachte Katharina Adam, »zu gut, um wahr zu sein.« Sie schob die Vorbereitungen für einen Vortrag als Ausrede vor, um ein paar Tage lang nicht im Archiv von ›La Warenne‹ zu arbeiten. Tatsächlich saß sie die meiste Zeit in ihrem Büro vor dem Laptop und starrte ins Leere. Sie war 38 Jahre alt, aber wenn es um Männer und Liebesangelegenheiten ging, fühlte sie sich wie 14. Auf diese Weise seine Jugend nachzuholen, hatte nichts Erbauliches. Ihre Intuition riet ihr dringend ab davon, sich große Hoffnungen in dieser Sache zu machen. Martin Ledec war der Typ Mann, der sich niemals wirklich öffnen würde. Sie mochte diese geheimnisvolle Aura an ihm, keine Frage. Doch auf Dauer würde es mühsam werden, mit einer Sphinx zu leben und so etwas Ähnliches wie einen Alltag zu erschaffen. Sie hatte es sich schon vor Jahren abgewöhnt, das Gebaren der Männer bis ins kleinste Detail zu analysieren und jeden ihrer Atemzüge zu interpretieren. Als Forscherin wusste sie: Spekulation war kein Wissen. Dennoch fiel es ihr schwer, nicht an ihn zu denken. Wie ein liebeskranker Teenager vor dem Telefon zu sitzen und darauf zu warten, dass er sich meldete, war auch nicht gerade sehr emanzipiert. Andererseits wüsste sie nicht, was sie ihm sagen sollte. Sie hatte die goldene Regel missachtet: »Don't date your company!« Und nun erfuhr sie am eigenen Leib, welcher Zwickmühle man sich mit dieser Hybris auslieferte.

»Ein wahrhaft schönes Stück«, merkte der elegante Herr im hochwertigen grauen Dreiteiler an. Krawatte und Einstecktuch passten perfekt zusammen. Seine Nägel waren manikürt, seine Augenbrauen professionell gezupft, und seine Armbanduhr repräsentierte seinen Berufsstand in Vollendung. Hilde hatte den Diamantring in seiner Geschenkbox einfach in die Brusttasche ihrer Uniformjacke gesteckt. Je unauffälliger sie das teure Stück von A nach B transportierte, desto besser. »Wurde der Ring denn gestohlen?«, wollte der gediegene Juwelier – Hilde hatte sich für das erste Haus am Platz, wie man so schön sagte, entschieden – wissen. Die Leute waren begierig auf Sensationen. Und die Kombination von Polizei und teurem Schmuck schrie geradezu nach einem Verbrechen oder zumindest nach Leidenschaft. Hilde, ganz Profi, antwortete knapp: »Zu laufenden Ermittlungen darf ich leider nichts sagen. Aber wir brauchen den Schätzwert des Ringes.« Der elegante Herr nickte verständig.

Als Hilde den vornehmen Laden betreten hatte, war sofort der Chef des Hauses persönlich herangeeilt. Er hatte sie in einen der geschmackvoll eingerichteten hinteren Räume gebeten, wo künftige Ehepaare üblicherweise in aller Ruhe gemeinsam ihre Ringe aussuchten. Hilde war sich sicher, dass der tüchtige Geschäftsmann die lästige Polizeiuniform so schnell wie möglich aus seinem edlen Verkaufsraum entfernt haben wollte. Solche Männer – oder überhaupt welche – wollten mit einer wie ihr freiwillig nie allein sein. »Sie haben es hier mit einem wirklich schönen Stück zu tun. Wir nennen solche Steine ›Pink Panther‹, nach dem Film, Sie wissen schon.« Hilde nickte. »Ist er lupenrein? Wie viel Karat?« Der Juwelier drehte den Ring noch mehrmals hin und her, bis er die Lupe endlich zur Seite legte und ihr den Ring wieder zurückgab. Er schien regelrechte Trennungsängste von dem schönen Stück zu haben. »Ein absolut makelloser Diamant ohne jegliche Einschlüsse oder andere Mängel. Und das Beste daran: Es handelt sich um keinen synthetischen Diamanten. Hier hat jemand so richtig tief in die Tasche gegriffen, Frau Kommissarin.« Als Hilde den Schätzwert des Profis hörte, hätte sie sich beinahe setzen müssen. Im letzten Moment fiel ihr ein, dass sie in Uniform war und eine wankende Polizeibeamtin vielleicht kein allzu seriöses Bild abgeben würde. »Sind Sie sicher?«, fragte Hilde noch einmal. Der Juwelier nickte. »Ich mache das seit über 30 Jahren. Ein solches Unikat bekommt man in dieser Zeit vielleicht zwei- oder dreimal zu sehen. Sie halten grob geschätzt 100.000 Euro in Ihren Händen. Allein schon die Princess-Form ist herausragend gearbeitet. Wir haben hier 3 Karat im Farbton Light Pink. Reinheit: Flawless. Schliff: Sehr Gut, Polierung: Exzellent. Symmetrie: irgendwo zwischen ›Sehr gut‹ und ›Exzellent‹, würde ich meinen. Die Fassung besteht aus Platin, die ist im Schätzpreis noch gar nicht mitberücksichtigt.« Hilde wurde rot. Dass sie so astronomisch weit danebenliegen würde mit ihrer Schätzung, war ihr nicht klar gewesen. Schmuck war eben doch nicht ihre Baustelle. Aber der Chef würde sich freuen. Das Motiv hatte gerade an Fahrt aufgenommen und sich quasi glanzvoll und hochkarätig verdoppelt.

Der Bestatter war ein großer, magerer Mann. Die Tatsache, dass er berufsbedingt von Kopf bis Fuß in Schwarz gekleidet war, machte sein Erscheinungsbild nicht gerade freundlicher. Er wirkte ausgezehrt, und seine Gesichtsfarbe war gräulich blass. Rein optisch könnte er jederzeit selbst sein nächster Kunde werden. Seine Art hingegen, das Unvermeidliche in neutrale Worte zu fassen, war vergleichsweise angenehm. Unverbindlich wirkende Professionalität war das Erfolgsgeheimnis seiner Branche, die manche auch als

Berufskrankheit bezeichneten. Wem jahraus, jahrein nichts nahegehen durfte, der ließ irgendwann auch nichts mehr an sich heran. In diesem Business hatte man mit den Jahren alles gesehen und gehört. Der Tod konnte Familien zusammenschweißen, sehr viel öfter jedoch trennte er sie noch viel mehr. Gräben wurden aufgerissen und der Groll längst vergangener Tage unverblümt ausgetragen, wenn es eigentlich nur um so profane Entscheidungen wie Urne, Sarg oder Blumenschmuck gehen sollte. Hauptthema war immer das Geld. Das Gespräch mit Stefan Ledec verlief so gesehen mehr als ungewöhnlich auf höchst angenehme Art und Weise. Was die Frau Gräfin nicht schon telefonisch durch ihre Angestellte hatte ausrichten lassen, klärte der Bestatter hier mit dem Witwer in weniger als zehn Minuten. »Und es soll sicher keinen Nachruf auf die Tote geben?«, fragte er ein zweites und letztes Mal. Stefan Ledec schüttelte den Kopf. »Nein. Es ist alles gesagt«, antwortete er. »Sollen die Kinder vielleicht miteingebunden werden in die Zeremonie?« Wieder schüttelte der sehr gefasste Witwer den Kopf. »Es ist schon schlimm genug, dass sie das durchmachen müssen«, erklärte er. Der Bestatter nickte. »Da haben Sie sicher recht. Die Mutter zu verlieren, ist das Schlimmste, was so jungen Seelen passieren kann.« »Nein, ist es nicht«, dachte Stefan Ledec, sagte stattdessen aber nur: »Ich meinte die Beerdigung. Wenn wir das ganze Prozedere irgendwie abkürzen könnten, wäre das hilfreich.« »Ihre Mutter hat den Ablauf analog zum Begräbnis Ihres Vaters bestellt, Herr Ledec. Kürzen können wir hier schlecht, es sei denn, sie verzichten auf die Messe und wünschen nur eine Einsegnung direkt am Grab.« Stefan wusste, das würde nicht gut ankommen. Ihm wäre es am liebsten gewesen, jemand – ein x-beliebiger Fremder – würde die Urne mit der Asche und dem ganzen Schmutz, der von Linda übrig geblieben war, einfach in das ihr zugedachte Fach in der Familiengruft stellen. Vielleicht zur Sicherheit noch mit einem Stein beschweren, man konnte ja nie wissen. Stattdessen antwortete er: »Das geht in Ordnung so, wie meine Mutter es vereinbart hat. Vielen Dank.«

Leo Katzinger musste sich angesichts der Aufstellung von Wertgegenständen geschlagen geben, die Cornelius Metz ihm am späten Nachmittag desselben Tages präsentierte. »Laden Sie Chantal Ledec vor. Wenn wir schon drauf und dran sind, uns den Zorn der Familie aufzuhalsen, sollten wir gleich aufs Ganze gehen. Sie soll die Gegenstände identifizieren, die ihr gehören.« Metz nickte. Sie würden den Durchsuchungsbeschluss für die Villa bekommen. Fraglich war nur, was die Hausdurchsuchung bringen würde. Vielleicht kamen ein paar der Luxusobjekte auf Hildes

Liste noch zum Vorschein. Vielleicht gab es aber auch noch ein anderes Versteck. »Sie kommen in dem Fall nicht wirklich weiter, mein guter Metz, oder?« Dieser atmete kurz tief durch. Er könnte seinem ungeliebten Vorgesetzten jetzt natürlich von der heißen Spur zu Milan Dragovic berichten, dem mysteriösen Motorradunfall von Hans Wagner vor 50 Jahren und der Tatsache, dass es in dieser Familie vor Geheimnissen nur so wimmelte. Doch er tat nichts davon. Sollte der Herr Hofrat ruhig denken, sie fischten im Trüben. Und was den Tod von Linda Ledec betraf, hatte er leider nicht ganz unrecht. »Wir erhoffen uns neue Erkenntnisse von der Durchsuchung der Villa«, antwortete er stattdessen. Leo Katzingers dickliches Kindergesicht wurde wieder bedenklich rot. »Sie wissen schon, mein guter Metz, dass ich Ihnen in diesem Fall nicht endlos den Rücken freihalten kann? Wenn die Sache mit der Hausdurchsuchung ein Rohrkrepierer wird, müssen wir uns wohl darauf einigen, dass es keine heiße Spur mehr gibt, der es sich zu folgen lohnt.« Metz nickte stumm. Nicht dass es üblich wäre, ein direktes Veto von ganz oben zu bekommen, wenn Mordfälle keine schnelle Lösung mit sich brachten. Doch nicht üblich bedeutete nicht unmöglich. Er wartete schon seit Anbeginn der Untersuchungen auf einen Schlusspfiff in Sachen Mordermittlungen. Ein Wunder eigentlich, dass sie es mit der dürftigen Beweislage bis hierher geschafft hatten.

Jeder Mensch hatte ein Ziel im Leben. Die meisten Leute träumten von Liebe, Familienglück und einem trauten Heim. Ein paar steckten sich hohe Ziele in Sachen Erfolg und Karriere. Nachdem Hilde Attensam die halbe Liste von Linda Ledecs Ausbildungskolleginnen durchtelefoniert hatte, konnte sie das Lebensziel der Verstorbenen mit zwei Worten zusammenfassen: ›reich werden‹. Ihre Kommilitoninnen von der Schwesternschule konnten sich allesamt noch mehr als gut an Herlinde ›Man nennt mich Linda!‹ erinnern. Kein Arzt war vor ihr sicher gewesen. Sie dürfte damals vor 25 Jahren so etwas wie der Inbegriff der sexy Schwesternschülerin gewesen sein. Kaum eine der Damen, mit der Hilde in den letzten zwei Stunden telefoniert hatte, ließ ein gutes Haar an ihr. Das gute alte Vorrecht, über Tote nicht schlecht zu sprechen, hatte Linda Ledec anscheinend zu Lebzeiten nach allen Regeln der Kunst verwirkt. Schon damals war sie eine bösartige Mobberin gewesen, die reihenweise Unfrieden stiftete und ihre Mitschülerinnen gegeneinander ausspielte wie Schachfiguren. Unerklärliche Diebstähle, Prüfungsmanipulation, das Anschwärzen bei den Lehrenden und ein eigenartiger Umgang mit den Patienten im Praktikum waren nur die Highlights der

Kurzberichte gewesen. Kein Mensch schien um Linda Ledec zu trauern. Cornelius Metz hatte recht: Sie würden dem Pflegeheim noch einen Besuch abstatten müssen, in welchem die Verstorbene vor ihrer Anstellung bei den Ledecs gearbeitet hatte. Wer in jungen Jahren schon so viel kriminelle oder zumindest höchst fragwürdige Energien an den Tag legte, perfektionierte diese mit den Jahren erfahrungsgemäß. Als Hilde nämlich nachfragte, was mit ›eigenartigem Umgang mit den Patienten‹ gemeint war, bekam sie zur Antwort: »Gefälligkeiten der besonderen Art natürlich. ›Einmal Intimpflege mit Happy End‹ nannten wir das damals.« Anscheinend hatte Linda Ledec im wahrsten Sinne des Wortes ein Händchen dafür gehabt. Sie hatte einen Markt erschlossen und ihn dafür genutzt, um ihr bescheidenes Taschengeld ein wenig aufzubessern. Wer einmal den zuverlässigen Mechanismus von ›Sex gegen Geld‹ erkannt und von den Früchten des schnell verdienten Geldes gekostet hatte, konnte so schnell nicht wieder damit aufhören. Hilde kannte solche ›Erfolgsgeschichten‹ aus ihrer Zeit bei der Sitte. Gar nicht wenige der Escortdamen und Hostessen, die sie dort kennengelernt hatte, waren keine verzweifelten Existenzen gewesen, die ihren einzigen Broterwerb in der käuflichen Liebe sahen, im Gegenteil. Sie waren nur schlichtweg dem Sirenengesang des schnell und leicht verdienten Geldes erlegen. Linda Ledec hatte sich vielleicht auf ein Nischenpublikum mit besonderen Bedürfnissen und ziemlich eingeschränkten Möglichkeiten konzentriert, aber unterm Strich blieb Prostitution nun einmal Prostitution. Für eine ehrgeizige Kämpfernatur mit der Ambition, reich und bedeutend zu werden, wie Herlinde Krumppenbacher es offensichtlich gewesen war, musste der Eintritt in die Welt der Reichen und Schönen wie der Zugang zum Paradies gewesen sein. Hilde Attensam konnte sich lebhaft vorstellen, welche Pläne das Gehirn der unterbezahlten Krankenschwester zu schmieden begann, als sie erstmals einen Fuß in die Villa Ledec setzte. Und noch dazu mit zwei unverheirateten Söhnen im Angebot, von denen einer zumindest unvorsichtig genug gewesen war, in ihre Falle zu tappen. Und jetzt war sie tot.

Metz hatte das Wochenende und somit die Beerdigung von Linda Ledec abwarten wollen, bevor er weitere Schritte unternahm. So viel Pietät musste sein, aber nun war die Beerdigung Geschichte, und das Leben danach konnte beginnen. Heute würden sie Chantal Ledec vorladen, freundlich, aber bestimmt. Wer fast 200.000 Euro an Geschenken einer Erpresserin überlassen musste, hatte mehr als nur ein gutes Motiv für einen Mord. Auch mit der Ausstellung des Durchsuchungsbeschlusses war noch diese Woche zu rechnen. Er selbst hatte den Samstag damit verbracht, von seiner Mutter samt Maklerin zu drei Wohnungsbesichtigungen verschleppt zu werden. Wäre es nach ihm gegangen, wäre die erstbeste seine Wahl gewesen. Alles war besser als ein Haus voll trister Erinnerungen, die muffige Gartenlaube mit dem ausrangierten Schlafsofa oder die von Männerschweiß durchtränkte Umkleide im Fitnesscenter. Doch indem er seiner Mutter freie Hand zugesichert hatte, hatte er quasi seine Seele dem Teufel verkauft und jedes Mitspracherecht verwirkt. Alles unterhalb von Perfektion kam für Frau (von) Metz nicht in die hochwohlgeborene Tüte, und ihr Sohn kannte sie schon zu lange und zu gut, um noch mit Kompromissen zu rechnen. Erstaunlicherweise bekam er es jetzt langsam eilig mit dem Neustart und einer neuen Bleibe. Seine Schmerzgrenze, was das Dahinvegetieren im Gartenhaus betraf, war nach zweieinhalb Jahren keinen Tag zu früh erreicht. Er hatte keinerlei Interesse daran, irgendetwas aus dem alten Leben in das neue mitzunehmen. Außer ein paar Kleidungsstücken hatte seine Mutter die Anweisung, alles an Büchern, Schallplatten und anderen Habseligkeiten der Wohlfahrt zu spenden, was sie im Haus vorfand. Sie selbst würde sich natürlich keine ihrer beiden vornehmen Hände schmutzig machen. Dafür gab es Profis, die nicht einmal fertig gepackte Umzugskartons vorfinden wollten, sondern jeden lästigen oder schweißtreibenden Handgriff gegen Bezahlung übernahmen. Dem nächsten Tribunal in Sachen Immobilienbesichtigung musste er sich erst am nächsten Samstag wieder stellen. Ob die Maklerin so lange brauchte, um sich von seiner Mutter zu erholen oder tatsächlich, um neue geeignete Objekte an Land zu ziehen, war aus ihrer Verabschiedung nicht eindeutig hervorgegangen. Seinem Kopf und seiner Seele tat diese Form von unfreiwilliger Therapie jedoch ausnehmend gut. Die Frühwarnzeichen einer Panikattacke hatten sich jedenfalls schon lange nicht mehr an die Oberfläche gewagt. »Ein Beweis mehr dafür, dass meine Mutter der Antichrist ist«, dachte Metz insgeheim. »Alles Böse flieht vor ihr, sogar die schlechten Erinnerungen.«

Kevin hatte nach diesem Wochenende erstaunlich wenig zu berichten. Seine Anfragen bezüglich Milan Dragovic liefen noch, doch eine innere Stimme sagte ihm, dass sie ins Leere liefen. Und der Fotoabgleich war zu wenig, um damit außerhalb der Soko ›Reha‹ zu punkten. Einen kleinen Glücksgriff jedoch konnte er für die heutige Teamsitzung beisteuern. Hacker-Qualitäten waren dafür allerdings nicht notwendig gewesen, mehr die inquisitorischen Talente von Onkel und Tante, denen er am Wochenende seine Aufwartung hatte machen müssen. ›Kuchen, Kaffee & Informationen‹ war das Motto dieser unfreiwilligen

Familientreffen. Während normalerweise eigentlich Kevin derjenige war, der liefern musste, hatte diesmal seine Tante ein paar nützliche Happen die Ledecs betreffend für ihn. Es behagte ihm nicht wirklich, Interna zu den Ermittlungen nach außen zu tragen, auch wenn sein Onkel als Sektionschef im Ministerium des Inneren ohnehin nur einen Anruf würde tätigen müssen, um alles zu erfahren, was Kevin ihm auch beim Kaffeekränzchen erzählen konnte. Doch der miese Verräter war im Zweifelsfall eben niemand gerne. »Frau Wagner hat Sie angelogen, Chef«, eröffnete er somit seine kurze Berichterstattung. »Wie ich aus sicherer und verlässlicher Quelle weiß, war die alte Frau Gräfin nicht in der Olympiaauswahl der Fechterinnen.« Er machte eine kurze Kunstpause, in der Hoffnung auf ein Spannungsmoment. »Segeln?«, mutmaßte Hilde trocken und nippte an ihrem köstlichen Espresso. »Verderben Sie anderen gern die Pointe?«, fragte Kevin beleidigt. »Nur wenn ich es kann«, gab Hilde gelassen zurück. So etwas Ähnliches hatte sie sich schon gedacht. Der biederen Frau Wagner, die immer noch unterwürfig und ergeben wirkte mit ihren mehr als 80 Jahren, hätte sie so ein Verbrechen, das einen derart eleganten Knoten in eine hässliche Tat wie Mord miteinband, auch nicht zugetraut. Die Sache mit dem Mopedunfall trug deutlich erhabenere Züge als bloßer Totschlag in einer finsteren Ecke. »Das ist trotzdem interessant für uns zu wissen, Kevin, danke«, versuchte Metz, die Wogen zu glätten. »Wir wissen nun, dass Ida Wagner keine Hemmungen hat, die Polizei anzulügen. Und wie Sie beide ja wissen, führen solche kleineren Vergehen gerne und oft auf die Spur von größeren. Wir behalten diese Informationen und alles, was mit dem Tod von Hans Wagner zu tun hat, in der Hinterhand. Es mag für unseren eigentlichen Fall nicht von Relevanz sein, komplettiert aber sehr wohl das Bild der Familie Ledec. Vom Opfer Linda Ledec haben wir ja dank ihrer Recherche«, und hier nickte er Hilde anerkennend zu, »schon ein ganz passables Bild. Das Altersheim, in dem sie vor den Ledecs gearbeitet hat, nehmen wir uns auch noch vor. Dort kennt sie vom Personal vielleicht noch jemand oder kann sich zumindest an sie erinnern.«

Stefan Ledec genoss seine neue Rolle als Alleinerzieher mehr, als er es je für möglich gehalten hätte. Er schämte sich heute fast dafür, dass ihn der Gedanke an eigene Kinder immer verstört und mit Unbehagen erfüllt hatte. Louisa kam seit dem Tod ihrer Mutter wieder zu ihm ins Bett gekrochen, und Paul kam nach, offiziell, um seine Schwester dafür zu rügen, sich wie ein Kleinkind zu benehmen. Er hatte viel von Martin. Seine ernste Art und der leicht strenge Tonfall, in dem er mit seiner Schwester sprach, ließen Gutes für die

Zukunft der Firma erhoffen. Die Tage nun zu dritt im Ehebett zu beginnen, hatte etwas Tröstliches, auch wenn er die halben Nächte damit zubrachte, Hände und Füße aus seinem Gesicht zu entfernen. Er hatte als kleiner Junge nur Martin als Zufluchtsort gehabt. Erst als er feststellen musste, dass dieser jedes Mal den Zorn des Vaters auf sich zog, wenn er den ›schwachen‹ und ›verweichlichten‹ Stefan zu schützen versuchte, hatte er damit aufgehört. Es war schlimm genug gewesen, dass Martin immer im Kreuzfeuer des Ärgers stand, wenn ihr Vater sich abreagieren musste. Der tapfere Älteste sah es mit der Zeit als seine Pflicht an, für alles die Verantwortung zu übernehmen, was im Hause Ledec geschah. So gesehen war Stefan nie besonders wild darauf gewesen, eine eigene Familie zu gründen. Und dass Martin in dieser Hinsicht keine Lust verspürte, war ebenfalls selbsterklärend. Was für armselige, emotional verkorkste Väter hätten sie wohl abgegeben? Doch als die schöne Linda damals in sein Leben trat und nur Augen für ihn hatte, fühlte das ungeliebte Kind sich plötzlich wichtig. Als sein Vater dann plötzlich starb, war sie da für ihn. Alle sorgten sich nur um Mutter. Linda war geblieben, bis alles geregelt war. Sie half nicht nur ihm durch diese schwere Zeit, sondern der gesamten Familie. Er hatte im Anschluss daran gar keine Zeit gehabt, sich das mit ihr und einer gemeinsamen Zukunft zu überlegen. Paul war so schnell unterwegs gewesen, dass ein langes Hin und Her keine Option gewesen war. Und eine Heirat war obligatorisch. Seine Mutter hatte sogar darauf bestanden. Ihre Worte konnte er noch hören, als wäre es gestern gewesen: »Du mochtest sie einmal, nun magst du sie gefälligst für den Rest deines Lebens. Wir setzen keine Bastarde in die Welt. Das Kind wird ehelich geboren, Punkt!« Diskutieren wäre zwecklos gewesen. Doch damals erschien ihm das alles ohnehin so leicht und als eine gute Idee. Zwei Jahre nach Pauls Geburt machte Louisa ihr Glück perfekt. Doch es gab nichts Perfektes im Leben, das wusste Stefan Ledec nur zu gut. Dabei waren die ersten Jahre ihrer Ehe ganz in Ordnung gewesen. Wie viele Paare entdeckten sie mit der Zeit eben auch, dass sie unterschiedliche Interessen hatten. Stefans Herz schlug für das Rote Kreuz und seine vielen unentgeltlichen Stunden im Rettungswagen. Auch die Kinder waren ihm wichtig und die Firma sowieso. Linda interessierte sich schon bald für nichts von alledem mehr. Ihr anfängliches Interesse an seinem Engagement langweilte sie nur mehr, so wie der Rest von ihm auch. Zunehmend wurde sie ungehalten und manchmal richtig böse mit ihm. Die Kinder liebte sie auf seltsame Weise. Es war mehr eine Art Projektmanagement, wie sie mit ihnen verfuhr. Keine Nanny hielt es lange unter ihrem Regiment aus, und so kam es, dass auch die nächste Generation Ledecs in den fähigen Händen von Ida Wagner landete. Er fragte nie nach, was seine Frau den lieben langen Tag so trieb, im Gegenteil. Er ging ihr aus dem Weg, wann immer es ihm möglich war. Dieses Arrangement schien für sie beide gut zu funktionieren. Erst als Amon mit Chantal aus seinem selbst gewählten Exil in der Schweiz nach Hause zurückkam, änderten sich die Vorzeichen schlagartig. Er hatte das Problem lange nicht verstanden, das Linda mit der Frau seines Bruders hatte. Sie war ein gänzlich anderer Typ als sie, eher verschlossen und schwer zugänglich, was vermutlich nicht nur an der Sprachbarriere lag. Doch Amon vergötterte sie und sie ihn umgekehrt auch, das war für alle offensichtlich. Erst als Martin ihm eröffnete, dass Mutter ihre Firmenanteile an den ›Kleinen‹ überschrieben hatte, war Stefan Ledec klar, woher der eisige Wind plötzlich wehte. Linda war sich sicher gewesen, dass ihre beiden Kinder die Zukunft von ›La Warenne Schokoladen‹ waren. Martin als eingefleischter Junggeselle machte keinerlei Anstalten, eine eigene Familie zu gründen. Und Amon wähnten alle in der Schweiz, wo er die Gipfel der Hochfinanz erklimmen wollte. Der Plan war es eigentlich immer gewesen, Paul als nächstes Familienoberhaupt heranzuziehen. Das Credo seines Vaters ›Ein Leben für die Verantwortung‹ wäre dann von Martin direkt auf ihn übergegangen. Doch mit Amons Rückkehr und dem gewieften Alleingang seiner Mutter hatte sich das Blatt gewendet. Ihm und Martin hätte der Eintritt des ›Kleinen‹ in die Firma nur recht sein können. Geteiltes Leid war bekanntlich halbes Leid. Und die Leichen im Keller hätten sie ihm ohnehin nicht zugemutet. Einmal Küken, immer Küken. Die Gefahr, die Linda in Chantal sah, bezog sich eher auf deren potenzielle Fruchtbarkeit. Mit Anfang 30 war diesbezüglich noch alles möglich, wie sie nicht müde wurde, Stefan ihr Leid zu klagen. Wer konnte schon wissen, wie viele zukünftige Ledecs das ›französische Strichmännchen‹ noch produzieren würde? Dass Lausanne in der Schweiz lag und nicht in Frankreich, hatte Stefan in diesem Disput argumentativ nicht weitergebracht. Wo er Chancen für die Zukunft sah, sah Linda nur eine Bedrohung für ihren Nachwuchs. Die Kinder selbst waren ihr dabei herzlich egal. Es ging um Macht, Geld und die Vorherrschaft in der Familie. Chantal hatte, ohne es zu wissen, mit ihrer Ankunft in der Villa einen unsichtbaren Fehdehandschuh vor die Füße ihrer ehrgeizigen Schwägerin geworfen, und diese hatte von Tag 1 an nichts unversucht gelassen, um ihr das Leben zur Hölle zu machen.

Kapitel 19: Jetzt wird alles gut

»Sie hat mir das Leben zur Hölle gemacht«, schniefte Chantal Ledec in ihr makelloses Taschentuch, und es war ihr inzwischen egal, dass gleich zwei Wörter mit H am Anfang in diesem Satz vorkamen, das sie gnadenlos verschluckte. Es gab niemanden mehr, der sich darüber lustig machen konnte. Metz und Hilde hatten sie in den Vernehmungsraum gebeten, ihr aber ausdrücklich klargemacht, dass dies nur eine Befragung, kein Verhör sein sollte. Sie hätte auch einen Anwalt hinzuziehen können, verzichtete aber darauf. »Ich habe nichts verbrochen«, schniefte sie weiter. Die Tränen kullerten über ihre Wangen, doch es wirkte eher wie der Befreiungsschlag einer gelungenen therapeutischen Intervention und nicht wie Kummer oder Schmerz. »Frau Ledec, wir haben Grund zu der Annahme, dass Ihre Schwägerin sie erpresst hat. Ist das korrekt?«, begann Metz so vorsichtig wie möglich die Befragung. Hilde notierte alles mit, auch die Liste mit den Gegenständen aus dem Bankschließfach und jenen, die nur im Tagebuch erwähnt, aber noch nicht gefunden worden waren, hatte sie bei sich. Da es sich dabei vorerst noch um Beweismittel handelte, durften sie Chantal Ledec nichts von all den schönen Dingen wieder mitgeben, auch nicht den Verlobungsring. Diese nickte. »Das stimmt. Seit meinem ersten

Tag in der Villa hat sie mich – wie sagen Sie? – auf dem Kieker gehabt. Warum, weiß ich nicht. Aber es war furchtbar.« »Was genau hatte Ihre Schwägerin gegen Sie in der Hand? Womit hat sie denn gedroht, falls Sie ihr die gewünschten Gegenstände nicht aushändigen würden?« Die Tränen flossen weiter, doch Chantal Ledec hielt sich tapfer. »Ich habe Probleme. Ich hatte Probleme. Jetzt wird alles gut. Mein Mann sollte nichts davon wissen. Wir wollten doch glücklich sein hier mit seiner Familie. Und wir wollten Kinder. Doch das hat leider nicht geklappt.« »Wieso haben Sie Ihrem Mann nichts von den Übergriffen Ihrer Schwägerin erzählt?«, fragte Hilde nun. Wehrlose Frauen waren ihr nicht nur unverständlich, sie waren ihr auch ein Dorn im Auge. »Mein Mann war immer nur der liebe kleine Bruder. Niemand hat ihn wirklich ernst genommen. Aber er war wild entschlossen, seinen Brüdern zu zeigen, dass er gut für die Firma war und sich einbringen konnte. Wie hätte das denn ausgesehen, wenn er wegen so blöden Sachen einen Streit begonnen hätte? Er war so begeistert von der Idee, die Firma mit ins nächste Jahrhundert zu tragen. Das wollte ich ihm nicht verderben.« Metz verstand, Hilde nur bedingt. »Aber was genau war es denn nun, das Ihr Mann nicht erfahren sollte?« Chantal wurde ruhiger, fast gefasst. »Das Miststück hat mitbekommen, dass ich nicht mehr zur Therapie gehe. Das aber musste ich Amon versprechen, damit wir die Sache mit dem Baby anpacken konnten.« »Was für eine Therapie ist das genau?«, hakte Hilde nun nach. Aber angesichts der verfärbten Schneidezähne dieser sonst so makellosen Erscheinung und ihres mageren, fast gebrechlich wirkenden Körpers hatte sie schon eine Ahnung. Es fiel der jungen Frau auch sichtlich schwer, das Problem in Worte zu fassen. Und die Sprachbarriere war nicht der Hauptgrund dafür. »Ich habe ein Problem mit dem Essen. Schon sehr lange. Ein Baby ist aussichtslos, wenn ich das nicht in den Griff bekomme.« »Und warum haben Sie die Therapie abgebrochen?«, fragte Metz nun nach. All das schien ihm keine ausreichende Grundlage für eine geglückte Erpressung zu sein. Doch er wusste auch, dass in solchen Familien wie den Ledecs Probleme lediglich dazu da waren, um unter den Teppich gekehrt zu werden. »Ich dachte, mein Deutsch wäre ganz gut, als wir hierherkamen. Doch Linda hat mich ständig korrigiert. Kein Mensch würde mich verstehen, sagte sie. Und jeder würde über mich lachen. In den Sitzungen war ich dann wie blockiert. Die Ärztin hat das als Mauern interpretiert. Ich würde nicht kooperieren, hat sie gemeint, dabei habe ich mich ja nur nicht getraut. So viele Wörter beginnen mit diesem verflixten H in Deutsch. ›Wie soll das jemals besser werden?‹, dachte ich mir. Charlotte hat zu Hause nur Französisch mit mir gesprochen, wenn überhaupt, und sonst war zum Reden ja niemand da.« »Ihre Probleme sind so also schlimmer geworden, nicht besser, richtig?«, versuchte Metz noch immer, einen Logikfaden zu entdecken. Wie konnte ein einzelner bösartiger Mensch einen anderen nur derart verunsichern? »Aber woher wissen Sie das überhaupt mit der Erpressung?«, fragte sie plötzlich. Hilde zeigte ihr die Aufstellung und erklärte, woher sie die Informationen zu den fehlenden Stücken hatten. »Mein Verlobungsring!«, rief Chantal freudig aus. »Oh bitte, bitte, kann ich ihn zurückhaben? Er bedeutet mir einfach alles!« Metz erklärte ihr nicht ohne eine Spur von echtem Bedauern, dass das im Moment noch nicht möglich wäre. Aber er versprach ihr, zumindest dieses eine Stück so bald wie möglich freigeben zu lassen. »Diese miese Schlampe! Es passt zu ihr, dass sie darüber auch noch Buch führt. Wie ein Nazi!«, kam es plötzlich weniger vornehm über die geschürzten Lippen. Deutsch war nicht das Problem von Chantal Ledec, so viel stand für Hilde fest. Es wurde Zeit, ihr wenigstens etwas Gutes zu tun, wenn sie ihr schon den Ring und die anderen Liebesgaben noch vorenthalten mussten. »Ihr Deutsch ist übrigens ausgezeichnet, Frau Ledec. Lassen Sie sich nie wieder etwas anderes einreden, in Ordnung?«, sagte Hilde und meinte jedes Wort davon. Die junge Frau errötete leicht. »Danke schön. Aber jetzt wird sowieso alles gut. Ich gehe zum

Sprachtraining und auch wieder zur Therapie. Ich kann nicht leugnen, dass der Tod von Linda für mich kein Verlust war. Aber ich versichere Ihnen, dass ich nichts damit zu tun habe. Darum geht es doch hier und heute, n'est pas?« Metz und Hilde nickten. »Ihnen muss leider klar sein, dass Sie als Opfer einer Erpressung, und einer derart perfiden noch dazu, auf unserer Liste der Verdächtigen nach oben rücken, Frau Ledec. Ihr Alibi ist Ihr Mann, das ist zwar besser als keines, aber nicht wirklich überzeugend.« Chantal Ledec wischte sich die letzten Tränen von ihrem perfekt geschminkten Gesicht. »Was soll ich dazu sagen?«, fragte sie die beiden Ermittler und schaute ihnen mit festem Blick direkt in die Augen, erst Metz, dann Hilde. »Ich kann nicht mehr dazu sagen, weil es nichts gibt. Wir waren oben in unserem Schlafzimmer, haben ferngesehen und sind dann zu Bett gegangen. Wir haben nichts gehört oder gesehen. Geweckt haben uns Stefans Schreie am nächsten Morgen.« Diese Aussage deckte sich mit ihrer früheren, jener ihres Mannes und auch denen der anderen Hausbewohner. Einer Eingebung folgend legte Hilde noch eine ganz andere Frage nach: »Wie gebrechlich ist Ihre Schwiegermutter eigentlich wirklich, Frau Ledec?« Diese runzelte die Stirn angesichts dieser Frage. »Verdächtigen Sie etwa Charlotte? Ich bitte Sie! Die Frau sitzt im Rollstuhl. Sie kann kaum ein Glas mehr in ihren Händen halten, von

Besteck ganz zu schweigen. Außerdem …« Im letzten Moment wollte sie ihren Redefluss noch bremsen, doch zu spät! »Außerdem?«, fragte Metz sogleich nach. »Außerdem ist sie nicht mehr ganz richtig im Kopf, schon länger. Sie vergisst laufend Sachen und fragt ständig nach Menschen, die nicht da sind. Doch um böse und gemein zu sein, war sie fit genug im Oberstübchen.« »Wie meinen Sie das?«, hakte Hilde nach. Böses und Gemeinheiten waren ihr unfreiwilliges Spezialgebiet, auch wenn Linda Ledec die Latte ihrer bisherigen, teils auch eigenen Erfahrungen, ziemlich nach oben korrigiert hatte. »Sie fragte mich dauernd nach dem Baby. Wo ist denn das Baby? Wann kommt das Baby? Als ob man das bestellen könnte. Es war gemein und hinterhältig.« »Und Ida Wagner? Welchen Eindruck haben Sie von ihr?« »Keinen Mörderischen, wenn Sie das meinen«, gab Chantal Ledec zur Antwort und lächelte fast ein wenig dabei. »Sie ist Charlotte sehr ergeben, hasst und liebt sie zu gleichen Teilen, würde ich sagen. Und macht sich dennoch ständig Sorgen um sie. Die Brüder hingegen wissen nicht, wie lange sie den Haushalt und die Kinder und das ständige Betreuen von Charlotte noch hinbekommt. Sie ist gemessen an ihrem Alter fit wie ein Turnschuh, so sagt man doch, oder? Aber ein Mord? Das kann ich mir beim besten Willen nicht vorstellen.«

Der Anruf der Staatsanwaltschaft erreichte Martin Ledec mitten im wöchentlichen Qualitätscheck. Wovon andere Menschen träumten – Schokolade zu essen gegen Bezahlung –, war für ihn der wöchentliche Horror. Er konnte Süßes ohnehin kaum ertragen, was vermutlich nicht nur der Übersättigung durch die betriebsinternen Probenentnahmen geschuldet war. Sein Großvater und sein Vater vor ihm hatten stets darauf bestanden, dieses wöchentliche Ritual höchstpersönlich durchzuführen. Sie hatten diesen strengen Geschmackstest im Alleingang bewältigt, ohne Vorankündigung und mit drastischen Konsequenzen für die Verantwortlichen, falls die Schokoladenerzeugnisse von Weltruf nicht dem verwöhnten Gaumen der Geschäftsleitung entsprachen. Martin und Stefan hingegen standen umringt von einem ganzen Team mitten in der Produktion. Es galt zu dokumentieren und zu analysieren, was das Zeug hielt. Zwischendurch wurden Stichproben der verschiedenen Produkte verkostet. Gerade als die mit Cognac gefüllten Luxuspralinen in Herzform an der Reihe waren, brummte Martins Handy. Das Gespräch dauerte nur wenige Sekunden, er selbst sagte nur: »Danke, dann weiß ich Bescheid«, und legte auf. Er brachte die zuckersüße Tortur für seine Geschmacksnerven noch irgendwie hinter sich, dann schnappte er sich Stefan und ging mit ihm in sein Büro. »Das war die Staatsanwaltschaft. Man hat eine

Hausdurchsuchung für die Villa beantragt. Gibt es irgendetwas, das ich wissen sollte?« Stefan wurde blass. So engen Kontakt mit den Behörden hatte er sein Leben lang noch nie gehabt. Nicht einmal einen Strafzettel wegen Falschparkens gab es, den er sich hatte zu Schulden kommen lassen. Er schüttelte den Kopf. »Was suchen die denn?« Martin antwortete knapp: »Wenn ich das wüsste, müsste ich dich nicht fragen, oder? Hat Linda irgendetwas versteckt in euren Räumen? Oder gibt es einen Tresor oder etwas Ähnliches?« Stefan merkte, wie Martin unruhig wurde. Das war ein schlechtes Zeichen, er verlor niemals das, was ihre Mutter stets als ›Contenance‹ bezeichnet hatte. »Wir haben keinen Safe oder Tresor. Sie hatte ihren Schreibtisch und ihren begehbaren Schrank. Vielleicht ist da etwas?« Martin überlegte kurz. Er könnte sich für eine Stunde abseilen und zu Hause zumindest einen kurzen Check der Lage machen. Er wusste zwar nicht, wonach er suchen sollte, aber vielleicht hatte er ja Glück. Vielleicht hatte er großes Glück, und es gab gar nichts, was die Polizei dort finden konnte. »Das wird Mama aber gar nicht gefallen, wenn Fremde in ihren Sachen herumwühlen«, gab Stefan, der Mitfühlende, noch zu bedenken. »Mir gefällt es auch nicht, auch wenn wir nichts zu verbergen haben.« Amon steckte seinen Kopf zur Tür herein. »Wieder ein Geheimtreffen ohne mich?«, fragte er provokant. Stefan, dem jeglicher Sinn für Strategie oder Diplomatie fehlte, fiel gleich mit der Tür ins Haus: »Es soll eine Hausdurchsuchung in der Villa geben. Wir fragen uns gerade, was die suchen könnten?« Amon kam lässig näher. Er wirkte irgendwie älter, erwachsener seit der Sache mit Linda. »Meine Geschenke für Chantal suchen und finden die hoffentlich, die deine erpresserische Schlampe von Ehefrau ihr abgenommen hat.« Stefan wurde blass. »Amon, das ist jetzt nicht der richtige Zeitpunkt für dieses Gespräch«, versuchte Martin die Wogen zu glätten. »Wann dann? Wie kann es sein, dass niemand im Haus mitbekommen hat, wie Linda Chantal die ganze Zeit über terrorisiert hat? Von mir aus können die Bullen das ganze verdammte Haus auf den Kopf stellen und alle eure düsteren Geheimnisse ans Tageslicht zerren.« Amon war zornig. Das war kein gutes Zeichen. Die Dinge entglitten sukzessive, und Martin wusste nicht einmal, warum. »Wovon sprichst du da bitte?«, wollte Stefan wissen. »Linda hatte freien Zugriff auf unser Konto. Sie hätte niemanden erpressen müssen.« »Du kapierst es nicht, Goldbär, oder?« So hatte Amon ihn als kleiner Junge immer genannt. Was die Statur von Stefan betraf, war eine gewisse Ähnlichkeit mit den Fruchtgummis tatsächlich nicht ganz von der Hand zu weisen. »Deine Frau hat meine systematisch erpresst. Meine ganzen Geschenke an sie wollte sie haben und hat sie in einem dubiosen Bankschließfach gesammelt wie Trophäen von einer Jagd. Aber dort ist nicht alles aufgetaucht, was sie ihr abgeknöpft hat. Wahrscheinlich suchen die Bullen bei uns zu Hause nach dem Rest. Sollen sie! Viel Spaß beim Aufräumen, die Herren!« Und damit machte er auf dem Absatz kehrt und verließ wutentbrannt das Zimmer. Stefan war kalkweiß geworden. Er schaute Martin an, dieser wirkte nicht sehr viel weniger überrascht. »Du wusstest das auch nicht, oder?« Martin schüttelte den Kopf. Dass Amon ihm diese Sache schon gesteckt hatte, musste Stefan nicht unbedingt wissen. Sein Schock galt mehr dem Auftritt des lieben kleinen Bruders, der in Rekordzeit alles nachgeholt zu haben schien, wofür Martin 50 Jahre Zeit gehabt hatte. »Was sollen wir jetzt tun?«, fragte er den großen Bruder, der diese Frage schon ein paar Mal zu oft in seinem Leben gehört hatte. »Nichts«, antwortete dieser. »Ich habe im Haus nichts, was die Polizei nicht sehen dürfte. Und du?« Stefan schüttelte den Kopf. »Keine Ahnung, was Linda da getrieben hat, aber ich habe damit nichts zu tun.« »Gut. Dann sind wir uns ja einig, dass die Polizei herzlich willkommen ist in unserem Haus, oder?« Stefan nickte. »Aber Mama wird durchdrehen«, gab er noch zu bedenken. »Das tut sie ohnehin, falls du es noch nicht bemerkt hast. So geht es wenigstens schneller, kleiner Bruder«, sagte Martin und ging.

Die Hausdurchsuchung in der Villa Ledec war für Dienstag angesetzt worden. Grund zur Eile bestand nicht. Cornelius Metz und Hilde Attensam nutzten den Montagnachmittag für ihren Besuch in jenem Pflegeheim, in welchem Linda Ledec vor ihrer honorigen Anstellung als private Krankenschwester bei Familie Ledec gearbeitet hatte. Hilde fuhr Metz wieder souverän durch den mörderischen Wiener Stadtverkehr. »Ob sich da noch jemand an sie erinnert, Chef? Das ist zwölf Jahre her, dass sie dort gearbeitet hat«, gab Hilde zu bedenken. Metz nickte zustimmend, der Gedanke war ihm natürlich auch schon gekommen. »Einen Versuch ist es wert. Manchmal haben Ermittler schließlich auch Glück, oder?« Hilde quittierte diese Überlegung mit Schweigen. Als sie die von Bäumen gesäumte Auffahrt zur Seniorenresidenz ›Sonnenstein‹ hochfuhren, pfiff Hilde leise durch die Zähne. Im Vergleich dazu war das Heim von Josef Bruckner eine drittklassige Absteige. »Die Reichen und einstmals Schönen haben es unserer Toten immer schon angetan«, sagte Metz. »Anscheinend war Herlinde Krumppenbachers Plan, reich zu werden, schon früh in ihr gereift«, gab Hilde poetisch zurück. Metz konterte: »Dann hoffen wir mal auf mindestens eine Mitarbeiterin oder einen Mitarbeiter, die es hier schon länger als zwölf Jahre aushalten. Der schlechteste Arbeitsplatz scheint diese Residenz ja zumindest von außen nicht zu sein.« Sie stiegen aus und näherten sich dem prächtigen Jugendstilbau. Hier hatten zu Kaisers Zeiten edle Herrschaften ihr Domizil gehabt. Viele solcher Bürgerhäuser, zumindest jene, die den Zweiten Weltkrieg unbeschadet überstanden hatten, wurden später für profane Zwecke genutzt. Und das Altwerden war so einer. Es gab eine Anmeldung, hinter der ein Portier unbestimmten Alters saß. Ein Blick auf Hildes Uniform und Metz' Ausweis genügte, um ihn zum Hörer greifen zu lassen. »Frau Direktor, die Polizei ist hier«, sagte er nur knapp. Anscheinend war diese Art von Besuch nicht gänzlich unbekannt im Haus ›Sonnenstein‹. »Bekommen Sie öfter Besuch von Kollegen und Kolleginnen?«, fragte Metz daher. »Sie wissen ja gar nicht, wie oft uns einer abhandenkommt. Die Polizei bringt sie dann immer wieder heim. Die alten Leute müssen jetzt Bänder am Handgelenk tragen, damit man sie schneller wieder der richtigen Verwahrstation zuordnen kann«, gab der Portier mürrisch zurück. Allzu weit entfernt von den ›alten Leuten‹ war er rein rechnerisch auch nicht mehr. Oder er lebte auf Kredit, wofür das Zittern seiner Hände sprechen würde. Hilde erkannte einen Alkoholiker, wenn sie einen vor sich hatte. »Wie lange arbeiten Sie schon hier?«, wagte sie trotzdem einen ersten, hoffnungsvollen Versuch. »Seit meiner Rente vor vier Jahren. Bin ich jetzt verhaftet?«, wollte er wissen. Hilde rang sich ein Lächeln ab und schüttelte den Kopf. Sie konnte die Ausdünstungen aus seinen Poren durch die Glasscheibe hindurch riechen. Eine voluminöse Frau in den Fünfzigern kam den Gang entlanggeeilt. Sie war sehr geschmackvoll gekleidet, sofern ihre Massen dies zuließen. Hilde tippte auf ein hochpreisiges Label für Übergrößen, dessen Namen sie jedoch nicht einmal denken wollte. Ihre modische Zukunft sollte nicht so aussehen. Die grauen Haare waren zu einer praktischen – leider aber ausschließlich praktischen – Kurzhaarfrisur getrimmt worden, und auf der Brust der Dame, die vernehmlich keuchte, baumelte an einer altmodischen Goldkette eine Lesebrille, die mit jedem schweren Schritt in Bewegung gesetzt wurde wie ein Pendel. »Guten Tag, die Herrschaften. Darf ich um Ihre Ausweise bitten?« Legitimer Wunsch, aber selten vorgebracht. Metz und Hilde hielten der ›Frau Direktor‹ pflichtschuldigst ihre Ausweise unter die Nase. »Worum geht es bitte?«, wollte diese sofort wissen. »Hier wird kurzer Prozess gemacht, auch bekannt als Effizienz«, mutmaßte Hilde. Der gnadenlose Pflegeschlüssel, der für jeden Patienten nur wenige Minuten Zeit vorsah, gab in dieser Einrichtung anscheinend den Takt an. »Wie lange arbeiten Sie schon hier in diesem Heim, Frau …?« Die Dame hatte es tatsächlich verabsäumt, sich vorzustellen. Das war nicht gerade die feine Art, die man in einer offensichtlich hochpreisigen Einrichtung wie dieser anzutreffen wünschte. »Hajek. Ursula Hajek. Mir obliegen die Hausleitung und derzeit auch die pflegerische Gesamtleitung hier. Der Personalmangel hat uns voll erwischt, wenn Sie verstehen, was ich meine.« Hilde verstand, dass diese Frau offensichtlich kurz vor einem Herzinfarkt, Burn-out oder Nervenzusammenbruch stand. Sie schwitzte stark, war extrem kurzatmig und roch außerdem so, als ob sie schon länger keine Dusche mehr genossen hatte. Die Residenz hatte sich bislang als typischer Fall von ›Außen hui, innen pfui‹ entpuppt. »Frau Hajek, wie lange arbeiten Sie schon hier im Haus ›Sonnenstein‹?«, fragte Metz. Hilde konnte sich täuschen, doch auch er schien einen Schritt zurückzutreten, um den Ausdünstungen von Frau Hajek nicht ganz so frontal und schutzlos ausgeliefert zu sein. »Ich bin seit sechs Jahren mit der Hausleitung betraut. Vorher war ich die Pflegedienstleitung hier und davor als diplomierte Schwester tätig. In Summe also seit fast 20 Jahren.« »Bingo!«, dachte Hilde. »Können wir dann irgendwo ungestört mit Ihnen sprechen, Frau Hajek? Es geht um eine heikle Angelegenheit.« Ihr Puls schien sich angesichts dieser Mitteilung noch stärker zu beschleunigen. Ihr ganzes Gesicht war überzogen mit einem Schweißfilm. »Natürlich. Gehen wir in mein Büro. Hoffentlich nichts Schlimmes?«, fragte sie ängstlich. Was Polizei im Haus betraf, war sie offensichtlich weit weniger entspannt als ihr Mitarbeiter am Empfang. Sie fuhren mit einem Lift, der auch schon bessere Tage gesehen hatte, in den dritten Stock hinauf. Dort sperrte Frau Hajek ein Turmzimmer auf. Es wäre vermutlich ein Traum von einem Arbeitsplatz gewesen, zumindest für heimliche Möchtegern-Märchenprinzessinnen. Das Interieur allerdings erinnerte mehr an einen Bunker. Der Raum wirkte steril und freudlos wie ein Labor. Überall stapelten sich Ordner, Mappen und Papiere. Leere Kaffeetassen türmten sich neben ebenso leeren Keks- und Schokoladenverpackungen. »Entschuldigen Sie bitte die Unordnung. Aber ich lebe zurzeit quasi hier. Bis wir Ersatz für den Pflegedienstleiter gefunden haben, mache ich die Arbeit für zwei, die eigentlich drei Leute machen sollten.« Metz und Hilde setzten sich auf die Besucherstühle vor dem Schreibtisch. Sehr einladend wirkte dieses Büro auf keinen Fall. Metz kam daher gleich zur Sache: »Wenn Sie seit insgesamt fast 20 Jahren hier arbeiten, müssten Sie sich doch noch an eine Herlinde Krumppenbacher erinnern?« Frau Hajek machte große Augen. »Linda? Sie kommen wegen Linda?« Metz nickte. »Sie kannten sie also?« »Natürlich. Aber die alten Geschichten sollten doch eigentlich verjährt sein, oder?« Hilde zückte ihr Notizbuch. Sie witterte reichlich Informationen. Und alte Geschichten waren oft die besten. »Erzählen Sie uns bitte, wie sie so gewesen ist, als

Krankenschwester und als Mensch.« »Was ist denn passiert?«, fragte Frau Hajek. Wenn Sensationslust die Oberhand gewann, war anscheinend Schluss mit Effizienz. »Sie ist kürzlich verstorben. Stand sogar in der Zeitung. Ihr Name war inzwischen Linda Ledec. Haben Sie davon nichts gehört oder gelesen?« Ursula Hajek schüttelte den Kopf. »Das ist ja schrecklich. Wir hatten zwar keinen Kontakt mehr, als sie hier wegging, aber das wünscht man dann doch niemandem.« »Wie war sie so, damals?«, hakte Hilde nun nach. Frau Hajek schien zu überlegen, womit sie beginnen sollte. Weder ihr Puls noch ihre Atmung schienen sich zu beruhigen. »Alles könnte wichtig sein, woran Sie sich noch erinnern können«, ermunterte Metz sie freundlich. »Meine Erinnerung ist nicht das Problem, Herr Kommissar, so alt bin ich noch nicht«, gab sie zurück. »Ich frage mich gerade nur, wie viel Zeit Sie beide haben? Linda war eine Liga für sich, so viel kann ich Ihnen sagen.«

Kapitel 20: Schöner Schein

Gräfin Charlotte de la Warenne hatte bei ihrer Heirat nicht nur ihren guten und äußerst klangvollen Namen hergeben müssen. Heirat, der sichere Hafen jeder jungen Frau im Sittenbild der guten alten Zeit, war für sie ein Kerker gewesen. Der Deal, den ihr Vater mit ihrem Schwiegervater bei einer Partie Bridge ausgehandelt hatte, war denkbar einfach gewesen: Name gegen Geld. Um Charlotte selbst war es dabei keine Sekunde lang gegangen. Der junge Amon Ledec von Ritschau, wie die Familie sich damals noch hinter vorgehaltener Hand nannte, war nicht gerade ein Bild von einem Mann gewesen. Stefan geriet sehr nach ihm: Das quadratische Gesicht, die massige Statur und die verweichlichten Züge sprachen eine eindeutige genetische Sprache. Martin und Junior hingegen kamen eindeutig ihr nach. Blondes Haar, blaue Augen und eine schmale, fast athletische Figur. Es hatte mehr als drei Jahre gedauert, bis die Ehe endlich die gewünschte Frucht getragen hatte. Dabei konnte man nicht behaupten, dass das junge Paar es nicht versucht hätte. Die Methoden, die Amon Senior dabei gelegentlich anwandte, waren zwar alles andere als comme il faut, aber damals war eine Ehe eben so. Aus der ›Wiener Süßwarenmanufaktur‹ wurde ›La Warenne Schokoladen‹, und aus der unbändig lebensfrohen und rebellischen Charlotte wurde eine brave Ehefrau und irgendwann endlich auch Mutter. Sie hatte gedacht, mit Martins Geburt würde alles gut werden. Die Aufbruchstimmung der beginnenden 1970er-Jahre hatte sich so vielversprechend angefühlt. Doch bis hinter die dicken Mauern der Villa Ledec drang diese nicht vor. Ihr Mann erwies sich als Schwächling, der sich selbst Stärke beweisen musste, indem er immer öfter handgreiflich wurde. Erst nur gegen sie, später auch gegen die beiden Söhne. Als Ehefrau hatte sie kaum Rechte zu jener Zeit. Die Befreiung der Frau fand nur auf dem Papier und in den Medien statt. Der Beruf des Scheidungsanwalts steckte damals noch in den Kinderschuhen und hatte darüber hinaus etwas Anrüchiges, fast Zwielichtiges an sich. Zu ihrer Familie hätte sie nicht zurückgehen können. Und gewollt hätte sie das schon gar nicht. Diese Barbaren hatten sie verschachert wie eine Ware. Verkauft an den Höchstbietenden, der ihrem Vater nicht nur reichlich schmutziges Geld aus seinen Nazi-Geschäften in den Rachen warf, sondern auch noch den Fortbestand des Familienimperiums für Jahre zusicherte. Sie hätte in Cannes bei Serge bleiben sollen. Jeden Tag in Armut mit ihm hätte sie dem Leben in Luxus hier in Wien vorgezogen. Das ärmliche Zimmer, in dem sie glücklich waren, hätte für die Villa gerade mal als Abstellkammer gereicht. Kein Tag verging, an welchem sich ihr immer dünner werdender Verstand nicht für ein paar kurze Momente in diese Zeit zurückversetzte. Der Gedanke an Serge und ihre stürmische Romanze hatte sie all die Jahre durchhalten lassen. Es war nicht so, dass sie nicht versucht hätte, diesem Grauen ein Ende zu bereiten. Doch das Schicksal hatte andere Pläne für sie gehabt. Stark sein, gut aussehen, immer lächeln, auch wenn das Gesicht grün und blau geprügelt und die Rippen angeknackst von den nächtlichen Zuwendungsbekundungen ihres Ehemannes waren. Der erste Versuch, sich von ihrem Tyrannen zu befreien, war auf tragische Weise misslungen. Wer konnte denn wissen, dass ihr geiziger Nichtsnutz von Ehemann Hans Wagner das Motorrad für die Heimfahrt überließ? Der Snob, der hauptberufliche Aristokratenabschaum, der nie im Leben etwas Gutes für andere getan hatte? Ausgerechnet an diesem Abend ließ er Vernunft walten und bat sein Faktotum, das teure neue Spielzeug sicher nach Hause zu bringen. Er selbst war aufgrund von zu viel Alkohol nicht mehr dazu in der Lage gewesen. Außerdem lockte eine Übernachtungsmöglichkeit in der Stadt, und die Verlockung war groß gewesen. Somit hatte seine Vielweiberei ihm nicht nur das armselige Leben gerettet, sondern Ida Wagner auch zur Witwe gemacht. Nicht dass sie schwer erschüttert darüber gewesen wäre. Auch sie hatte im Männer-Lotto kein Glück gehabt. »Wenigstens eine von uns hat jetzt ihre Ruhe«, dachte Gräfin Charlotte damals. So etwas wie Reue kam ihr nicht in den Sinn. Aber die tragische Art und Weise, wie das Schicksal ihr zu verstehen gegeben hatte, dass man ihm besser nicht ins Handwerk pfuschte, war ihr eine Lehre gewesen. Anscheinend war es ihr Los, Gefangene in diesem Haus zu sein und diesem Bastard von Ehemann drei Söhne zu schenken. Ihre Zeit der Rache würde kommen, da war sie sich sicher. Menschen wie Amon Ledec Senior hatten es nicht verdient, in Ruhe und Frieden alt zu werden und ihre Enkelkinder aufwachsen zu sehen. Das Martyrium, das sie und ihre beiden ältesten Söhne noch jahrelang durchleiden mussten, sah sie als gerechte Strafe für ihre Tat an. Statt Gefängnis fasste sie lebenslangen Kerker in der Villa Ledec aus, an der Seite eines Mannes, der die Kinder nächtelang in den Keller sperrte und alle in Angst und Schrecken leben ließ. Nach zwölf Jahren Tortur war Schluss. Allerdings nicht, weil der liebe Gott ein Einsehen gehabt und Amon Senior an Leberversagen oder Syphilis aus dem Leben hatte scheiden lassen. Die Lösung hatte viel mehr Ähnlichkeit mit einer griechischen Tragödie, in welcher der Sohn sich zum Vatermörder anschickte. Aus ihrem stillen, aber zähen Erstgeborenen war ein zorniger und kräftiger Junge geworden. Die Geburt von Amon Junior, dem Küken, dem Kleinen, hatte zusätzlich ungeahnte Kräfte in ihm freigesetzt. Als

Amon Senior eines Abends das schreiende Kleinkind züchtigen wollte, nahm der erst 14-jährige Martin Anlauf wie ein wütender Stier und warf seinen Vater zu Boden. Er hockte auf seiner Brust und drückte ihm mit ganzer Kraft – und davon hatte er reichlich – mit beiden Händen so lange die Luft ab, bis er rot anlief und fast ohnmächtig geworden war. Was Martin ihm dabei ins Ohr flüsterte, wusste bis heute niemand. Doch seit diesem Abend war Schluss gewesen mit Prügeln und anderen Handgreiflichkeiten. Charlotte war nicht einmal erschrocken oder schockiert gewesen über das Ausmaß an Gewalt, das in ihrem Ältesten schlummerte. Wer Wind sät, wird Sturm ernten. Gleichzeitig fühlte sie etwas wie Stolz und mütterliche Zuneigung, erstmals seit seiner Geburt. Sie zog aus dem gemeinsamen Schlafzimmer aus und ließ ein Sicherheitsschloss an ihrer Tür anbringen. Doch das wäre gar nicht nötig gewesen. Von diesem Tag an nämlich hatten sich die Machtverhältnisse im Hause Ledec verschoben. Der alte Wolf war auf demütigende Weise besiegt worden, und der junge hatte nun das Sagen.

Die frisch gebackene Krankenschwester Herlinde (Linda, bitte!) Krumppenbacher war auf den ersten Blick ein Glücksgriff für das Haus ›Sonnenstein‹ gewesen. Die Kundschaft, der man sich in diesem

Pflegeheim verschrieben hatte, legte allergrößten Wert darauf, den schönen Schein auch noch im Alter und von der Inkontinenz schmachvoll besiegt zu wahren. Es stand natürlich nirgends so geschrieben und wurde noch viel weniger offen ausgesprochen, aber die Anforderungen an die Mitarbeiter*innen waren neben einer entsprechenden fachlichen Qualifikation ein ansprechendes Äußeres und ein freundliches, entgegenkommendes Wesen. Die alten Leute waren der Kunde, und der Kunde sollte König sein in dieser teuren Einrichtung. Schwester Linda eroberte die Herzen der männlichen Bewohner im Sturm. Die alten Damen hatten hingegen so ihre Probleme mit ihr. Zu Beginn ihrer Tätigkeit im ›Sonnenstein‹ war alles eitel Wonne und harmonisch verlaufen. Sie hatte sich schnell in das Team und die Abläufe eingewöhnt, übte nie Manöverkritik wie andere Bedienstete und war gerne bereit, Nachtdienste zu übernehmen und die Wochenenden durchzuarbeiten. Alle Schwierigkeiten, die es mit anderen Angestellten im Schnitt so geben konnte, blieben bei ihr aus. Frau Hajek erinnerte sich noch gut daran, wie froh die damalige Leiterin des hauseigenen Pflegedienstes über eine wie Linda, eine ›ohne Allüren‹ gewesen war. Man vertraute ihr schon bald uneingeschränkt was die Menschen, aber auch den Zugang zu den Medikamenten und den Räumen der Verwaltung betraf. Etwa drei Monate nach Lindas Debüt im

›Sonnenstein‹ fiel das Fehlen von Geldbeträgen auf. Erst war die Trinkgeldbox gelehrt worden, dann die Kaffeekasse im Aufenthaltsraum. Später fehlten kleinere Geldbeträge aus der Handkasse im Büro der Geschäftsführung, und auch die Beschwerden von Bewohner*innen häuften sich, dass sie Geldbeträge vermissten. Solche Beschwerden löste man grundsätzlich intern und auf dem kleinen Dienstweg. Die meisten Insassen hatte die galoppierende Demenz schon lange eingeholt, und ihre Wahrnehmung war alles andere als zuverlässig. Als dann auch noch Klagen von den Bediensteten an die Heimleitung herangetragen wurden, dass aus den Spinden in der Umkleide sich immer öfter Geldbeträge in Luft auflösten, schritt man zur Tat. Ein Teammeeting wurde angesetzt, alle waren da. Die Heimleitung erklärte kurz und knackig, dass man Anzeige gegen unbekannt erstatten würden, wenn das Stehlen nicht aufhören würde. Wie durch ein Wunder reichte diese Drohung aus, um einige Wochen Ruhe vor den diebischen Übergriffen zu haben. Doch der wahre Sturm sollte erst noch kommen. Das ›Taschengeld‹ der Bewohner*innen schien plötzlich schneller zu schwinden als je zuvor. Einige besorgte Angehörige monierten bei der Heimleitung, dass immer mehr Extras gegen Barzahlung verrechnet wurden. Besonders Schwester Linda tat sich anscheinend durch Bonusleistungen hervor. Da man den Bewohner*innen –

samt und sonders ältere Herren – nicht so wirklich glauben wollte, dass sie die Geldbeträge freiwillig an die hübsche junge Schwester gezahlt hatten, holte man Linda zu einer Befragung. Charmant und freundlich wie immer führte sie auf, wofür sie das Geld bekommen hatte: Besorgungen jeglicher Art, Behördengänge, Hilfe beim Ausfüllen von Formularen, Geschenke für die Enkel organisieren oder einen Extranachtisch aus der Küche. All diese Dinge waren in Seniorenheimen damals noch durchaus gängige Praxis gewesen, versicherte Frau Hajek Metz und Hilde. So etwas wie ›Compliance‹ kam erst sehr viel später in der Pflege an. »Wir konnten ihr zu diesem Zeitpunkt rein gar nichts Illegales oder auch nur moralisch Verwerfliches vorwerfen, geschweige denn beweisen«, schloss Ursula Hajek ihre Ausführungen. »Aber es gab so etwas wie einen Verdacht gegen Linda Krumppenbacher?«, fragte Metz. Sie nickte. »Den gab es allerdings. Die Herren hatten damals begonnen, sich recht auffällig über Schwester Linda und ihre magischen Hände auszulassen. Schwerhörigkeit führt dazu, dass man auch Flüstern nicht mehr leise kann. Unser Pflegepersonal hat also Wind davon bekommen, dass Linda spezielle Dienste gegen Geld angeboten hatte.« »Gab es eine Untersuchung?«, fragte Hilde. Ursula Hajek schnaubte belustigt. »Zehn alte Kerle, die den fünften Frühling erleben dürfen? Glauben Sie wirklich, die verbauen sich eines der letzten Vergnügen, das sie auf Erden noch haben?« Hilde wurde rot. Es hatte ihrer persönlichen Meinung nach gute Gründe, warum Sex im hohen Alter so ein Tabu war. »Was passierte dann?«, hakte Metz nach. »Wir waren ja zufrieden mit ihrer Arbeit, auch wenn sich die Beschwerden von Kollegen, hauptsächlich den weiblichen, über sie häuften.« »Worum ging es dabei?« »Heute würde man wahrscheinlich ›Mobbing‹ dazu sagen. Es hat ihr große Freude bereitet, Angst und Schrecken zu verbreiten. Sie hat alles Mögliche manipuliert, um ihre Kolleginnen vorzuführen. Es gab zerschnittene Arbeitskleidung in den Spinden, Medikamentenboxen, die fix und fertig vorbereitet waren für die Nachtschicht, wurden geleert und überall verstreut. Sie hat Gerüchte verbreitet und die Leute gegeneinander ausgespielt. Als die Anfrage der Familie Ledec nach einer Empfehlung für eine private Krankenschwester kam, hat die Heimleitung die Gelegenheit beim Schopf gepackt und Linda mit fantastischen Referenzen dorthin geschickt. Win-win dachte man wohl damals.« Jemanden ›wegloben‹ nannte man so ein Vorgehen noch heute. Schieb das Problem einfach weiter, dann hat es jemand anders. »Wieso möchten Sie das alles eigentlich wissen?«, fragte Frau Hajek und begann, nervös auf ihre Uhr zu blicken. »Linda Ledec starb keines natürlichen Todes. Sie wurde ermordet«, antwortete Metz knapp. »Oh«, war alles, was Ursula Hajek spontan dazu einfiel. »Das wundert mich irgendwie gar nicht«, ergänzte sie dann doch noch. »Diese Frau war das personifizierte Böse mit dem Gesicht eines Engels. Wir konnten damals vermutlich noch froh sein, dass der Schaden sich in Grenzen hielt.« Metz und Hilde konnten nur mutmaßen, was damit gemeint war. Hätten sich die ›Schadensfälle‹ auf die alten Menschen ausweiten können? Wäre diese Quelle für Linda Ledecs Zusatzeinkommen versiegt: Was wäre dann gewesen? Wie hätte sie reagiert? Einmal mehr erschien das Älterwerden nicht allzu verlockend.

Konstantin Schöpf rannte gegen Mauern. Er kannte dieses Stadium seiner Recherchen schon von früheren Projekten, aber diesmal erschien es ihm doch merkwürdiger als sonst zu sein. Jemand hatte ganze Arbeit geleistet, um den Firmennamen ›La Warenne‹ und den Familiennamen Ledec aus sämtlichen verfänglichen Unterlagen zu entfernen oder diese gleich ganz verschwinden zu lassen. Er konnte noch bei den Amerikanern nachfragen. Diese verfügten inzwischen über bestens dokumentierte Archive zur NS-Zeit und deren Profiteur*innen. Einen Schuss vor den Bug aber wollte der erfahrene Investigativjournalist in ihm sich dann aber doch noch gönnen. Diese Methode verfehlte zumindest ein Ziel nie: den Feind ein wenig aus seiner Komfortzone zu zerren und die Pferde scheu zu machen. Eine formlose, nichtsdestotrotz jedoch formvollendet ausformulierte Anfrage an die Chefetage war ein einfaches, aber effektives Mittel, um Untiefen auszuloten. Es war, wie einen Stein in einen metertiefen Brunnen zu werfen und auf das Echo zu warten. Sogar die Zeitspanne bis zum Aufprall, sprich bis zur Antwort, lieferte aufschlussreiche Erkenntnisse. Er bat in seiner E-Mail an Martin Ledec, seines Zeichens Vorstandsvorsitzender oder CEO, wie das neuerdings genannt wurde, von ›La Warenne Schokoladen‹, um Stellungnahme zu dem Arbeitsbuch, welches ihm im Original vorlag und von dessen Mittelteil – dem alles entscheidenden Teil – er einen brauchbaren Scan anhängte. Eine Bitte um Stellungnahme war neutral, unverfänglich und ließ dem Empfänger solcher Schreiben alle Möglichkeiten offen. Und so ziemlich alle Varianten hatte Konstantin Schöpf bei seiner langjährigen Tätigkeit als Antwort erhalten. Wären diese Angelegenheiten nicht so ernst, könnte man sich schon fast einen Spaß daraus machen, die Antwort der Wahl je nach Unternehmen oder Persönlichkeit des öffentlichen Lebens vorab einzuschätzen. Im Fall ›La Warenne‹ würde er wetten, dass er einen freundlichen Hinweis zu bereits laufenden, firmeninternen Nachforschungen erhalten würde. Er wusste natürlich, dass Katharina Adam damit betraut worden war. Umso mehr hatte ihn ihre Weigerung erstaunt, sich dem Arbeitsbuch von Agnieszka Wójcik widmen zu wollen. Wenn Historiker auf Gold stießen, waren sie normalerweise nicht mehr zu bremsen, so wie er und seine Zunft eben auch. Seinem misstrauischen Naturell entsprechend hatte er sie sofort im Dunstkreis der Bestechlichkeit vermutet. Auf private, amouröse Verwicklungen mit der Firmenleitung wäre er zuletzt gekommen. Doch vielleicht fuhr Martin Ledec auch die schweren Geschütze auf? Sich so in die Karten sehen zu lassen, sah dem kühlen und äußerst gerissenen Geschäftsmann zwar nicht ähnlich, aber man konnte nie wissen. Konstantin Schöpf war schon mit wüsten Drohungen, Unterlassungsklagen, Schlägertrupps und Privatdetektiven konfrontiert gewesen, die ihm in die Enge getriebene Zielpersonen auf den Hals gehetzt hatten. Seiner Erfahrung nach galt: Je deutlicher das Dementi, desto mehr Leichen lagen im Keller. Martin Ledec würde nicht so dumm sein, Offensichtliches zu leugnen. Es gab die wildesten Gerüchte um seine Person und die Art und Weise, wie er ›La Warenne Schokoladen‹ ins 21. Jahrhundert geführt hatte. Erfolgreich war sein Weg allemal gewesen. Doch wie hieß es so schön: Hinter jedem großen Vermögen steht ein großes Verbrechen. Konstantin Schöpf war sich fast sicher, dass im Fall der ›Chocolatiers du Monde‹ nicht nur ein solches Verbrechen den Umsatz boomen und die Gewinnmarge Jahr für Jahr in ungeahnte Höhen schießen ließ. Das Problem waren immer nur die Beweise.

Mira Dragovic war seltsam froh, wieder für die Familie in der Villa arbeiten zu dürfen. Die paar Stunden in der Firma hätten ohnehin nicht ausgereicht, um längerfristig damit über die Runden zu kommen. Sie hätte wieder bei den Eltern einziehen müssen, was in mehrfacher Hinsicht zwar praktisch, aber nicht gerade verlockend gewesen wäre. Ihre Zusatzausbildung als Pflegefachkraft würde ihr hier vielleicht sogar ebenfalls von Nutzen sein. Es gefiel ihr nicht, dass sich um ihren Vater in der Zwischenzeit jemand Fremdes kümmerte. Ihre Eltern waren anderen Menschen gegenüber nicht sehr zugänglich. Doch den Lohn, den man ihr geboten hatte, wenn sie ihre alte Stelle im Haushalt wieder annahm, war zu verlockend gewesen. Außerdem wussten alle in der Firma, dass Martin Ledec Loyalität nicht nur mit Geld entlohnte. Sie mochte Ida Wagner, auch wenn diese einem Frauenbild entsprach, mit dem ihre Generation so gar nichts anfangen konnte. Doch die Arbeit würde ab sofort eine angenehme sein. Die alte Gräfin sollte sich in kleinen Schritten an sie gewöhnen. Man wollte nicht, dass Ida das Gefühl bekam, sie sollte ersetzt werden. Die Kinder würden kein Problem sein, die neue Nanny war schon in den Startlöchern. Und was Chantal Ledec betraf: Sie hatte Mira immer leidgetan. So schön und so reich und trotzdem so unglücklich: Das ließ keinerlei Neidgefühle aufkommen. Und die drei Brüder waren tagsüber ohnehin nie zu Hause. Gerade als sie sich für einen kurzen Moment entspannen und freuen wollte über die ungeahnte und höchst positive Wendung in ihrem Leben, klingelte es an der Tür. Um Ida den weiten Weg aus der Küche zu ersparen, ließ sie alles stehen und liegen, lief zügig aus dem ersten Stock ins Erdgeschoss und öffnete die Tür. Der Polizeibeamte, der ihr den Durchsuchungsbeschluss für das Haus unter die Nase hielt, ließ keinen Zweifel daran, dass es mit Miras euphorischer Stimmung bis auf Weiteres vorbei sein würde.

Metz blieb auf Abruf im Präsidium, falls das Team vor Ort in der Villa auf Bahnbrechendes stieß. Dort hatte er Hilde Attensam postiert, samt Liste der Gegenstände, die sie laut Notizbuch noch vermissten. Kevin und er nutzten die Zeit, um noch einmal alle vorliegenden Informationen zu sichten und die Tatnacht erneut zu rekonstruieren. Es kam nichts Neues dabei heraus. Stefan Ledecs Alibi war wasserdicht, und der Anwalt von Martin hatte ausrichten lassen, dass es ein ebensolches auch für seinen Mandanten gäbe, man zum Schutz der Person jedoch so lange wie möglich die Herausgabe des Namens hinauszögern werde.

Eine klare Ansage. Die jungen Ledecs hatten sich gegenseitig als Alibi, was genauso nutzlos wie wertvoll war. Ida und die Gräfin waren allein in ihren Zimmern gewesen. Die Theorie vom unbekannten Dritten wurde erneut durchgespielt. Doch das Haus war eine Festung, wenn auch eine sehr gut getarnte. Die Vorder- und Hintertür waren ausschließlich über einen Scan der Fingerabdrücke zu öffnen. Eine Kellertür gab es, doch die war aus zentimeterdickem Stahl, mit einem Sicherheitsschloss versehen und außerdem von innen verriegelt gewesen. Die einzige plausible Möglichkeit wäre noch, dass jemand aus dem Haus einer fremden Person Zutritt verschafft hatte. Wenn jemand von der Familie die Tür für den Unbekannten oder die Unbekannte von innen geöffnet hätte, wäre dies nicht zu beweisen. Die Befragung der Nachbar*innen hatte nichts ergeben, außerdem lag die Villa gut geschützt eingebettet in einen parkähnlichen Garten mit hohen Bäumen und jeder Menge Ziersträuchern, die als Sichtschutz dienten. Und Mitwisser und Komplizen bedeuteten immer ein Risiko. Wer tatsächlich vorgehabt hätte, einen kaltblütigen Mord zu begehen, hätte sich damit auf dünnes Eis gewagt. Selbst Mord gegen Geld war keine sichere Angelegenheit. Metz wusste aus Erfahrung, dass die Gier schon viele Komplotte hatte auffliegen lassen. Genug war eben niemals genug. Es gab darüber hinaus keinerlei

Hinweise darauf, dass der Treppensturz kein Unfall gewesen sein könnte. Jemand hatte also die Gunst dieser für Linda Ledec so unglücklichen Stunde erkannt und genutzt. »Was ist, wenn es Ida Wagner und die Gräfin gemeinsam waren?«, riss ihn Kevin aus seinen Gedanken. Anscheinend hatte er sich inzwischen mit dem Gedanken an mordende lustige Witwen angefreundet. »Möglich ist es, das schließe ich gar nicht aus. Aber ehrlich: zwei alte Damen, über 80, eine davon an den Rollstuhl gefesselt, die andere zierlich und auch nicht mehr die Trainierteste? So ein Rollstuhl hinterlässt außerdem hässliche Striemen auf hellen Böden. Die Spurensicherung hätte in der Halle solche finden müssen.« Gerade als sich ein kurzes, ratloses Schweigen breitmachen wollte, klingelte Metz' Handy. Hilde Attensam war am anderen Ende der Leitung. »Chef, wir sind hier fündig geworden. Allerdings anders, als wir uns das vorgestellt haben.« »Was gibt es?«, fragte er knapp. »Die Mordwaffe, möglicherweise«, gab Hilde zurück. »Wo haben Sie die denn gefunden?«, fragte Metz noch, schon auf halbem Weg zu seinem Dienstwagen. »Glauben Sie es oder nicht, Chef: im Kinderzimmer.«

Martin Ledec hatte es vorgezogen, niemandem aus der Familie einen Hinweis über die bevorstehende Hausdurchsuchung zu geben. In seiner Eigenschaft als

Geheimnisträger der Familie erschien es sinnvoller, seine Kontakte zur Staatsanwaltschaft nicht offenzulegen. Er verbrachte den Tag wie jeden anderen auch in der Firma. Stefan und Amon waren ebenfalls in ihren Büros, blieben also nur noch seine Mutter und Ida, eventuell Chantal übrig. Die loyale Ida hatte ihn sofort angerufen, als die Polizei die Villa praktisch stürmte und überall herumzuschnüffeln begann. Martin war sich sicher, dass sie nichts finden würden, was ihn belastete. Der Tod seiner Schwägerin ging ihm in keinster Weise nahe. Dennoch wäre es hilfreich, zu wissen, wer aus der Familie ihm seine Arbeit als Problemlöser hier ausnahmsweise abgenommen hatte. Das Veto seiner Mutter, Linda Geld und sogar Firmenanteile im Tausch gegen die Scheidung anzubieten, hatte er noch deutlich im Kopf. Auch wenn sie sukzessive senil wurde oder zumindest Anzeichen einer Altersdemenz zeigte, wie es ihr Hausarzt immer sehr höflich formulierte: Was im Haus vor sich ging, wusste sie besser als er. Wenn Charlotte de la Warenne es also für eine schlechte Idee hielt, Stefan mit einer großzügigen Geldspende aus seinem Ehegefängnis zu befreien, hatte sie ihre Gründe. Man könnte sie für lieblos halten. Muttergefühle waren nie ihre Stärke gewesen. Doch Martin wusste auch, dass sie für all ihre Entscheidungen stets gute Gründe gehabt hatte. Ihre Generation hatte es nicht gelernt, nach Lust und Laune zu leben. Die Verlockung in all den Jahren war groß gewesen, Horst Schmidinger auf seine eigene Mutter anzusetzen. Geheimnisse gab es um sie, so viel war sicher. Und Martin wusste, dass solche Relikte aus der Vergangenheit – wie andere auch – jederzeit an die Oberfläche drängen konnten und Handlungsbedarf mit sich brachten. Ihm war lieber, wenn die Fakten auf dem Tisch lagen. Doch seine Mutter hatte sich diesbezüglich als zäh und wenig auskunftsfreudig erwiesen. Den Polizist*innen, die ihre Räumlichkeiten durchsuchen mussten, wünschte er jetzt schon alles Gute. Vielleicht hätte er besser die Polizei vor seiner Mutter warnen sollen, nicht umgekehrt. Er tat nichts dergleichen. Martin Ledec absolvierte den Vormittag in seinem Unternehmen so wie jeden anderen auch, zeigte sich ehrlich unangenehm überrascht, als Ida ihn von den Vorkommnissen zu Hause berichtete und ging dann seiner gewohnten Wege.

Kapitel 21: Exil

Ida Wagner und Mira Dragovic hatten alle Hände voll damit zu tun, das Haus nach der Durchsuchung wieder in seinen Urzustand zurückzuversetzen. Zwar waren die Beamt*innen nicht gerade brutal und rücksichtslos vorgegangen, aber die Herrschaften waren nun einmal sehr heikel mit gewissen Dingen, und Ordnung musste sein. Ida Wagner hatte die Mitnahme diverser Gegenstände quittieren müssen, was ihr äußerst unangenehm gewesen war. Mit der Polizei hatte sie bislang nur einmal in ihrem Leben etwas zu tun gehabt. Nein, streng genommen war es schon zweimal gewesen. Und waren nicht auch aller schlechten Dinge drei? Die Frau Gräfin hatte sich in Contenance geübt. Eine Erziehung, die keinerlei Spielraum für persönliche Befindlichkeiten ließ, hatte in solchen Momenten deutliche Vorteile. Sie selbst hatte sich für ein paar kurze Momente des Durchatmens in die Küche zurückgezogen. Sollte Mira Dragovic das Chaos in den oberen Räumen in Ordnung bringen. Die Jungen, wie sie die Brüder insgeheim immer noch nannte, waren ohnehin nicht sehr penibel mit ihren Sachen. Dem Kinderzimmer hatte einmal Aufräumen ganz sicher auch nicht geschadet, und bei ihr hatten sich die Beamt*innen ohnehin nicht lange aufgehalten. Mitgenommen hatten sie die seltsamsten Dinge. Ein Paar

Schuhe, etwas Schmuck und Medikamente. Jene der Frau Gräfin hatte sie mit eiserner Hand verteidigt. Wenn sie ihre Pillen nicht bekam, wäre sie abends nicht ins Bett und morgens nicht in ihren Rollstuhl zu bekommen. Vielleicht wäre die Sache mit dem Heim in Lausanne doch keine so schlechte Idee. Das Klima dort war angenehm und die Menschen freundliche distanziert und um Diskretion bemüht. Martin hatte sich sehr bemüht, Ida ihre künftige Zusammenarbeit mit Mira so schmackhaft wie möglich zu machen. Doch sie erkannte ein Ultimatum, wenn es vor ihr lag. »Als Dank für deine Dienste, Ida.« Mit diesen Worten hatte Martin ihr sein mehr als großzügiges Angebot unterbreitet. Sie am Genfer See? Wer hätte das gedacht. Vielleicht war es wirklich Zeit, mit diesem Kapitel eines Lebens abzuschließen? Gräfin Charlotte und sie könnten sich noch ein paar schöne Jahre im noblen Lausanne gönnen. Sie selbst könnte sich ausnahmsweise einmal bedienen lassen, anstatt zu bedienen. Und die Familie könnte hier in diesem schönen, aber traurigen Haus vielleicht neu beginnen. Der Gedanke, ihre ›Jungen‹ zurückzulassen, schmerzte sie mehr, als sie es angenommen hätte. Zu viel hatten sie alle gemeinsam hier in diesen Mauern erlebt. Irgendwie waren es auch ihre Kinder: Martin der Starke, Stefan der Freundliche und Amon Junior der Ahnungslose, das fröhliche, unbekümmerte Nesthäkchen. Die

Leichtigkeit des Unwissenden sah man ihm auf Schritt und Tritt an. Es könnten neue Generationen von Ledecs hier Einzug halten. Nun sprach nichts mehr dagegen. Ida Wagner nahm sich vor, mit Gräfin Charlotte ein ernstes Wort diesbezüglich zu sprechen. Gute Dienstboten wussten, wie man das Ruder zu seinen Gunsten herumriss und der Herrschaft seine Ideen als deren eigene verkaufte. Wirklich gute Dienstboten waren die eigentlichen Herren im Haus und übernahmen die Brücke, bevor das Schiff kenterte.

Im Gegensatz zu dem, was man hätte meinen können, fand die alte Gräfin die Hausdurchsuchung amüsant und spannend zugleich. Sie hatte kaum noch Abwechslung in ihrem Leben, von den wöchentlichen Besuchen des Hausarztes und des gut aussehenden Physiotherapeuten einmal abgesehen. Es war fast aufregend gewesen, zu sehen, wie wildfremde Menschen ihre persönlichen Sachen durchwühlten. Was die wohl zu finden hofften? Einer der vielen Vorteile eines hohen Alters wie dem ihren war es definitiv, sich keine allzu großen Sorgen mehr machen zu müssen. Ihre Zeit war nicht mehr unbegrenzt, und Martin hatte alles im Griff. So ein Todesfall in der Familie war lästig. Das waren sie immer, wie Gräfin Charlotte aus Erfahrung wusste. Doch mit den Jahren bekam man Übung darin, sich korrekt zu verhalten. Kooperation war eines der magischen Stichworte, die im Umgang mit den Behörden hilfreich waren. Korruption war ein anderes, aber diesbezüglich hatten die Zeiten sich leider sehr geändert. In ihrer Jugend und auch später noch als junge Frau hatte sie Recht und Ordnung stets eher als etwas betrachtet, das man selbst in die Hand nahm. Familien wie die ihre und jene, in die sie geheiratet hatte, waren ihr eigener Justizpalast und die Exekutive gleich mit dazu. Dieser Tage ging das nicht mehr so leicht. Sofort machte alles die Runde im Internet und stand am nächsten Tag in jeder Zeitung. Die Welt kannte keine Loyalität mehr und leider auch keine Diskretion. Letztere war die Spezialität ihrer Generation gewesen. Heute würde man es wohl eher ›unter den Teppich kehren‹ nennen oder ›die Leichen im Keller vergraben‹. Wenn Gräfin Charlotte de la Warenne schätzen müsste, wie viel von ihrem Wissen sie im Laufe ihres Lebens hatte für sich behalten müssen und wie viel sie der Welt mitgeteilt hatte: Man wäre vermutlich überrascht, wie tief die Mördergrube eines einzelnen Herzens sein konnte.

Bis auf das eine Paar Damenschuhe, deren Absatz perfekt zu den Wunden auf Linda Ledecs Hals passten, war die Hausdurchsuchung relativ unspektakulär verlaufen. Es war nicht anders zu erwarten gewesen. Cornelius Metz hatte in all den Jahren als Ermittler eine Art Instinkt für Mordfälle entwickelt. Manche waren spontan ausgeführt worden, wieder andere minutiös geplant. Alles am Tod von Linda Ledec sah nach dem Ergreifen einer sich bietenden, einmaligen Gelegenheit aus. Dass die Schuhe im Kinderzimmer hinter dem Puppenhaus der Tochter mehr schlecht als recht versteckt gewesen waren, musste nichts bedeuten. Nun galt es, entsprechende Spuren daran, vor allem an den Absätzen zu finden. Das Labor würde gründlich sein, und Metz hatte dann wenigstens endlich die Mordwaffe. Aus dem Kinderzimmer stammte auch noch ein andres Paar Schuhe, das hochpreisige, das Linda Ledec in ihrem Notizbuch erwähnt hatte. Louisa Ledec, die Tochter der Toten, hatte die Designerpumps als futuristische Barbie-Möbel zweckentfremdet. Fantasie schien die Kleine jedenfalls zu haben. Ein paar Schmuckstücke, die Hilde Attensam ihrer Liste zuordnen konnte, waren in Linda Ledecs Frisierkommode aufgetaucht. Die beschlagnahmten Medikamente waren samt und sonders verschreibungspflichtig und stammten aus einem findigen Geheimfach im Schreibtisch der Toten. Die Kolleg*innen vor Ort waren gründlich gewesen.

Martin Ledec verspürte nur selten Lust, nach Hause zu fahren. Anders als sein Vater und Großvater hatte er es nie wirklich verstanden, einen persönlichen

Vorteil aus all dem Reichtum und all den Möglichkeiten zu ziehen. Er lebte sprichwörtlich für die Firma, ein anderes nennenswertes Leben kannte er nicht. Er machte sich nichts aus Frauen, was sein jüngster Versuch, mit Katharina Adam eine Beziehung aufzubauen, ihm erneut schmählich vor Augen geführt hatte. Drogen, Alkohol oder schnellen Autos und anderen teuren Hobbys konnte er ebenso wenig abgewinnen. Freude war ein Gefühl, das er nicht kannte. Er war zufrieden, wenn die Quartalszahlen sich entsprechend seiner Prognose und Erwartungshaltung entwickelten. Es gefiel ihm, ein Problem zu lösen und schwierige Situationen zu meistern. Seitdem er damals das Kräfteverhältnis innerhalb der Familie zu seinen Gunsten hatte entscheiden können, gab es nur mehr eines, das er wirklich wollte: gewinnen. Es war also nichts Ungewöhnliches, ihn so spät am Abend noch an seinem Schreibtisch sitzend vorzufinden. Margot klopfte und sagte dann ihr übliches »Wenn du mich nicht mehr brauchst, Martin, gehe ich jetzt«. Er nickte, bedankte sich und wünschte ihr wie jeden Abend einen schönen solchen. Sie war die Treue in Person. Dennoch stieß ihn ihre leblose, fast unterwürfige Art von Loyalität einfach nur ab. Katharina hatte wenigstens so etwas wie Kampfgeist gezeigt. Außerdem war sie keineswegs beeindruckt von ihm, seinem Geld oder seinen Möglichkeiten gewesen. Sie hatte ihm die

Stirn geboten, und genau das hatte sie in seinen Augen attraktiv und für seine Verhältnisse sogar begehrenswert gemacht. Doch nach der ersten Hingabe war es damit ebenfalls vorbei gewesen. Er fand es langweilig, wie die Dinge sich entwickelten, wenn die Spannung und die Ungewissheit einmal passé waren. Er hoffte inständig, dass er ihren Namen im Rahmen der polizeilichen Untersuchung nicht preisgeben musste. Das würde sie erneut in sein Privatleben zerren und ihn zwingen, sie hereinzulassen. Er hasste es, jemandem etwas schuldig zu sein. Deshalb schockierte ihn die E-Mail von Konstantin Schöpf auch nicht, die ihn heute Nachmittag erreicht hatte. Solche Anfragen hatte es schon gegeben. Sie kamen in der Regel zwar von Anwält*innen und Opferschutzorganisationen, die sich späte Gerechtigkeit auf ihre Fahnen geheftet hatten. Wenn der ›Aufdecker der Nation‹ sich so einer Sache annahm, war allerdings Vorsicht geboten. Normalerweise setzte er Horst Schmidinger auf solche Angelegenheiten an. Er überprüfte diese Anfragen und vor allem die Angehörigen, von denen sie kamen. Die Opfer selbst lebten ja zum überwiegenden Teil schon gar nicht mehr. Bis jetzt hatte er diese unschönen Zurufe aus der Vergangenheit höchstselbst erledigen können. Es ging nur um Geld dabei, und Geld war nicht sein Problem. Inzwischen hatten einige Firmen sich sogar freiwillig dazu bereit erklärt, den

Zwangsarbeiter*innen aus dieser Zeit ihre Löhne nachzuzahlen, basierend auf den heutigen Tarifen, um besonderes Wohlwollen zu demonstrieren. Bei Menschen wie Konstantin Schöpf hingegen ging es nie um Geld. Martin bewunderte und verachtete diese Haltung gleichermaßen. Er wollte vermutlich in ein Wespennest stechen, auf der Suche nach der nächsten Story, die ihm Ruhm und Ehre einbringen würde. Für ›La Warenne Schokoladen‹ würde schlechte Presse nichts Gutes bedeuten, das wusste Martin schon aus der Vergangenheit. Der Jurist in ihm schrie nach einer Unterlassungsklage und mindestens einer saftigen Drohung in Richtung dieses selbst ernannten Wahrheitsfinders. Der beherrschte Stratege und Geschäftsmann mit Weitblick hingegen mahnte zur Vorsicht. Je weniger entgegenkommend und transparent man sich in solchen Angelegenheiten zeigte, desto mehr schlafende Hunde weckte man auf. Martin Ledec beantwortete die E-Mail daher sofort und persönlich. Es machte immer Eindruck, wenn man solche emotional vorbelasteten Geschichten nicht an eine lieblose Rechtsabteilung oder Anwaltskanzlei delegierte. Bei diesem heiklen Thema schwangen immer sehr viele Emotionen mit. Martin verstand das, wenn auch mit dem Kopf und nicht mit dem Herzen. Er selbst wünschte, diesen Teil seiner Familien- und Firmengeschichte hätte es nie gegeben, doch dem war nun einmal nicht so. Er antwortete daher so wahrheitsgemäß wie möglich. Es seien bereits firmeninterne Untersuchungen zu diesem bedauerlichen Kapitel der Geschichte im Gange, und man hätte Katharina Adam, die namhafte Historikerin, für dieses Projekt gewinnen können. Was das Arbeitsbuch betraf, so würde man sich auf die Suche nach Angehörigen der Agnieszka Wójcik machen und sei natürlich um eine lückenlose Aufklärung bemüht. Martin las die Mail noch einmal durch. Natürlich hatte er Konstantin Schöpf nicht irgendein Arbeitsbuch über Horst Schmidinger zukommen lassen. Dieser hatte im Vorfeld schon überprüft, ob es noch Angehörige gab. Wenn seine Recherchen stimmten, und das taten sie für gewöhnlich, war Agnieszka Wójcik 1946 in einem Lazarett des Roten Kreuzes an Typhus verstorben, auf dem Weg in ihre Heimat Polen. Für Martin Ledec war diese Angelegenheit somit vom Tisch. Allerdings ahnte er schon, dass Konstantin Schöpf keine Ruhe geben würde, was die Kooperation von ›La Warenne‹ mit den Nazis betraf. Sollte er ruhig. Sein Vater und Großvater hatten gut dafür gesorgt, dass kaum Unterlagen mehr vorhanden waren, die der Familie Ledec im 21. Jahrhundert noch einen Strick daraus drehen konnten. Dennoch musste er Katharina Adam dazu bringen, ihre Ergebnisse prominent zu veröffentlichen. Es war lästig, ausgesprochen lästig, dass er sein eisernes Credo hatte brechen müssen und Beruf und Privates vermischt hatte. Doch traurigerweise war ihm an jenem Abend niemand sonst eingefallen, der ihm ein glaubhaftes und wasserdichtes Alibi hätte verschaffen können. Katharinas Ruf war tadellos. Und dass sie eine Schwäche für ihn entwickelt hatte, konnte er deutlich sehen. Seinen filmreifen Auftritt vor ihrer Wohnungstür verdankte er Idas Leidenschaft für alte Hollywood-Schinken. Diese half seiner nicht vorhandenen Leidenschaft immerhin dramaturgisch auf die Sprünge. Dort nämlich gelang es den verkorksten Humphrey-Bogart-Typen immer, mit Sekt und schönen Worten, die sie sich im echten Leben vermutlich ebenso aus den Rippen hätten schneiden müssen wie Martin Ledec, die schöne Naive um den Finger und ins Bettlaken zu wickeln. Er fand, er hatte gut reagiert an diesem Abend. Außer ihm schien den unglücklichen Sturz seiner Schwägerin niemand bemerkt zu haben – dachte er zumindest. Natürlich war er nachsehen gegangen, wer um diese Uhrzeit noch einen solchen Lärm im Treppenhaus veranstaltete. Seine Räume waren neben jenen seiner Mutter die einzigen im ersten Stock. Die Jungen im oberen Geschoss und Ida im Souterrain konnten den Aufprall der unglücklich gestürzten Linda gar nicht hören. Es war ein schöner Anblick gewesen, sie so hilflos am Bauch liegend vorzufinden. Gestrandet wie ein Wal. Wahrscheinlich hatte sie, wie so oft, mit dem Handy in der Hand und starrem Blick aufs Display, wo sie dem Treiben der Reichen und Schönen ununterbrochen folgte, die Treppe hinabgehen wollen. Der dicke rote Läufer, der die Schritte dämmen sollte auf den Marmorstufen, war ihr dabei vermutlich zum Verhängnis geworden. Und natürlich konnte sie nicht einfach sofort tot sein. Das wäre für Linda, die hauptberuflich Schwierige, viel zu einfach gewesen. Einem ersten Impuls folgend wollte er schon sein Handy zücken und die Rettung alarmieren. Doch dann erwachte der Problemlöser in ihm. Wenn das Schicksal dir eine gute Gelegenheit bietet, musst du sie ergreifen. Linda Ledec versuchte indes, verzweifelt ihr Handy zu ergreifen, welches vor ihr auf dem Boden lag. Ihre Fingerspitzen konnten es schon berühren, das konnte Martin deutlich sehen. »So nicht, liebe Schwägerin«, hatte er gedacht und ging zu ihr. Es war ganz einfach gewesen. Er musste sich nicht einmal bücken. Mit dem Fuß schob er das Smartphone einfach ein Stück weit von ihr weg. Sie war noch bei Bewusstsein. Blut rann ihr über die Schläfe und aus der Nase. Sie röchelte nach Luft und bot insgesamt keinen schönen Anblick. Versuchte sie noch, »Hilf mir!« zu flüstern? Martin konnte es nicht sagen. Stattdessen stieg er über sie drüber – ein wenig Demütigung zum Abschied musste schließlich sein – und verließ das Haus. Wenn sie starb, wäre es ganz klar ein Unfall, und die Familie hätte endlich wieder Ruhe. Er wusste, dass die Chancen bestens standen, dass die anderen im Haus sich an diesem Abend nicht mehr aus ihren Zimmern bewegen würden. Die Menschen waren Gewohnheitstiere, und seine Familie bildete in dieser Hinsicht keine Ausnahme. Stefan, der als Ehemann wahrscheinlich sofort ins Visier der Ermittlungen geraten würde, hatte ein wasserdichtes, bombensicheres Alibi. Einen besseren Abend hätte sich seine verhasste Schwägerin für ihr Missgeschick gar nicht aussuchen können. Aber er selbst brauchte nun ein Alibi. Kurz hatte er daran gedacht, Margot aus dem Schlaf zu klingeln und ihr einen Notfall in der Firma vorzugaukeln. Doch aus irgendeinem Grund zögerte er. Außerdem war sie viel zu schlau, um eine Finte nicht zu durchschauen. Der Notfall, den Margot noch nicht kannte, musste erst erfunden werden. Hauptsächlich aber war es so, dass er sie in diese Sache nicht mit hineinziehen wollte. Er ging zu Fuß zu Katharinas Wohnung, erstand unterwegs noch eine Flasche halbwegs tauglichen Weins, der diesen Namen auch verdiente (um die Uhrzeit durfte man nicht wählerisch sein) und klingelte an ihrer Tür. Sie war überrascht, ihn zu sehen, aber nicht minder erfreut. Den Rest dieser Nacht spulte er ab nach Programm. Er war ein lausiger Schauspieler und vermutlich ein noch viel schlechterer Liebhaber. Am Morgen in einem fremden Bett aufzuwachen, war jedoch jede Performance wert gewesen. Er wartete ab, bis sein Handy klingelte und ein aufgelöster Stefan ihn bat, so schnell wie möglich nach Hause zu kommen. Nun hatte er sogar noch einen hervorragenden Grund, um nicht zum peinlichen Frühstück bleiben zu müssen. Martin Ledec war kein Mann großer Gefühle. Doch wenn ein Plan aufging – das liebte er!

Dr. Viktor Basler war seit nunmehr zehn Jahren der Hausarzt von Charlotte de la Warenne. Seinen Vorgänger hatte er nicht mehr kennengelernt. Dieser war mehr als 20 Jahre für die Familie Ledec tätig gewesen und hatte nahezu zeitgleich mit dem Tod von Amon Senior seinen Ruhestand angetreten. Dr. Basler kam einmal pro Woche in die Villa. Die Besuche liefen immer nach demselben Schema ab. Die Frau Gräfin protestierte, er überzeugte sie von der Notwendigkeit seiner medizinischen Interventionen, sie gab nach, wenn er den richtigen Drücker fand, anschließend wurde er noch zu einer Tasse Tee verpflichtet. Er wollte sich nicht beschweren. Das Honorar und die gute Referenz vor allem hatten seine schicke Privatpraxis im noblen Wien 1 zum Selbstläufer gemacht. Dafür waren einmal pro Woche ein wenig Schmeicheln und Speichellecken ein geringer Preis. Würde Gräfin Charlotte ihn nach einer Diagnose fragen, müsste er die fragile bilaterale

Beziehung zwischen seiner prominentesten Patientin und ihm allerdings auf eine harte Probe stellen. »Sie sind alt«, wäre die korrekte Antwort. Oder: »Sie sind alt und gelangweilt« würde er ihr an manchen Tagen ebenfalls ganz gerne ins faltendurchzogene Gesicht sagen. Nicht zu vergessen: »Sie werden dement, und bald schon werden Sie ihr engstes Umfeld nicht mehr erkennen können.« Das ›Mädchen‹ – schreckliche Bezeichnung! – Ida Wagner hielt ihn informiert über die fortschreitende Verkalkung ihrer Herrin. Es war vermutlich nur mehr eine Frage der Zeit, bis das Unwort ›Heim‹ wieder einmal fallen musste. Selbst eine 24-Stunden-Pflege könnte ab einem gewissen Grad an Demenz keine adäquate Betreuung mehr gewährleisten. Die Villa müsste ›kindersicher‹ gemacht werden. Solche alten Leute konnten unter Umständen noch ungeahnte Kräfte entwickeln, und ein Rollstuhl oder eine Treppe wäre kein Hindernis für sie. »Lange werden Sie mich nicht mehr am Hals haben, Herr Doktor«, sagte die Gräfin plötzlich, als ob sie seine Gedanken lesen könnte. »Alte Hexe«, dachte er. »Jetzt kann sie auch noch Gedanken lesen.« Wie immer um gute Stimmung bemüht antwortete er: »Sie reden jetzt aber nicht vom Sterben, Frau Gräfin, oder? Wir waren uns doch einig, dass 90 das neue 70 ist.« »Sie wissen ganz genau, wovon ich spreche. Das Unwort ›Seniorenheim‹ hängt schon länger in der Luft. Wie das

Damoklesschwert schwebt es über meinem Kopf.« Der Arzt packte Stethoskop und Blutdruckmanschette ein. »Mit diesem Schwert ist in Ihrem Alter noch niemand geköpft worden, gnädige Frau«, konterte er und versuchte es mit Humor. Manchmal konnte er ihr ein mildes, anerkennendes Lächeln entlocken, wenn er sich nicht allzu kampflos geschlagen gab. »Mein Sohn will mich entmündigen lassen, wissen Sie das schon?«, fragte sie provokant. Er kannte dieses Spielchen bereits, daher antwortete er gelassen: »Sie wissen, dass ich nichts davon weiß, Gnädigste. Und ich weiß, dass Sie mich testen möchten mit solchen Fragen. Ich bin Ihr Arzt. Ich freue mich, wenn Sie meine Ratschläge als Mediziner beherzigen. Aber Familienangelegenheiten gehen mich nichts an, das wissen Sie.« »Gut gebrüllt, Löwe!«, gab die Gräfin zurück. »Wenigstens ein würdiger Gegner in diesem Gemäuer. Alle anderen tun immer so, als ob ich schon restlos senil wäre. Mira behandelt mich überhaupt wie ein kleines Kind.« Nun schritt Ida Wagner ein, was sie selten tat. »Das stimmt nicht, gnädige Frau. Sie bemüht sich nur sehr um Sie und möchte nichts falsch machen.« Ida hatte zwar so ihre Anlaufschwierigkeiten mit der helfenden Hand im Haus gehabt. Doch nun erschien ihr die Aussicht auf Ruhestand doch nicht ganz unangenehm. Frau Chantal hatte ihr noch einmal die Prospekte der Seniorenresidenz am Genfer See gezeigt, wo diese vor Jahren schon ihre Mutter untergebracht hatte. »Die sind spezialisiert auf Nervensachen aller Art«, hatte sie Ida Wagner versichert. »Dann ist ja gut«, dachte diese. Nerven würde man brauchen mit der Frau Gräfin. »Wie läuft die Physiotherapie?«, fragte Dr. Basler Richtung Ida, schaute dabei aber natürlich die Gräfin an. Ihre Autorität durfte niemals übergangen werden. »Wenn der junge Mann nicht so ein hübscher Kerl mit so starken Armen wäre, hätte ich ihn schon längst zum Teufel gejagt«, kam es prompt aus Richtung des Rollstuhls. Ida Wagner nickte nur. »Geht so«, hieß das übersetzt. Der Physiotherapeut wurde ähnlich wie Dr. Basler fürstlich entlohnt dafür, dass er die alten Knochen der Frau Gräfin einmal pro Woche in künstliche Bewegung versetzte. Sie selbst war kaum noch in der Lage, ohne fremde Hilfe vom Rollstuhl ins Bett zu kommen. »Er hat Mira ein paar Übungen gezeigt, die wir täglich machen könnten, um die Muskeln zu stimulieren und die Beweglichkeit zu erhalten«, ergänzte das ›Mädchen‹ noch. »Sehr gut«, sagte Dr. Basler. »Das klingt nach einem guten Plan.« »Ach. Papperlapapp!«, schnaubte die Gräfin verärgert. »Ein guter Plan, um mich schneller in die Kiste zu bringen, ist das. Mir tun danach immer alle Knochen weh.« Der Arzt schickte sich an, zu gehen. Ein letztes Mal noch drehte er sich um und meinte gönnerhaft: »Schmerzen sind in Ihrem Alter ein gutes Zeichen, gnädige Frau. Meine

Empfehlung!« Damit verließ er den Salon der Gräfin. Ida brachte ihn zur Tür und reichte ihm Mantel und Hut. Das Image des schicken Privatarztes hatte er sich wohl aus englischen Fernsehserien angeeignet. Fehlte nur noch der Regenschirm. »Machen Sie weiter so mit dem Programm, Frau Wagner. Sehr lange wird die Pflege Ihrer Herrschaft zu Hause nicht mehr möglich sein, das wissen Sie, oder?« Ida nickte. Man hatte den Plan schon mehrfach mit ihr besprochen. Bis vor Kurzem noch war sie dagegen gewesen. Ihre Meinung hatte sich erst am Tag nach dem Tod von Linda Ledec geändert. Um die Kinder nämlich musste sie sich nun keine Sorgen mehr machen. Diese Last war auf wundersame Weise von ihren Schultern genommen worden. Ein Exil in der französischen Schweiz und in aller gebotenen Abgeschiedenheit auf Kosten der Familie Ledec würde ihr nun sehr gut gefallen. Wenn sie dafür die Gräfin im Auge behalten musste: kein Problem. Nichts anderes tat sie schließlich seit über 60 Jahren.

Kapitel 22: High End

Horst Schmidinger hatte wieder Fotos mit dabei. Seine Eigenart, keine digitalen Aufnahmen anzufertigen, hätte Martin Ledec an jedem anderen Menschen als spleenig und leicht exzentrisch abgetan. In seinem Fall jedoch war der Grund einfach: Sicherheit. Die Filme entwickelte er selbst. Es gab jeweils nur einen Abzug. Die Negative wurden verbrannt, ebenso die Fotos, die seine Klienten nicht behalten wollten. Mit den Bildern ging jedes damit verbundene Risiko an sie über, und Horst Schmidinger war aus dem Schneider. Er hatte die Beerdigung von Linda Ledec wie vereinbart aus sicherer Entfernung dokumentiert. Man hätte mehr Leute am Friedhof erwartet, angesichts des Promi-Faktors der Trauerfamilie. Alle anwesenden Personen waren gut zu erkennen. »Ich kann alle zuordnen, außer diese beiden Männer«, sagte Horst Schmidinger. Er tippte auf ein Foto, das einen sehr alten, gebrechlichen Mann im Rollstuhl zeigte und einen ebenfalls nicht mehr ganz jungen Herrn im späten mittleren Alter, der hinter ihm stand. »Der Rest ist Belegschaft, Presse, die üblichen Promi-Adabeis und Freunde und Bekannte der Familie«, schloss er seine Ausführungen. Katharina Adam war auf einem der Bilder zu sehen. Schwarz stand ihr, befand Martin. Vielleicht sollte er sie doch wieder mehr hofieren? Er erkannte Mira Dragovic und ihre Mutter. Viele aus der Firma waren gekommen. Loyalität wurde großgeschrieben bei ›La Warenne‹, und Martin nutzte Gelegenheiten wie diese, um den diesbezüglichen Marktwert seiner Mitmenschen neu zu evaluieren. Margot war natürlich da gewesen, die Schichtleiter und der Betriebsrat. Jede Abteilung, jedes noch so unwichtige Rädchen im Getriebe des Schokoladenimperiums hatte mindestens eine oder einen Abgesandten zur Trauerfeier geschickt. Solche Zeichen von Treue und Ergebenheit merkte Martin Ledec sich für sehr lange Zeit. Und seine Mitarbeiter*innen wussten das. »Wie gefährliche Agenten sehen die beiden ja nicht gerade aus«, gab Martin zurück und tippte auf das Foto mit den unbekannten Männern. »Das kann man so niemals sagen. Aber ich habe noch ein paar Quellen, die ich anzapfen könnte, wenn Sie möchten?« Martin wollte. Wenn eines stets für Unruhe sorgte im Leben, dann waren es Abweichungen von Mustern. Und diese beiden Männer passten nicht in das Ledec-Familien-und-Freunde-Muster. Sein Fernbleiben von zu Hause in der Mordnacht wäre auch so eine Abweichung des Musters gewesen. Aufgefallen allerdings schien es bislang niemandem zu sein. Wahrscheinlich dachten alle an einen Bluff, als er ein Alibi ins Spiel gebracht hatte. »Das Foto mit den beiden Unbekannten behalte ich«, sagte Martin und stand auf. Für Horst Schmidinger war dies stets das Zeichen zum Aufbruch. Ein Kuvert wechselte zum Abschied den Besitzer, dann ging der Privatdetektiv. Martin sah sich das Foto näher an. Irgendetwas behagte ihm nicht daran. Manchmal kam er sich vor wie ein Klempner-Notdienst, der für ein Haus verantwortlich war, in welchem ein Wasserrohrbruch den Nächsten jagte. Gerade hatte sich wieder so etwas wie Normalität in seinem Leben etabliert. Die Familie war zur Ruhe gekommen, in der Firma lief alles wie am Schnürchen. Konstantin Schöpf hatte sich nicht mehr gemeldet, und die Polizei schien bei ihrer Suche nach dem Mörder seiner Schwägerin im Dunkeln zu tappen. Seine Kontakte bei der Staatsanwaltschaft hatten nach der Hausdurchsuchung Entwarnung gegeben. So wie es aussah, würden die Ermittlungen wohl im Sand verlaufen. Die Theorie des unsichtbaren Dritten würde die Beamt*innen nicht mehr sehr lange ermitteln lassen. Schon bald wäre der Mordfall Linda Ledec ein Cold Case. »Wie passend«, dachte Martin Ledec. »Eiskalt wie eh und je.«

Kevin war bei seiner Arbeit – seiner offiziellen und seiner inoffiziellen – jedes Ergebnis recht, das ihn oder seine Ambitionen weiterbrachte. Was er nicht leiden konnte, war, kein Ergebnis zu erzielen. Diese Erfahrung war neu für ihn. Weder die Firewall von ›La Warenne Schokoladen‹ hatte sich diesbezüglich als entgegenkommend erwiesen noch die Suche nach Milan Dragovic oder seinem Furcht einflößenden früheren Ich. Er ließ die Technik für sich arbeiten, zögerte bei beiden Angelegenheiten jedoch, sich menschliche Hilfe mit ins Boot zu holen. Was die Firmendaten betraf, waren sie für die Ermittlungen ohnehin nicht von Belang. Linda Ledec hatte im Unternehmen keine Rolle gespielt. Nicht einmal Aktionärin war sie gewesen. Und die Sache mit der düsteren Vergangenheit von Milan Dragovic war zu heikel, um sich Mitwisser heranzuziehen. Doch Kevin dachte nicht daran, diese Angelegenheit auf sich beruhen zu lassen. Viele seiner Berufsgenoss*innen, die ihr zwielichtiges Treiben im Netz nicht zum Beruf machen konnten wie er, nutzten ihre Talente nur dafür, Geld zu erpressen oder unauffällig abzuzweigen. Einige wenige Hacker sahen sich jedoch wie moderne Robin Hoods. Und zu ihnen zählte sich Kevin. Es mochte illegal sein, was er nächtelang trieb. Doch wenn es auch nur einen Funken mehr Gerechtigkeit in diese ungerechte Welt brachte, war er schon zufrieden. Und eben dieses Gefühl vermisste Kevin im Moment noch schmerzlich.

Nachdem Hilde Attensam schweren Herzens die luxuriösen Fundstücke aus der Hausdurchsuchung an die Techniker übergeben hatte, war wieder altmodische Polizeiarbeit angesagt. Sie klemmte sich hinter die

Liste der ehemaligen Schwesternschülerinnen, die mit Linda Ledec die Ausbildung absolviert hatten. Die meisten Menschen reagierten mit Zurückhaltung, wenn die Polizei am Telefon war. Einige legten auch sofort wieder auf, in der Annahme, hier einem betrügerischen Telefonstreich aufzusitzen. Doch sobald Hilde den Namen Herlinde ›Linda‹ Krumppenbacher fallen ließ, fielen am anderen Ende der Leitung sämtliche Hemmungen. Schon die ersten drei ehemaligen Kommilitoninnen waren kaum zu bremsen, was Tratsch und Klatsch über die biestige Linda betraf. Wirklich verwertbar oder aufschlussreich war jedoch nichts davon. Dass die Tote keine Sympathieträgerin gewesen war, hatten ihre schleppenden Ermittlungen immerhin schon ans Tageslicht bringen können. Anruf Nummer 4 landete auf einer Mailbox, doch Nummer 6 erwies sich als Treffer. Susanne Herbert arbeitete als leitende Stationsschwester in einer schicken Privatklinik am Bodensee. Auf die Frage, wie viel ihr von Linda/Herlinde in Erinnerung geblieben war, antwortete sie: »Wie viel Zeit haben Sie?« Ihre Geschichte lieferte Hilde immerhin ein kleines Puzzleteil im konfusen Gesamtbild, welches das Leben und das Sterben von Linda Ledec immer noch darstellten. »Wissen Sie, was ihr Lieblingsthema war, außer den Reichen und Schönen natürlich?« Hilde verneinte. »Mordmethoden. Verschiedene illustre Ideen, wie man Menschen umbringen könnte, ohne Spuren zu hinterlassen.« Hilde war nicht überrascht, aber ihr Stift glühte dennoch. »Sie war fast besessen davon, den perfekten Mord zu inszenieren. Anfangs vermutete ich, dass sie einfach nur eine blühende Fantasie und zu viele Krimis gelesen hatte.« »Aber dann?«, hakte Hilde nach. »Dann fing sie an, über konkrete Patienten und Patientinnen zu sprechen, die sie in ihren Praktika hatte betreuen müssen und es zum Teil ja immer noch tat.« »Können Sie sich noch an Namen oder andere Details erinnern?« Hilde hoffte auf einen Zufallstreffer. »Namen nicht. Wir haben die Patienten und Patientinnen damals eher nach ihren Diagnosen oder sonstigen körperlichen Besonderheiten benannt. Das dürfte man heute natürlich nicht mehr, Sie verstehen.« Hilde verstand und wusste gleichzeitig, dass das Wunschdenken war. Gewalt in der Pflege war vielleicht immer noch ein Tabu, aber nichtsdestotrotz war es Realität. Das Herabwürdigen der hilflosen Patient*innen zählte dazu. »Welche Mordmethoden hätte Linda denn bevorzugt?«, fragte sie. »Kaliuminfusionen statt Ringerlösung zum Beispiel. So etwas ist leider schon öfter tatsächlich in Krankenhäusern passiert, wenn auch hauptsächlich aus Versehen. Dann das Kopfkissen natürlich bei älteren, bettlägerigen Menschen. Und Insulininjektionen oder Überdosen anderer Medikamente. Einmal hat sie sogar davon gefaselt, wie man

Allergikern einen anaphylaktischen Schock verpassen könnte. Ich weiß noch, wie sie uns damit genervt hat, dass hier weder Vorsatz noch Absicht nachweisbar wären.« Hilde gruselte nun doch ein wenig. In einem Heim enden wollte wohl niemand, aber nach diesen Ausführungen von Susanne Herbert war Hilde endgültig die Lust auf ein langes Leben um jeden Preis vergangen. »Gab es konkrete Vorfälle in dieser Zeit?«, hakte Hilde nach. »Gestorben unter mysteriösen Umständen meinen Sie?«, fragte Susanne Herbert. »Davon weiß ich nichts. Aber wir haben Linda recht schnell den Beinamen ›Schwarze Witwe‹ verpasst. Sich einen reichen Ehemann zu angeln, passte perfekt zu ihr. Allerdings wundert es mich, dass er sie überlebt hat.« Hilde wunderte im Zusammenhang mit Linda Ledec hingegen langsam gar nichts mehr. Sie ließ sich von Susanne Herbert noch die Namen und Adressen der Einrichtungen nennen, in welchen damals die Praktika stattgefunden hatten. Wenn es in diesem Zeitraum, in welchem Herlinde Krumppenbacher dort gearbeitet hatte, mysteriöse Todesfälle oder eine Häufung derselben gegeben hatte, würde Kevin es herausfinden. Und wer weiß: Vielleicht gab es unter den Angehörigen jemanden, der späte Rache üben wollte? Der Ansatz war dürftig, aber es war immerhin einer mehr, dem sie nachgehen konnten. Außerdem entwickelte Hilde so etwas wie ein seltsames persönliches Interesse daran, dem Treiben dieser bösartigen Person auf die Schliche zu kommen. Wer sich so ungeniert an den Wehrlosen verging, musste mit Konsequenzen rechnen, selbst wenn diese sich erst post mortem ereignen sollten.

Horst Schmidinger würde nicht von sich behaupten, seinen Job zu lieben. Er mochte Ergebnisse, und er mochte es, wenn seine Klient*innen zufrieden waren. Eine schöne Arbeit oder erfüllende Tätigkeit war es natürlich keine, Menschen das Fremdgehen und Betrügen nachzuweisen und in ihrer Vergangenheit Staub aufzuwirbeln, der bis in die Gegenwart reichte. Als Polizist hatte er sein volles Potenzial nicht wirklich ausschöpfen können. Er war der Meinung, dass jedes Mittel recht sein müsste, um Kriminelle zu schnappen und hinter Gitter zu bringen. Der Staat, sein Rechtssystem und seine Vollstrecker*innen waren da geringfügig anderer Meinung als er gewesen. Seine Dienstakte war makellos geblieben, doch die eine oder andere Verwarnung blieb nicht aus. Es war extrem frustrierend gewesen, in vielen Fällen, die klar wie Kloßbrühe waren, nicht das Geringste ausrichten zu können. Als Privatdetektiv waren ihm da wesentlich seltener die Hände gebunden. Sein Netzwerk, das er sich im Laufe der Jahre aufgebaut hatte, arbeitete für Geld und manchmal auch für einen Gefallen. Integrität war auch in seinem Gewerbe eine Währung, die man gar nicht hoch genug bewerten konnte. Die Sache mit den Gefallen fiel ihm nicht umsonst gerade ein. Die Suche nach den beiden unbekannten Männern von Linda Ledecs Beerdigung erwies sich als schwierig. Die Fluggesellschaften hatten keine Passagiere nach Wien befördert, auf die die Beschreibung passen könnte. Zug und Rollstuhl schlossen einander auch im 21. Jahrhundert noch eher aus. Also mussten die Verkehrskameras für seine Suche herangezogen werden. Auf diese Daten hatte er natürlich keinen Zugriff mehr. Gut, dass er noch Freunde an den richtigen Stellen im Polizeiapparat hatte. Es war schon fast bedauerlich, wenn es nicht so nützlich für ihn wäre, wie viele Menschen Bedarf an diskreten privaten Nachforschungen hatten. Selbst im Zeitalter von Social Media und kinderleichter Handyortung waren die Dienste eines Profis immer noch unentbehrlich. Der Anteil an fremdgehenden Frauen und Männern war in den letzten Jahren dank Tinder & Co. rapide nach oben geschnellt, so auch innerhalb seines loyalen Netzwerkes an Freunden und Bekannten. »Schlecht für die Menschheit, gut fürs Geschäft«, dachte Horst Schmidinger und machte sich auf den Weg.

»Nach der hier ist Schluss!«, drohte Cornelius Metz seiner Mutter, und er meinte es so. Die fünfte Wohnung auf ihrer Liste, präsentiert von der inzwischen dritten Maklerin, würde sein neues Domizil werden, egal wie sie aussah. Die Lage war schon einmal nicht schlecht, aber nichts anderes hatte er von seiner Mutter erwartet. »Hagen, stell dich nicht so an. Wir haben gerade erst angefangen.« Er hasste es, wenn sie ihn so nannte. ›Freie Hand‹ bedeutete im Sprachgebrauch seiner Mutter ›Narrenfreiheit‹. Er hätte es wissen müssen. Während die Maklerin die Barrierefreiheit und den modernen Lift pries, ließ Metz das Treppenhaus auf sich wirken. Typischer Altbau, der aber geschmackvoll und unter Zuhilfenahme von sehr viel Geld renoviert worden war. Das kunstvolle Geländer aus schwarz lackiertem Schmiedeeisen hatte Stil. Die Wohnung lag ganz oben unterm Dach, was seinem Bedürfnis nach Luft und Freiraum sehr gelegen kommen würde. Nach zwei Jahren in der Laube würde dieser Befreiungsschlag nicht nur ein räumlicher sein. Er ging die fünf Stockwerke zu Fuß. Training musste ohnehin sein, und außerdem konnte er sich so fünf herrliche Minuten Ruhe vor seiner Mutter und ihrer inquisitorischen Befragung der Maklerin ersparen. Das Haus war nicht schlecht. Er mochte die Aussicht und die makellose Sauberkeit des Treppenhauses. Der Eingang war mehrfach gesichert, erst durch ein Tor, dann durch die Haustür und eine Innentür. Die Menschen, die hier lebten, waren vermutlich nicht mehr ganz jung. Wie aufs Stichwort lobte die Maklerin die Nachbar*innen, die hier wohnten. Keine Familien mit kleinen Kindern, keine Wohngemeinschaften, keine Studenten. »Alles sehr gediegene Herrschaften, die Ruhe und gepflegtes Ambiente zu schätzen wissen«, gab die Maklerin ihr Bestes. Seine Mutter hatte seit gefühlt drei Minuten keinen spitzen Kommentar von sich gegeben. Die Chancen standen also gut. Die Wohnung selbst war nicht klein und nicht groß. Sie wirkte hell und freundlich. Eine Dachterrasse gab es auch. Küche und Bad waren erst kürzlich renoviert worden, auch hier hatte man keine Kosten und Mühen gescheut. »Die ist es«, sagte Metz nur kurz und rechnete schon mit Protest. Seine Mutter drehte ihm stattdessen wortlos den Rücken zu – er hasste es, wenn sie das tat – und trat auf die Terrasse hinaus. Metz nutzte die Gelegenheiten, um mit der Maklerin allein zu sprechen. Er kannte sich in diesen Dingen nur bedingt aus. Sein jetziges Haus hatte Violante erstanden und ihn mehr oder weniger vor vollendete Tatsachen gestellt. Er brauchte ›Full Service‹, abseits der Hilfe seiner Mutter. Sein Haus würde bewertet werden, meinte die Maklerin. Ob sie von dessen zweifelhafter Vergangenheit wusste? Egal. Metz hatte ein gutes Gefühl hier in diesen lichtdurchfluteten Räumen über den Dächern der Stadt. Und ein gutes Gefühl war etwas, das er schon sehr, sehr lange nicht mehr verspürt hatte.

Leichtigkeit war am anderen Ende der Stadt so etwas wie ein Fremdwort. Die Familie Ledec – das, was noch von ihr übrig war – saß am Esstisch in der Villa und beriet sich bei einem frühen Abendessen über die Causa prima. Martin saß wie immer am Kopfende des Tisches. Stefan saß nun allein hier, aber irgendwie schien er größer geworden zu sein, seit Lindas Tod. »Er wird nicht mehr kleingehalten«, hatte seine Mutter trocken festgestellt. Sie war zu diesem informellen Familientreffen nicht eingeladen worden. Aber Martin war sich sicher, dass sie die Details aus Ida herauszuquetschen versuchen würde. Die beiden waren wie merkwürdige siamesische Zwillinge, die das Leben zusammengeschweißt hatte. Amon und Chantal saßen auf der ihnen zugewiesenen Längsseite rechts von Martin. Er wollte die Sache so schnell wie möglich hinter sich bringen. Niemand schob die eigene Mutter gern in ein Heim ab. Auch wenn diese sich zeitlebens nicht durch allzu mütterliches Verhalten ausgezeichnet hatte. Nicht einmal beschützt hatte sie sie. Das war Martins Aufgabe, und dieser kam er nun nach. »Dr. Basler empfiehlt uns einen Sachverständigen, der ihren geistigen Zustand objektiv testen kann. Anhand von dieser Einschätzung können wir über die weitere Vorgehensweise entscheiden«, führte Martin sachlich aus, als ob es sich um eine Investition handelte, nicht um die Entmündigung der eigenen Mutter. Amon antwortete trotzig: »Ich verstehe immer noch nicht, warum wir sie für unmündig erklären lassen müssen. Das Heim ist gut und recht. Ich kenne es von meinen Besuchen bei Chantals Maman. Und wenn Ida mit ihr mitgeht, ist die Welt für sie sowieso in Ordnung. Warum müssen wir sie für verrückt erklären lassen?« Bevor Martin argumentieren konnte, meldete sich Stefan zu Wort. Seit Lindas Tod war er nicht nur größer und präsenter, sondern auch deutlich standhafter geworden. »Sie hält noch immer 25 Prozent der Firma, die sie von Vater nach dessen Tod bekommen hat. Du hast nur ihre Anteile bekommen, die von Vater gehören immer noch ihr.« Martin nickte. »Wir können keine umfangreicheren strategischen Entscheidungen treffen, wenn sie nicht zustimmt oder – so wie es jetzt der Fall ist – nicht mehr dazu in der Lage ist. Ihr Privatvermögen bleibt dadurch unangetastet, da sind wir uns, denke ich, einig. Aber die Firmenanteile müssen wir sichern, solange es noch nicht zu spät ist.« Nun meldete sich auch Chantal zu Wort, was bis vor Kurzem in dieser Runde noch undenkbar gewesen wäre. »Ich bin dafür. Wir tun ihr ja nicht weh damit. Und ihre Geschichten werden immer merkwürdiger.« Martin nickte, Stefan tat es ihm gleich. »Dann sind wir uns also einig, dass wir Mutters Zurechnungsfähigkeit begutachten lassen? Das Ganze geht natürlich diskret vonstatten. Ihr selbst werden wir es als Teil einer

neurologischen Untersuchung verkaufen, denke ich.«
»Das wird sie merken«, warf Amon ein. »Sie mag ein wenig verkalkt und durch den Wind sein. Aber ihr Verstand funktioniert, wenn es um die Familie oder die Firma geht. Ich bin mir nicht einmal sicher, ob sie nicht nur simuliert, damit sie ihre Ruhe hat.« »Wie kommst du darauf?«, wollte Stefan nun wissen. Sogar sein unförmiges Fred-Feuerstein-Gesicht hatte sich ein wenig zum Besseren geformt, seit sein Drache von Ehefrau das Zeitliche gesegnet hatte. »Ich weiß nicht. Mir kommt vor, sie hält uns zum Narren mit ihren schrägen Kommentaren. Als ob sie uns bewusst in die Irre führen wollte.« Chantal schüttelte den Kopf. »Das glaube ich nicht. Eine Dame wie sie – wie sieht das denn aus? Wenn etwas dieser Generation wichtig ist, dann der schöne Schein und die Außenwirkung. Demenz und Alzheimer sind nicht sehr chic. Allein schon aus diesem Grund kann ich mir das nicht vorstellen.« Ihre letzten Worte waren beinahe trotzig aus ihrem Mund hervorgesprudelt. Ihr Sprachtraining zahlte sich langsam aus. Sie klammerte sich an die Vorstellung, dass die alte Gräfin wirklich und wahrhaftig den Verstand zu verlieren drohte, sonst würde sie es wieder. Ständig fragte sie nach einem Baby. Ausgerechnet jetzt, wo Linda nicht mehr ihr Unwesen trieb, würde Simulieren bedeuten, dass sie Chantal nun auf dem Kieker hatte deswegen. Und das konnte sie nicht

durchgehen lassen. »Der Test wird uns Klarheit bringen, da bin ich mir sicher. Ich möchte, dass wir die Anteile von Mutter dann auf uns drei aufteilen. Wir wären dann gleichberechtigte Haupteigentümer von ›La Warenne Schokoladen‹. Was meint ihr?« Die Begeisterung hielt sich in Grenzen. Dieser Olivenzweig, den Martin ihnen da reichte, war eine nette und großzügige Geste, kam aber gut und gerne ein paar Jahre zu spät. Betreten blickten sowohl Stefan als auch Amon auf die Tischplatte. Chantal wünschte sich offensichtlich an einen anderen Ort. »Gibt es da etwas, das ich wissen sollte?«, fragte Martin. Er hasste Geheimnisse, jedenfalls solche, die die Menschen vor ihm hatten. Bei der eigenen Familie witterte er besondere Gefahr im Verzug, wenn sie hinter seinem Rücken Allianzen schmiedete. Stefan rückte als Erster mit der Sprache heraus. »Ich möchte eine Auszeit nehmen. Mit den Kindern ein Jahr nach Costa Rica. Es wird uns guttun, nach dem ganzen Schlamassel hier.« »Gut«, erwiderte Martin knapp. Es traf ihn jedoch mehr, als er gerne zugab. Einen Dolch im Rücken schätzte niemand. »Darf ich mit deiner Rückkehr rechnen, oder wird aus der Auszeit eine auf unbestimmte Zeit?« Stefan war das Gespräch sichtlich unangenehm. Martin im Stich zu lassen, war nie eine Option gewesen. Doch jetzt ging es um die Kinder und zum ersten Mal in seinem Leben vielleicht auch um ihn. »Ich kann mit den

Ärzten ohne Grenzen dort eine Klinik aufbauen. Notfallsanitäter sind Mangelware und fast so gut wie Ärzte einsetzbar. Für die Kinder gibt es eine internationale Schule. Die neue Nanny würde mitgehen, das haben wir schon geklärt. Es ist nicht für immer, Martin. Aber jetzt muss es sein.« »Und du?«, richtete Martin das Wort an Amon Junior. »Wir gehen zurück in die Schweiz. Hier ist für uns kein Platz, jedenfalls keiner, an dem wir uns wirklich einbringen können.« So musste sich ein General fühlen, wenn seine Truppen fahnenflüchtig wurden. Seltsamerweise war es kein Gefühl von Enttäuschung, das sich in ihm breitmachte. Es war Neid. Purer Neid, dass es jemand wagte, aus dem eng geschnürten Korsett der Familienbande auszubrechen, und die Frechheit besaß, ein eigenes Leben führen zu wollen. Martin hätte außer sich sein sollen. Doch er blieb ruhig und beherrscht wie immer. Seinem Spitznamen ›Prinz Eisenherz‹, den die weibliche Belegschaft der Firma ihm schon vor Jahren verpasst hatte, wurde er einmal mehr gerecht. Amon ergänzte noch: »Wir bringen Mama und Ida in die Schweiz, wenn du möchtest. Dann hast du hier freie Bahn.« Sehr frei würde diese Bahn sein, wenn beide Brüder ihn verließen. Doch im Grunde würde sich nicht viel ändern für ihn. Er allein auf weiter Flur gegen den Rest der Welt. Es würde unangenehm und lästig werden, die Positionen von Stefan und Amon in der Firma nachzubesetzen. Fremde Menschen in Vertrauensstellungen zu hieven, war nicht gerade ein Leichtes für Martin Ledec. Aber wirklich eingebunden in seine Entscheidungen hatte er die beiden ohnehin nie. Ihre Anteile gaben ihnen ein Stimmrecht, doch wer hätte es schon gewagt, von diesem tatsächlich Gebrauch zu machen? »Dann ist das beschlossene Sache mit Mama. Ich kümmere mich um die Details. Gibt es Vorschläge, was eure Nachfolge in der Firma betrifft?«, fragte er gewohnt geschäftsmäßig. Beide schüttelten den Kopf. Denn beide wussten, dass ihre Vorschläge ohnehin nicht auf fruchtbaren Boden fallen würden. Martin würde gleich morgen früh Margot mit dieser heiklen Sache betrauen. Marketing und Produktion zur selben Zeit neu besetzen zu müssen, würde keine einfache Sache werden. Doch sie war machbar, und nur das zählte unterm Strich. Wenn er lange genug darüber nachdachte, war dieses Verlassenwerden eher als Befreiungsschlag zu werten. Keine Familie mehr im Nacken sitzen zu haben, keine künstliche Rücksichtnahme mehr auf persönliche Befindlichkeiten und keine Vorwürfe zu Entscheidungen, die sie nicht einmal ansatzweise verstehen würden. Es würde leichter werden für ihn ohne sie. Stefans trauriger Blick weckte viele Erinnerungen. Und Amon hatte verstärkt begonnen, lästige Fragen zu stellen. »Der Kleine soll sich seine Unschuld bewahren und glücklich werden. Wenigstens einer von uns dreien«, dachte Martin und erklärte das Treffen für beendet.

Den nächsten Morgen begann Hilde Attensam damit, die Pflegeheime und Krankenhäuser durchzutelefonieren, in welchen Linda Ledec ihre Praktika absolviert hatte, bevor sie ihre zweifelhaften Dienste dem Haus ›Sonnenstein‹ zur Verfügung stellte. Nach mehr als zehn Jahren dort um Auskunft zu bitten, noch dazu in einer so heiklen Sache, war vermutlich aussichtslos. Doch Hilde gab so schnell nicht auf. Wenn Linda ihre Mordfantasien tatsächlich in die Tat umgesetzt hatte, könnte sie genauso gut bei Amon Ledec Senior ein wenig nachgeholfen haben. Das Bild, das ihre Kommilitoninnen aus früheren Tagen von ihr zeichneten, war kein schmeichelhaftes. Ihr gewaltsamer Tod überraschte niemanden, was für Hilde stets ein Indiz dafür war, dass im Leben nicht alles zum Besten gestanden hatte. Wie zu erwarten war, gab es keine telefonischen Auskünfte, selbst wenn man wollte. Sie würde Metz beim Morgenbriefing von der zweifelhaften Leidenschaft der Verstorbenen berichten. Das Motiv für den Mord an Linda Ledec wuchs mit jeder neuen Information, die sie über das Opfer erhielten. Vom Täter jedoch fehlte nach wie vor jede Spur. Er hatte eine einmalige Gelegenheit ergriffen, so viel stand fest. Eine wehrhafte Person von ihrer Statur wäre nicht so ohne

Weiteres zu überwältigen gewesen. Man konnte den Fall drehen und wenden, wie man wollte. Für Hilde sah das Ganze nach einem sehr geschickten, fast eleganten Verbrechen aus. Nicht viele Menschen hätten den Mut, die Kaltblütigkeit und den nötigen Aktionismus, um ein wehrlos am Boden liegendes Opfer brutal und zeitgleich völlig lautlos und ohne jeden Skrupel zu ermorden. Hilde konnte ihr Gefühl nicht begründen. Doch für sie sah nun plötzlich alles erst recht nach einer Frau als Täterin aus, auch wenn sie den Damenschuh als Mordwaffe anfangs für eine geschickte Finte gehalten hatte. Man durfte gespannt sein, was der Bericht der Techniker zu den Schuhen lieferte, die im Puppenhaus des Kinderzimmers versteckt worden waren. Hautschuppen, Fingerabdrücke, vielleicht sogar DNA? Hatte man die Mordwaffe, war man für gewöhnlich schon ein gutes Stück weiter. Jene Schuhe, die Linda an dem verhängnisvollen Abend getragen hatte, waren diesbezüglich ja eine Sackgasse gewesen. Doch das würde auch bedeuten, dass man die Schuhe vertauscht hatte. Hilde wurde schwindlig bei diesem Thema. Kevin unterbrach ihre Gedankengänge abrupt. »Was interessiert uns denn an den Heimen und Krankenhäusern von vor mehr als zehn Jahren?« Hilde klärte ihn auf. »Das kann ich machen, wenn Sie wollen, Chefin. Solche Vorgänge müssten auch in dieser Zeit schon dokumentiert worden sein.« Hilde nickte wohlwollend und reichte Kevin die Liste mit den Einrichtungen. »Vor allem solche Fälle sind interessant für uns, wo die Angehörigen sich eingeschaltet haben, Akteneinsicht verlangt oder einen Anwalt bemüht haben. Alles, was in der Zeitspanne von Linda Ledecs Ausbildung irgendwie auffallend war oder vom üblichen Betrieb abwich.« Kevin verstand. Er war derzeit ohnehin arbeitslos. Alle seine Recherchen liefen immer noch ins Leere. Wenn er wenigstens ein halbwegs brauchbares aktuelles Foto von Milan Dragovic zur Verfügung hätte, könnte er mit der entsprechenden Software einen besseren Vergleich erzielen. Doch schwer kranke Menschen, die zu Hause betreut wurden, waren eher nicht auf Facebook, Instagram und Co. Und das Haus verließ so jemand, wenn überhaupt, nur mehr für Klinikbesuche oder Therapien. Die Datenbanken, wo Führerschein und Reisepass hinterlegt waren, hatte Kevin schon vergeblich bemüht. Ein Schnappschuss musste her. Ein möglichst Guter am besten.

Kapitel 23: Domino

Als Metz das morgendliche Teammeeting eröffnete, fühlte er sich besser denn je. Die Sache mit der neuen Wohnung war so gut wie unter Dach und Fach. Sogar der zu erwartende Disput mit seiner Mutter darüber hatte sich in überschaubaren Grenzen gehalten. Profis würden sich um den Rest kümmern. In weniger als zwei Wochen schon hätte er ein neues Zuhause und eine ganz und gar neue Perspektive. Dabei dachte er nicht nur an die schöne Aussicht, die seine Wohnung ihm zu bieten hatte. Er würde einmal noch das Haus betreten müssen, um die Sachen zu sortieren, die er mitnehmen wollte. Allzu viele würden es nicht sein. Ein Neuanfang sollte eine Zäsur darstellen, einen möglichst glatten Schnitt mit der Vergangenheit. Und schon war er wieder bei Linda Ledec. Auch sie hatte es verstanden, aus einem eher bescheidenen Mittelklasseleben auszubrechen und sich über Nacht neu zu erfinden. Als Mitglied einer der reichsten Familien des Landes hatte sie alles besessen: Geld, Macht, Einfluss und jede Möglichkeit, die ein Mensch nur haben konnte. Sie hätte sich in den Dienst einer guten Sache stellen können, wohltätige Organisationen unterstützen oder mit ihrem Geld wenigstens die heimische Wirtschaft ankurbeln können. Sie hatte nichts dergleichen getan. Stattdessen hatte es ihr ein diabolisches

Vergnügen bereitet, ihre Schwägerin zu quälen und die Familie und Hausangestellten zu terrorisieren. Ihre Vorliebe für todsichere Mordmethoden sorgte nicht unbedingt dafür, dass ein besseres Bild von ihr entstand. Hilde und Kevin berichteten von den laufenden und geplanten Recherchen in Sachen ungeklärter Todesfälle auf den Spuren von Linda Ledec. Doch alles in allem standen die Ermittlungen still. Der Bericht aus dem Labor zu den Schuhen aus dem Puppenhaus war für diese Woche zu erwarten. Die anderen im Haus gesicherten Gegenstände und Medikamente hatten ebenfalls noch keine nützlichen Hinweise ergeben. Und das für Metz Schlimmste von allem: Leo Katzinger erwartete seinen Bericht. Im Moment sah es nicht so aus, als ob mit einer Klärung des Mordfalles Linda Ledec zu rechnen war. Wenn die Vergangenheit der Toten nicht noch einen entscheidenden Hinweis zu einem Täter und einem Motiv liefern würde, war es nur mehr eine Frage der Zeit, bis von ganz oben der Schlusspfiff ertönen würde. Die Beweise waren dürftig, praktisch nicht vorhanden. Es gab keine Fingerabdrücke, DNA oder Faserspuren auf der Toten, die sie mit einem anderen Menschen hätten in Verbindung bringen können. Die Auswertung ihrer Handydaten war – gelinde ausgedrückt – enttäuschend gewesen, und jene Familienmitglieder, die für den Mord am ehesten infrage kamen, verfügten über ein wasserdichtes Alibi. Freunde und Bekannte hatte es keine gegeben im Leben von Linda Ledec, was angesichts ihres Treibens und ihrer zweifelhaften Vorlieben zu Lebzeiten kein Wunder war. Metz, Hilde und Kevin starrten nach dieser ernüchternden Zusammenfassung auf die Tafel, als ob die Lösung des Falls sich irgendwo dort verbergen würde. Allein, sie tat es nicht. »Was können wir noch tun, Chef?«, fragte Hilde. Es gab Fälle, da brannte man als Ermittler förmlich darauf, den Schuldigen seiner gerechten Strafe zuzuführen. Hier verhielt es sich so, dass man dem Mörder aus Sicht der Familie wohl eher Dank und Anerkennung schuldete. Ein Tyrannenmord tat niemandem leid. Auch Hilde hätte kein moralisches Problem damit, diesen Fall zu den ungelösten zu legen. Ihr persönliches Rechtsverständnis und jenes des Staates Österreich waren sich in diesem Punkt nicht einig. Metz wusste auch keine Antwort. Sein Bericht für die Chefetage würde in 15 Minuten fällig sein. Wie immer ließ ihn Hofrat Katzinger persönlich antanzen, um sich auf den neuesten Stand bringen zu lassen. »Kevin, irgendwelche Vorschläge aus der unlauteren Trickkiste?« Dieser schüttelte den Kopf. Auch er hatte alles ausgereizt, was seine Möglichkeiten hergaben. Wenn die Schuhe keine Beweise lieferten, hätten sie keinen wirklich handfesten Ansatz mehr. »Was soll ich der Chefetage berichten?«, murmelte Metz mehr zu sich selbst als zu seinem Team. Beide schwiegen. Ratlosigkeit war kein vielversprechender Ermittlungsansatz.

Amon Ledec Junior war es gewohnt, immer nur das unterschätzte fünfte Rad am Wagen zu sein. Seine beiden Brüder hatten ihn nie wirklich für voll genommen und sämtliche Geschicke rund um Firma und Familie im Alleingang gelöst. Dass Stefan und er nun zeitgleich Martin allein das Ruder überließen, hätte ihm vielleicht ein schlechtes Gewissen verursacht, wenn dieser wenigstens einmal von seinem hohen Ross heruntergestiegen wäre. Stattdessen blieb er kühl und distanziert wie eh und je. Der Manager der großen und kleinen Dinge im Hause Ledec. Es hatte ihn einen Anruf in seiner alten Firma in der Schweiz gekostet, um seinen Job wiederzubekommen. Wenigstens dort wusste man ihn offensichtlich zu schätzen. Disziplin und Ehrgeiz kamen gut an, und sein Wissen, wie man Produkte lancierte, die niemand brauchte und auch niemand wirklich wollte, war inzwischen beachtlich. Seine Kampagnen hatten in den letzten beiden Jahren ordentlich abgeräumt bei namhaften Werbepreisen im In- und Ausland. Und auch wenn die Unkenrufe nicht verstummen wollten, dass diese Auszeichnungen getürkt waren und nicht immer auf Leistung basierten: Gut für sein Portfolio waren sie allemal. Chantal kümmerte sich um ein neues Heim für sie beide und bald vielleicht auch schon für den Nachwuchs, den sie sich so sehr wünschte. Waren sie erst einmal weg aus Wien und dem vergifteten Klima, das trotz Lindas Tod noch immer wie eine toxische Wolke über ihren Köpfen hing, würde alles gut werden. Er würde keinen langen komplizierten Abschied anstreben. Es gab ein paar Leute in der Firma, die ihm wichtig waren und die ihn nicht nur als Schattenwesen seiner Brüder wahrgenommen hatten. Diesen wollte er seine Entscheidung persönlich mitteilen und sich ordentlich verabschieden. Einen geordneten Rückzug nannte man das. Er tat das nicht für sie, sondern in erster Linie für sich selbst. Die Liste hatte er im Kopf. Sie war kurz.

Der unerwartete Tod seiner Schwägerin hatte in Martin Ledecs Leben zu nicht minder unerwarteten Erdrutschen geführt. Gegen eine gewisse Dynamik war nichts einzuwenden, doch nun schien es, als ob jemand den ersten Dominostein zu Fall gebracht und somit eine Kettenreaktion ausgelöst hatte. Plötzlich gab es 100 Dinge, um die er sich gleichzeitig kümmern musste. Die Firma ging wie immer vor, doch zeitgleich wurde Ende des Monats ein zweites Zimmer in der eleganten Seniorenresidenz in Lausanne frei, das für Ida bestimmt war. Die Suite für seine Mutter hatte Martin schon lange im Voraus gebucht und dank der Schweizer Vorliebe für Geld und ihrem unbestechlichen Sinn für Pragmatismus auch schon mit einer fürstlichen Kaution verbindlich reserviert. Ida hatte er schon auf seiner Seite. Es hätte ihn mehr geschmerzt, sie gegen ihren Willen dorthin abzuschieben, als seine Mutter. Wenn eine der beiden Frauen einen Anteil an seiner Erziehung und an seinem Werdegang hatte, dann sicher Ida, nicht die Frau Mama. Es bereitete ihm kein Vergnügen und war auch nicht als Akt der späten Rache gedacht, sie nun vor vollendete Tatsachen zu stellen. Doch die Umstände erforderten eine Entscheidung und deren Umsetzung. Beides war Martins Stärke, also musste es getan werden. Vor dem Gespräch mit ihr graute ihm. Wahrscheinlich würde sie die Demenzkarte ausspielen oder in die Opferrolle schlüpfen. Beides beherrschte sie mit Bravour. Am schlimmsten wäre es wahrscheinlich, wenn er einen klaren Moment erwischen und wieder die Frau Mama vor sich sehen würde, die er ein Leben lang gekannt und mehr verachtet als geliebt hatte. Trotz allem hatte ihn ihre Art der noblen Verweigerung, der Wahrheit ins Auge zu blicken, auch beeindruckt. Wenn er von seiner Mutter eines gelernt hatte, war es neben Geduld das Aufrechterhalten einer makellosen Fassade um jeden Preis gewesen. Wer mit dem Glaubenssatz ›Noblesse oblige‹ und einem Buch auf dem Kopf, das für Haltung in allen Lebenslagen sorgen sollte, aufgewachsen war, ließ sich eben nicht so leicht verbiegen. Sein Vater hatte es versucht. Jahre- und jahrzehntelang hatte er alles unternommen, um ihren Willen zu brechen. Außer Knochen und Stolz jedoch war nichts gebrochen in all der Zeit.

Für Mira Dragovic schien endlich wieder die Sonne. Sie genoss ihre neue alte Anstellung in der Villa Ledec. Nur mehr auf einer Hochzeit tanzen zu müssen, um Geld zu verdienen, machte das Leben deutlich leichter. Der Pflegedienst, den die Familie wie versprochen für ihren Vater organisiert hatte, leistete ganze Arbeit. Ihre Mutter jedenfalls war zufrieden und konnte Miras Hilfe zu Hause nun entbehren. Ein wenig Bauchweh hatte Frau Dragovic bei der Vorstellung schon gehabt, fremde Menschen in die Wohnung und in die Nähe ihres Mannes zu lassen. Ihre Mutter war schon immer sehr beschützend und eigen gewesen, was den Vater betraf. »Das muss wohl Liebe sein«, dachte Mira, während sie die Einkäufe Richtung Villa schleppte. So wie es aussah, würde sich die Arbeit dort in Zukunft in Grenzen halten. Wenn die Jungen weggingen und Stefan mit den Kindern auch noch das Haus verließ, wer blieb dann noch übrig? Sie hoffte inständig, dass ihr Engagement als Haushaltsangestellte zu fürstlichen Konditionen nicht bald wieder vorbei sein würde. Ida Wagner war noch zugeknöpfter als sonst gewesen die letzten Tage. Sie zeigte ihr alles ganz penibel und ausführlich, doch Mira spürte, dass noch etwas im Busch war, das man vor ihr verheimlichte. Aber sie wollte im Moment nicht an Unangenehmes denken. Am Wochenende fand die Abschlussfeier ihres Lehrganges statt. Es war nichts Großartiges, nicht zu vergleichen mit den akademischen Feiern an den Universitäten oder Hochschulen. Aber immerhin würde man ihr förmlich ein Zertifikat überreichen, und danach gab es Sekt und Häppchen. Sie wusste, ihre Eltern waren stolz auf sie. Als Migrantenkind hatte sie von vornherein nicht nur die Sprache gegen sich gehabt, sondern eine ganze Menge Menschen und deren Vorurteile gleich dazu. In jener heruntergekommenen Gegend von Wien, in der sie aufgewachsen war und die garantiert kein Reiseführer als ›Place to be‹ auslobte, funktionierte Integration nach ganz eigenen Gesetzen. Wer nicht regelmäßig verprügelt werden wollte, gab sein Taschengeld und sein Pausenbrot lieber freiwillig ab. Und das Erlernen der deutschen Sprache war quasi ein Selbstläufer, wenn man das einzige ›Ausländerkind‹ vom Balkan auf dem Schulhof war. Für ihren Vater würde es eine große Anstrengung bedeuten, an der kleinen Feier teilzunehmen. Doch Mira wusste auch, dass er sich diesen Moment ihres bescheidenen Ruhms um keinen Preis entgehen lassen würde.

Kevin hatte sich seit seinem eher unfreiwilligen Eintritt in die Soko ›Reha‹ eine bestimmte Methode der Recherche angewöhnt. Alle seine Anfragen an die digitale Scheinwelt liefen in einer Art Dauerschleife im Hintergrund. Im Laufe einer Ermittlung konnte eine ganz eigene Dynamik auf den Plan treten, die plötzlich zu Ereignisketten führen konnte, wo man sie nicht vermutet hätte. Seine Abfragen betrafen alle Personen, die im Rahmen einer Ermittlung auftauchten, natürlich das Opfer und gleichfalls alle Institutionen, die in irgendeinem Zusammenhang damit standen. Die Ausbeute der letzten Nacht lieferte tatsächlich einen Treffer. Mira Dragovic hatte einen Grund zum Feiern, wie es aussah. Kevin liebte den Geltungsdrang der heimischen Bildungseinrichtungen, jeden noch so popeligen Lehrgang oder Hausfrauenkurs – wie sein akademisch gedrilltes Umfeld Erwachsenenbildung nannte – wie ein Großereignis anzukündigen. Dass es um die Bildungslandschaft schlecht bestellt war, hätte man auch ohne diese fadenscheinigen Ambitionen erkennen können. Doch für Kevin waren das Mitteilungsbedürfnis und der Geltungsdrang von Menschen und Institutionen eine wahre Fundgrube an Informationen. Und so wie es aussah, standen die Chancen günstig, dass er doch noch zu einem aktuellen Foto von Milan Dragovic würde kommen können. Er war nicht bettlägerig, das hatten ihm seine Krankenhausakten und die Patientenjournale des Pflegedienstes verraten. Beide Einrichtungen hatten in den letzten Jahren viel zu wenig in Datensicherheit investiert, was Kevin ebenfalls nur recht sein konnte. Ahnungslosigkeit und Sparzwang waren neben dem Hang zu digitaler Selbstdarstellung der Stoff, aus dem Hacker-Träume waren.

Cornelius Metz hatte es nie besonders geschätzt, Details aus seinem Leben preisgeben zu müssen. Er mochte auch keine anderen Menschen, die ständig über sich und ihre eingebildeten oder hausgemachten Probleme monologisierten. Therapie war für Metz also von vornherein ein schwerer Start gewesen, ungeachtet der dramatischen Ereignisse, die ihn hierhergeführt hatten. Dank der bestandenen Schießprüfung, die zumindest für die Akten einwandfrei gelaufen war, neigte sich seine zwangsverordnete Zeit bei der Therapeutin des Vertrauens von Hofrat Leo Katzinger ebenfalls dem Ende zu. Ausgerechnet jetzt, wo er nicht mehr jede Woche einen erfundenen Fortschritt in seiner Vita zum Besten geben musste. Er hatte den Umzug, und er hatte den Fall. Beides forderte ihn und förderte seine psychische Genesung im Eiltempo. Auch seine Besuche auf dem Friedhof hatte die Therapeutin, deren Naheverhältnis zum Polizeichef allgemein bekannt war, mit Wohlwollen als ›Durchbruch‹ bezeichnet. Metz war so kurz davor, die Ziellinie zu überschreiten, die ihm zumindest für seine Personalakte den Stempel ›geheilt‹ oder, auf Amtsdeutsch, ›uneingeschränkt dienstfähig‹ beschaffen würde. »Was macht Ihr aktueller Fall?«, fragte die Therapeutin wie jedes Mal gegen Schluss der Sitzung. Wahrheitsgemäß antwortete Metz: »Wir warten noch auf Ergebnisse aus dem Labor. Von ihnen erwarten wir uns weitere Hinweise.« Bei Fragen zu den Ermittlungen blieb er immer so vage wie möglich. Berufskrankheit. »Aber bei unserem letzten Gespräch haben Sie erwähnt, dass der Fall mehr oder weniger stillsteht. Alles würde auf einen Cold Case hinweisen.« Metz war sich sicher, nichts dergleichen erwähnt zu haben. Einen Fall vorzeitig abzuschreiben, war nicht die Art und Weise, wie ein erfahrener Ermittler die Dinge sah. Jeder ungelöste Fall war ein aktueller Fall, auch wenn die Obrigkeiten und die Bürokratie Druck ausüben würden, sich anderen, wichtigeren oder aussichtsreicheren Fällen zu widmen. So lief das immer. Anscheinend hatten Katzinger und sie sich wieder eifrig ausgetauscht. Wahrscheinlich sollte sie ihn mit diesen Worten schon schonend darauf vorbereiten, dass der Fall keiner Lösung zugeführt werden würde. Die Einflussnahme der Staatsanwaltschaft und der Familie war von Anfang an deutlich spürbar gewesen. Die Ermittlungen hatten rein dem Zweck gedient, die Familie von allen Verdachtsmomenten reinzuwaschen. Daher auch die Autopsie.

Metz nutzte die Chance für ein wenig Speichelleckerei an die oberen Etagen. »Diese Entscheidung obliegt nicht mir. Wir werden alles in unserer Macht Stehende tun, um den Mörder von Linda Ledec zu überführen. Wenn die Beweislast jedoch nicht ausreicht, wird der Fall geschlossen. So laufen diese Dinge nun mal.«

Amon Ledec Junior hatte seinen Abschied aus dem Unternehmen nicht wirklich gut durchdacht. Er war immer schon der spontane – Martin würde sagen: Hitzkopf – der Familie gewesen. Eigentlich hatte er nicht vorgehabt, seine Anteile an der Firma zu verkaufen. Doch gleichzeitig wollte er neu anfangen und einen Schlussstrich unter diese ganze unselige Familiengeschichte ziehen. Ein Schweizer Anwalt hatte schon vor Jahren Interesse bekundet. Damals hatte Amon es völlig ausgeschlossen, jemandem außerhalb der Familie einen so umfangreichen Aktienanteil zu verkaufen. Martin hätte das Vorrecht gehabt. Allerdings fehlte eine diesbezügliche Klausel. Man merkte allein schon daran, dass seine Mutter diese Transaktion damals im Alleingang und nur mithilfe ihres Anwalts durchgezogen hatte. Eine solche Übertragung ohne Netz und doppelten Boden wäre Martin nie in den Sinn gekommen. Nun sollte eben der Höchstbietende profitieren. Das Haus in der Nähe von Lausanne, das Chantal für sie beide im Auge hatte, war nicht billig. Und das

Leben in der Schweiz würde Geld kosten, vor allem dann, wenn man weiterhin gedachte, auf ähnlich hohem Fuß zu leben wie hier in Wien. Also zögerte Amon nicht lange und rief die Nummer auf der eleganten Visitenkarte an, die der gediegene Herr ihm damals überlassen hatte. Der Name sagte ihm nichts. Die Kanzlei hingegen punktete mit einem dezenten, aber überzeugenden Auftritt im Internet. Spezialisiert waren die Advokaten Spyra & D'Estange auf Erbrecht und internationales Wirtschaftsrecht. Einen Namen gemacht hatten sie sich in der internationalen Presse durch einige gelungene Restitutionen von Gemälden und Kunstwerken an die Nachkommen ihrer jüdischen Eigentümer. Kämpfer für die gerechte Sache schienen sie zu sein, jedenfalls dann, wenn das Honorar stimmte. Wer der Klient war, für den Advokat Spyra Amons Anteile an ›La Warenne Schokoladen‹ erwerben wollte, unterlag strikter Diskretion. Auch das war nichts Ungewöhnliches. Schließlich ging es nicht gerade um kleine Beträge, die hier den Besitzer wechselten. Er würde sich mit dem Anwalt im Café Landtmann treffen. Bis dahin hatte er noch drei unangenehme Verabschiedungen, die er sich aber nicht nehmen lassen wollte. Die Gerüchte hatten sich schon im Unternehmen verbreitet, dass Stefan und er nahezu zeitgleich ausscheiden würden. Die Belegschaft war unruhig. Ein Grund mehr, persönlich die Hände zu schütteln, die jeden Tag dafür sorgten, dass die Fließbänder nicht stillstanden und der Umsatz kontinuierlich in die Höhe schoss. Amon klopfte an dem bescheidenen Büro im hintersten Teil von Lager 1. Die Bezeichnung ›Büro‹ war hoch gegriffen. Es war mehr ein Verschlag mit Telefon und Computer. Der Mann darin hätte wahrlich Besseres verdient. Doch alle Versuche von Martin, ihn in die Chefetage oder zumindest in deren Nähe zu versetzen, waren bislang gescheitert. »Amon! Komm herein!« Der erste Mann im Haus, wie Martin den inzwischen schon arg in die Jahre gekommenen Betriebsleiter nannte, empfing den Junior mit einer Mischung aus Freude und Besorgnis. »Dass du immer noch in diesem Kabuff residierst, Erich, ist kaum zu glauben«, begrüßte ihn Amon freundschaftlich. Wenn es so etwas wie das Herz und das Rückgrat der Firma gab, dann war es dieser Mann. Schon unter seinem Vater hatte er mit unermüdlichem Einsatz dafür gesorgt, dass es niemals zu einem Stillstand in der Produktion gekommen war. Erich Brozek kannte die Firma wie kein Zweiter. Kein Lichtschalter und keine Fliesenfuge gab es auf dem Werksgelände, die ihm unbekannt waren. Amon hatte auf seinem Schoß das Gabelstaplerfahren gelernt. Später hatten sie zwischen den aufgetürmten Paletten im Lager rückwärts einparken geübt. Dieser Abschied würde der schwerste werden, das wusste Amon Ledec. Wie schwer allerdings:

Davon hatte er im Moment noch nicht die Spur einer Ahnung.

Katharina Adam blickte ungläubig auf das Schreiben. Ein Brief per Post war dieser Tage an sich schon ungewöhnlich genug. Einer mit dem Siegel der ehrwürdigen Oxford University kam erst recht nicht alle Tage zur Tür hereingeflattert. Es war mehr als ein Jahr her, seit sie sich dort für das begehrte Fellowship beworben hatte. Eine Absage hatte sie nie erhalten, eine Zusage aber auch nicht, bis heute. Sie las das Schreiben wieder und wieder durch. Vielleicht übersah sie ja die Verneinung? Die Engländer verfügten über eine ganze Reihe von blumigen Umschreibungen für ›fuck off‹, die man häufig nur zwischen den Zeilen herauslesen konnte. Doch nichts dergleichen stand in dem Brief. Sie waren ›pleased‹ und freuten sich darauf, sie für ein Jahr im Dozentenkollegium begrüßen zu dürfen. Die historische Fakultät von Oxford war in mehrfacher Hinsicht legendär. Wer dort einmal seinen Fuß über die heilige Türschwelle setzen durfte, konnte sich danach praktisch aussuchen, was er wo auf der Welt beruflich machen wollte. Allein schon die Kontakte, die man dort knüpfen konnte, waren Gold wert. Das Semester begann in zwei Monaten. Das wäre gerade genug Zeit, um hier alles in die Wege zu leiten. Das Kurzfristige dieser Zusage kam ihr zwar merkwürdig vor, aber hey: Wenn Oxford dich haben möchte, solltest du dich nicht lange bitten lassen. Dann fiel ihr ein, wie viel sie bis auf Weiteres auf Eis legen musste dafür. Ihre Arbeit würde ihr nicht davonlaufen. Da war die Sache mit Martin schon eine andere. Doch insgeheim war sie froh über diesen eleganten Ausweg aus ihrem Dilemma. Tief in ihrem Inneren wusste sie, dass diese Beziehung nie wirklich in die Gänge kommen würde. Ihre Arbeit für das Unternehmen würde ihr niemand streitig machen. Und Martin würde sie fraglos ohne Schwierigkeiten aus dem Vertrag entlassen. Seine Begeisterung für die lückenlose Aufklärung der NS-Verwicklung von ›La Warenne Schokoladen‹ hatte merklich nachgelassen seit ihrer gemeinsamen Nacht. Das Wochenende am Starnberger See erschien ihr rückblickend eher wie eine huldvolle Geste, der er sich als Kavalier der alten Schule verpflichtet gefühlt hatte. Es dauerte sieben Minuten, der ehrwürdigen Oxford University zu danken und für das kommende Studienjahr ihre Zusage zu erteilen. Weitere sieben Minuten dauerte die Mitteilung an ihre Fakultät in Wien. Ihr spontaner Abgang würde nicht gut ankommen. Doch vertraglich war sie als freie Lehrbeauftragte an nichts gebunden. Der Anruf bei Martin würde wahrscheinlich der schwerste Schritt von allen sein. Doch vielleicht war auch er ganz froh über diese praktische Lösung?

Kapitel 24: Brüderlein fein

Wenn Gräfin Charlotte de la Warenne eines bis ins kleinste Detail beherrschte, war es, Haltung zu bewahren und Stil in allen Lebenslagen zu demonstrieren. Ihr poröses Gehirn war noch nicht ansatzweise so verkalkt, wie ihr Umfeld dachte. Die Fragen des Gutachters, der ihr die Zurechnungsfähigkeit absprechen sollte, waren lächerlich. Sie hätte diesen Test mühelos bestanden, wenn es ihr gelegen gekommen wäre. Doch wenn sie in den letzten Monaten eines gelernt hatte, dann das: Es hatte definitiv Vorteile, für senil, dement und fragil gehalten zu werden. Nach einem so langen und wechselhaften Leben hatte man sich irgendwann Ruhe vor der Welt verdient. An ihrer Familie war ihr nie viel gelegen. Sie hätte gerne eine andere gehabt. Je älter sie wurde, desto öfter holte diese Erinnerung sie ein. Es war höchste Zeit für einen Neustart. Und mit 85 war es dafür keinen Tag zu früh. Also machte sie ihrem Umfeld die Freude und war alt, gebrechlich und senil. Immerhin einen letzten Liebesdienst hatte sie ihnen noch erweisen können. Spät, aber doch. Darauf war sie stolz.

Ida Wagner hatte indes alle Hände voll damit zu tun, für die Reise in die Schweiz zu packen. Frau

Gräfin würde niemals mit leichtem Gepäck verreisen, nicht einmal für ein Wochenende. Doch von dieser Reise würden sie beide nicht mehr zurückkommen, das wusste sie. Sie selbst hatte nur zwei Koffer, mehr brauchte sie nicht, und mehr besaß sie auch gar nicht. Nicht weil die Ledecs sie all die Jahre hindurch nicht fürstlich bezahlt hätten für ihre Treue und Loyalität. Hauptsächlich war es Schweigegeld, und ein wenig Schmerzensgeld war auch dabei gewesen. Den Großteil ihres Einkommens hatte sie für wohltätige Zwecke gespendet. Das Wiener Tierschutzhaus verdankte ihr nicht gerade wenig, und auch einige Waisenkinder in Afrika profitierten von der Kinderlosigkeit Ida Wagners. Eine neue Garderobe wäre sicher angebracht. Die Residenz in Lausanne war schließlich keine drittklassige Absteige, sondern ein echtes Luxushotel für alte Menschen. Wenn Mira heute kam, würde sie spontan einen Ausflug in die Stadt unternehmen. Es gab dort noch ein einziges Geschäft, wo Frauen wie sie fündig wurden und zuvorkommend bedient wurden. Diesen Luxus würde sie sich zum Abschied von diesem Leben hier in Wien gönnen. Natürlich hatte man sie damals nicht großartig gefragt. Die junge Gräfin sollte nach Wien verheiratet werden. Der Fabrikantensohn Amon Ledec von Ritschau, wie er sich damals noch nannte, war bereits Stammgast auf dem Gut der La Warennes gewesen. Ida mochte ihn nicht, und die

Gräfin, das wusste sie, mochte ihn noch viel weniger. Über ihre Zeit in Cannes – ihre ›Eskapade‹, wie die Eltern es nannten – sprach im Hause niemand. Ida hörte die junge Charlotte nur jede Nacht bitterlich weinen. Das Personal tratschte natürlich. Regelrecht entführt hätte man sie von dort. Aus den Fängen eines Hallodris befreit hätte man sie. Auf der Straße um Brot betteln hätte sie schon müssen, wenn der ehrenwerte Herr Papa sie nicht von seinen Spürhunden hätte suchen lassen. Nichts von alledem wollte so recht zu dem Bild passen, das die stille, aber kluge Ida von ihrer Herrin hatte. Als Opfer konnte sie sich Gräfin Charlotte beim besten Willen nicht vorstellen. Sie hatte klein beigeben und der Hochzeit mit dem österreichischen Pseudoaristokraten zustimmen müssen. Als Gegenleistung ließ man Serge in Ruhe, was im Sprachgebrauch der Oberschicht von damals durchaus mit ›am Leben‹ übersetzt werden konnte. Die ganze Geschichte hatte Ida nie erfahren. Es war vermutlich besser so. In einer Dokumentation im Fernsehen hatte sie einmal gesehen, dass man dem amerikanischen Präsidenten bewusst und sehr oft wichtige Informationen vorenthielt. So war es ihm möglich, vor der Presse und der Öffentlichkeit ein absolut glaubwürdiges Dementi abgeben zu können. Ida Wagner war in einer vergleichbaren Situation. Solange sie offiziell von nichts wusste, war sie mit Ehrlichkeit auf der sicheren Seite und musste der Herrschaft nicht in den Rücken fallen. Sie war sich sicher, dass Charlotte ihr gerne so manches gebeichtet hätte. Sonst hatte sie ja niemanden, der ihr zuhörte und der zu 100 Prozent auf ihrer Seite war. Doch sie tat es nicht, um Ida nicht in Bedrängnis zu bringen. Loyalität war keine Einbahnstraße. Gräfin Charlotte hatte das immer gewusst und sich stets daran gehalten. Nicht einmal nach der Nacht, als ihr Mann diesen schrecklichen Unfall hatte, wurde darüber gesprochen. Nichts von alledem, was damals passiert war, hatte Hans ähnlichgesehen. Gut, der Alkohol vielleicht. Er war, wie die meisten Männer seiner Generation, kein Kostverächter von Hochprozentigem gewesen. Doch auf das Motorrad der Herrschaft hätte er achtgegeben wie auf einen Goldschatz. Er musste sich gefühlt haben wie ein König, mit dem Lieblingsspielzeug des Patrons eine Runde drehen zu dürfen. Leichtsinn sah ihm angesichts dieser Ehre absolut nicht ähnlich, auch wenn er sonst sehr impulsiv und cholerisch sein konnte. Ein einziges Mal nur hatte sich Gräfin Charlotte zu einem Kommentar hinreißen lassen. »Anscheinend haben wir beide kein Glück, Ida, was unsere Ehemänner betrifft.« Ida hatte nur geschwiegen und somit auf Dienstbotenart ihre Zustimmung kundgetan.

Der Bericht der Spurensicherung war enttäuschend. Das Paar Schuhe, das man – anscheinend gut versteckt – im Puppenhaus von Tochter Louisa gefunden hatte, wies ausschließlich DNA-Spuren von Linda Ledec auf. Es gab keine fremden Fingerabdrücke darauf, außer die eines Kindes, die ziemlich sicher von der stolzen Besitzerin des Puppenhauses stammten. An der Innenseite fanden sich Blutspuren in beiden Schuhen, die von einer aufgescheuerten Ferse stammen dürften. Das erklärte auch, warum die Schuhe Louisa zum Spielen überlassen worden waren. Der Absatz, der in Form und Durchmesser tatsächlich perfekt zu den Druckstellen auf Linda Ledecs Hals passen würde, wies keinerlei Spuren von Hautschuppen auf. Außer Teppichfasern war nichts darauf zu finden. »So etwas nennt man wohl einen Schuss in den Ofen«, seufzte Hilde und schaute erwartungsvoll in Richtung Chef. Dieser schien seltsam gelöst in letzter Zeit, obwohl der Fall feststeckte und sich keinen Millimeter Richtung Lösung bewegen wollte. Cornelius Metz hatte sich noch nicht oft in seiner Karriere geschlagen geben müsse. Seine Aufklärungsquote war bis zum Tod seiner Frau eine der makellosesten aller Zeiten gewesen. Aufgeben war nie infrage gekommen. Manche Fälle konnten zwar erst Jahre später gelöst werden, aber sie wurden gelöst. Neue Beweise tauchten auf, Zeugen erinnerten sich plötzlich oder Mittäter*innen bekamen doch noch ein schlechtes Gewissen. DNA-Spuren konnten inzwischen auch Jahrzehnte später noch untersucht werden, wenn die Bedingungen dafür günstig waren. Es gab in der modernen Polizeiarbeit nichts, was es nicht gab. So auch diesen Fall. »Ich muss zu Katzinger«, sagte Metz nicht ohne Bedauern in der Stimme. »Die Entscheidung liegt bei ihm.« Hilde und Kevin nickten. Beide wussten, wie der Katzbuckler sich in einem Fall mit so prominentem Hintergrund entscheiden würde. Sie konnten Wetten abschließen, welche uninspirierte Redewendung er dafür nutzen würde: Kopf aus der Schlinge ziehen, Füße stillhalten, den Ball flach halten, keine schlafenden Hunde wecken. Seine Vorliebe für Plattitüden war im gesamten Präsidium fast so legendär wie seine Inkompetenz und seine Rückgratlosigkeit. Metz wagte einen Scherz: »Na, dann beiße ich mal in den sauren Apfel«, und ließ sich im Vorzimmer des ehrwürdigen Herrn Hofrats anmelden. »Haben Sie kein Ass mehr in Ihrem digitalen Ärmel, Kevin?«, fragte Hilde. Doch sie kannte die Antwort. Wenn Kevin fündig geworden wäre, hätte er sie darüber nicht im Unklaren gelassen. Er litt anscheinend genau wie sie darunter, dass dieser Fall nichts hergeben wollte. »Nein, leider. Es ist wie verhext. Auch die Recherchen zu den Todesfällen in den Einrichtungen, in denen Linda Ledec gearbeitet hat, sind nicht sehr ergiebig gewesen. Menschen ab einem gewissen Alter sterben nun einmal überdurchschnittlich oft. Und so perfekt, dass niemand Verdacht geschöpft hätte, hätte sie das sicher nicht hinbekommen. Bei der Dokumentationswut, die in solchen Institutionen herrscht, wäre jemandem bestimmt etwas aufgefallen.« »Was ist mit unserem mutmaßlichen Kriegsverbrecher?«, startete Hilde noch einen letzten Versuch. Wenn schon der Mörder von Linda Ledec davonkommen sollte, dann wenigstens kein so abgrundtief böser Mensch wie ein potenzieller Massenmörder. »Da bin ich noch dran. Aber die Chancen stehen 50:50, dass ich handfeste Beweise liefern kann.« Hilde nickte. Sie hätte Lust auf Chanel oder Gucci. Lumpi musste sie in letzter Zeit immer öfter mit dem Herrn auf der Bank teilen, der für Hildes Geschmack eindeutig zu gesprächig war, jedenfalls im Vergleich zum mausetoten Lumpi. Wahrscheinlich war er nur höflich, aber sogar das war ihr an manchen Tagen zu viel. Sie vermisste die Euphorie, die das Lösen eines Mordfalles mit sich brachte. Sie wollte sich wichtig fühlen und Teil einer Spur von Gerechtigkeit sein. Es reichte Hilde Attensam völlig aus, nur ein kleines Rädchen im Getriebe zu sein. Doch dieses musste seinen Beitrag leisten, sonst war am Ende des Tages alles umsonst.

Hopfen und Malz verloren war auch bei jedem Versuch, mit Hofrat Leo Katzinger ein Gespräch unter professionell agierenden Erwachsenen zu führen. Sein puterrotes Kindergesicht war in Schmolllaune, das konnte Metz schon beim Eintreten in das überladene Chefbüro erkennen. Wie immer nickte er nur, was so viel wie ›Setzen!‹ bedeutete. Metz hoffte wie immer auf einen schnellen schmerzlosen Tod dieser Konversation. Das Gute an Protegés wie Leo Katzinger war ihre geringe Belastbarkeit. Wer die Karriereleiter im Schnelldurchlauf erklommen hatte, wusste wenig über das echte Arbeitsleben an der Front. Die mühsame Kleinarbeit einer Ermittlung, das vergebliche Befragen von allen möglichen Zeugen, die Tomaten auf den Augen und das Schmalz in den Ohren hatten manche erfahrene Ermittler mit der Zeit mürbe, aber auch zäh zu gleichen Teilen gemacht. Der geschniegelte Polizeichef hingegen kannte nur die sterilen Laborbedingungen seines Bürokratenalltags. »Was macht der Fall Ledec?«, fragte er knapp. Anscheinend hatte er das Interesse an dieser Unterhaltung schon verloren, bevor sie begonnen hatte. Metz fasste zusammen. Es war eine echte Kurzversion, da es schlicht und ergreifend keine Ergebnisse gab. »Keine forensischen Beweise?«, hakte Katzinger nach. Er liebte ›CSI‹ und glaubte fest daran, dass die Beweisketten im echten Leben ähnlich schnell und simpel zustande kamen wie im Fernsehen. »Nein. Alles deutet auf einen unbekannten Täter hin«, antwortete Metz. »Was ist mit Fingerabdrücken im

Haus?« Als ob die Spurensicherung da nicht schon von selbst darauf gekommen wäre! »Ruhig bleiben«, dachte sich Metz und sagte stattdessen: »Fehlanzeige. Außer jenen der Familienmitglieder wurden keine im Haus gefunden.« Eine kurze ungemütliche Pause entstand. Wenn Leo Katzinger zum Nachdenken ansetzte, kam selten etwas Gutes für andere dabei heraus. »Und die Alibis sind wasserdicht?«, legte er noch nach, sah jedoch mit einem Blick dabei schon wieder auf seine protzige Armbanduhr. Vermutlich standen Golf oder Tennis noch auf dem Programm. Metz nickte erneut. »Die Familienmitglieder, die körperlich dazu in der Lage gewesen wären, haben ein Alibi. Amon und Chantal Ledec waren zusammen, Stefan Ledec war die ganze Nacht im Rettungswagen unterwegs, und Martin Ledec besteht darauf, den Namen seines Alibis so lange zu schützen, bis wir konkrete Anschuldigungen gegen ihn vorbringen können. Und das können wir nicht. Außer ihnen waren nur noch die beiden Kinder und Charlotte de la Warenne im Haus.« Leo Katzinger faltete seine Hände, als ob er zum Gebet ansetzen würde, und sagte dann: »Dann informieren Sie die Familie, dass wir die Ermittlungen einstellen werden. Ich informiere den Staatsanwalt.« Metz erhob sich mit einer Mischung aus Frustration und Erleichterung. Es gab Fälle, die eben nicht zu knacken waren. Es würde nichts bringen, hier noch lange wertvolle Ressourcen zu vergeuden, wenn weit und breit keine aussichtsreiche Spur zu entdecken war. Es würde sie auch keiner Lösung näher bringen, Martin Ledec samt Anwalt vorzuladen. Sie würden sich nur der Lächerlichkeit preisgeben. Er würde die Familie aufsuchen und ihnen mitteilen müssen, dass der Mordfall Linda Ledec bis auf Weiteres ungeklärt bleiben würde. Neue Hinweise oder Spuren konnten sich immer noch ergeben, doch der Instinkt des altgedienten Ermittlers in ihm sagte Metz, dass es in diesem Fall nicht so sein würde. Die ganze Sache war von Tag 1 an mehr Familienangelegenheit als Mordfall gewesen. Es würde ihn nicht überraschen, wenn auch das Aufspüren und Verurteilen des Täters intern geregelt werden würde. Solchen Familien wie den Ledecs musste man alles zutrauen. Er wusste das, denn seine funktionierte genau gleich.

Amon Ledec Junior hatte noch nicht oft geweint in seinem Leben. Als Kind war es ihm verboten worden – ›Schwächling!‹ hatten Vater und Mutter ihn dann genannt. Bei der Beerdigung seines Vaters hatte sich ein Teil von ihm dazu verpflichtet gefühlt, doch eigentlich war er ganz und gar nicht betrübt über das Ableben des alten Herrn gewesen. Er hatte nie verstanden, wie genau das Machtgefüge innerhalb seiner Familie funktionierte. Warum hatte Martin so viel natürliche

Autorität? Fast schien es, als ob der Vater Angst vor seinem Ältesten hätte. Und warum mischte Mutter sich nie ein? Sie gab sich damit zufrieden, hübsch auszusehen und in ihrem Salon Patiencen zu legen. Die Kinder überließ sie Ida. Seine Kindheit hatte vorwiegend bei ihr in der Küche stattgefunden. Und genau hier saß er nun und weinte hemmungslos. »Er hätte dir das nicht erzählen dürfen«, versuchte sie ihn zu trösten. Wenigstens probierte sie es nicht mehr mit Kakao und Ingwerkeksen, so wie vor 30 Jahren noch. »Ihr habt mich alle angelogen«, sagte er tonlos, während ihm immer noch Tränen über die Wangen liefen. »Wir haben dich beschützt, Amon, das ist ein Unterschied.« Dass es Lücken in seinen Erinnerungen gab, was Kindheit und die frühen Jahre betraf, war ihm nie merkwürdig vorgekommen. Er erinnerte sich an so viel Gutes und Schönes, da machten ein paar weiße Flecken auf der Gedächtnislandkarte nichts. »Wie lange ging das so mit Vater?« Ida legte ihre raue, trockene Hand auf seine. »Dein Vater war kein guter Mensch. Deine Mutter hätte ihn nie heiraten sollen, aber sie hatte nun einmal keine Wahl. Das war damals so üblich.« »Und seine Kinder grün und blau zu schlagen, war das auch üblich?« Ida sagte nichts, was alles dazu sagte. »Wieso hat er dir das überhaupt erzählt? Er hat kein Recht dazu, über Familienangelegenheiten zu sprechen. Er ist nur ein Angestellter. Die sollten ihre

Plätze kennen.« Ida war immer streng, wenn jemand die Grenzen überschritt. Amons Abschiedsgespräch mit dem Werksleiter hatte eine ganz andere Richtung genommen, als der junge Ledec sich das in seiner einfachen Sicht auf die Dinge vorgestellt hatte. »Nach allem, was Martin für Stefan und dich getan hat, lasst ihr ihn im Stich?«, hatte Erich Brozek vorwurfsvoll geantwortet, als Amon ihm von seinen Plänen erzählte. »Was meinst du damit? Martin hat mich immer nur behandelt wie ein Kind. Ich wurde bevormundet und nie wirklich in die Geschäftsführung der Firma eingebunden, wie es hätte sein sollen.« »Das meine ich doch gar nicht. Aber wahrscheinlich kannst du dich nicht mehr erinnern. Du warst ja noch so klein.«

In jungen Jahren hatte Gräfin Charlotte die Romane von Tolstoi regelrecht verschlungen. Man hätte es schon als unheiliges Omen betrachten können, dass ihr seine ›Anna Karenina‹ ganz besonders ans Herz gewachsen war. Je älter sie wurde, desto besser verstand sie das Leitmotiv daraus: »Jede Familie ist auf dieselbe Weise glücklich. Nur in ihrem Unglück unterscheiden sie sich.« Wenn sie heute, mit 85 Jahren, auf ihre Familiengeschichte blickte, verstand sie nur zu gut, was Tolstoi damit gemeint hatte. Schon ihre Großeltern und Eltern hatten nicht gerade wenig Schuld auf sich geladen. Familienbesitz wie jener der La Warennes entstand nicht nur durch harte Arbeit und Fleiß. Die Rolle ihrer Ahnen in den beiden großen Kriegen war mehr als geheimnisumwittert gewesen. Und die Art und Weise, wie sie von ihrem Vater bei einer Flasche Cognac des besten Jahrgangs an Amon Ledec verschachert worden war, zeugte auch nicht gerade von einem guten Menschen. Ihre Flucht war die logische Konsequenz daraus gewesen. Doch es hatte sie nicht überrascht, als die Schergen ihres Vaters sie in Cannes aufgespürt und nach Hause zurückgebracht hatten. Ihr Leben gegen das von Serge. Das war der Deal gewesen. Und für wen würde man sein Leben lieber opfern als für seine große Liebe? Mit großem Geschick, viel Mühe und den damals üblichen, blumigen Umschreibungen (Charlotte fährt zur Kur in der Schweiz) hatte man die ›Sache‹ regeln können, bevor der bereits ungeduldig wartende Bräutigam aus Wien das nächste Mal in den heiligen Hallen des Familienschlosses eintraf. Zwar wurde er langsam ungehalten und begann, lästige Fragen über den Verbleib seiner Braut zu stellen, doch ihr Vater vertröstete ihn. Mit der Aussicht auf eine umso strahlend schönere, weil eben bestens erholte Braut, die in der Schweiz noch einmal so richtig im Jungbrunnen baden durfte, bevor sie die Ehefrau des Fabrikanten wurde, konnte man damals noch punkten. Die Ungeduld von Amon Ledec hatte sich natürlich nicht auf Charlotte oder irgendwelche romantischen Gefühle bezogen. Er brauchte das Geld, das ihre Mitgift ausmachte. Die Firma musste nach den Kriegswirren dringend neu ausgerichtet werden. Kein Mensch wollte mehr überlebenswichtige Trockennahrung oder minderwertige Instantprodukte kaufen. Die Leute hatten mehr Sehnsucht denn je, sich einen kleinen Luxus zu gönnen, der sie all die schrecklichen Jahre der Entbehrungen vergessen ließ. Und Amon Ledec hatte vor, diese Sehnsucht zu stillen und zeitgleich ein Vermögen damit zu verdienen. Doch dafür musste investiert werden, dafür brauchte er Geld. Seine Familie hatte trotz ihrer Verstrickungen im Zweiten Weltkrieg diese Jahre unbeschadet überstanden. Niemand wollte sich mehr an die Lager im Keller und auf dem Werksgelände erinnern oder an irgendetwas anderes aus dieser Zeit. Die Menschen wollten Schokolade und Bohnenkaffee, Cognac und Kakao, Champagner, Kaviar und echte türkische Zigaretten, nicht die selbstgedrehten aus dem Tabak, den sie zwischen den Maisfeldern angebaut hatten und am Dachboden auf Schnüren hängend trockneten. Als Gräfin Charlotte aus der Schweiz zurückkam, war sie eine andere. Die war sie nach ihrer ›Cannes-Eskapade‹ schon gewesen, wie ihre Eltern die beste Zeit ihres Lebens genannt hatten. Doch nun war etwas endgültig in ihr zerbrochen. Die junge, wunderschöne und unbeschwerte Gräfin, die die Herzen der Männer reihenweise brechen und sich auch noch darüber lustig machen konnte, gab es nicht mehr. An ihre Stelle gerückt war die kühle, passive und stets abwesend wirkende Charlotte de la Warenne, zukünftige Ledec von Ritschau. Erstaunlicherweise konnte sie es kaum erwarten, mit dem düster wirkenden Fabrikanten nach Wien zu reisen. Jeder Ort wäre ihr recht gewesen, der sie nur möglichst weit von ihrem Elternhaus und den Verbrechen, die man ihr dort angetan hatte, wegbrachte. Dass diese Reise sie vom Regen direkt in die Traufe führen würde, ahnte sie damals noch nicht. Heute, mehr als 60 Jahre später, erkannte sie die Spur der Verwüstung, des Schmerzes und der Trauer, die sich wie ein roter Faden durch ihre Familiengeschichte hindurchzog. Schon bei der Geburt von Martin wusste sie beim ersten Blick auf das Kind, dass sie es niemals würde lieben können. Sie drückte es Ida in den Arm und wollte einmal mehr für einen kurzen Moment am liebsten sterben. Doch ein Gedanke hielt sie davon ab und ließ ihr keine Ruhe. Etwas in ihrem Inneren wusste, dass Serge noch lebte und das Kind vielleicht irgendwo glücklich war und auf sie wartete. Der wunderschöne Knabe von damals, den sie in dem sterilen Sanatorium zur Welt gebracht hatte, wäre heute 60 Jahre alt geworden. Sie hatte seinen Geburtstag jedes Jahr im Stillen gefeiert. Ihren Ehemann hatte sie schon bald noch mehr verachtet und gehasst als ihre Eltern, doch aus diesem Gefängnis gab es kein Entkommen mehr. Ihr Vater hatte ihr in aller Deutlichkeit klargemacht, dass seine Männer Serge immer wieder finden konnten. Würde sie aus der Reihe tanzen und ihrem Ehemann Schwierigkeiten bereiten, würde der nächste Besuch bei ihm noch schmerzhafter enden als der letzte. So vergingen die Jahre. Mit der Geburt von Amon Junior hatte sie endgültig resigniert. Nicht einmal eine Tochter war ihr vergönnt gewesen. Zu dieser hätte sie vielleicht eine Bindung aufbauen können, ihr ein schönes Leben ermöglichen. Die ›Buben‹ gehörten Amon, und das demonstrierte er bei jeder sich bietenden Gelegenheit. Es war ihr nicht egal gewesen, wenn er die Kinder windelweich prügelte. Lieber war sie es, die die Hiebe abbekam. Doch an manchen Tagen fehlte ihr schlichtweg die Kraft, dazwischenzugehen. Kraft hingegen hatte Martin, ihr Ältester, mehr als genug. Aus dem verzweifelten Kind, das den Vater anbettelte, ihn statt der kleinen Brüder zu züchtigen, wurde ein stiller, in sich gekehrter aber zutiefst zorniger Teenager. Der eine Abend, als Martin den Kampf gegen seinen Vater zu seinen Gunsten entschieden hatte, würde Gräfin Charlotte nie vergessen. Seither wusste sie, dass sie sich um die Jungen keine Sorgen zu machen brauchte. Sie hatten einander, und Martin würde die Rolle einnehmen, die eigentlich die ihre gewesen wäre, wäre nicht das Leben schon vor langer

Zeit aus ihr gewichen. Dass Martin sie nun entmündigen ließ, kam ihr gerade recht. Die wenigen Jahre, die ihr noch blieben, wollte sie mit sich und ihren Erinnerungen verbringen. Sie hatte dieser Familie genug geopfert. Den schönen Schein nach außen hin aufrecht zu erhalten, solange es ihr möglich gewesen war, sah sie als ihre eigentliche Leistung an. Abgesehen von kleineren Korrekturmaßnahmen, die im Laufe der Jahre einfach notwendig gewesen waren. Es kostete Charlotte de la Warenne ein müdes Lächeln, wenn sie daran dachte, wie erfolgreich sie jedes Mal gewesen war, wenn sie ihr Schattendasein zu ihrem Vorteil hatte nutzen können. Allerdings durfte man das Schicksal nicht zu oft herausfordern. Sie war immerhin mit drei Morden davongekommen. Keine schlechte Bilanz für eine so alte, gebrechliche und nun auch offensichtlich stark demente Frau. Einen größeren Gefallen, als sie entmündigen zu lassen, hätte ihr ihr Großer gar nicht tun können. Ob er etwas ahnte? Wohl kaum. Niemand hatte je mit ihr gerechnet. Alle Männer, die ihren Weg gekreuzt hatten, einschließlich ihrer Söhne, hatten früher oder später den Fehler begangen, sie zu unterschätzen. Doch dieses Wissen würde sie mit ins Grab nehmen. Wie sagte Mark Twain einst: »Das schönste aller Geheimnisse ist es, ein Genie zu sein und es als Einziger zu wissen.«

»Ich freue mich für dich, Katharina. Wirklich. Ales Gute für dich.« Sie verabschiedeten sich wie Kollegen. Doch ihr konnte das nur recht sein. Insgeheim hatte Katharina Adam gegraut vor diesem Gespräch, doch Martin hatte ihr Fortgehen mit derselben Contenance aufgenommen, mit der er die Quartalsberichte studierte. Sie war erleichtert, dass er ihr keine Schwierigkeiten machte. Zwar war der Vertrag für ihre Arbeit am Firmenarchiv sehr großzügig interpretierbar und wahrscheinlich auch ganz bewusst sehr frei formuliert gewesen, doch theoretisch hätte er ihr sicher die Daumenschrauben ansetzen können, wenn er gewollt hätte. In ein paar Tagen schon würde sie sich auf nach Oxford aufmachen, das Mekka aller Historiker*innen. Ein Traum wurde wahr, und Katharina hatte nicht vor, sich diesen durch ein schlechtes Gewissen oder gar einen letzten Rest romantischer Hoffnungen zunichtemachen zu lassen. Es war dumm von ihr gewesen, sich auf eine Affäre mit einem Arbeitgeber einzulassen. Dumm, aber für ein paar kurze Momente auch sehr schön.

Horst Schmidinger liebte Herausforderungen. Er hätte sich sonst bei der Berufswahl arg vergriffen, wenn dem nicht so wäre. Doch noch mehr liebte er Ergebnisse und zufriedene Kund*innen. Martin Ledec war mit Abstand einer seiner wichtigsten Auftraggeber und eine fixe Größe, was seine Einnahmen betraf. Allein schon aus diesem Grund war es keine Frage, dass er seine Aufträge bevorzugt bearbeitete. Er hatte Himmel und Hölle (mehr Hölle als Himmel, aber immerhin) in Bewegung setzen müssen, um irgendetwas über die beiden Männer auf dem Foto von der Beerdigung herauszufinden. Bis jetzt sah die Sache sehr dürftig aus. Nicht einmal seine anonymen Freunde aus dem Internet konnten helfen. Einen Tag vor der Beerdigung allerdings war ein Privatflugzeug in Wien gelandet, welches zwei Personen an Bord hatte, auf die die Beschreibung passen konnte. Wenigstens saß einer davon im Rollstuhl, das grenzte die Suche immerhin ein wenig ein. Danach allerdings verlor sich ihre Spur. Der Jet stand immer noch am Hangar der Charterflüge. Die Chancen standen also gut, dass die mysteriösen Gäste noch in Wien waren. Das Gute an den Reichen und Schönen war ihre Berechenbarkeit. Es gab in Wien vielleicht drei Hotels, die den Ansprüchen von Menschen genügten, die mit dem eigenen Flugzeug aus der Schweiz anreisten. Wenn sie nicht – was unwahrscheinlich, aber möglich war – privat untergebracht waren, würde Horst Schmidinger sie bald gefunden haben. Hotels neigten dazu, ihr Personal chronisch unterzubezahlen, besonders die hochpreisigen machten diesen Kardinalfehler immer noch. Diskretion großzuschreiben, war nicht schwierig, wenn man naiverweise auf Kadavergehorsam seiner Angestellten hoffte, ihnen aber keinerlei Anreiz dafür bot. Wer behauptete, dass man Loyalität nicht kaufen konnte, sollte einmal Geschäftsmänner wie Martin Ledec nach ihrem Erfolgsgeheimnis fragen.

Am anderen Ende der Stadt musste Martin Ledec in diesem Moment erkennen, dass man doch nicht alles im Leben mit Geld regeln konnte. Horst Schmidingers Theorie wurde von Amon Junior gerade aufs Brutalste ad absurdum geführt. Obwohl – eigentlich doch nicht, wenn man ehrlich war. Doch vorerst galt es, entrüstet zu sein: »Wer hat dir davon erzählt?«, fragte Martin seinen Bruder, und er wirkte für seine Verhältnisse fast ein wenig wütend. Es geschah selten, dass der beherrschte und als gefühlskalt geltende große Bruder emotional reagierte. »Das spielt doch keine Rolle. Ihr hättet mir das sagen müssen. All die Jahre habt ihr mich wie ein Kind behandelt, und ich habe euch gehasst dafür.« »Hasst du mich jetzt weniger?«, gab Martin sarkastisch zurück. »Dafür, dass du jahrelang Prügel eingesteckt hast, die eigentlich für Stefan und mich gedacht waren? Ja, tatsächlich, so ein Wunder aber auch!« Martin runzelte die Stirn. Die Vergangenheit war etwas, womit er nicht gut umgehen konnte. Jedenfalls jene, die die Familie betraf. »Es spielt keine Rolle mehr, Amon. Vater ist lange tot, und wir müssen weitermachen. Ich finde, das hat ganz gut geklappt, angesichts einer solchen Kindheit. Meinst du nicht?« Amon war sprachlos. Wie konnte man nur so kalt sein? »Wenn ich das gewusst hätte …«, wagte er einen neuen Vorstoß. Chantal hatte er von diesen Enthüllungen gar nichts erzählt. Es ging ihr so gut wie schon lange nicht mehr. Ein weiteres grausames Ledec-Geheimnis würde sie nicht verkraften. Er war sich nicht einmal sicher, ob er das so ohne Weiteres konnte. Martin versuchte, ihn zu beruhigen: »Du warst noch so klein, Amon. Es reichte, dass Stefan und ich in seiner Schusslinie waren. Und Mama natürlich auch. Und später haben wir es mit dem Beschützen vielleicht ein wenig übertrieben, das gebe ich ja zu.« »Aber wieso geht dann Stefan weg, wenn er weiß, was du ihm schuldest?« Seine kindliche Art, zu argumentieren, besänftigte Martin ein wenig. Der Kleine würde wohl immer der Kleine bleiben. »Das ist gerade der Punkt, den Stefan versteht und du nicht. Ihr schuldet mir gar nichts. Schon gar nicht euer Leben und eure Freiheit, zu tun und zu lassen, was ihr möchtet, Amon. Findest du nicht, dass es einmal gut sein muss mit all dem Leid und dem Elend? Geh in die Schweiz, bau dir dort mit Chantal ein neues Leben auf. Werde glücklich! Wenigstens einer von uns sollte das versuchen.« Amon fühlte sich wie ein mieser Verräter. Er mochte gar nicht daran denken, dass er sich am Abend mit dem

Schweizer Anwalt und dessen geheimnisvollem Klienten wegen seiner Firmenanteile hatte treffen wollen. Ohne zu zögern, hätte er einem wildfremden Menschen den Vorzug vor der eigenen Familie gegeben. Das brachte er nun natürlich nicht mehr über sich. Behalten allerdings wollte er seinen Anteil an der Firma auch nicht mehr. Jetzt, nachdem er all diese Dinge über seinen Vater erfahren hatte, wollte er keinerlei Bindung mehr zu ihm. Das Geld ja, die Fesseln nein. »Ich möchte meine Anteile verkaufen«, sagte er daher und blickte Martin direkt in die Augen. »Du wärst natürlich meine erste Wahl«, log er. Gut, dass man ihn nie für voll genommen hatte. Bis gestern hätte er es noch genossen, Martins dummes Gesicht zu sehen, wenn plötzlich ein Fremder Miteigentümer von ›La Warenne Schokoladen‹ geworden wäre. Amon hätte damit gegen ein eisernes Familiengesetz verstoßen. Doch nun war alles anders. Er wollte den Schnitt immer noch, doch den Stich ins Herz würde er Martin ersparen. Dieser tippte kurz auf seinem Laptop herum und nannte Amon den Tageskurs der Aktien. »Wenn du einverstanden bist, regle ich das sofort, und du hast das Geld morgen auf deinem Konto?«, bot er dem kleinen Bruder an. Dieser nickte. Es war die beste Lösung. Das schlechte Gewissen nagte immer noch an ihm, dass er zu so einem Verrat überhaupt fähig gewesen wäre. Am Weg nach draußen zückte er sein

Handy. Er wählte die Nummer, die der Schweizer Anwalt ihm gegeben hatte, und ließ sich über seinen Telefondienst zu ihm durchstellen. Die Schweizer spielten auf Sicherheit in allen Lebenslagen, das musste man ihnen lassen. Das Gespräch würde unangenehm, aber kurz ausfallen. Amon hatte noch nichts unterschrieben. Was das betraf, hatte er von Martin doch so einiges gelernt.

Kapitel 25: Feine Dame

Martin Ledec drückte zeitgleich in seinem Büro auf den Knopf der Gegensprechanlage und bat Margot herein. Prompt erschien sie in der Tür, pflichtbewusst und erwartungsvoll wie eh und je. Sie erinnerte ihn manchmal an einen lieben, aber nicht sehr cleveren Hund, der für sein Herrchen jederzeit durch brennende Reifen springen würde. Ekelhaft, wenn man näher darüber nachdachte. »Kannst du bitte Erich holen?« Sie nickte und verschwand dann wieder so schnell und unauffällig, wie sie gekommen war. Wenig später klopfte es an der angelehnten Tür, und Erich Brozek trat ein. Der Grund, warum der ›erste Mann im Werk‹ noch immer so an seinem schäbigen Büro festhielt, war hauptsächlich der, dass er sich dort nie aufhielt. Er war ständig unterwegs und weigerte sich, sein Handy einzustecken. Es hatte Margot vermutlich drei oder vier interne Anrufe gekostet, um ihn aufzuspüren. Ohne Erich lief schon seit über 30 Jahren nichts mehr in der Firma. Ihn konnte man um alles bitten, und solche Angestellten waren selten und unbezahlbar. Nun, Letzteres waren sie, Gott sei Dank, dann doch nicht. »Setz dich bitte«, bot ihm Martin den Stuhl an, auf dem bis vor ein paar Minuten noch Amon vor sich hin gelitten hatte. »Und?«, fragte er. »Es hat geklappt. Ich danke dir«, antwortete Martin

Ledec zufrieden. »Nichts zu danken. Ich finde es nach wie vor nicht in Ordnung, dass er sich einfach aus dem Staub macht.« Martin nickte, sagte dann aber nur: »Er hat nie wirklich in die Firma gepasst. Wahrscheinlich haben wir zu viel von ihm ferngehalten. So wird man kein Teil von diesem Ganzen.« Erich nickte. Er hatte den kleinen und später den jungen Martin nicht nur einmal heimlich zum Arzt gebracht. Eine angeknackste Rippe, ein gebrochener Arm, Blutergüsse am ganzen Körper. Er hatte es nicht mitansehen können, wie der alte Ledec seine Söhne quälte. Doch seine Loyalität galt der Hand, die seine Rechnungen bezahlte. Martin hatte sich im Laufe der Jahre, in denen sie niemals auch nur ein Wort über diese Vorkommnisse verloren hatten, mehr als nur erkenntlich gezeigt. Ohne die Familie Ledec hätte Erich Brozek keine eigene mehr. Martin hatte ihn vor über 20 Jahren als eine seiner ersten Amtshandlungen als neuer Chef für drei Wochen diskret in ein anderes Bundesland verfrachtet, offiziell zu einer Schulung. In Wahrheit hatte Erich Brozek sich dort einem Alkoholentzug unterzogen, der nicht nur sein Leben, sondern vor allem seine Ehe gerettet hatte. Martin hatte ihn als Einziger dort besucht. Geredet hatten sie nicht viel. Das hatte sich bis heute nicht geändert. Zwischen ihnen herrschte eine Art stilles Einverständnis, von einem großen Schweiger zum anderen. »Was macht dein Sohn? Immer noch begeistert von Boston?«, fragte Martin. Erich nickte. Seine Augen begannen zu leuchten wie jedes Mal, wenn man ihn auf seinen fleißigen Jungen ansprach. »Er bekommt jetzt schon Jobangebote von großen Firmen. Dabei hat er noch mindestens zwei Semester vor sich. Er macht das großartig.« Martin freute sich aufrichtig mit ihm. »Ihr solltet ihn mal besuchen dort, findest du nicht?«, antwortete er und holte einen Umschlag aus seiner Schreibtischschublade. Margot hatte zwei First-Class-Tickets nach Boston besorgt und einen Hotelgutschein gleich mit dazu. Bargeld würde Erich Brozek nie im Leben von Martin annehmen, das wusste dieser bereits. Doch gegen eine helfende Hand oder einen Anruf dort und da, der dem Arbeitersohn Felix Brozek aus Wien ein Stipendium am MIT verschafft hatte (Spenden wurden dort gerne genommen), hatte er nichts einzuwenden gehabt. Martin fühlte sich in seiner Schuld, obwohl er wusste, dass der inzwischen auch schon in die Jahre gekommene Mann nichts davon hören wollte. »Du willst mich loswerden!«, scherzte er, nahm den Umschlag aber entgegen. Seine Frau wäre begeistert, sein Sohn würde sich ebenfalls freuen. Und nur das zählte – die Familie. »Nur für zwei Wochen, Erich, keine Sorge. Das mit dem Ruhestand hat noch Zeit.« Martin hätte gerne einen Vater wie ihn gehabt. Doch dann wäre er heute nicht der, der er war. Seit 15 Minuten circa bedeutete das konkret: Haupteigentümer und Mehrheitsaktionär von ›La Warenne Schokoladen‹.

Der Anruf kam ungelegen für Maxime Spyra. Der Anwalt war es nicht gewohnt, zu verlieren, schon gar nicht, bevor eine Sache überhaupt begonnen hatte. Dass Amon Ledec sein Angebot zurückzog, war ärgerlich. Sein Klient würde enttäuscht sein, keine Frage. So nahe war man dem La Warenne-Imperium noch nie gekommen. Stets hatten sie Vorsicht walten lassen bei all ihren nächsten Schritten. An die Öffentlichkeit drang kaum etwas, das nicht der kontrollierten Medienfütterung dienen sollte. Martin Ledec war zwar nur ein paar Jahre jünger als er selbst, doch er erweckte in allem, was er tat, den Eindruck, ein alter Fuchs zu sein, der mit allen Wassern gewaschen war. Er blickte auf den alten Mann im Rollstuhl, der neben ihm auf der sonnigen Terrasse der Villa saß, eine Decke auf dem Schoß und die Augen geschlossen wie fast immer im Freien. Er legte kurz seine Hand auf die sehnige, von Altersflecken übersäte Hand des Alten. »Was ist?«, schreckte dieser aus seinem Nickerchen hoch. »Tut mir leid, Papa. Der junge Ledec hat es sich anders überlegt.« Serge Dupris richtete sich auf, so gut es ging. Viel Spielraum ließ ihm sein Körper nicht mehr. »Das macht nichts, Junge. Die Firma ist ohnehin nicht das, was wir wirklich wollen. Lass uns zu ihr fahren, solange ihr wachsamer Sohn noch mit dem Geldvermehren beschäftigt ist.« Maxime Spyra rief nach dem Fahrer. Geld brachte definitiv eine ganz Menge Vorteile mit sich. Er hätte die Übernahme der Firmenanteile nur zu gern für seinen Vater abgewickelt. Den Jungen an den Haken zu bekommen, war nicht schwierig gewesen. Als Einzelkind wusste Maxime zwar nicht viel darüber, wie es war, als Ersatzsohn nur das fünfte Rad am Wagen zu sein. Doch Amon Ledec war gesprächig gewesen damals in der Schweiz, als sie sich ›zufällig‹ kennenlernten. Sein Vater, sein richtiger Vater, war Künstlerseele durch und durch. Geld bedeutete für ihn Strom, Heizung, Leinwand und Farbe. Sein Adoptivvater hingegen hatte ihm alles beigebracht, was man in der Schweiz über Geld wusste. Und das war eine ganze Menge. Vermutlich kam er mehr nach seiner Mutter, aber wissen konnte er das natürlich nicht. Er würde sie heute zum ersten Mal in seinem Leben treffen. Zum zweiten Mal, streng genommen. Die Geschichte, wie die Spyras ihn in dem Waisenhaus entdeckt hatten, erzählten sie oft genug. Für sie der schönste Tag ihres Lebens, für Maxime der erste Tag seines ihm zugedachten Lebens. Trotzdem machte er sich – wie alle Adoptivkinder – ständig Gedanken, wer wohl seine Mutter gewesen war und warum sie ihn nicht hatte behalten wollen. Dankenswerterweise hielt man in der Schweiz – und damals schon gar nicht – nicht allzu viel von anonymer Adoption. An die Unterlagen zu kommen, war für den späteren Staranwalt und Medienliebling nicht schwierig gewesen. Der wirklich schwierige Teil würde heute auf ihn zukommen.

Cornelius Metz wuchtete den letzten Karton von A nach B. Dafür, dass er nicht viel hatte mitnehmen wollen von seinem früheren Leben in sein neues, war ganz ordentlich etwas zusammengekommen. Seine Mutter hatte dafür gesorgt, dass er wirklich nur mehr den Schlüssel in Empfang nehmen und die Männer von der Umzugsfirma zur Tür hereinlassen musste. Das alte Haus samt Gartenlaube hatte er selbst gar nicht mehr betreten. Als der Letzte der kräftigen Männer sein neues Zuhause verlassen hatte, tat Metz das, was er sich schon seit zwei Wochen ausmalte, als erste Amtshandlung in seinem neuen Domizil. Er öffnete die Tür zur kleinen Dachterrasse und trat einen Schritt hinaus, dann noch einen. Er war sich bis zu diesem Moment nicht sicher gewesen, inwiefern seine Angstzustände sich auf Höhe und Weite auswirkten. Beides hatte er souverän vermeiden können in den letzten zweieinhalb Jahren. Die enge, vollgeräumte Gartenlaube war diesbezüglich keine Herausforderung für ihn gewesen. Er atmete die für Großstadtverhältnisse erstaunlich gute Luft ein. Die Aussicht war berauschend. Man konnte fast ganz Wien überblicken, und zwar den schönen Teil davon. Dieser Bereich der Wohnung würde sein neuer Lebensmittelpunkt werden. Im Sommer konnte man vielleicht sogar hier draußen campieren. Nach all den Monaten in einem Gefängnis war Freiheit der verlockendste Teil dieses neuen Lebens. Für den nächsten Tag hatte er sich in der Villa Ledec angekündigt. Man hatte ihn zum Mittagessen eingeladen. Vermutlich wusste die Familie schon, dass der Fall kurz davor stand, als Cold Case zu enden, und somit im Archiv. Üblicherweise hätte Metz diese Sackgasse mehr zu schaffen gemacht. Doch die neue Aussicht stimmte ihn in jeder Hinsicht optimistisch.

Hilde Attensam wusste, was es bedeutete, wenn man rückfällig wurde. Sie spürte das Zittern in ihren Händen, das Herzrasen in ihrer Brust und den leichten Schweißfilm, der sich kühlend auf ihre Stirn legte. Lumpi hatte heute kläglich versagt. Seine Magie und sein Charme wirkten nicht mehr so wie früher. Es konnte daran liegen, dass er tot auf dem Tierfriedhof lag, aber auch an dem Mann, mit dem Hilde jetzt immer die Bank vor seinem Grab teilen musste. Es war nicht so, dass sie die Einsamkeit nicht kannte. Aber sie hatte sich nie dazu hinreißen lassen, wildfremde Menschen daran teilhaben zu lassen. Der Gesprächsbedarf des eleganten Herren jedenfalls schien enorm zu sein, weshalb Hilde sich hier und jetzt im Mekka der Secondhand-Designerklamotten wiederfand und einigermaßen dringend einen Kick benötigte. Es war schon schlimm genug, die schönen Teile lieblos auf billige Plastikkleiderbügel auf ebenso minderwertige Ständer gestopft vorzufinden. Doch die Menschen, die hierherkamen, suchten üblicherweise nicht nach Trost und Seelenfrieden in textiler Form, sondern nach einem Schnäppchen. Und mehr als das konnte Hilde sich ebenfalls nicht leisten. Die Auflösung ihres geheimen Depots hatte sie letztendlich doch noch Geld gekostet. Nicht von allen ihren Schätzen hatte sie sich zeitgerecht trennen können. Secondhand war zwar nur ein schwacher Trost, aber besser als gar keiner. Sie raffte den Pareo mit dem Schmetterlingsprint zusammen und erstand noch ein Paar schicke Hausschuhe von Gucci mit dem berühmten Design in Rot-Grün-Gold. Diese beiden Teile würden wenigstens zum Einsatz kommen und nicht nur als Schrankdekoration enden. Sie bezahlte 240 Euro dafür – so viel zum Thema Schnäppchen – und verließ den Laden. Ein Abend mit Agatha Christie und einem Schaumbad rief nach ihr. Mehr konnte sie nicht tun, um den Frust über die die Sackgasse zu verarbeiten, die der Fall Linda Ledec ihnen bescherte. Es war ärgerlich, zutiefst ärgerlich, wenn sich solche Fälle nicht lösen ließen.

Die einzige Genugtuung für ihren Gerechtigkeitssinn bestand darin, dass niemand die Tote vermissen würde. Starben Menschen wie Linda Ledec, wurde die Welt dadurch jedenfalls zu keinem schlechteren Ort.

Kevin verbrachte seinen letzten Abend, bevor der Fall Linda Ledec offiziell ad acta gelegt wurde, auf den digitalen Autobahnen des Darknets. Das war sein liebster Zeitvertreib, auch wenn seine anonymen Freund*innen nichts Neues für ihn hatten. Er musste die Sache mit Milan Dragovic anders lösen, und vor allem: eigenhändig. Feldarbeit war zwar nicht Kevins Stärke. Doch im Grunde genommen war er Polizist. Auf der Graduierungsfeier von Mira Dragovic sich ein wenig unter die Leute zu mischen, um einen Blick auf und im Idealfall ein Foto von ihrem Vater zu erhaschen, sollte kein Ding der Unmöglichkeit sein. Dort würde es nur so wimmeln vor emsiger Verwandtschaft, die Smartphones und Kameras nicht würde aus der Hand legen können. Ein einziger guter Schnappschuss würde genügen, um das Foto durch die beste Bilderkennungssoftware zu jagen, die Kevin zur Verfügung stand. »Danke, FBI«, dachte er sarkastisch und surfte weiter. Er liebte die Nachtarbeit. Die Tage waren ihm zu nahe am echten Leben angesiedelt.

Ihre Abreise stand unmittelbar bevor. Ida Wagner war mit Packen und letzten Anweisungen für Mira beschäftigt. Die Gräfin schwelgte in ihren Fotoalben und Erinnerungen, als es an diesem späten Nachmittag an der Haustür klingelte. Ida war erstaunt. Sie erwarteten niemanden. Und es war nicht gerade üblich, einfach mal so bei den Ledecs vorbeizuschauen. Automatisch brachte sie mit zwei geschickten Handgriffen ihre Frisur in Form und legte die obligatorische weiße Schürze ab, bevor sie die Haustür öffnete. »Ja bitte?«, fragte sie die beiden Männer vor der Tür. Einer, der Alte im Rollstuhl, hatte frappierende Ähnlichkeit mit jemandem, den sie kannte. Der jüngere wirkte sehr elegant und weckte in Ida ebenfalls ein seltsames Gefühl der Vertrautheit. Doch Idas Gehirn wollte ihr partout nicht auf die Sprünge helfen. »Zu Gräfin Charlotte bitte«, sagte der Jüngere selbstbewusst. Ganz automatisch bat Ida die beiden Männer herein. Barrierefreiheit war in der Villa Ledec kein Thema. Der Rollstuhl fand seinen Weg daher bequem und fast ohne fremde Hilfe in den Salon im Erdgeschoss. »Die Gräfin empfängt für gewöhnlich niemanden ohne Anmeldung«, machte Ida die beiden Männer auf eine Abfuhr gefasst. »Uns wird sie empfangen«, sagte der Alte mit brüchiger Stimme, aber nichtsdestotrotz sehr souverän. »Wen darf ich melden?«, fragte Ida formvollendet. Diesen Satz hatte sie in diesem Geisterhaus schon sehr lange nicht mehr ausgesprochen. Der jüngere der beiden Herren wollte gerade zu einer Antwort ansetzen, als der ältere ihn zurückhielt. »Sagen Sie ihr, Serge ist zu ihr zurückgekommen.«

Als Cornelius Metz am nächsten Tag an der Villa Ledec ankam, erwartete ihn Mira Dragovic schon an der Haustür. Sie hatte den Jogginganzug gegen schwarze Jeans und eine weiße Bluse getauscht. Das neue Ambiente stand ihr zweifellos, nicht nur, was die Berufsbekleidung betraf. »Frau Gräfin erwartet Sie schon.« Den Weg in den Salon im Erdgeschoss kannte er. In der Halle stand jede Menge Gepäck. Alles sah nach Aufbruch aus. Er begrüßte Gräfin Charlotte formvollendet. Da Hilde heute nicht mit dabei war, wagte er einen Handkuss. Er mochte diese antiquierten Sitten nicht, aber er wusste, dass man bei Menschen wie Charlotte de la Warenne damit punkten konnte. Irgendwie fühlte er sich schuldig. »Gute Manieren, der junge Mann«, bedachte man ihn sogleich mit Wohlwollen. Die alte Dame im Rollstuhl sah heute anders aus. Ihre Wangen hatten frische, gesunde Gesichtsfarbe getankt, und ihre Augen leuchteten förmlich. »Sie gedenken, zu verreisen?«, fragte Metz sogleich, nachdem Ida ihm einen Aperitif angeboten hatte. Das ›gnädige Frau‹ hatte er sich gerade noch so verkneifen können. Die letzten zwei Wochen mit seiner Mutter hatten zweifellos wieder die Geister seiner Kindheit und vor allem jene seiner Erziehung zum Vorschein gebracht. »Ich ziehe in die Schweiz. Nach Lausanne, wenn Sie es genau wissen möchten. Meine Kinder finden, es wird Zeit für das Abstellgleis.« Metz sagte nichts darauf. Dieses passiv-aggressive Wortspiel kam ihm verdächtig bekannt vor. Die Ehe seiner Eltern bestand im Wesentlichen daraus. »Wo ist Ihre Familie denn heute?«, fragte Metz. Er hatte sich im Geiste schon gewappnet gegen ein regelrechtes Tribunal. Angehörige reagierten grundsätzlich ganz unterschiedlich, wenn die Polizei sie mit dem Stand der Ermittlungen konfrontierte. Manche wollten jedes kleinste Detail wissen, wieder andere verschlossen sich komplett. Zumindest mit Martin Ledecs Anwesenheit hätte er heute gerechnet. Der Witwer, Stefan, wäre natürlich auch gefragt, wenn es um die Ermittlungen zum Tod seiner Ehefrau ging. »Ich habe sie weggeschickt. Bevor man mich wegschickt, möchte ich noch einen Tag lang allein in diesem Haus verbringen. Sie sind mein letzter Gast hier, Herr Major. Ich hoffe, Sie wissen das zu schätzen.« Metz lächelte und nickte. »Es ist mir eine Ehre, gnädige Frau, auch wenn der Anlass meines Besuches kein sehr erfreulicher ist.« Nun war ihm die ›gnädige Frau‹ doch herausgerutscht. Aber wie zu erwarten war, schienen Floskeln wie diese ihre Wirkung nicht zu verfehlen. »Lassen Sie uns beim Essen darüber sprechen. Schlechte Nachrichten verdaut man besser mit vollem Magen, meinen Sie nicht?« Sie dirigierte ihn mit einer eleganten Geste an den ovalen Esstisch aus poliertem Mahagoniholz. Wie es sich gehörte, wartete Metz natürlich, bis Ida ihren Rollstuhl an ihren Platz am Kopfende der Tafel geschoben hatte. Doch die Gräfin überraschte ihn. Ida reichte ihr ihren Arm, und sie konnte – mühsam und in Zeitlupe, aber immerhin – die paar Schritte gehen. Ihre Körperhaltung war gut. Man erkannte immer noch die ambitionierte Sportlerin aus jungen Jahren. »Respekt, Frau Gräfin«, kam Metz nicht umhin, ihr ein Kompliment zu machen. »Frau Wagner hat uns verraten, dass sie in jungen Jahren eine Fechtmeisterin waren«, ließ er einen Versuchsballon steigen. Das ›Mädchen‹ wurde rot, brachte sich aber sogleich mit dem Auftragen des ersten Ganges aus der Schusslinie. »Ida, sei so lieb und bring mir meinen strammen Freund mit, wenn du wiederkommst.« Ob das ein Geheimcode war, konnte Metz nicht sagen. Es gab eine köstliche Käsesuppe als ersten Gang. Für einen kurzen Moment ließ Metz sich vom eigentlichen Grund seines Besuches ablenken und schnupperte hingebungsvoll an dem verführerisch duftenden Gericht. »Idas Geheimrezept«, quittierte die Gräfin seine sichtliche Hingabe. Gutes Essen – wirklich gutes Essen wie dieses – hatte er vermisst. »Selbst unter Folter wird sie Ihnen das Rezept dafür nicht verraten. Glauben Sie mir, ich habe es versucht«, legte sie nach. Es sollte schelmisch klingen. Metz startete einen weiteren Versuch. »Vielleicht wissen Sie es schon, aber wir werden den Mordfall Ihrer Schwiegertochter vermutlich schließen müssen. Es gibt keine Beweise und nicht einmal ansatzweise einen Verdächtigen«, gestand er offen. Der alten Gräfin einen Bären aufzubinden oder die Tatsachen zu beschönigen, wäre vermutlich sinnlos. Sie führte elegant den Löffel zum Mund und saß kerzengerade auf ihrem Stuhl. »Sie haben vielleicht am falschen Ende gesucht, Herr Kommissar«, sagte sie und blinzelte ihm verschwörerisch vom anderen Ende des Tisches aus zu. Noch bevor Metz etwas erwidern konnte, kam Ida herein. Sie trug eine Gehhilfe bei sich, die sie in Reichweite der alten Dame platzierte. »Danke, Idalein. Du bist die Beste.« »Wie meinen Sie das? Wer wäre denn Ihrer Meinung nach das richtige Ende gewesen?« »Na, ich natürlich! Cherchez la femme, Herr Kommissar.« Cornelius Metz musste sich ein Schmunzeln verkneifen. Er bewunderte alte Menschen, die sich ihren Humor erhalten hatten. Seinen Eltern würde ein diesbezüglicher Crashkurs ganz guttun. Um ihr die Freude nicht zu verderben, spielte er mit. »Also gut, Frau Gräfin. Wie haben Sie Ihre Schwiegertochter denn ermordet?« Charlotte de la Warenne nahm noch einen Löffel Suppe. Dann tupfte sie sich ihre Mundwinkel ganz comme il faut mit der cremefarbenen Damastserviette ab und hob ihr Sherryglas. »Erst möchte ich mit Ihnen einen Toast auf das Leben ausbringen, Herr Kommissar. Sie und ich, wir beide wissen schließlich, dass es schneller vorbei sein kann, als man glauben möchte.« Metz hob sein Glas und war gespannt, was die alte Dame nun zum Besten geben würde. »Bis gestern war mein Leben eine einzige Aneinanderreihung von Ereignissen, die ich nur bedingt kontrollieren konnte. Die wenigen Möglichkeiten, die man als Frau meiner Generation hatte, waren begrenzt. Doch wir hatten einen entscheidenden Vorteil immer auf unserer Seite: Man hat uns unterschätzt.« Metz nickte zustimmend. Da war mit Sicherheit viel Wahres dran. »Gestern hat mich meine Vergangenheit eingeholt. Nicht, wie Sie denken mögen. Ein schöner, der schönste Teil davon. Ich stehe heute sozusagen an der Schwelle meines neuen Lebens.« »Das freut mich sehr für Sie, gnädige Frau. Aber wie passen Sie dann als Täterin in mein Profil? Sie schulden mir noch einen Mord, Frau Gräfin.« Die Augen der alten Dame blitzten auf. Sie mochte ihn. Würdige Gegner waren schwer zu finden. Und gut aussehende wie dieser Kommissar mit den eisblauen Augen und den bereits leicht angegrauten, blonden Haaren erst recht nicht. »Wie wäre es mit drei?«, gab sie keck zurück. »Drei was?« Metz verstand nicht. »Drei Morde natürlich. Ich wette mit Ihnen, eine

Mörderin wie ich ist Ihnen noch nie untergekommen.« Sie ging förmlich auf in ihrer Rolle. Ida räumte die Teller ab und deckte Fischbesteck ein. Metz genoss das Ambiente und freute sich auf den nächsten Gang. So ein luxuriöses Programm gab es für Polizist*innen bei der Arbeit für gewöhnlich nicht. Also spielte er mit. »Ich denke, dass Sie eine Dame von Welt sind, Frau Gräfin. Erfahrungsgemäß muss man diesen alles zutrauen.« Sie wartete, bis Ida sich wieder diskret zurückgezogen hatte. »Ich hoffe, Sie mögen Rochen in Kapernsoße. Ein Rezept aus meiner Zeit an der Riviera«, streute sie nun, wieder ganz die Gastgeberin von Format, ein. »Ich erzähle Ihnen eine Geschichte, Herr Kommissar. Keine Sorge, ich fasse mich kurz. In meinem Alter sind die lichten Momente im Oberstübchen nur mehr dünn gesät. Das muss man ausnutzen. Und Sie entscheiden dann, ob ich die Wahrheit sage oder nicht.« Metz nickte, nun tatsächlich ein wenig gespannt auf das kriminelle Potenzial, das in dieser eleganten alten Dame schlummern mochte. Beim Blick auf den perfekt angerichteten Teller kam er nicht umhin, sie herauszufordern: »Frauen morden bevorzugt mit Gift. Muss ich mich von dieser Welt verabschieden, nachdem ich diesen köstlichen Fisch gegessen habe?« Ein Lächeln war der Lohn für seine Mühe. »Aber nein. Ich mochte die aktiven Methoden immer schon lieber. Gift ist passiv. Es nimmt einem ja die ganze Arbeit ab. Obwohl Sie natürlich nicht unrecht haben. Und Kapernsoße wäre ganz hervorragend dafür geeignet, um einen Beigeschmack zu vertuschen.« Sie schien zufrieden. »Wie haben Sie Ihre Schwiegertochter ermordet?« Sie schüttelte den Kopf. »Nicht so schnell. Ich bestehe auf eine chronologische Reihenfolge. In meinem Alter kommt man sonst ganz durcheinander mit den vielen Ereignissen, auf die man zurückblicken kann.« Metz gab nach. Es würde nichts helfen: Er würde bis zum Nachtisch bleiben müssen, Kaffee und Digestif inklusive. So ein Pech aber auch.

Charlotte de la Warenne war als junges Mädchen lebensfroh und stürmisch gewesen. Segeln, Reiten und so ziemlich jede andere Sportart, die damals angesagt und garantiert unpassend für höhere Töchter gewesen war, hatte sie ausprobiert. Die Wochenenden standen ganz im Zeichen von Tanztees und Festen. In Frankreich war es damals üblich gewesen, die Sommermonate im Süden des Landes zu verbringen. Die Côte d'Azur mit ihrem türkisblauen Meer und den traumhaften Stränden war der Place to be gewesen in den 1950er- und 1960er-Jahren. Lange bevor Monaco zum Tummelplatz der Schönen und Reichen wurde, trafen diese sich in Marbella, Nizza und Cannes. Auch ihre Familie reiste jeden Sommer dorthin. Ihr Vater mietete eine traumhafte Villa oberhalb eines

Privatstrandes, wo jedes Wochenende rauschende Partys gefeiert wurden. Die junge Charlotte war zweifellos das heißeste Eisen am Heiratsmarkt. Als ihre Eltern ihr Amon Ledec Graf von Ritschau vorstellten, war sie in keinster Weise beeindruckt von ihm. Graf durfte er sich in seiner Heimat gar nicht nennen, und sein Aussehen war – höflich umschrieben – eher durchschnittlich. Mit den charismatischen Playboys und Adelssprossen, die sich im Sommer an der Riviera tummelten, konnte er weder was Status noch was Reichtum betraf mithalten. Charlotte verstand nicht, warum ihre Eltern ihr ausgerechnet ihn schmackhaft machen wollten. Seine Familie war bis zum Ersten Weltkrieg zwar sehr angesehen in Österreich-Ungarn gewesen. Ihre Süßwarenmanufaktur hatte es sogar bis zum k. & k. Hoflieferanten gebracht. Und seine Großmutter war, wie er niemals müde wurde, zu erwähnen, eine Hofdame Kaiserin Elisabeths gewesen. Alles in allem aber war Amon Ledec hauptsächlich eines in den Augen der jungen Charlotte gewesen: unangenehm. Ihre Freund*innen von damals tuschelten über den ›düsteren Grafen‹ und dichteten ihm allerhand Kriegsverbrechen und andere Grausamkeiten an, die jemand von jemandem gehört hatte. Die Elterngeneration sprach nie über den Großen Krieg. Dafür war er noch nicht lange genug vorbei. Doch die Jungen wollten leben und fanden ihre Art, damit umzugehen.

Charlotte dachte sich nichts dabei und hatte Amon Ledec schnell abgehakt. Eines Tages nämlich änderte sich ihr Leben für immer. An der Promenade von Cannes stellten regelmäßig Künstler ihre Werke aus, um diese an die zahlungskräftigen Sommerfrischler zu verkaufen. Charlotte liebte Kunst und sah sich in so manchem Tagtraum als Galeristin oder zumindest noble Mäzenin, die junge Talente fördern und ihre Großartigkeit der Welt mitteilen wollte. So traf sie Serge. Und so nahm das Schicksal seinen Lauf.

»Sie haben Ihre Familie tatsächlich für einen Künstler verlassen?«, fragte Metz, nicht ganz ohne Bewunderung in seiner Stimme. Charlotte de la Warenne nickte selbstzufrieden. »Darauf bin ich immer noch stolz, Herr Kommissar, das können Sie mir glauben.« »Was ist dann passiert?«, wollte er wissen. Der Hauptgang war beendet und das Dessert nicht mehr weit. Nach dem Essen würde er ins Präsidium fahren und seinen Bericht schreiben. Er hätte auch Hilde darum bitten können. Sie machte das gut, fasste sich kurz und war präzise. Doch bei ungelösten Fällen fühlte Cornelius Metz sich immer ein Stück weit schuldig. Und diese Buße erlegte er sich dann sozusagen auf. »Man hat mich natürlich gefunden. Sechs Monate später haben die Schergen meines noblen Herrn Papa uns in unserem Häuschen in Menton entdeckt.« »Hat man

Sie gezwungen, Serge zu verlassen? Sie hätten doch auch bleiben können?« Metz stellte sich seine Mutter in einer kleinen Hütte am Strand vor. Sie hätte freiwillig die Liebe jederzeit wieder gegen ein schönes Schloss mit willigen Dienstboten getauscht. Die Gräfin schätzte er ganz ähnlich gestrickt ein. Ein Abenteuer, eine Sommerliebe mit einem radikalen Künstler, war aufregend und man konnte die liebe Verwandtschaft schockieren damit. Doch ein Leben auf Dauer war das für höhere Töchter sicher keines. »Sie haben Serge verprügelt. Er war bewusstlos, als sie mich aus dem Haus geschleift und ins Auto gezerrt haben. Die Botschaft war klar: Wenn ich nicht mit nach Hause komme und mich weigere, Amon Ledec zu heiraten, bringen sie ihn um. Was also hätte ich tun sollen?« Berechtigte Frage. »Und wann sind Sie dann zur Mörderin avanciert, gnädige Frau?« Da war es wieder! Die Eclairs, die Ida zum Nachtisch kredenzte, brachten einen neuerlichen Adelsflashback hervor. Charlotte de la Warenne lächelte milde. »Möchten Sie die vielen, vielen Versuche, die leider nur in meinem Kopf stattgefunden haben, auch erfahren, Herr Kommissar?« Er schüttelte den Kopf. »Die Gedanken sind frei. Wenn Morden im Geiste strafbar wäre, hätten wir mehr Gefängnisse auf der Welt als Wohnungen.« »Da haben Sie vermutlich recht«, gab die Gräfin wohlwollend zu. Dieser Satz kam ihr ziemlich sicher nicht allzu oft über die Lippen.«»Wissen Sie, es dauert sehr lange, bis man einen Menschen, einen grundsätzlich guten Menschen, so weit hat, dass er zum Mörder wird. Ich bin sicher nicht dazu geboren worden. Aber wenn die Umstände unerträglich werden und Sie keinen anderen Ausweg sehen, muss jemand sterben. So einfach ist das.« Sie aß noch einen zögerlichen Bissen von ihrem Eclair, formvollendet mit Dessertlöffel und Dessertgabel und natürlich, ohne dabei zu kleckern oder irgendwie unelegant oder gar überfordert zu wirken. Adel verpflichtete eben zu mancherlei. »Wissen Sie, was ein Josefinenknoten ist?« Metz legte das Besteck weg, bevor er seinen bislang tadellosen Auftritt gefährdete, und sah die Gräfin erwartungsvoll an. Diese schwieg vornehm, aber ein seltsames Lächeln umspielte ihre Lippen. Also legte er nach: »Es geht um den Tod von Hans Wagner. Nicht alle waren damals der Meinung, dass es ein Unfall gewesen war.« »Die Schnur!«, rief die Gräfin aus. »Natürlich, wie dumm von mir! Aber ich hörte jemanden kommen und musste daher schnell wieder zurück zum Haus. Ein bedauerlicher Vorfall war das damals.« Metz stutzte. »Bedauerlicher Vorfall? Sie spannen eine Schnur von Baum zu Baum mitten auf einem dunklen Forstweg. Das ist kein Vorfall, das ist Mord, Gräfin.« Sie nickte, fast ein wenig schuldbewusst. »Ich weiß. Aber es tat mir trotzdem nicht leid, auch wenn es den Falschen erwischt hat. Wissen Sie: Was Ehemänner betrifft, hatten Ida und ich beide kein Glück. Ein toter Mann war genauso gut wie ein anderer. Aber mein Problem hat diese dumme Verwechselung natürlich nicht gelöst.« »Wieso Verwechselung?«, hakte Metz nun nach. Langsam dämmerte ihm, dass die Gräfin es vielleicht doch todernst gemeint haben könnte mit den drei Morden, und das im wahrsten Sinne des Wortes. Die Eclairs lagen ihm plötzlich schwer im Magen. »Das Motorrad gehörte meinem Mann. Es war sein neuestes, verrücktes Spielzeug. Nie im Leben hätte ich damit gerechnet, dass er es in fremde Hände gibt. Und natürlich quälte ihn nicht die Spur eines schlechten Gewissens, dass er Hans an diesem Abend gebeten hatte, es für ihn sicher nach Hause zu bringen, damit er bei einem seiner Mädchen in der Stadt bleiben konnte.« Metz verstand. »Der Anschlag hatte Ihrem Mann gegolten, nicht Hans Wagner.« »Sehr richtig. Aber Ida war nicht besonders traurig, weshalb ich es ihr nie gebeichtet habe. Wenigstens sie war ihren Quälgeist los nach dieser Nacht.« Sie klingelte nach dem ›Mädchen‹. »Ich kann mich doch auf Ihre Diskretion verlassen, Herr Kommissar? Ida begleitet mich nämlich in die Schweiz, und wir möchten uns dort noch ein paar schöne Jahre oder zumindest Monate gemeinsam machen.« Metz war so perplex, dass er einfach nur nickte. Ein Geständnis nach all den Jahren: Das gab es selten. »Ida, meine

Liebe, wir hätten gern Kaffee und Cognac auf der Terrasse, wärst du so lieb?« Und Ida Wagner nickte und räumte das restliche Geschirr ab. Die Gräfin stützte beide Ellbogen auf die Tischplatte. Das gehörte sich in diesen Kreisen definitiv nicht, und Metz erkannte, dass sie ihn belustigt von der anderen Seite des Tisches aus musterte. »Sind Sie bereit für Mord Nummer 2, oder sollen wir auf den Cognac warten? Ich habe zur Feier dieses Tages eine Flasche des besten Jahrgangs vom Gut meiner Eltern öffnen lassen. Ironischerweise stammt er aus demselben Jahr, als ich Serge gegen dieses Ungeheuer von Ehemann tauschen musste. Sie zahlen heute 12.000 Euro für eine Flasche, falls Sie überhaupt eine in die Finger bekommen.« »Ich nehme an: Mord Nummer 2 war letztendlich doch Ihr Ehemann, Gräfin, oder?« »Da kombinieren Sie richtig, mein lieber Kommissar. Es hat Jahre gedauert, bis sich eine gute Gelegenheit ergeben hat. Mein Mann war trotz seines Lebensstils fit wie ein Turnschuh. Und unser langjähriger Hausarzt war einer seiner engsten Vertrauten und Freunde gewesen. Die beiden verband eine lange Geschichte miteinander, weshalb meine Kinder und ich auch nur selten ein Krankenhaus von innen zu sehen bekamen, wenn jemand wieder einmal eine seiner Launen hatte.« Die Art und Weise, wie sie darüber sprach, verursachte Metz Gänsehaut. »Wie haben Sie es angestellt?« Selbstzufrieden legte die

Gräfin die knochigen Hände in ihren Schoß. »Alle Menschen werden irgendwann alt. Da ist das Leben schon sehr gerecht. Vor zwölf Jahren dann hat mir das Schicksal endlich in die Hände gespielt. Er erlitt einen Schlaganfall und war ans Bett gefesselt.« Metz verstand. »Und Sie engagierten die Krankenschwester Linda für seine Pflege.« Die Gräfin nickte. »Das war ein schwerer Fehler. Sie hatte aber ausgezeichnete Referenzen und schien diskret und ergeben zu sein. Dass sie ihre eigenen Pläne verfolgte, vom ersten Tag an, an dem sie ihre Plattfüße in unser Haus gesetzt hatte, war mir nicht klar gewesen. Ich war zu sehr damit beschäftigt, Schicksal zu spielen, wenn Sie verstehen, was ich meine.« Metz verstand. Die weiße Doppelflügeltür zur Terrasse wurde von außen geöffnet. »Der Kaffee, gnädige Frau«, meldete Ida pflichtbewusst. »Wie schön!«, rief die Gräfin aus. »Mein letzter Kaffee auf dieser unseligen Terrasse. Kommen Sie, junger Mann, helfen Sie mir ein wenig.« Und mit diesen Worten stemmte sich die Gräfin aus ihrem Stuhl hoch, stützte sich kurz an der Tischplatte ab und griff dann geschickt nach ihrer Gehhilfe, die Ida in Reichweite platziert hatte. Es war eine dieser hässlichen Spezialkrücken mit einem Dreibein. Metz reichte ihr seinen Arm, und gemeinsam gingen sie auf die Terrasse hinaus. Das Gehen fiel ihr nicht halb so schwer, wie er es bei jemandem im Rollstuhl vermuten würde. Sie setzte sich und bot ihm einen Platz an. Die Krücke reichte sie Metz und bat ihn: »Stellen Sie sie bitte da hinten an die Wand. Wir wollen doch nicht, dass jemand darüber stolpert, oder?« Metz tat, wie ihm geheißen. Ida hatte Kaffee und Cognac bereits eingeschenkt. »Was geschah mit Ihrem Mann, Frau Gräfin? Waren Sie es? Oder Ihre spätere Schwiegertochter?« Sie schüttelte energisch den Kopf. »So etwas Wichtiges dürfen Sie niemals delegieren, Herr Kommissar. Wenn etwas gut werden soll, müssen Sie es selber machen.« Sie nippte an ihrer Tasse. »Wir haben eigens Blauen Eisenhut im Garten gepflanzt. Kann sein, dass Ida Verdacht geschöpft hat. Aus dem Garten habe ich mir nie viel gemacht, und mein plötzliches Engagement ist ihr sicher nicht entgangen. Doch bedauerlicherweise hat er zu diesem Zeitpunkt schon alles erbrochen, was man ihm zu essen und zu trinken gab. Bald schon hätten wir ihn in ein Pflegeheim entlassen müssen, und das wollte ich auf jeden Fall verhindern. Also nahm ich eines Abends sein Kopfkissen und drückte zu. Ich legte meine ganze Wut in diese eine Handlung, und Sie können sicher sein, dass das eine ganze Menge war.« »Sie haben ihn erstickt?«, hakte Metz nach, nur um sicher zu sein. Sie nickte. »Es hat leider gar nicht so lange gedauert, wie ich es mir immer vorgestellt hatte. Ich hätte ihn liebend gern leiden und um sein Leben kämpfen sehen. Doch nicht einmal diesen Gefallen hat er mir getan.«

»Hat niemand Verdacht geschöpft?« Sie schüttelte den Kopf. »Es lief alles wie am Schnürchen. Jedenfalls dachte ich das zu diesem Zeitpunkt noch. Unser neuer Hausarzt, Dr. Basler, war sehr von sich eingenommen. Eine schnelle Diagnose entsprach seinem eitlen Charakter.« »Was passierte dann?« »Meine Schwiegertochter ist mir passiert, Herr Kommissar. Eine kleine Unachtsamkeit – so wie die Sache mit der Schnur und dem Knoten damals.« Und sie berichtete ihm kühl und sachlich die ganze Geschichte: Krankenschwester Linda hatte den Toten nach der Freigabe durch den Arzt ausgezogen und gewaschen. Sie sollte ihn ankleiden für die Abholung durch den Bestatter. Üblicherweise wurde dabei auch das Gebiss entfernt. Dabei kam eine weiße Daunenfeder zum Vorschein. Linda – auf Du und Du mit Mordmethoden – hatte sofort erkannt, was das bedeutete. Sie hatte die Feder wie ein Beweisstück gesichert und ebenso den Kissenbezug. Bei einer forensischen Untersuchung würde man Speichelreste des Opfers finden und Nasensekret. Die Ausformung dieser Spuren würde Rückschlüsse zulassen, dass sie nicht zufällig auf dem Kissen gelandet waren, sondern nur durch Druck auf das Gesicht in dieser Form dort entstehen konnten. »Ich wusste all diese Dinge nicht«, gab die Gräfin freimütig zu. »Wahrscheinlich hätte ich mehr Krimis lesen sollen zur Vorbereitung«, scherzte sie. Metz war inzwischen dankbar für den Cognac. »Sie hat Sie erpresst, oder?« Gräfin Charlotte nickte und nahm ebenfalls einen kräftigen Schluck Cognac. »Das werde ich vermissen«, sagte sie. »Auch wenn mich jedes Glas davon an meine Eltern denken lässt. Aber in Seniorenheimen ist man, was Alkohol betrifft, leider nicht sehr entspannt.« »Was wollte Linda von Ihnen für Ihr Stillschweigen?« »Geld?« Die Gräfin lächelte. »Schön wär's gewesen! Geld hätte sie haben können wie Heu. Mir hat der ganze elende Reichtum nie etwas bedeutet. Aber nein: Die Krankenschwester wollte hoch hinaus. Feine Dame war ihr Lebensziel gewesen. Einen Platz in meiner Familie, in meinem Haus, an meinem Tisch: Das wollte sie und nichts weniger.« Metz verstand. »Und Sie mussten wohl oder übel in den sauren Apfel beißen.« Sie nickte und nahm noch einen Schluck Cognac. Den Kaffee hatte sie bislang kaum angerührt. »Wie ging es dann weiter?« Die Gräfin schloss kurz die Augen. Das helle Licht blendete. »Es ging eigentlich alles erstaunlich gut, gemessen an der Art und Weise, wie es begonnen hatte. Mein Sohn war Feuer und Flamme für die sexy Krankenschwester. Zwei Kinder folgten, ich hatte seit dem Tod meines Mannes endlich einen Grund, mich von der Welt zurückzuziehen. Die trauernde Witwe stand mir, das können Sie mir glauben. Wir lebten unser Leben. Erst als Amon und seine Frau beschlossen, sich der Familie wieder anzuschließen, gerieten die Dinge aus den Fugen.« »Linda hat sich bedroht gefühlt«, mutmaßte Metz. Die Gräfin nickte. »Sie sah die Firma als alleiniges Eigentum ihrer Kinder an. Wenn Chantal noch eigene bekommen hätte, hätte Linda teilen müssen. Und das war etwas, das sie nicht konnte, glauben Sie mir.« Metz konnte sich lebhaft vorstellen, wie der Wind sich für Linda Ledec gedreht haben musste mit dem Erscheinen der jüngeren und hübscheren Chantal. »Also hat sie versucht, ihr das Leben zur Hölle zu machen. Mit welchem Ziel?« »Mit dem Ziel, welches sie ironischerweise jetzt mit ihrem Tod erreicht hat: die beiden Jungen aus der Firma und der Familie zu drängen. Amon und Chantal gehen zurück in die Schweiz.« Und da hatte Metz seine eigene Familie immer für eine komplexe Angelegenheit gehalten. »Erzählen Sie mir von der Nacht, als Ihre Schwiegertochter starb«, forderte Metz die Gräfin auf. »Wie ist sie gestürzt? Die Spurensicherung konnte keinen Hinweis auf ein Fremdverschulden feststellen.« Die Gräfin schmunzelte. Ihr Kaffee blieb weiterhin unberührt. Ob Metz sich Sorgen machen sollte? »Gestürzt ist die gute Linda über ihr Ego, Herr Kommissar. Da musste ich gar nicht nachhelfen. Manchmal im Leben – selten, aber doch – hat man eben Glück. Ich schlafe schon seit Jahren schlecht oder gar nicht mehr. Die Pillen, die mir der Arzt dafür verschreibt, finden Sie hinter dem Kopfteil meines Bettes, falls Sie danach suchen sollten. Ihre Leute haben sie bei der Hausdurchsuchung jedenfalls nicht entdeckt«, bemerkte sie kokett. Die Polizei an der Nase herumzuführen, schien ihr großes Vergnügen zu bereiten. »Also war der Sturz tatsächlich ein Unfall?«, hakte Metz nach. Charlotte de la Warenne nickte. »Sie war ja nicht gerade ein Fliegengewicht, die Gute. Wäre Chantal gestürzt, hätte das niemand im Haus mitbekommen. Aber Linda!« Nach einer kurzen Pause fuhr sie fort. Dass sie ihren Sohn Martin dabei beobachtet hatte, wie er das Handy der hilflos am Boden liegenden Linda mit dem Fuß elegant außer Reichweite kickte und dann das Haus verließ, verschwieg sie geflissentlich. »Ich bin mit dem Aufzug nach unten gefahren. Sehr bequem, wenn auch nicht sehr elegant. Ich habe mich lange gegen seinen Einbau gewehrt.« »Was geschah dann?«, fragte Metz, nun sichtlich neugierig, wie diese gebrechlich wirkende alte Dame, die kaum mehr als 50 Kilogramm wiegen konnte, Linda Ledec zu Tode gebracht haben wollte. »Mein kleiner Freund hat mir geholfen«, fuhr sie kryptisch fort. Sie genoss dieses Gespräch in vollen Zügen. Metz hingegen zerbrach sich gerade den Kopf darüber, wie brauchbar ihre Geständnisse sein würden, wenn überhaupt. Sie zeigte in Richtung ihrer Gehhilfe. Das hässliche Dreibein. »Ein wunderschöner schlanker Schwanenhals wie der von Chantal oder meiner, als ich noch jung und ansehnlich war, wenn Sie mir diesen kurzen Ausflug in die Welt der Eitelkeit gestatten, hätte da locker hindurch gepasst. Für den Stiernacken der properen Linda hingegen war er perfekt. Nehmen Sie ihn ruhig, Herr Kommissar. In der Zwischenzeit sollten keine verwertbaren Spuren mehr darauf zu finden sein. Ida nimmt es mit der Hygiene im Haus sehr akkurat.« Metz besah sich die Krücke genauer. Jeder Einzelne der drei Füße war mit einer grauen Gummihülse überzogen. Durchmesser: geschätzte 2 Zentimeter und kreisrund. Um einer ohnehin schon verletzten Person damit die Luftröhre zu zerquetschen, würden die zarten 50 Kilogramm der Gräfin reichen. Das Dreibein erledigte den Rest. »Ich sage immer: Sport in der Jugend zahlt sich aus, Herr Kommissar. Auch wenn man abbaut und der Körper sich dem Verfall hingibt: Sein intuitives Gedächtnis merkt sich jeden trainierten Muskel.« Metz musste sich kurz sammeln. »Sie haben mir gerade drei Morde gestanden, gnädige Frau.« »Und Sie hätten nie im Leben auf mich getippt, nicht wahr?«, konnte sie eine fast kindliche Begeisterung nicht mehr verbergen. Sie lachte, und für einen Augenblick konnte Metz die junge Frau von sehr viel früher in ihrem Gesicht erkennen. Heiter, sorglos und vor allem: unschuldig. »Sie hätten sie auch einfach am Treppenabsatz liegen lassen können. Wahrscheinlich wäre sie ihren inneren Verletzungen erlegen«, spielte

Metz nun den Advocatus Diaboli. Energisches Kopfschütteln am anderen Ende des Gartentisches folgte. Dann zog sie beide Ärmel ihrer Bluse ein Stück weit nach oben. Sie tippte auf das Handgelenk des linken Armes, das seltsam asymmetrisch wirkte. »1987«, sagte sie. Dann zeigte sie auf Elle und Speiche ihres rechten Armes. Ein Wulst wölbte sich dort, wo sich eigentlich eine gerade Linie abzeichnen sollte. »1972. Das erste Weihnachten mit unserem Erstgeborenen. Mein Mann hat mich im Laufe unserer Ehe insgesamt viermal über diese Treppe gestoßen. Und wie Sie sehen können – lebe ich noch. Dieses Risiko wollte ich im Falle meiner Schwiegertochter nicht eingehen. Sie hat genug Schaden angerichtet, und die Gelegenheit war einmalig, wenn Sie verstehen, was ich meine.« Metz verstand, zumindest die Beweggründe verstand er. Was er nicht verstand hingegen: »Wieso erzählen Sie mir das alles, Gräfin? Sie wären – und das gebe ich nicht gerne zu – damit durchgekommen.« Sie sah ihn amüsiert an. »Es macht viel mehr Spaß, Herr Kommissar, drei Morde zu gestehen und damit durchzukommen. Ich habe das Risiko schon immer unwiderstehlich gefunden.« Metz dämmerte langsam, dass die alte Dame mit dem messerscharfen Verstand noch ein Ass im Ärmel hatte. Auch wenn sie alt und augenscheinlich gebrechlich war: Für eine Anklage samt Prozess, der ein gefundenes Fressen für die Medien sein würde, reichte ein Geständnis gegenüber einem Polizeibeamten allemal. »Wieso sind Sie so sicher, dass Sie damit durchkommen werden?«, fragte Metz sie nun ganz direkt. Der Schalk war aus dem Gesicht der alten Dame gewichen. Plötzlich wirkte sie wieder so alt, wie sie tatsächlich war. »Nicht alle Menschen sind aufmerksame Beobachter. Auch von Ihnen hätte ich mehr erwartet, um ganz ehrlich zu sein. Ich fürchte: Sie würden keinen Mord begehen können und damit durchkommen, habe ich recht?« »Wahrscheinlich haben Sie das, Gräfin. Man braucht ein gewisses Maß an Abgeklärtheit dafür. Und ein Gewissen sollte man sich ebenfalls nicht leisten.« Sie nickte wohlwollend. »Ich würde ja gerne behaupten, dass ich das alles für meine Familie getan habe. Aber dann würde ich Sie glatt anlügen, Herr Kommissar. Und weil wir heute so erfrischend ehrlich miteinander waren, erspare ich uns das. Möchten Sie noch Kaffee?«, fragte sie, wieder ganz in der Rolle der Gastgeberin angekommen. »Nein danke. Aber noch einmal zurück zu meiner Frage: Wieso denken Sie, dass man Sie für drei Morde nicht zur Verantwortung ziehen wird?« Sie lächelte wieder dieses wissende Lächeln, dem der Mona Lisa nicht ganz unähnlich. »Erstens wird es schwer für Sie sein, diese Geschichte glaubhaft einem Staatsanwalt unterzujubeln. Selbst wenn diese Institution nicht auf der Kurzwahlliste meines Erstgeborenen stünde: Die Geschichte klingt schon recht abenteuerlich, das müssen Sie zugeben. Zweitens bin ich 85 Jahre alt. Niemand wird es übers Herz bringen, mich zu verhaften. Obwohl ich das eigentlich ganz spannend und aufregend fände, so mit Handschellen und Fernsehkameras.« So geschickt hatte Metz noch niemand mit den Medien gedroht. Aber sie hatte natürlich recht. Das Bild, das so eine Polizeiaktion für die Öffentlichkeit abgeben würde, konnte man nur als desaströs bezeichnen. »Ich könnte Sie unter Hausarrest stellen lassen«, gab er zurück. »Das wäre diskret. Eine Fluchtgefahr schließe ich in Ihrem Fall aus.« »Und wieder unterschätzen Sie mich, lieber Kommissar! Lassen Sie sich von einem Rollstuhl und einem vor sich hin welkenden Körper doch nicht so in die Irre führen! Schon in wenigen Stunden werde ich das Land verlassen haben. Und die Schweiz ist, was die Rechte ihrer geistig umnachteten Bürger*innen betrifft, sehr genau. Einen besseren Zeitpunkt, um mich entmündigen zu lassen, hätte mein Sohn sich gar nicht aussuchen können. Aber natürlich weiß er das nicht.« Metz hatte es nun endlich begriffen. So elegant und nobel vorgeführt worden war er in seinem ganzen Leben noch nicht. Applaus für die Gräfin. Sie hatte definitiv Stil bis in die Fingerspitzen. Ihr gesamtes Umfeld hatte sie nach allen Regeln der Kunst ausgetrickst, die Polizei und ihn inklusive. Er erhob sich. »Was werden Sie denn in der Schweiz machen, gnädige Frau? Für einen Geist wie den Ihren ist Altwerden doch noch keine Option?« Sie lächelte geschmeichelt und reichte ihm die Hand zum Kuss. Er machte ihr die Freude. Ein Abgang mit Stil war das Einzige, was ihn jetzt noch retten konnte. »Meine Jugend nachholen, Herr Kommissar. Und das Leben, das man mir genommen hat.«

Eigentlich hätte ihn sein direkter Weg ins Präsidium führen sollen. Nicht dass Leo Katzinger, von und zu Hofrat, an einem Freitagnachmittag noch dort anzutreffen gewesen wäre. Er hätte ihm unverzüglich Bericht erstatten müssen. Er hätte unverzüglich seinen Bericht schreiben müssen. Er hätte die Staatsanwaltschaft informieren müssen. Der Fall hatte durch die Geständnisse von Charlotte de la Warenne eine ganz neue Wendung bekommen. Entmündigt oder nicht: Entscheidend war, wie zurechnungsfähig sie zu den jeweiligen Tatzeitpunkten gewesen war. Und ein Geständnis war ein Geständnis, das konnte Metz nicht ignorieren. Allerdings sah er dabei gleichzeitig mehrere Probleme auf sich zukommen, die die Sache erheblich erschweren würden. Zum einen war die Beweislast noch immer praktisch bei null. Die Gräfin konnte ihr Geständnis, für das es außer ihm keine Zeugen gab, jederzeit widerrufen, zumal sie ihr Geisteszustand offiziell bereits schuldunfähig machte. Leo

Katzinger und der Staatsanwalt wären alles andere als begeistert von dieser neuen Entwicklung und würden vermutlich alles in ihrer Macht Stehende tun, um sich die Familie Ledec nicht zum Feind zu machen. Außerdem würden die Medien sich wie Geier auf einen Fall stürzen, in welchem die Polizei eine 85-jährige gebrechliche Dame im Rollstuhl und noch dazu aus den besten Kreisen als Dreifachmörderin vorführte, ohne die geringste Aussicht auf eine erfolgreiche Verurteilung. Und selbst wenn: Gefängnis kam für sie nicht mehr infrage. Und eine Art Sicherheitsverwahrung war eine Seniorenresidenz in der Schweiz auch. Die Wahrscheinlichkeit, dass die alte Dame Geschmack am Morden gefunden hatte, schloss Metz für sich aus. Die Umstände waren zu speziell gewesen, um aus einer Serie eine Serienmörderin zu machen. Er musste dennoch dringend mit jemandem sprechen. Eine Kehrtwende wie diese hatte er in all den Jahren als Ermittler noch nie erlebt. Und die Zwickmühle, in der er sich befand, war – gelinde ausgedrückt – verheerend. Die Vorgesetzten, die eigentlich seine Anlaufstellen wären, schieden mangels Kompetenz und Vertrauenswürdigkeit leider aus. Ein typisch österreichisches Problem und weit verbreitet. Sein Team – Hilde und Kevin – wollte er in diese heikle Entwicklung nicht mit hineinziehen. Offiziell sollte der Fall schon geschlossen sein. Ihm fiel nur eine einzige Person ein, die über ausreichend Sachverstand verfügte, was polizeiliche Ermittlungen betraf, und darüber hinaus sehr diskret sein würde. Metz erstand am Weg eine Rätselwoche und steuerte das Pflegeheim an, in welchem Josef Bruckner seine letzten Tage verbrachte. Er saß auf der schattigen Terrasse an seinem Stammtisch und machte ein Nickerchen. Die Schrift auf dem Kreuzworträtsel, das aufgeschlagen vor ihm lag, war krakelig und zittrig. Seit Metz letztem Besuch hier hatte der alte Mann sichtlich abgebaut. Er setzte sich ihm gegenüber auf einen Stuhl und überlegte, ob er ihn wecken sollte. Doch das war gar nicht nötig. Sobald er Platz genommen hatte, schreckte Josef Bruckner aus seinem Powernap hoch. »Der Instinkt eines Polizisten«, dachte Metz. »Ach, Sie sind es, Herr Major«, begrüßte er seinen Besuch. Seine Augen waren stark eingetrübt und wirkten glasig. Seine Wangenknochen ragten unnatürlich aus seinem Gesicht hervor. Die gelbliche Haut wirkte papierdünn und zeichnete feine Fältchen rund um Augen und Mund. Cornelius Metz war kein Experte auf diesem Gebiet, aber er war sich sicher, dass Josef Bruckners Tage gezählt waren. So sah der Tod aus, wenn er einem Menschen über die Schulter schaute. »Es gibt Neuigkeiten im Fall Hans Wagner. Und ich dachte, Sie würden die vielleicht gerne erfahren«, begann Metz. »Das ist gut«, antwortete Bruckner. »Sie können ruhig ins Detail gehen. Ich werde alles, was Sie mir erzählen, schon bald mit ins Grab nehmen. Und vorher vergesse ich es wahrscheinlich noch«, sagte er und lächelte. Und Metz erzählte ihm die ganze unglaubliche Geschichte, die Charlotte de la Warenne ihm heute gebeichtet hatte. Obwohl ›Beichte‹ nicht das richtige Wort dafür war. Diese würde schließlich Reue voraussetzen, und davon hatte er nicht die Spur bemerkt. Josef Bruckner nickte nur, als er mit dem Motorradunfall von Hans Wagner begann. »Es gab Kollegen damals, die die Verwechslungstheorie gesponnen haben«, ergänzte er. »Hans Wagner war kein angenehmer Mensch gewesen, aber es gab sicher mehr Gründe, den Senior zu töten als ihn.« Metz fuhr fort. Der Todesfall Amon Ledec Jahrzehnte später hatte kaum für Aufsehen gesorgt. Alte, kranke Menschen starben nun einmal in ihren Betten. Josef Bruckner schien nicht sonderlich überrascht. »Es wurde viel getuschelt damals über die Ehe und seine Seitensprünge natürlich auch. Dass man Frau und Kinder regelmäßig mit blauen Flecken und Gipsverband zu sehen bekam, hat man allerdings brav ignoriert. So war das damals üblich. Häusliche Gewalt war Familiensache.« Der Zustand von Josef Bruckner schien sich spontan zu bessern. Die unglaubliche Geschichte der mordenden Gräfin schien der reinste Jungbrunnen für ihn zu sein. »Sie wirken nicht überrascht«, sagte Metz. Eine freundliche Krankenschwester hatte ihm Kaffee gebracht. Josef Bruckner schüttelte den Kopf. »Ich wusste es. Jedenfalls denke ich das heute. Aber sie war so jung und wunderschön. Wer würde sich da auch nur einen Verdacht erlauben?« Metz zögerte kurz, ihm auch noch vom Mord an Linda Ledec zu erzählen. Streng genommen waren es keine laufenden Ermittlungen mehr. Doch etwas in ihm wusste, dass er Josef Bruckner damit vielleicht noch eine letzte Freude oder zumindest eine Denksportaufgabe für seine verbleibenden Tage auf dieser Welt gönnen würde. Einmal Polizist, immer Polizist. Der Faszination für den perfekten Mord würde sich auch der alte Mann nicht entziehen können. »Was ist mit dem Mord an ihrer Schwiegertochter? Das war sie auch, oder?« Metz nickte. »Ich habe die alte Dame unterschätzt, und zwar Länge mal Breite, wie ich leider zugeben muss.« »Hat sie sie die Treppe hinuntergestoßen?« »Nein, das war tatsächlich ein Unfall. Ein glücklicher Unfall, wie sie es nannte.« Und er schilderte den eigentlichen Mord. Josef Bruckner war sichtlich beeindruckt. »Tod durch Gehhilfe. Das nenn ich mal einen guten Grund, um diesem ganzen medizinischen Unsinn endgültig zu misstrauen.« Dem hatte Metz nichts hinzuzufügen. »Was werden Sie jetzt machen, Herr Major? Klingt ziemlich verzwickt, diese ganze Sache.« Er musste husten und rang nach Luft. Der Sauerstoff schien seine Wirkung langsam zu verfehlen. »Ich weiß es nicht. Ehrlich gesagt hatte ich mir von Ihnen einen Tipp erhofft.« Josef Bruckner atmete heftig. Seine Lungen sogen gierig an der Atemmaske. »Sie kennen die Familie, und Sie kennen den Polizei- und Justizapparat in unserem Land. Was soll ich Ihrer Meinung nach tun?« Nach einer Weile antwortete Josef Bruckner: »Gar nichts. Die Beziehungen der Ledecs reichen bis in allerhöchste Kreise. Ruinieren Sie sich nicht Ihre Laufbahn, bevor sie wieder begonnen hat. Ich habe das damals so gemacht, ich würde es wieder tun. Manche Kämpfe lohnen sich nicht.« Und dann fragte er plötzlich: »Spielen Sie Schach?« »Mehr schlecht als recht«, antwortete Metz wahrheitsgemäß. »Mich erinnert diese ganze Geschichte fatal an eine Partie Schach. Auch hier ist die Dame eigentlich die stärkste Figur. Sie ist Turm und Läufer und kann sich beliebig über das Brett bewegen. Steht ihr eine gegnerische Figur im Weg, wird diese geschlagen, und die Dame nimmt ihren Platz ein. Und nichts davon sieht man kommen.« Metz beschlich ein ungutes Gefühl. Der alte Mann hatte soeben nicht nur den Fall beschrieben. »Auf die feinen Damen!«, hob Josef Bruckner schwach die Hand zu einem imaginären Toast. Metz machte ihm die Freude und erwiderte ihn. Auch wenn ihm ganz und gar nicht danach zumute war. Vernichtend geschlagen. Von einer Dame. Erneut.

Epilog

Als Kevin einige Wochen später bewussten Artikel in gleich drei der größten deutschsprachigen Zeitungen veröffentlicht sah, war er zufrieden mit seiner Arbeit. Das Internet würde in Windeseile nachziehen, das wusste er. Aber diesmal waren ihm die seriösen Printmedien wichtiger gewesen. Er hätte mit seinen Erkenntnissen zu Milan Dragovic natürlich auch die Kollegen von Interpol oder die entsprechenden Stellen in der EU, die für Kriegsverbrechen zuständig waren, informieren können. Doch der Amtsschimmel wieherte ihm dort überall viel zu laut. Und erfahrungsgemäß wusste er, dass jemand wie Milan Dragovic, der sich so lange hatte verstecken können, die allerbesten Connections besitzen musste. Wer konnte schon wissen, wie weit der schützende Arm der Ledecs reichte? Diese Sache war ihm zu wichtig gewesen, um sie der Justiz anzuvertrauen. Nun wurde seitens der Medien Druck aufgebaut, reichlich Druck. Und egal wie es enden würde: Er hatte sein Möglichstes getan, um wenigstens diesen einen Menschen seiner gerechten Strafe zuzuführen. Man konnte nicht alle Schurken dieser Welt hinter Gitter bringen. Aber einer war definitiv ein guter Anfang.

ENDE